W0032006

DAVID
GROSSMAN

Was Nina wusste

Aus dem Hebräischen
von Anne Birkenhauer

Carl Hanser Verlag

Die hebräische Originalausgabe erschien 2019
unter dem Titel *Iti Ha-Chaijm Messachek Harbej*
bei Hakibbutz Hame'uchad in Tel Aviv.

Die Arbeit der Übersetzerin am vorliegenden Text wurde
vom Deutschen Übersetzerfonds und durch einen Aufenthalt
im Europäischen Übersetzerkollegium Straelen gefördert.

1. Auflage 2020

ISBN 978-3-446-26752-7

Umschlag: Peter-Andreas Hassiepen, München
Foto: © Fran Núñez
Satz: Greiner & Reichel, Köln
Druck und Bindung: CPI books GmbH, Leck
Printed in Germany

MIX
Papier aus verantwortungs-
vollen Quellen
FSC® C083411

Was Nina wusste

Rafael war fünfzehn, als seine Mutter starb und ihn von ihrem Leiden erlöste. Es regnete. Auf dem kleinen Friedhof drängten sich die Kibbuzmitglieder unter Schirmen. Tuvia, Rafaels Vater, weinte hemmungslos. Jahrelang hatte er seine Frau hingebungsvoll gepflegt. Jetzt wirkte er verloren und verwaist. Rafael, in kurzen Hosen, stand abseits, Kopf und Augen von einer Kapuze verdeckt, damit man nicht sah, dass er nicht weinte. Er dachte: Jetzt, wo sie tot ist, sieht sie alles, was ich über sie gedacht habe.

Das war im Winter 1962. Ein Jahr später begegnete sein Vater Vera Novak, die aus Jugoslawien ins Land gekommen war, und sie zogen zusammen. Vera war mit ihrer einzigen Tochter Nina nach Israel eingewandert; die war siebzehn, hochgewachsen, hatte helles Haar, und ihr langes, bleiches Gesicht war sehr schön, aber beinahe ausdruckslos.

Rafaels Klassenkameraden nannten sie »Sphinx«. Sie liefen heimlich hinter ihr her, machten ihren Gang nach, wie sie die Arme um sich schlang, und imitierten ihren hohlen Blick. Einmal erwischte sie zwei Jungs dabei und schlug sie kurzerhand zusammen. Solche Prügel hatte man im Kibbuz bis dahin noch nicht gesehen. Kaum zu glauben, welche Kraft und Wildheit in diesen dünnen Armen und Beinen steckte. Erste Gerüchte machten die Runde. Man erzählte, als ihre Mutter politische Gefangene im Gulag und Nina noch ein kleines Mädchen war, habe sie auf der Straße gelebt. Man sagte »auf der Straße« und rollte dabei vielsagend die Augen. Man erzählte auch, sie habe sich in Belgrad einer Bande Straßenkinder angeschlossen, die andere Kinder entführten und Lösegeld erpressten. Leute reden.

Doch weder die Geschichte von der Schlägerei noch andere Ereignisse und Gerüchte drangen durch den Nebel, in dem Rafael nach dem Tod seiner Mutter lebte. Monatelang befand er sich in einem Zustand der Selbstbetäubung. Zweimal täglich, morgens und abends, schluckte er eine starke Schlaftablette aus dem Arzneischrank seiner Mutter. Er nahm Nina noch nicht mal wahr, wenn sie ihm im Kibbuz hier und da über den Weg lief.

Eines Abends, ein knappes Jahr nach dem Tod seiner Mutter, als er die Abkürzung durch die Avocadoplantage zur Turnhalle nahm, kam sie ihm entgegen. Den Kopf gesenkt, die Arme um sich geschlungen, als sei alles um sie herum kalt. Rafael blieb stehen, etwas in ihm spannte sich plötzlich, er wusste nicht warum. Nina, ganz in sich versunken, bemerkte ihn nicht. Er sah ihre Bewegungen. Der erste Eindruck war ihre stille, sparsame Art sich zu bewegen. Die hohe Stirn, rein, und ein schlichtes blaues Kleid aus dünnem Stoff, das auf halber Höhe um ihre Schenkel flatterte.

Ich seh noch sein Gesicht, als er das erzählte –

Erst als sie schon ziemlich nah war, bemerkte Rafael, dass sie weinte. Ein stilles, ersticktes Weinen, und dann sah auch sie ihn, blieb stehen und machte einen Katzenbuckel. Für einige Sekunden verfingen sich ihre Blicke ineinander, und man kann sagen: leider unentwirrbar, für immer. »Der Himmel, die Erde, die Bäume«, hatte mir Rafael erzählt, »keine Ahnung … es war, als ob die Natur die Besinnung verlor.«

Nina kam als erste wieder zu sich. Sie schnaubte wütend und ging sofort auf Abstand. Er konnte grade noch einen Blick auf ihr Gesicht werfen, von dem sich im nächsten Moment jeder Ausdruck abschälte, und etwas in ihm brandete zu ihr hin. Er streckte die Hand nach ihr –

Ich sehe ihn förmlich vor mir, wie er da steht, mit der Hand.

Und so ist er geblieben. Die Hand ausgestreckt, fünfundvierzig Jahre schon.

Aber damals, in der Plantage, sprang er auf, und ohne nachzudenken und noch bevor er zögern oder sich in sich selbst verheddern konnte, rannte er hinter ihr her, um ihr zu sagen, was er in diesem Augenblick verstanden hatte. Alles in ihm war zum Leben erwacht. Ich hatte ihn darum gebeten, mir das zu erklären. Er erzählte, er sei ganz durcheinandergekommen, habe nur etwas davon gemurmelt, wie viel in den Jahren der Krankheit seiner Mutter in ihm eingeschlafen war, und mehr noch nach ihrem Tod. Aber in diesem Moment sei alles plötzlich ganz akut gewesen, schicksalentscheidend, und er habe nicht daran gezweifelt, dass sie ihn sofort erhören würde.

Nina hatte seine Schritte gehört, wie er ihr nachrannte, war stehen geblieben, hatte sich umgedreht und ihn langsam gemustert. »Was willst du?«, bellte sie ihm ins Gesicht. Er schreckte zurück, erbebte angesichts ihrer Schönheit und vielleicht auch angesichts ihrer Grobheit, und, ja, ich fürchte, gerade angesichts dieser Mischung von Schönheit und Grobheit. Das hat er bis heute, diese Schwäche für Frauen mit ein bisschen, ein klein bisschen männlicher Aggression und sogar Grobheit, quasi als Gewürz.

Nina hatte die Hände in die Hüften gestemmt, das harte Mädchen von der Straße kam durch, das wilde Tier. Ihre

Nasenlöcher weiteten sich, sie roch ihn, Rafael sah das Pochen einer feinen bläulichen Ader an ihrem Hals, und plötzlich taten ihm die Lippen weh, so hat er's mir erzählt, sie brannten richtig vor Durst.

Okay, hab's kapiert, dachte ich, die Details kannste mir ersparen.

Auf Ninas Wange glitzerten noch Tränen, aber ihre Augen waren kalt gewesen, fast wie die einer Schlange. »Geh nach Hause, Jüngelchen«, hatte sie gesagt, doch er schüttelte den Kopf, nein, nein, und sie näherte ihre Stirn langsam seinem Kopf, schob sie etwas vor, etwas zurück, als suche sie einen ganz bestimmten Punkt, und er schloss die Augen, und sie stieß ihn mit der Stirn, und er flog hintenüber in die Kuhle eines Avocadobaums.

»Avocado, Sorte Ettinger«, präzisierte er, als er das erzählte, damit ich ja nicht vergaß, dass jedes, aber auch jedes Detail in dieser Szene wichtig war, denn so erschafft man Mythen.

Verstört hockte er in der Kuhle, betastete die Beule, die sich auf seiner Stirn bildete, und stand auf. Ihm schwindelte. Seit seine Mutter gestorben war, hatte Rafael keinen Menschen mehr berührt, und kein Mensch hatte ihn berührt, außer bei Prügeleien. Aber das hier war etwas anderes, das spürte er, sie war gekommen, um ihm endlich den Schädel zu öffnen und ihn aus dieser Folter zu befreien. Und in der Blindheit seines Schmerzes schrie er ihr entgegen, was er in dem Moment, als er sie sah, gespürt hatte. Doch er erschrak, als die Worte leer und grob aus ihm herauskamen. »Wörter, wie Jungs sie verwenden«, hat er mir erzählt, »›lass dich halt ficken‹, etwas in der Art«, so ganz anders als der reine und klare Gedanke, den er gehabt hatte, »aber vielleicht zweieinhalb Sekunden hab ich auf ihrem Gesicht gesehen, dass sie mich trotz dieser Grobheit … dass sie mich trotzdem verstanden hat.«

Vielleicht ist es ja wirklich so gewesen. Was weiß ich. Warum soll ich ihr das nicht zugestehen, warum nicht glauben, dass ein junges Mädchen, in Jugoslawien geboren und, wie sich später herausstellte, tatsächlich einige Jahre lang ausgesetzt und sich selbst überlassen, ohne Vater und Mutter, dass so ein Mädchen trotz seiner Startbedingungen – und vielleicht gerade deshalb – in einem Augenblick der Gnade in einen Knaben aus dem Kibbuz hineinschauen konnte, einen in sich gekehrten Knaben, so stell ich ihn mir vor mit seinen fünfzehn Jahren, einsam, voller Geheimnisse, voller verwickelter Berechnungen und großer Gesten, von denen niemand auf der Welt etwas wusste. Ein trauriger, düsterer Knabe, aber schön, zum Heulen schön.

Das war Rafael, mein Vater.

Es gibt einen bekannten Film, ich erinnere mich grad nicht, wie er heißt, da kehrt der Held in die Vergangenheit zurück, um dort etwas zu korrigieren, um einen Weltkrieg zu verhindern oder so. Was gäbe ich darum, in die Vergangenheit zurückzukehren, nur um zu verhindern, dass diese beiden sich dort begegnen.

In den Tagen und Nächten danach hatte es ihn gequält, dass er diesen wunderbaren Moment hatte vorbeigehen lassen. Er hörte auf, die Schlaftabletten seiner Mutter zu schlucken, um die Liebe ohne Betäubung zu erleben. Er suchte Nina im ganzen Kibbuz und fand sie nicht. In diesen Tagen sprach er mit kaum einem Menschen, deshalb wusste er nicht, dass

Nina aus dem Viertel der Alleinstehenden, in dem sie mit ihrer Mutter gewohnt hatte, ausgezogen war und eigenmächtig ein Zimmerchen in einer runtergekommenen alten Baracke aus der Zeit der Gründungsväter besetzt hatte. Die bestand aus einer Reihe winziger Zimmer und befand sich hinter den Plantagen, in einer Gegend, die der Kibbuz mit dem ihm eigenen Feingefühl die »Kolonie der Aussätzigen« nannte. Dort lebte eine kleine Gruppe von Männern und Frauen, in der Mehrzahl Volontäre aus dem Ausland; sie waren hier gestrandet, fanden ihren Platz nicht und trugen nichts zur Gemeinschaft bei, und der Kibbuz wusste nicht, was er mit ihnen anfangen sollte.

Doch der Gedanke, der ihn ergriffen hatte, als Nina ihm in der Plantage entgegenkam, verlor nichts von seinem Feuer; mit jedem Tag schloss er sich enger um seine Seele: »Wenn Nina bereit wäre, auch nur einmal mit mir zu schlafen«, hatte er allen Ernstes gedacht, »würde der Ausdruck in ihr Gesicht zurückkehren.«

Das erzählte Rafael mir vor Ewigkeiten in einem Gespräch, das wir gefilmt haben, da war er siebenunddreißig. Es war mein erster Film gewesen, und heute früh, vierundzwanzig Jahre später, haben Rafael und ich in einem Anfall leichtfertiger Nostalgie beschlossen, ihn uns wieder anzuschauen. Man sieht im Film, wie er an dieser Stelle hustet und kaum noch Luft kriegt, sich wild den Bart kratzt, das lederne Armband seiner Uhr auf- und zu- und wieder aufmacht, aber vor allem hebt er den Blick nicht zu der jungen Interviewerin, er schaut mich nicht an.

»Mensch, was hast du für ein Selbstvertrauen gehabt, mit sechzehn«, hört man mich im Film. »Ich?«, staunt Rafael,

»Selbstvertrauen? Ich war ein Blatt im Wind!« – »Oh, ganz im Gegenteil, denke ich«, fährt die Filmerin entsetzlich gekünstelt fort, »das ist die originellste Zeile Flirt, die ich je gehört habe.«

Ich war fünfzehn, als ich ihn interviewte, und hatte, um ehrlich zu sein, bis zu diesem Augenblick noch nie eine Zeile Flirt gehört, egal wie originell oder abgegriffen, allenfalls von mir selbst vor dem Spiegel, mit einer schwarzen Schiebermütze auf dem Kopf und einem geheimnisvollen Schal, der das halbe Gesicht verdeckte.

Die Videokassette, ein kleines Stativ und ein Mikrofon mit einem grauen, schon wattig gewordenen Schwamm hat meine Großmutter Vera diese Woche, wir schreiben den Oktober 2008, in einem Pappkarton auf ihrem Hängeboden gefunden, zusammen mit der alten Videokamera, einer *Sony*, durch deren Sucher ich in jenen Jahren die Welt betrachtete.

Zugegeben, »Film« ist ein etwas großes Wort für diese Sache. Es handelt sich um ein paar unverbundene Szenen, Jugenderinnerungen meines Vaters, nicht fertig bearbeitet. Der Ton ist entsetzlich, das Bild verblasst und grobkörnig, aber man kriegt in etwa mit, was passiert. Auf den Karton hatte Vera mit schwarzem Filzstift »Gili – Verschiedenes« geschrieben. Ich kann kaum sagen, was dieser Film mit mir macht. Wie sehr ich mich nach dem jungen Mädchen sehne, das ich damals war, das man hier im Film sieht und das, ich übertreibe nicht, wie die menschliche Variante des Vogels Dodo wirkt. Den bewahrte bekanntlich nur sein Aussterben davor, den Tod aus Peinlichkeit zu sterben. Kurz gesagt, ein Geschöpf, dem in seinem Innern noch nicht klar ist, was es ist und wohin es mal will. Alles noch offen.

Heute, vierundzwanzig Jahre nachdem ich dieses Gespräch gefilmt habe, sitze ich neben meinem Vater in Veras Haus im Kibbuz, schaue das Video zusammen mit ihm an und erschrecke, wie ich mich da exponiert habe, obwohl ich nur das Interview führe.

Eine ganze Zeit lang achte ich gar nicht auf das, was mein Vater von sich und Nina erzählt, wie sie sich kennengelernt haben und wie sehr er sie geliebt hat. Ich hocke da neben ihm, ganz klein und verkrampft – so intensiv war mein innerer Konflikt, er ist völlig ungefiltert zu sehen; wie ein Schrei aus dem jungen Mädchen, das ich war –, und ich sehe den Schrecken in ihren Augen, gerade weil alles noch dermaßen offen ist, zu offen. Offen sind sogar Fragen wie, wie viel Lebenskraft sie besitzt oder nicht besitzt oder wie viel Frau sie sein wird und wie viel Mann. Da ist sie schon fünfzehn und weiß noch nicht, was die Verwaltungsorgane ihrer DNA über sie entschieden haben.

Und ich denke mir, könnte ich mich jetzt doch für einen Moment, wirklich nur für einen Moment in ihre Welt hineinschmuggeln und ihr ein Foto von mir heute zeigen, sagen wir bei der Arbeit oder zusammen mit Meir, sogar in unserer jetzigen Situation, und ihr sagen, keine Sorge, Mädchen, zum Schluss wird sich – mit etwas Drücken und Schieben, ein paar Kompromissen, einer Prise Humor und ein bisschen produktiver Selbstzerstörung – ein Platz für dich finden, ein Platz, der ganz deiner ist, und sogar Liebe wirst du finden, es wird jemanden geben, der genau so eine große, dünne Frau mit dem Aroma des Vogels Dodo sucht.

Ich möchte zurückkehren zum Anfang, zum Brutkasten der Familie. Mal sehen, wie viel ich schaffe aufzuschreiben; bis wir auf die Insel fliegen, bleiben uns noch drei Tage. Rafaels Vater, Tuvia Bruck, war als Agronom für die gesamten Ländereien zwischen Haifa und Nazareth verantwortlich und bekleidete auch einige höhere Ämter im Kibbuz. Ein ernster, schöner Mann, der viel zuwege brachte und wenig sprach. Er liebte seine Frau Duši und pflegte sie in den Jahren ihrer Krankheit, so gut er konnte. Eine Weile nach ihrem Tod begannen die Leute im Kibbuz, ihm immer wieder von Vera zu erzählen, von Ninas Mutter. Tuvia zögerte. Vera hatte etwas, das eindeutig nicht von hier war. Immer, in jeder Situation, trug sie Lippenstift und Ohrringe. Ihr Akzent war stark, ihr Hebräisch merkwürdig (das ist bis heute so, niemand sonst spricht so wie sie), und sogar ihre Stimme klang in seinen Ohren nach Exil. Eines Abends, als er aus dem Speisesaal kam, legte ihm ein alter Kibbuznik aus der Kerngruppe der jugoslawischen Gründerpioniere den Arm auf die Schulter und sagte: »Sie ist dir ebenbürtig, eine Frau mit Werten wie du, Tuvia. Du musst wissen, sie hat Sachen erlebt, das ist kaum zu glauben, und noch kann man nicht über alles reden.«

Schließlich lud Tuvia sie zu einem Kennenlerngespräch zu sich ein. Um die Verlegenheit zu mildern, brachte Vera eine Bekannte aus ihrer Stadt in Kroatien mit, eine begeisterte Fotografin. Die beiden saßen schweigend da, ein Bein übers andere geschlagen, auf den äußerst unbequemen Sesseln aus Metallstangen und einem Geflecht dünner Nylonschnüre, die einem in den Hintern schnitten.

Sie mussten die Selbstdisziplin von Säulenheiligen aufbringen, um nicht loszuprusten, als Tuvia versuchte, den kleinen Imbiss, den seine Töchter, Hannah und Esther, vorbereitet hatten, aus der Küche ins Zimmer zu transportieren. Später hat sich Vera zweiunddreißig gemeinsame gute und sogar glückliche Jahre lang den Spaß gemacht, ihn nachzuahmen, wie er bei ihrer ersten Begegnung in die Küche geht, um eine Schale mit Erdnüssen oder Salzstangen zu holen, und ihnen dabei weiter von afrikanischen Baumwollwürmern und Zitrus-Miniermotten erzählt, wie er mit leeren Händen zurückkommt, sich mit einem Lächeln und einem wunderschönen Grübchen auf der linken Wange entschuldigt, wieder in die Küche geht und dann ein Glas mit Wildblumen reinbringt.

Während Rafaels Vater seinen komplizierten Flirttanz vollführte, schaute Vera sich um und versuchte, etwas über seine verstorbene Frau in Erfahrung zu bringen. Es gab kein Bild von ihr an der Wand, und es gab auch keine Bücherregale und Teppiche. Der Schirm der Stehlampe war von Motten zerfressen (sie fragte sich, ob das wohl die Miniermotten waren, von denen er gesprochen hatte), und aus dem Polster des Sofas schaute an einigen Stellen gelblicher Schaumstoff hervor. Veras Freundin wies mit dem Kinn auf einen zusammengeklappten Rollstuhl und eine Sauerstoffflasche, die zwischen Sofa und Wand geschoben waren. Vera spürte, die Krankheit, die über lange Jahre in diesem Haus wohnte, hatte es noch nicht ganz verlassen. Etwas davon war noch nicht wirklich vorbei. Im Wissen, dass es hier eine Rivalin gab, nahm sie nun eine aufrechtere Haltung an und mahnte Rafaels Vater, er solle sich doch endlich auch hinsetzen und ganz normal mit ihnen reden, und sofort sank er auf das Sofa und verschränkte die Arme vor der Brust.

Vera lächelte ihn aus den Tiefen ihres Frauseins an, und sein Rückgrat wurde weich. Die Freundin kam sich plötzlich überflüssig vor und stand auf, um zu gehen. Sie wechselte mit Vera ein paar rasche Worte auf Serbokroatisch, Vera zuckte die Schultern, machte mit der Hand eine Bewegung wie »das ist mir nun wirklich egal«. Tuvia, dessen ganzes Sein hier zur schnellen Begutachtung stand, war ein entschlossener und selbstsicherer Mann, doch jetzt kam er aus dem Konzept angesichts dieser kleinen Frau mit dem scharfen grünen Blick. So scharf, dass man alle paar Minuten die Augen von ihr wenden musste. Bevor sie ging, bat die Freundin um Erlaubnis, sie mit ihrer *Olympus* fotografieren zu dürfen. Beide waren verlegen, aber sie sagte: »Ihr seid so schön zusammen«, und sie schauten einander an und spürten zum ersten Mal die Möglichkeit, ein Paar zu werden.

Für das Foto stand Vera von dem Foltersessel auf und setzte sich neben Tuvia auf das schmale Sofa. Auf dem Bild, schwarz-weiß, stützt sich Vera mit einem Arm nach hinten ab, schaut ihn von der Seite leicht distanziert an und lächelt. Als ob sie ihn mit etwas foppte und ihr das Freude machte.

Es ist das Jahr 1963, zu Beginn des Winters. Vera ist fünfundvierzig. Eine Locke kringelt sich auf ihrer Stirn, volle, perfekte Lippen. Die Augenbrauen schmal, richtige Hedy-Lamarr-Augenbrauen, wie mit dem Stift gezogen.

Tuvia ist vierundfünfzig, trägt ein weißes Hemd mit breitem Kragen und einen handgestrickten Pullover mit dickem Zopfmuster. Er hat eine dichte schwarze Mähne mit sehr geradem Scheitel. Die Arme mit den riesigen Fäusten vor der Brust verschränkt. Er ist verlegen, und seine Stirn glänzt vor Aufregung.

Tuvia hat die Beine übergeschlagen, und erst jetzt bemerke ich, dass unter dem Tisch, der aus zwei Holzkisten und einem Brett mit einer weißen Tischdecke besteht, Veras rechter großer Zeh in einer offenen Riemchensandale leicht Tuvias linke Schuhsohle berührt, als ob sie ihn von unten kitzelte.

Die Freundin ging. Vera und Tuvia blieben allein, da saßen sie nun fest, auf dem Sofa. Als er den Arm hob, um sich die Stirn zu kratzen, bemerkte Vera das schwarze Haar, das aus dem Ärmel seines Pullovers hervorschaute. Dichtes Haar quoll auch von seiner Brust hinauf und wurde an der rötlichen Rasierlinie seines Halses gestoppt. Das schreckte sie ab und zog sie an. Ihr erster und einziger Geliebter, Miloš, hatte helle, glatte Haut gehabt, die sich in der Sonne honigfarben bräunte, und Veras Körper erinnerte sich plötzlich, wie sie und Miloš sich wie kleine Katzen aneinandergeschmiegt hatten. Sie hatte sich gern in seinem schmalen, kränklichen Körper vergraben, um ihm Wärme, Kraft und Gesundheit einzuflößen, die sie im Überfluss besaß, und um zu spüren, wie sie immer voller wurde, je mehr sie davon in ihn hineinsprudelte. Etwas in ihrem Innern zog sich zusammen, ihr Gesicht wurde traurig, beinah wäre sie aufgestanden und gegangen. Tuvia, der nicht bemerkte, welche Umwälzungen in ihr vorgingen, stand auf, stellte sich vor sie hin und sagte, er müsse jetzt noch zu einer Sitzung des Sekretariats, aber von ihm aus sei die Sache einvernehmlich und man könne es versuchen. Und er streckte ihr seine Hand entgegen, als klappe er einen Zollstock auf.

Dieser ungelenke Antrag ließ sie trotz ihrer Sehnsucht nach Miloš in schallendes Gelächter ausbrechen. Tuvia stand wie ein Gescholtener vor ihr und versuchte, wie es seine Art war, sich klein zu machen. »Also, was meinst du, Vera?«, fragte er flehend, setzte sich wieder auf die Sofakante, verloren und völlig dahingeschmolzen. Vera zögerte noch. Er gefiel ihr, er wirkte männlich, geradlinig und klar – »Ich hab sofort gesehen seine Potenzial« –, aber andererseits wusste sie so gut wie nichts über ihn.

Genau in diesem Moment, mit einem ausgesprochen erbärmlichen Timing wie in fast allen wichtigen Momenten seines Lebens, stürmte Rafael ins Haus, Tuvias jüngster Sohn, mit einem geschwollenen Auge, Verletzungen im Gesicht und Blutkrusten um den Mund. Wieder war er in eine Schlägerei verwickelt gewesen, diesmal mit älteren Jungs aus der zentralen Kibbuzschule. Er trug noch immer – wie jeden Tag und bei jedem Wetter – den Kapuzenpulli vom Tag der Beerdigung seiner Mutter. Er stieß die Fliegengittertür auf, sah seinen Vater beschämt neben Vera sitzen und erstarrte. Vera fuhr sofort hoch und ging auf ihn zu. Er brummte zur Warnung. Sie erschrak nicht. Blieb vor ihm stehen und sah ihn neugierig an.

Rafael kam unter ihrem Blick durcheinander, genau wie sein Vater: Er hatte sie schon gesehen, klar. War auf den Wegen im Kibbuz und auch im Speisesaal an ihr vorbeigegangen, aber sie hatte anscheinend keinerlei Eindruck auf ihn gemacht. Eine kleine Frau, energisch und flink, mit zusammengepressten Lippen. Das war in etwa, was er gesehen hatte. Natürlich hatte er nicht im Traum daran gedacht, dass sie die Mutter von Nina sein könnte, die Tag und Nacht seine Fantasien nährte. »Du bist Rafael«, sagte Vera mit einem Lächeln, und es klang, als wisse sie schon sehr viel mehr. Ohne den Blick von Rafael zu wenden, schickte sie Tuvia ins

Badezimmer, blaues Jod und Gaze holen. Dann streckte sie die Hand zu Rafaels blutigem Gesicht und berührte mit dem Finger seinen Mundwinkel.

Ein spitzer Schrei, ein unterdrückter serbokroatischer Fluch. Tuvia kam aus dem Badezimmer gerannt. Rafael stand erschrocken da und schmeckte auf seinen Lippen das fremde Blut. Vera versuchte zu stoppen, was von ihren Fingern auf den Boden tropfte. Tuvia, der Rafael noch nie im Leben geschlagen hatte, stürzte sich auf ihn, aber Vera grätschte mit geöffneten Armen dazwischen und trennte die beiden; dabei stieß sie einen heiseren, tiefen Warnlaut aus, der nicht so klang, als käme er von einem Menschen. Ihre Bewegung und dieser Laut bewirkten, dass sich Rafael tief in der Seele wie ein Tierjunges vorkam, »das Junge eines Tieres, das um sein Kind kämpft«, so hat er es mir beschrieben.

Und trotz allem, was er ihr gegenüber empfand, wäre er plötzlich gern das Junge dieses Tiers gewesen.

Tuvia war kein gewalttätiger Mann, und was da aus ihm hervorgebrochen war, machte ihm Angst. Immer wieder murmelte er beschämt: »Entschuldige, Rafi, verzeih mir.« Vera lehnte sich an die Wand, ihr schwindelte etwas, nicht wegen des Blutes, Blut hatte sie noch nie geängstigt. Sie schloss die Augen. Ihre Lider bebten, sie wechselte heimlich ein paar schnelle Worte mit Miloš. Fast zwölf Jahre waren vergangen, seit er sich in den Folterkellern des jugoslawischen Geheimdienstes in Belgrad das Leben genommen hatte. Jetzt sagte sie ihm, sie werde mit einem anderen Mann zusammenleben, aber von ihm und von ihrer gemeinsamen Liebe werde sie sich niemals trennen.

Sie schlug die Augen auf und sah Rafael an. Dachte, wie sehr er seinem Vater ähnelte und was für ein beeindruckender Mann er einmal sein würde, sah aber auch, was das Aufwachsen fast ohne Mutter in so jungen Jahren mit ihm gemacht hatte. Auch Nina, ihre Tochter, war eine Waise, auf eine Art, die nur schwer zu erklären ist, aber Rafaels Elend, seine Einsamkeit und Verlorenheit bewirkten, dass Vera sich plötzlich als Mutter fühlte, mehr als je zuvor. Diesen Satz hat sie im Laufe der Zeit öfters wiederholt, mit ganz unterschiedlichen Betonungen. »Wie kann es sein, dass du das nie zuvor so gespürt hast?«, habe ich ihr einmal entgegengeschleudert, »du hattest doch Nina! Du hattest eine Tochter!« Wir gingen damals auf unserem Lieblingsweg, der um die Felder des Kibbuz führt, wir gingen eingehängt, so geht sie am liebsten mit mir, bis heute, trotz des Größenunterschieds, und sie antwortete, wie es ihre Art war, entsetzlich direkt: »Es ist, als wäre es mit Nina gewesen eine Schwangerschaft außerhalb von Gebärmutter, aber mit Rafi ist alles plötzlich gegangen ohne Komplikation.«

Rafael und Tuvia atmeten kaum unter ihrem Blick, und das war der Moment, in dem sie zweifelsfrei wusste, dass sie Tuvia heiraten würde, so hat sie es mir erzählt, und sie hätte ihn auch geheiratet, wenn er hässlich und ein Gauner oder Trommler in einem Bordell gewesen wäre – ein persönlicher Ausdruck von ihr, einer von vielen, dessen genaue Bedeutung mir nicht ganz klar ist, den aber Tuvias Familie samt Kindern und Kindeskindern gern übernommen hat. Denn was sind all deine schönen Ideale wert, dachte Vera in diesem Augenblick bei sich, was ist der Kommunismus wert, die ganze Völkerfreundschaft, der strahlende Rote Stern und die heldenhafte

Gestalt von Pawel Kortschagin in *Wie der Stahl gehärtet wurde*, was sind all die Kämpfe wert, die du für eine bessere und gerechtere Welt gekämpft hast? Einen Dreck sind sie wert, wenn du diesen Jungen hier sich selbst überlässt.

Ein oder zwei Sekunden lang war jeder in sich versunken. Ich male mir gerne aus, wie die drei da stehen, die Köpfe gesenkt, als lauschten sie dem Glucksen einer Mixtur, die in ihnen zu wirken begann. Dies ist im Grunde der Moment, in dem meine Familie entstand. Und es ist auch der Moment, in dem ich selbst mich abzuzeichnen begann.

Tuvia Bruck ist mein Großvater. Vera meine Großmutter.

Rafael, Rafi, R. ist, wie bereits erwähnt, mein Vater, und Nina …

Nina ist nicht da.

Sie ist nicht da, Nina.

Aber das war schon immer ihr spezifischer Beitrag zur Familie.

Und ich? Wer bin ich?

Liebes Heft, 72 Seiten holzfrei, Marke *Daftar*, ich habe in den letzten zwei Tagen schon die Hälfte von dir vollgeschrieben und wir wurden bisher noch nicht ordentlich vorgestellt.

Gili, auf Englisch: »joy« oder »enjoy« oder »be happy«.

Ein schwieriger Name, wie man ihn auch deutet, vor allem, weil er im Hebräischen ein Imperativ ist: Freu dich!

Rafael hatte sich in sein Zimmer zurückgezogen, es war klein und dunkel wie eine Höhle. Er schloss die Tür und setzte sich aufs Bett. Diese kleine Frau machte ihm Angst. Noch nie hatte er seinen Vater so hilflos gesehen. Auf der anderen Seite der Tür führte Vera Tuvia zum Sofa und ließ ihn ihre zwei Finger verbinden, in die Rafael gebissen hatte. Sie fand Gefallen an der hellen Farbe ihrer Hand in seinen Händen. Ein gutes Schweigen lag zwischen ihnen. Tuvia machte den Verband fertig und befestigte ihn mit einer Sicherheitsnadel. Er kam mit dem Gesicht nah an ihre Finger und biss einen störrischen Faden ab, und das Herz ging ihr auf von so viel Mannsein. Er fragte, ob sie Schmerzen habe, und sie murmelte: »Bin ja selber schuld.« Sie unterhielten sich leise. Er sagte: »Der Junge ist so, seit seine Mutter gestorben ist. Im Grunde, seit sie krank wurde.« Vera legte ihre verbundene Hand auf seine Hand. »Ich habe Nina und du hast Rafael.« Das leise Sprechen brachte sie einander näher. Sie beherrschte sich, nicht mit den Fingern durch sein dichtes Haar zu fahren.

»Also, was sagst du, Vera, vielleicht sollten wir …«

»… es zusammen versuchen, warum nicht.«

Vor zwei Tagen haben wir Veras Neunzigsten gefeiert (mit zweimonatiger Verspätung; an ihrem eigentlichen Geburtstag hatte sie eine Lungenentzündung, deshalb haben wir das Fest verschoben). Die Familie hat im Kibbuz gefeiert, im Klubhaus. Die »Familie« – das war natürlich die von Tuvia, der hatte sich Vera seinerzeit angeschlossen, aber in den fünfundvierzig Jahren ist sie selbst zu deren Mittelpunkt geworden. Schon komisch, die meisten ihrer Enkel und Urenkel, die mit ihr schmusen und um ihre Aufmerksamkeit wetteifern, wissen noch nicht einmal, dass sie nicht ihre leibliche Großmutter ist. Bei uns erlebt jedes Kind ein kleines Initiationsritual, wenn ihm oder ihr, in der Regel im Alter von etwa zehn Jahren, plötzlich die Wahrheit dämmert. Dann stellen sie immer ein oder zwei Fragen, legen die Stirn in Falten, kneifen die Augen zusammen, gefolgt von einem Kopfschütteln, einer Art kurzem Schauder, der die neue, beunruhigende Information ganz schnell wieder abschüttelt.

Hannah, Großvater Tuvias Erstgeborene und die große Schwester meines Vaters, hielt bei der Feier eine kleine Rede: »Nach den zweiunddreißig Jahren, die sie und unser Vater zusammen waren, kann ich aus vollem Herzen sagen, dass Vera nicht nur in jeder Hinsicht Teil unserer Familie ist, sondern dass wir ohne sie wohl nicht die Familie wären, die wir sind.« Hannah sprach wie immer einfach und bescheiden, und Rafael war nicht der einzige, der sich Tränen abwischte, auch ihre Schwester Esther war sichtlich gerührt. Vera verzog den Mund – sie hat so eine automatische verächtliche Bewegung, die macht sie, wenn sie spürt, dass etwas beginnt klebrig zu werden –, und Rafael, der wie bei allen familiären Anlässen filmte, flüsterte mir verstohlen zu: »Siehst du, wie jede ihrer Bewegungen und Gesten so ganz typisch für sie ist?« Gleich zum Auftakt des Festes hatte Vera verkündet, nur sie dürfe an diesem Tag Gutes über sich sagen, und deshalb könne man ohne weitere Umstände gleich mit dem Essen beginnen. Doch diesmal hat die Familie nicht nachgegeben. Leute aller Generationen und jeden Alters erzählten Gutes über sie, sehr ungewöhnlich, denn die Brucks sind normalerweise keine großen Redner und wären nie auf die Idee gekommen, jemandem so direkt so persönliche Dinge zu sagen, und das noch dazu vor anderen Leuten. Aber Vera wollten sie es wirklich sagen. Fast jeder hier hatte seine eigene Geschichte, wie Vera ihm mal geholfen, sich um ihn gekümmert oder ihn vor etwas Schlimmem, manchmal gar vor sich selbst, bewahrt hatte. Meine Geschichte war eigentlich die sensationellste: Mit dreiundzwanzig hatte ich aus enttäuschter Liebe Hand an mich gelegt wegen eines Typen – möge sein Name aus meiner Filmografie ausgelöscht sein –, doch Vera und auch mir war klar, alles, was ich ihr sagen wollte, würde ich ihr privat erzählen, wie immer, unter vier Augen. Ein besonders herzerfrischender Moment war, als Tom, Esthers zweieinhalbjähriger Enkel, in die Windel gemacht hatte und sich, als sei dies eine kleine Unabhängigkeitserklärung, standhaft widersetzte, als seine Mutter oder Großmutter Esther ihn wickeln wollten. Als Esther ihn fragte, wer ihm denn die Windel wechseln solle, rief er begeistert: »Omivera!«, und das Gelächter war groß.

Vera sprang erstaunlich flink aus ihrem Sessel auf und lief fast wie ein junges Mädchen, nur etwas nach links gebeugt zu Tom hinüber, und während sie ihm auf einem Beistelltisch die Windel wechselte, gab sie uns ein Zeichen, wir sollten doch weitermachen, »damit wir zu Ende kommen damit«. Dabei war sie ganz in Toms lächelndes Gesicht versunken, zwitscherte auf Serbokroatisch mit ungarischem Akzent in seinen Nabel hinein und hörte dabei doch zu, was in ihrem Rücken über sie gesprochen wurde. Und als sie trotz ihrer beeindruckenden neunzig Jahre den frisch gewickelten Tom in die Luft schwang und der lachte und versuchte, nach ihrer Brille zu greifen, da spürte ich plötzlich tief in mir ein Reißen, die Trauer über etwas, das ich im Leben nie sein und nie machen würde, und da fehlte Meir mir so sehr, mein Lebensgefährte, und ich dachte mir, hätte ich ihn doch nur gebeten mitzukommen. Schließlich hatte ich doch schon vorher gewusst, wie ungeschützt und verletzlich ich hier sein würde, wenn Nina da war.

Fünfundvierzig Jahre zuvor, im Winter 1963, an dem Abend, an dem Vera und sein Vater Tuvia ihr gemeinsames Leben beginnen wollten, war Rafael zur Turnhalle des Kibbuz gegangen. Hinter der Halle gab es eine leere Sandfläche, und seit einem Jahr, seit seine Mutter gestorben war, trainierte er dort Kugelstoßen. Die Sonne war schon untergegangen, doch am Himmel hing noch ein schwacher Schein, und erste Regensplitter schwebten in der Luft. Dutzende Male stieß Rafael drei und vier Kilo schwere Kugeln. Seine Wut und sein Hass steigerten seinen Erfolg erheblich. Als ihm kalt wurde und er schon in sein Zimmer in der Kibbuzschule gehen, den Kopf im Kissen vergraben und nicht daran denken wollte, was sein Vater an diesem Abend tun würde oder vielleicht schon in ebendiesem Augenblick mit seiner jugoslawischen Hure tat, tauchte Vera vor ihm auf. Sie kam mit einem braunen Koffer, fast so groß wie sie selbst, durch Lederriemen und Metallnägel verstärkt (ein wunderschönes Stück, auf das ich schon lange ein Auge geworfen habe). Vera setzte den Koffer mitten im Schlamm ab und stand mit hängenden Armen vor Rafael, als stelle sie sich seinem Urteil. Er hatte keine Wahl. Stieß weiter Kugeln, ohne Vera anzusehen. In den zwei Wochen, seit er sie getroffen und gebissen hatte, war Rafael klar geworden, dass Vera die Mutter seiner großen Liebe war. Eine dermaßen entsetzliche Tatsache, dass er mit aller Kraft versucht hatte, sich davon abzulenken, doch jetzt stand sie leibhaftig vor ihm.

Der Regen hatte Vera überrascht. Sie trug einen dünnen, auberginefarbenen Pullover mit einem runden, blendend weißen Batistkragen und ebenso weiße, bereits schlammverschmierte Schuhe. Einen kleinen lila Hut auf dem Kopf in einem Winkel, der Rafael nicht weniger nervte als der Hut selbst, außerdem eine dünne Goldkette und Perlenohrringe, alles Dinge, die nur schnöde Städterinnen trugen.

Jetzt, wo ich das aufschreibe, kommt mir der Gedanke – das waren Veras Brautkleider, das war ihr Brautschmuck.

Und es war ihre Hochzeitsnacht.

Mit ihrem schweren ungarischen Akzent (denn bei ihr zu Hause, in Kroatien, sprach man in der Regel Ungarisch) fragte sie: »Rafael, bist du bereit zu reden einen Moment mit mir?« Doch er zog sich die Kapuze über die Augen, wandte ihr den Rücken zu und stieß noch eine Eisenkugel ins Dunkel. Vera zögerte einen Moment, marschierte dann auf ihn zu, hob eine Kugel vom Haufen und wog sie in der Hand. Rafael hielt mitten in der Bewegung inne, als habe er plötzlich vergessen, was jetzt zu tun sei. Ohne jede Vorbereitung, ohne sich um sich selbst zu drehen, nur mit einem tiefen Stöhnen, stieß Vera die Kugel unerhört weit, vielleicht einen ganzen Meter weiter als er seine.

Rafael war schmal, aber stark, einer der Stärksten in seiner Altersgruppe. Er nahm eine weitere Kugel, legte sie in die Kuhle seiner Schulter, schloss die Augen, er hatte keine Eile, und presste in diese Kugel die ganze Verachtung, die er für Vera empfand.

Das reichte ihm aus irgendeinem Grund noch nicht, und er drehte sich um sich selbst und legte in die Kugel auch den Hass auf seinen Vater, der seine Mutter jetzt mit dieser fremden Frau, mit Ninas Mutter betrügen würde. Doch selbst dieser Gedanke brachte ihn nicht dazu, die Kugel zu stoßen, und er drehte sich weiter um die eigene Achse, bis plötzlich ein stinkender Schwall Wut auf seine eigene Mutter aus ihm herausschoß, ausgerechnet auf sie, weil sie, als er gerade mal fünf gewesen war, begonnen hatte, sich in ihre Krankheit zu verschließen.

Das Dunkel wurde dichter, der Regen stärker. Vera rieb sich schnell die Hände, vielleicht weil ihr kalt war, vielleicht aus der Freude am Wettkampf, die in ihr aufflammte.

Rafael hat mir das vorgemacht, als ich ihn gefilmt habe. Ich kenne diese Bewegung von ihr und mag sie nicht. Übrigens ist sie bis heute so: In solchen Momenten scheint in ihrem Gesicht etwas Metallisches auf, eine stählerne Entschlossenheit – in den Augen, sogar auf der Haut, es passiert in Momenten des Streits oder der Konfrontation, in der Regel bei politischen Fragen. Wenn ihr zum Beispiel der Verdacht kommt, dass jemand aus der Familie oder aus dem Kibbuz ein Argument der Rechten bemüht oder es wagt, ein gutes Wort über die Siedler zu sagen, oder, Gott behüte, ein bisschen fromm wird, dann hagelt es Feuer und Schwefel.

Auch Rafael, der Knabe, hatte damals sofort gespürt, das – so formulierte er es mir gegenüber – waren keine »mütterlichen Bewegungen«. Obgleich er nicht genau wusste, was mütterliche Bewegungen waren. Er war ein absoluter Analphabet in Sachen Mütterlichkeit, als Vera in sein Leben platzte. Die nahm flink Kette, Armreifen und Ohrringe ab, legte sie auf ihren Koffer und bedeckte sie mit ihrem lächerlichen Hut. Als alles an seinem Platz lag, krempelte sie sich geschwind die Ärmel des Pullovers und der Bluse auf. Da sah Rafael ihre Armmuskeln und das Netz ihrer Venen. Entsetzt starrte er sie an: Sowas will eine Mutter sein? Mit solchen Muskeln?

Es war bereits dunkel. Aus Richtung des Carmelgebirges rollten Donner heran. Vera und Rafael sahen kaum die Kugeln, die sie stießen. Nur ihr schwarzer, metallischer Glanz schien für einen Augenblick im Licht einer Weglaterne und manchmal im Schein eines fernen Blitzes auf. Die Kugeln landeten immer näher, und wenn sie sie aus dem Schlamm aufhoben, hatten sie kaum noch die Kraft, sie noch einmal zu werfen. Aber sie machten weiter, beide stießen, stöhnten und standen schnaufend da, eine Hand in die Hüfte gestützt. Alle paar Minuten gingen sie schweigend nebeneinander die Kugeln suchen, die wie gemästete Kaulquappen in den Pfützen lagen.

Einen Moment bevor Rafael sagte, er könne nicht mehr, legte sie ihre Kugel auf den Boden, hob die Hände und ging zu ihrem Koffer. Er hatte den Eindruck, dass sie mit Würde gegen ihn verloren hatte, und das gefiel ihm. So handelt eine Mutter. (»Du musst verstehen, Gili, damals hab ich die Menschheit in zwei Gruppen geteilt, und du wirst lachen, auch die Männer: Wer ist Mutter und wer ist keine.«) Vera stand mit dem Rücken zu ihm, legte rasch ihre Armreifen und Ohrringe wieder an, setzte ihren lila Hut auf und schob ihn abermals in den Winkel, der in Rafael den Drang weckte, ihn ihr vom Kopf zu reißen, in den Schlamm zu werfen und mit beiden Füßen darauf rumzutrampeln. Dann wandte sie sich zu ihm. Sie zitterte vor Kälte, aber ihr Blick blieb fest.

»Hör mir zu einen Moment. Ich bin hierhergekommen, weil ich reden will mit dir, bevor ich reingehe in dein Haus. Du musst wissen: Ich will nicht sein deine Mutter und erst recht nicht deine Stiefmutter.« Ihr Ivrith war gar nicht schlecht. Als sie noch auf die Ausreiseerlaubnis nach Israel warteten, hatte sie in Jugoslawien zusammen mit Nina bei einer jüdischen Journalistin die Sprache gelernt. Sie sagte wohl *ima choreget,*

»Stiefmutter«, aber wegen ihres Akzents hatte er den Eindruck, sie habe *ima horeget,* »tötende Mutter«, gesagt.

Nie im Leben wirst du meine Mutter sein, hatte Rafael vor sich hin gemurmelt, nie im Leben wirst du so sein können wie meine Mutter.

In den letzten Jahren ihrer Krankheit hatte sich seine Mutter ins Schlafzimmer zurückgezogen, und er hatte sie kaum noch gesehen. Manchmal, wenn sie ihn mit ihrer neuen, kehligen, männlichen Stimme aus dem Schlafzimmer rief, war er aus dem Fenster seines Zimmers gesprungen und abgehauen. Er konnte ihr Gesicht nicht ertragen, das wie ein Ballon aufgedunsen war, wie eine Karikatur der schönen, zierlichen Mutter, die er gehabt hatte, und er ertrug auch nicht den sauren Geruch, der von ihr ausging und das Haus erfüllte und sich in seinen Kleidern und in seiner Seele festsetzte. Als er klein gewesen war, mit fünf und sechs, hatte Tuvia ihn in manchen Nächten schlafend aus dem Bett geholt und auf dem Arm ins Bett seiner Mutter getragen, damit sie ihn sah und berührte. Und wenn Rafael morgens aufwachte, merkte er am Geruchs seines Schlafanzugs, dass er nachts zu seiner Mutter gebracht worden war, und hatte, meist wutentbrannt, einen frischen verlangt.

Vera sagte zu Rafael: »Niemand auf Welt kann sein wie deine Mutter, und das hier ist dein Zuhause; ich bin hier nur Gast, aber ich verspreche dir, *to do my best,* und wenn du mich nicht willst, du musst nur ein Wort sagen, und ich nehme meine Sachen und geh.«

Eine Minute? Fünf Minuten? Wie lange haben sie sich dort im Regen gegenübergestanden? Dazu gibt es unterschiedliche Versionen. Vera schwört mit feierlichem, seitlichem

Ausspucken, bei dem sie die Oberlippe über die Unterlippe zieht, es waren mindestens zehn Minuten. Rafael meint, ohne zu spucken, nicht länger als eine halbe Minute, und ich neige wie immer dazu, eher *ihm* zu glauben.

Tuvia, mein Großvater, der Agronom, hat einmal den schönen Satz gesagt: »Es gibt Samen, denen reicht schon ein Krümel Erde, um zu keimen.« Zehn Minuten oder eine halbe Minute – Vera ergriff damals jedenfalls fest seine Hände, und er zog sie nicht zurück. Noch immer trug sie einen Verband an der Stelle, wo er sie gebissen hatte, aber mit ihren kleinen Daumen streichelte sie immer wieder seine Hände und wartete, bis sich sein Weinen beruhigte. Es zeigte sich, ein Krümel Erde reicht auch für zwei, wenn sie nur verzweifelt genug sind.

Danach sagte Vera in ihrem Ben-Gurion-Befehlston: »Rafael! Auf geht's!« Sie erlaubte ihm nicht, den Koffer zu tragen. Schweigend gingen sie zu Tuvia. Dieses Gehen in einem Regen, der schräg in die gelben Lichtkegel der Weglaternen fällt, möchte ich unbedingt einmal rekonstruieren, wenn ich meinen ersten richtigen Film drehen werde; hoffentlich bald, *inschallah*. Unterwegs trafen sie keine Menschenseele. Alle im Kibbuz waren zu Hause, und nur sie beide, nass und aufgewühlt, bekräftigten wortlos ihr Abkommen, das einfach und absolut war, ein Abkommen, das seitdem fünfundvierzig Jahre eingehalten und nicht ein Mal verletzt wurde.

Vor Tuvias Wohnung – »Zimmer« in der Sprache des Kibbuz – stellte Vera den Koffer an der Tür ab. Drinnen hörten sie seinen Vater eine Arie aus *Die Entführung aus dem Serail* singen, die sang er, wenn er gute Laune hatte. Vera schaute Rafael an. »Willst du morgen Nachmittag zum Tee kommen?« Gequält und mit gesenktem Kopf stand er da. Sie hob sein Kinn mit ihren beiden verbundenen Fingern. Niemand wäre auf die Idee gekommen, bei Rafael so etwas zu tun. »Das ist Lauf von Welt, Rafael«, sagte sie. Er dachte, nach dieser Nacht würde er seinem Vater nicht mehr in die Augen schauen können, und auch ihr nicht. »Gute Nacht«, sagte sie, und er wiederholte es tonlos.

Vera wartete, bis er hinter der Wegbiegung verschwunden war. Dann holte sie aus einem Fach des Koffers ein kleines Täschchen und machte sich mit Hilfe eines runden Spiegels und eines Konturstifts zurecht. Rafael beobachtete sie hinter einem Bogainvilleastrauch, sah, wie sie erfolglos versuchte, ihrem nassen Haar etwas Volumen zu geben – schütteres Haar hatte sie schon immer gehabt, was in meinen Augen in einem gewissen Widerspruch zum Ausmaß ihrer seelischen und körperlichen Kräfte stand. Danach hob sie ihr Gesicht zum Himmel, und ihre Lippen bewegten sich. Er dachte, sie bete, doch dann verstand er, dass sie mit jemand Verborgenem sprach, ihm etwas erklärte, zuhörte und zum Schluss einen Kuss gen Himmel schickte. In Rafaels Augen war sie »wie eine Frau im Film«, doch im Gegensatz zu diesen Frauen war sie praktisch, zupackend und auch ungeduldig und, wie sie selbst über sich sagte, »ohne ein Gramm Toleranz für bösartige Menschen und Dummköpfe«.

Vera hob erst die Nase, dann das Kinn und richtete ihren kleinen Körper auf. Rafael zwang sich, an seine zurückhaltende, stille Mutter zu denken, doch die war verschwunden und weigerte sich, vor seinem inneren Auge zu erscheinen. Vera klopfte einmal mit geballter Faust an die Tür des Hauses. Sein

Vater hörte auf zu singen. Rafael wusste, das war der letzte Moment, in dem er noch etwas hätte aufhalten können. Fieberhaft suchte er seine Mutter in sich; sie sollte wissen, dass er ihr zumindest in diesem Moment treu war, oder fast treu, und sie sollte ihn endlich von all den Strafen lossprechen, die er sich ihretwegen auferlegt hatte. Aber sie sandte ihm keinerlei Zeichen, keine Reaktion. Ihre Abwesenheit erschreckte ihn, als sei ihm zusammen mit ihr ein Teil seiner Seele abhandengekommen. Da begriff er: Seine Mutter hatte ihre Vergebung für immer von ihm genommen.

»Es fühlte sich an wie ein Kainszeichen«, hatte Rafael in meine Kamera gesagt, und seine Stimme versagte.

Ich war damals, wie gesagt, erst fünfzehn, aber ich hatte schon erste Erfahrungen mit Familien, Versäumnissen und mit Dingen, die man nicht nachträglich wieder zurechtbiegen kann. Am liebsten hätte ich die Aufnahme abgebrochen, wäre zu ihm hingegangen, hätte ihn umarmt und getröstet, und natürlich habe ich mich nicht getraut. Nie hätte er mir verziehen, wenn ich so einen Shot in den Sand gesetzt hätte.

Der Regen fiel weich. Die Lampe in Form eines Einmachglases goss ihr gelbliches Licht über Vera aus. Tuvia öffnete die Tür, sagte ihren Namen, zunächst bestürzt, wegen ihrer völlig durchnässten Kleider, doch dann murmelte er ihn wieder und wieder, unermüdlich, während er sie in den Armen hielt.

Die Türe wurde geschlossen. Rafael stand draußen. Leer. Hatte keinen Schimmer, was er tun sollte. Hatte Angst, allein zu sein, Angst, er müsste sich jetzt etwas Furchtbares antun, etwas Unausweichliches, das immer stärker in ihm wurde. Eine Hand berührte seine Schulter, und er fuhr erschreckt hoch. Nina, die ihn in seinen Tag- und Nachtträumen verrückt machte. Ihr weißes, schönes und seelenloses Gesicht. Jetzt sah es für ihn aus wie das eines Raubvogels. »Mami und Papi machen's sich lustig«, sagte sie mit einem schiefen Lächeln, »vielleicht wir auch?«

Viele Jahre später, in der Trauerwoche nach Tuvias Tod, erzählte uns Vera, was sie damals zu Tuvia gesagt hatte, als sie in ihrer Hochzeitsnacht in sein »Zimmer« ging: »Bevor wir gehen ins Bett, will ich, dass du schon jetzt weißt, ich werde dich immer ehren und deine beste Freundin sein und treu zu dir, aber lügen kann ich nicht: Ich bin eine Frau, die kann lieben (sie sagte *»lohov«;* ich mochte diese falsche Aussprache, sie ist so präzise) nur einen Mann im Leben, mehr nicht. Den Miloš, der gewesen ist mein Mann und gestorben ist bei Tito, den liebe ich mehr als alles andere auf Welt, mehr als mein Leben. Jede Nacht werd ich dir erzählen von ihm, und auch, was mir passiert ist im Lager, weil ich ihn so sehr geliebt habe. Und noch etwas: Ich weine viel.« Und Tuvia sagte: »Gut, dass du das alles geradeheraus sagst, Vera. So gibt es keine Illusionen und keine Missverständnisse. Hier in unserem Schlafzimmer werden die Bilder von beiden hängen, von deinem Mann und von meiner Frau. Du wirst mir von ihm erzählen und ich dir von ihr, und sie werden uns beiden heilig sein.«

Und wir, die Jüngeren der Familie, Veras Kinder und Kindeskinder, die wir jeden Ort, auf den sie ihren Fuß gesetzt hat, heilig hielten und die ganze Trauerwoche an ihrer Seite verbrachten, wir senkten, wie es der Situation angemessen war, die Köpfe, zur Ehre des Verstorbenen und auch, um nicht dem Blick eines uns gegenüber Sitzenden zu begegnen und loszuprusten. Vera wischte sich eine Träne mit der Spitze ihres violetten, nach Lavendel duftenden Taschentuchs ab (sowas gibt es tatsächlich! Bis vor ein paar Jahren hat Chaled, ihr beduinischer Freund aus dem Dorf nebenan, ihr immer Lavendelsäckchen gebracht), und dann bemerkte sie, zu unser aller Erstaunen, mit ganz flacher Stimme: »Aber wenn wir, nu, wenn wir es gemacht haben, Tuvia und ich, dann haben wir Bilder von sie beide umgedreht zur Wand.« Und sie wartete mit unbeweglicher Miene, bis ihre Kinder und Kindeskinder zu Ende gelacht hatten und wieder Luft bekamen, und fügte in perfektem Timing hinzu: »Und diese Wand haben sie gekannt sehr gut.«

Wenn ich mich nun schon in diesen zweifelhaften Gefilden herumtreibe und in die Intimitäten meines Großvaters und meiner Großmutter eingedrungen bin, muss ich hier noch eine Anekdote festhalten: Keine Ahnung, wann es genau war. Wir, sie und ich, waren wie immer in ihrer einen Quadratmeter großen Miniküche im Kibbuz, und plötzlich sagte Vera ganz ohne Zusammenhang: »In unserer ersten Nacht, beim ersten Mal, als Tuvia und ich, du weißt schon, da hat Tuvia aufgesetzt ein ›Mützchen‹, so hat man genannt bei uns, obwohl er genau gewusst hat, wie alt ich war, und daran hab ich gesehen, er ist ein echter Gentleman.«

Am nächsten Morgen, während Rafael noch trunken vor Glückseligkeit und überflutet von Liebe im schönsten Schlaf seit Jahren versunken lag, packte Nina ihre Sachen in den Rucksack und verließ leise das Zimmer in der Kolonie der Aussätzigen, wo sie die Nacht verbracht hatten. Schnurstracks durchquerte sie den Kibbuz und trat ohne anzuklopfen in die Wohnung von Tuvia und Vera, die gerade das erste Mal zusammen frühstückten. Ohne Umschweife berichtete sie ihnen in allen Details, was sie mit Rafael gemacht hatte. Vera starrte sie an und dachte, selbst in den Folterkellern der *UDBA* in Belgrad und sogar bei den Aufseherinnen im Lager auf der Nackten Insel hat man mich nicht so gehasst, wie meine Tochter mich hasst. Sie legte Messer und Gabel beiseite und fragte: »Geht das jetzt so unser ganzes Leben lang, Nina?« Und Nina sagte: »Und noch darüber hinaus.«

Jahre später erzählte mir Vera, sie sei dann aufgestanden und habe sich vor Tuvia hingestellt und gesagt, wenn er ihr jetzt sagen würde, sie solle gehn, würde sie den Kibbuz verlassen, zusammen mit Nina, und er müsse sie nie mehr wiedersehen. Er aber stand auf, fasste ihre Schultern und sagte: »Verale, du gehst nicht mehr weg. Hier ist dein Zuhause.« Nina betrachtete die beiden und nickte. Sie hat bis heute so ein Nicken bitterer Freude, wenn einer ihrer bösen Herzenswünsche in Erfüllung geht. Sie hob den kleinen Rucksack mit ihren Sachen auf, schlang die Arme um ihn, war aber aus irgendeinem Grunde nicht in der Lage zu gehen. Vielleicht war es etwas in der Art, wie die beiden ihr gegenüberstanden, das sie aufbrachte. Dann gab es einen kurzen Schlagabtausch auf Serbokroatisch. Nina zischte, Vera betrüge Miloš. Vera schlug sich mit beiden Händen auf die Wangen und schrie, nie im Leben habe sie Miloš betrogen, im Gegenteil, sie sei ihm bis zum Wahnsinn treu geblieben, keine andere Frau hätte für ihren Mann getan, was sie für ihn getan hat. Und dann war es plötzlich still. Nina roch etwas in der Luft, ihre Haare stellten sich auf. Vera wurde weiß und schwieg mit zusammengepressten Lippen. Dann sank sie erschöpft auf ihren Stuhl.

Nina schnappte ihren Rucksack. Tuvia sagte: »Aber Nina, wir wollen dir helfen, wir beide, lass uns dir helfen.« Sie aber stampfte unter Tränen auf: »Und wehe, ihr sucht mich, habt ihr gehört? Dass ihr es nicht wagt, nach mir zu suchen!« Sie drehte sich zur Tür, hielt aber nochmal inne. »Und sag deinem Jungen einen Gruß von mir«, rief sie Tuvia zu. »Dein Junge ist der beste Mensch, den ich in meinem Leben getroffen habe.« Für einen Augenblick leuchtete in ihrem Gesicht etwas Kindliches auf, eine herzzerreißende Arglosigkeit. Manchmal, wenn ich ihr ein bisschen gut bin – gelegentlich habe ich solche Momente, der Mensch ist ja nicht aus Stein –, schaffe ich es, mir in Erinnerung zu rufen, dass auch die Arglosigkeit zu den Dingen gehört, die ihr in so jungem Alter geraubt wurden. »Und sag ihm, es ist nicht wegen ihm«, fuhr sie fort, »sag ihm, dass die Frauen ihn sehr lieben werden. Viele. Und dass er mich vergessen soll. Du wirst ihm das sagen, ja?«

Und sie verschwand.

Wieder mache ich einen zeitlichen Sprung. Ich schreibe Tag und Nacht. Übermorgen früh fliegen wir nach Kroatien, bis dahin stehe ich von diesem Stuhl nicht auf. Hier noch eine Erinnerung, die wohl auch irgendwie dazugehört: Jahre nach der Hochzeitsnacht von Vera und Tuvia – Tuvia lebte noch, der süßeste alle Großväter – schälen Oma Vera und ich in ihrer Küche Gemüse für einen Auflauf. Es ist Nachmittag, die schönste Zeit im Kibbuz und in Veras Küche. Eine niedrige Sonne schickt ihre Strahlen durch Gläser mit eingelegten Gurken, Zwiebeln und Auberginen auf dem Fensterbrett. Auf der Arbeitsplatte steht ein Eimer voller Pekannüsse, die wir am Vormittag aufgelesen haben. Veras großer Kassettenrekorder spielt *Besame mucho* und ähnlich schmalzige Melodien. Ein Augenblick vollkommener Nähe zwischen uns, da sagt sie plötzlich aus heiterem Himmel: »Als ich deinen Großvater Tuvia geheiratet habe, ist das gewesen zwölf Jahre nach Miloš. Zwölf Jahre bin ich gewesen allein. Kein Mann hat mich berührt! Nicht mal mit kleine Fingernagel! Und ich wollte Tuvia haben, was denn sonst, aber am meisten wollt ich zusammen sein mit ihm, um mich zu kümmern um deinen Vater, um Rafi. Das ist für mich gewesen, wie man auf zionistisch sagt, meine »Verwirklichung«. Und ich habe Angst gehabt vor Bett wie vor Feuer. Todesängste, was wird und wie, und ob ich überhaupt würde noch einmal wollen. Aber Tuvia hat nicht lockergelassen, ist gewesen ja trotzdem ein Mann, erst vierundfünfzig, und auch heute lässt er nicht locker, auch wenn ich längst zugemacht hätte meinen Laden.« »Oma!«, rief ich. Mir blieb fast die Luft weg, ich war gerade mal fünfzehn, was war bloß los mit den Erwachsenen in dieser Familie? Besaßen sie gar keinen Instinkt, die Arglosigkeit der Kinder zu schützen? »Warum erzählst du mir das?«

»Weil ich will, dass du alles weißt. Alles. Ohne Geheimnis zwischen uns.«

»Was für ein Geheimnis? Gibt es ein Geheimnis?«

Da kam ein Seufzer aus den Kellern ihrer Seele, die ich noch nicht kannte. »Gili, ich will bei dir alles hinterlegen, was ich gehabt habe im Leben. Alles.«

»Warum ausgerechnet bei mir?«

»Weil du so bist wie ich.«

Ich wusste schon, aus ihrem Mund war das ein Kompliment, aber etwas in ihrer Stimme und noch mehr in ihrem Blick machte mir eine Gänsehaut.

»Ich versteh nicht, Oma.«

Sie ließ das Schälmesser sinken und legte mir beide Hände auf die Schultern. Auge in Auge, ich konnte nicht kneifen. »Ich weiß, Gili, du wirst niemals zulassen, dass jemand verbiegt meine Geschichte gegen mich.«

Ich glaube, ich habe gelacht, genauer gesagt gekichert. Ich habe versucht, aus diesem Gespräch einen Witz zu machen. Damals wusste ich noch nichts von ihrer »Geschichte«.

Und plötzlich glänzten ihre Augen in einer unfassbaren, beinah tierischen Wildheit. Und ich weiß noch, für einen Moment durchfuhr mich der Gedanke, das Junge dieses wilden Tieres wollte ich nicht sein.

Natürlich haben sie Nina gesucht. Jeden Stein haben sie umgedreht, haben versucht, die Polizei einzuschalten, was nichts half, danach sind sie zu einem Privatdetektiv gegangen, der das Land vom Norden bis zum Süden durchkämmt hat und ihnen sagte: »Die Erde hat sie verschluckt. Ihr müsst euch an den Gedanken gewöhnen, dass sie nicht mehr zurückkommt.« Doch nach etwa einem Jahr schickte sie erste Lebenszeichen. Einmal in vier Wochen, mit sonderbarer Pünktlichkeit, kamen stumme Postkarten, ohne ein Wort. Aus Eilat, Tiberias, Mizpe Ramon, Kiryat Schmona. Vera und Tuvia fuhren den Postkarten hinterher, liefen die Straßen ab, gingen in Läden, Hotels, Nachtklubs und Synagogen und zeigten jedem, den sie trafen, ein Foto von ihr, das aufgenommen worden war, als sie ins Land kam. Vera nahm in diesen Jahren stark ab, ihr Haar wurde weiß. Tuvia begleitete sie überallhin, er chauffierte sie mit einem kleinen Lieferwagen, den der Kibbuz ihm zur Verfügung stellte, und sorgte dafür, dass sie aß und trank. Als er sah, dass sie immer weniger wurde, fuhr er mit ihr nach Serbien, in das kleine Dorf, in dem Miloš geboren und auch begraben war. Dort war Vera wie eine Königin. Die Familie von Miloš liebte sie und himmelte sie an; sie kamen abends zusammen, um ihr zuzuhören, wenn sie die Geschichte von ihrer Liebe zu Miloš erzählte. Morgens reparierte Tuvia Motoren von Traktoren und alten Dreschmaschinen, und Vera saß mit einem breitkrempigen Sonnenhut in einem Schaukelstuhl an Miloš' Grab, gegenüber dem grünbewachsenen grauen Grabstein, zündete lange gelbe Wachskerzen an und erzählte ihm von den Nöten, die sie wegen ihrer Tochter Nina durchmachte, von der Suche nach ihr und von Tuvia, ohne den sie das alles nicht durchstehen würde.

Rafael brach zu eigenen Suchexpeditionen auf. Mindestens einmal in der Woche lief er aus der Kibbuzschule weg und streunte durch Städte, Kibbuzim und arabische Dörfer und schaute sich einfach um. In diesen Jahren wurde er sehr schnell erwachsen, schöner und schmerzensreicher. Die Mädchen waren wie verrückt hinter ihm her. Vor etwas mehr als zehn Jahren, zur Feier seines fünfzigsten Geburtstags – Vera ließ dieses Datum natürlich nicht einfach verstreichen, denn auch mit fünfzig war er noch ihr geliebter Waisenjunge –, zog sie aus einer ihrer vollgepackten Schubladen einen wahren Schatz: einen Umschlag mit Fotos aus jenen Jahren, Fotos von Festen, Ausflügen, Wettläufen, Basketballspielen und Abschlussfeiern. Von den vielen feuchten Blicken, die auf ihn gerichtet waren, dem Lächeln, den halbgeöffneten Lippen, den ihm entgegengereckten Brüsten, von all diesem Bemühen hatte er nichts mitbekommen. »Er hat immer nur gesehen Ninas Bild in seiner Suppe«, zitierte Vera ein Sprichwort, das wir, wie immer, nicht kannten. Auch als er zum Militär eingezogen war, suchte er an jedem freien Tag nach ihr. Vera kaufte ihm damals von dem Geld, das sie aus Jugoslawien bekam (der Präsident, Marschall Tito persönlich, hatte Anweisung gegeben, ihr eine lebenslange Rente zu bezahlen), einen Fotoapparat, eine gebrauchte *Leica*. Sie hatte gehofft, die Kamera würde Rafael von seinem Schmerz ablenken und vielleicht seine Sehnsucht vertreiben, doch stattdessen begann er, seine Suche zu dokumentieren.

Er streifte durch die Straßen, beschrieb den Leuten, die er traf, Nina und bat danach, seine Gesprächpartner fotografieren zu dürfen. Hunderte Male hat er völlig Fremden, Männern und Frauen, das Wenige, das er wusste, erzählt, immer wieder ihr Bild gezeigt und gesagt: »Sie heißt Nina, wir waren mal zusammen, und dann ist sie verschwunden. Vielleicht haben Sie sie gesehen?« Manchmal hörte er sich selbst zu, während er sprach, und dachte, er erzähle ihnen eine Geschichte, die es gar nicht gab.

Doch diese zufälligen Begegnungen begannen in ihm zu arbeiten, sie öffneten ihm die Augen, so sagte er es mir, als ich diesen Jugendfilm mit ihm drehte. Er lernte beobachten. Besonders zogen ihn die Gesichter armer Leute an, mit der Mimik gewaltiger Persönlichkeiten und manchmal geradezu königlichen Zügen, erzählte er mir, »Leute, denen du ansiehst, dass sie gleichsam gefangen sind in einem kleinen Leben, das sie einengt«. Vera und Tuvia versuchten ihn zu überzeugen, seine Suche aufzugeben, aufzuwachen, seine Haare schneiden zu lassen, sich für eine Ausbildung einzuschreiben, einen verantwortungsvollen Posten im Kibbuz zu übernehmen. Nach etwa zwei Jahren Suche fand er sich damit ab, dass er Nina wohl nicht finden würde, und gab sie im Grunde auf, aber das Fotografieren, das konnte er nicht mehr lassen, und noch weniger, glaube ich – im Grunde weiß ich es, wer wüsste es besser als ich –, noch weniger die Suche: die Art und Weise wie einer beobachtet, der etwas sucht, was er verloren hat.

Zweiunddreißig Jahre nach ihrer ersten Nacht mit Tuvia stand Vera in der Küche und goss den Nachmittagstee auf. Tuvia war da schon sehr krank. Vera ließ nicht zu, dass man ihn außerhalb des Hauses pflegte oder dass ein bezahlter Pfleger in ihre Wohnung kam. Vier Jahre lang hielt sie ihn schon am Leben: Tag und Nacht munterte sie seinen Geist auf, fuhr mit ihm zu Konzerten nach Haifa und ins Theater nach Tel Aviv, löste mit ihm zusammen Kreuzworträtsel, wechselte ihm die Windeln und las ihm jeden Tag drei Zeitungen vor. Unter ihren Kindern und Kindeskindern machte das Gerücht die Runde, wegen des Zermürbungskrieges, den Vera gegen ihn führte, erwäge der Tod ernsthaft, bei Tuvia eine Ausnahme zu machen.

Das Wasser kochte, und sie pfiff nach Tuvia mit ihrem privaten Familien-Pfiff, den ersten vier Tönen einer Hymne des utopischen Glaubens an die Menschlichkeit. Tuvia, nur noch Haut und Knochen, kam langsam und hustend angeschlichen, durch den Flur, durch den er vor Jahren gerannt war, als sein Sohn Vera gebissen hatte. (Das muss ich schreiben; der Mensch schafft sich gern eigene kleine Mythen.) Unterwegs hielt er sich an einem Mantel fest, der am Haken auf dem Bügel hing, und an einer Stuhllehne. Dann setzte er sich seufzend. Vera schaute ihn an, und ihr Herz zog sich zusammen. »Tuvia«, schalt sie laut, »im Schlafanzug? Kommt man so zum

Five o'Clock Tea mit einer *Lady*?« Tuvia lächelte farblos, ging zurück ins Zimmer, zog seine schwarze Trainingshose an und sein gestreiftes hellblaues Hemd, das seine blauen Augen betonte, und um Vera zum Lachen zu bringen, auch sein Wildleder-Jackett, das er fünfundzwanzig Jahre lang bei festlichen Anlässen getragen hatte und das ihm jetzt einige Nummern zu groß war. »Ist es so in Ordnung, *my Lady*?«, fragte er und setzte sich um Atem ringend auf seinen Stuhl. Vera schenkte ihm Tee ein. Beide schauten schweigend auf den dünnen Strahl aus der Kanne, und Vera sah, wie Tuvias Pupillen wegkippten und sein Gesicht sich verdunkelte, und schrie: »Tuvia, lass mich nicht allein!«, und er fiel zu Boden, tot.

Wie gesagt, mein Vater und ich sind gerade im Kibbuz bei Vera, vor drei Tagen war das Fest zu ihrem neunzigsten Geburtstag, und in zwei Tagen fliegen wir nach Kroatien. Wo ist Vera? Warum hört man sie nicht? Wir werden sie noch hören. Und wie. Vera ist, wie jeden Morgen, schon früh aus dem Haus gegangen, ihre »Alten« besuchen, die übrigens alle ein paar Jährchen jünger sind als sie. Die wird sie mit ihrer aufmüpfigen Lebensfreude bestäuben. (»Ich habe schon gesagt zu Rafi, keine Viertelstunde wirst du mich halten können am Leben, wenn Zeit kommt, wo ich nicht mehr freitags stehen kann am Straßenrand, bei Mahnwache gegen Besatzung. Keine Viertelstunde!«) Danach wird sie mit zusammengepressten Lippen und energischen Armbewegungen, die enge rosa Badekappe auf dem Kopf, dreißigmal um das Schwimmbecken herumlaufen und dann auf ihrem Seniorenscooter zum Kibbuzfriedhof düsen – das Gesicht dicht an der Windschutzscheibe, den Po in der Luft, eine Lebensgefahr für jeden, der um diese Uhrzeit im Kibbuz unterwegs ist.

Wie jeden Morgen wird sie Duši, Tuvias erster Frau, eine Rose aus ihrem Garten aufs Grab legen, und von dort wird sie zu Tuvias Grab gehen und dort zwei Rosen hinlegen, eine für ihn und eine für Miloš, den sie per unterirdischer Knochenwanderung aus seinem Grab auf dem serbischen Friedhof hierher beordert hat.

Gebeugt sitzt sie auf der Kante von Tuvias Grab, wippt mit dem Körper vor und zurück und erzählt ihren beiden Ehemännern, was es Neues gibt von der Familie im Land. Sie beklagt die Schlechtigkeit der Welt – »Welt will umbringen die ganze Menschheit. Einen Teil hat sie schon umgebracht, jetzt will sie umbringen auch noch restliche Teil« –, und über die Besatzung sagt sie: »Joj! Wenn ich nur daran denke, das passiert *uns, uns Juden,* wir sind eine Tragödie von einer Tragödie.« Und sie weint ein bisschen, lädt ihr beladenes Herz ab und bittet: »Miloš und Tuvia, meine lieben Männer, wo seid ihr? Ich bin schon über neunzig! Wann kommt ihr und holt mich zu euch? Ihr dürft nicht vergessen eure Vera hier!« Und von dort rast sie, wieder auf ihrem Seniorenscooter, in ihre kleine Praxis neben der Sanitätsstation und sitzt da drei Stunden, ohne von ihrem Stuhl aufzustehen, und berät alle ihre Anhänger in Fragen von Diät, Liebe und Krampfadern.

Und dann, ganz zufällig, hatte Rafael Nina gesehen, auf der Jaffastraße in Jerusalem, nicht weit vom Gebäude der *Generali*-Versicherung, an einer Bushaltestelle. Er hatte sich schnell hinter einer Plakatsäule versteckt, fotografierte sie, wie sie in den Bus stieg, und ließ den Bus davonfahren. (»Ich hatte

Angst, sie macht mir einen Skandal.«) Am nächsten Tag um dieselbe Zeit war sie wieder dort, mit einem geblümten Kopftuch, einer großen, schmetterlingsförmigen Sonnenbrille und einem grünen, engen, kurzen Rock. Umwerfend, wenn man sie zum ersten Mal sah, aber in Rafaels Augen einsam und verloren.

Zu der Zeit arbeitete Nina im staatlichen Chemielabor im Russian Compound. Acht Stunden täglich analysierte sie Lebensmittelfarben, um zu prüfen, ob sie nicht giftig waren.

(Erscheint mir ziemlich befremdlich, während ich das schreibe. Was fand sie an so einer Arbeit?)

Unter anderem war sie auch für die Sauberkeit des Labors verantwortlich, und so blieb sie jeden Tag noch etwas länger, nachdem die anderen Beschäftigten gegangen waren. Aus Langeweile – oder weil sie es nicht eilig hatte, nach Hause zu kommen, zu diesem fremden, schrecklichen Mann, der dort auf sie wartete – begann sie, mit den Lebensmittelfarben die kleinen Glasplättchen zu bemalen, auf denen die Proben untersucht wurden. Sie malte die Straße, die sie durch das vergitterte Fenster sah. Sie malte ihren Vater Miloš und sein Pferd, das er so geliebt hatte. Malte verschiedene Ecken aus ihrer kleinen Wohnung in der Kosmaiskastraße in Belgrad. Manchmal zeichnete sie auch Rafael. Die schönen Lippen, die sie geküsst hatten, die fordernde, düstere Glut in seinen Augen, seine Hingabe, die ihr Angst gemacht hatte.

Jeden Nachmittag suchte Rafael nun die Straßen und Gassen um Ninas Haltestelle ab, um herauszufinden, wo sie arbeitete. Nach mehreren Tagen entdeckte er endlich das Labor, ging rein und stellte sich vor Nina, während sie den Boden putzte. Sie stieß einen Schreckensschrei aus, dann ließ sie ihr rollendes Lachen hören und stützte sich mit einer Hand auf den Tisch. Aus der Nähe wirkte sie auf ihn krank oder zumindest anämisch. Dunkle Ringe unter den Augen. Angeblich ist die Fantasie, jemanden retten zu könen, ja eine Sache der Frauen, aber in dieser Hinsicht gibt es nichts Weiblicheres als meinen Vater! Sein Kopf sagte ihm: Hau ab, sofort! Kurier dich von ihr! Und er ging auf sie zu, umarmte sie mit aller Kraft und hörte, wie er sie fragte, ob sie mitkommen und mit ihm leben wolle.

Sie schaute ihn mit ihrem langsamen, fernen Blick an. Ich seh es vor mir, wie sie ihn für einen langen Augenblick in eine innere Ödnis taucht. Danach drückte sie ihm feierlich den Wischmopp in die Hand und sagte: »Aber zuerst musst du den Drachen töten.« Er hatte das für einen Witz gehalten.

Aber es gab einen Drachen.

»Ich bin aus dem Kibbuz abgehauen und war im ganzen Land unterwegs, ich hab ein Wahnsinnsleben gehabt, und irgendwann bin ich dann hier in Jerusalem gelandet.« So erzählt sie direkt in die Kamera meines Vaters. Vor ein paar Monaten habe ich diesen Film im »Archiv« meines Vaters gefunden – vier Obstkisten aus dem Kibbuz, in denen er seine Erinnerungen aus der Zeit, als er noch Filme drehte, aufhebt. Es ist eine Aufnahme von siebeneinhalb Minuten aus einem 16-mm-Film über sie, den er nie fertiggestellt hat. Ich habe ihn dieses Jahr digitalisiert und werde ihn vielleicht in den Film einbauen, den ich selbst über die beiden machen werde, falls die Fahrt auf die Insel gutes Material hergibt. Siehst du, jetzt hast du's ausgesprochen, und der Himmel ist nicht eingestürzt.

In diesem kurzen Film aus den Siebzigern, als sie noch zusammenlebten, ist Nina jugendlich und schön, und sie hat auch gute Laune, zumindest am Anfang des Gesprächs: »... in Jerusalem hab ich einen Koreaner getroffen, ja, wirklich aus Korea, stell dir vor« – ihre Zähne sind blendend weiß und klein, die erstaunlich dunklen Augenbrauen beinahe gerade, die kleine Falte unter den Augen gibt allem, was sie sagt, einen leicht spöttischen Zug –, »er hat mir die Arbeit im Labor besorgt, er kannte da jemanden, und an den Wochenenden hat er mich mitgenommen, bei ihm zu arbeiten. Er war ein seltsamer Mensch ...«

Vera hat mir mal von diesem Mann erzählt. Eine Geschichte, so ganz ohne Kontext und kalt vor Fremdheit, die sogar mir wehtut. Der Mann war Biochemiker und hatte zu Hause sein privates Labor, »ein ganz furchtbarer Mensch«, hatte Vera zu mir gesagt, »er hat Nina gezwungen, ihm einmal die Woche zu geben ihr Blut für seine Versuche.« Aber Vera wusste längst nicht alles.

Die Nina im Film zieht genüsslich an ihrer Zigarette und stößt ein leicht hysterisches Lachen aus. »In der Regel liebe ich schöne, groß gewachsene Männer, wie Rafi zum Beispiel, hello, *Rafael amore*«, sie haucht ihm einen Kuss in die Kamera, »aber dieser war klein und hässlich und hatte große Ohren. Gut, also, ich werd es dir erzählen ... Er ist in Japan geboren, in einer armen Familie, und gehörte, als sei das nicht schon genug, auch noch zu der koreanischen Minderheit dort ...«

Mit jeder Sekunde wird ihr Gesicht starrer. Ich bemerke winzige Veränderungen, auf die ich bei ihr wohl besonders achte, und das ist nicht nur mein professioneller Blick.

Ab jetzt spricht sie schnell und trocken: »Als die Mormonen nach Japan kamen, haben sie gleich Jagd auf die Kinder der Ärmsten gemacht, und seine Eltern haben sich gefreut, dass da jemand war, der sich um den Jungen kümmern wollte, und haben ihn zur Erziehung nach Amerika geschickt, und so ist er Mormone und Amerikaner geworden.«

Es ist, als spreche eine völlig Fremde aus ihr. Auch zieht sie immer häufiger und nervöser an der Zigarette, fast mechanisch. Als ich diese Stelle zum ersten Mal sah, war meine Reaktion: Was soll dieser Quatsch? Wen interessiert das? Was nervt sie jetzt mit diesem Koreaner-Mormonen, Kormoraner?

»Und dann hat er sich in ein jüdisches Mädchen verliebt – die ist schon tot, egal – und ist ihr nach Jerusalem nachgereist, und so hat er mich auf der Straße getroffen, als ich einen Schlafplatz suchte, und er hat mich losgeschickt, mit fremden Männern zu schlafen, und danach sollte ich ihm erzählen, wie es war.«

Wenn es noch den letzten Rest eines Beweises braucht, dass ich ihre Tochter bin – hier ist er: Noch heute, in meinem Alter, will ich bloß sterben, wenn sie über ihr Sexualleben spricht. »Das hat er gemocht. Je verrückter und bizarrer, umso besser. Und immer wollte er die Details wissen.« Na toll, sag ich im Stillen zu ihr, du hättest wirklich ein prima Skriptgirl abgegeben. Vielleicht hab ich das ja von dir geerbt. Ich überlege, wo Rafael sie gefilmt hat. Im Hintergrund sieht man Kiefern, Hügel. In einem Wäldchen in den Bergen bei Jerusalem? Oberhalb von Ein Karem? Bei der Sataf-Quelle?

»Wie ich mich gefühlt habe?« Sie lacht, ihr Lachen ist langsam und unbeteiligt. »Das willst du nicht wirklich wissen,

Rafi, oder? Natürlich nicht. Du fürchtest dich ja immer ein bisschen vor meinen Antworten, oder?«

»Wie … wie war das für dich?« Auch Rafis Stimme ist hier trocken. Er hält mit der Kamera auf sie zu, auf das Gesicht, die Augen, den schönen Mund.

»Wie Wasser aus einem Plastikbecher trinken und ihn dann wegschmeißen.«

Schweigen. Nina zuckt ungeduldig mit den Schultern, als wolle sie sagen: »Komm, lass uns damit aufhören.«

»Und … wie lange ging das mit dem Koreaner?«

»Zwei Jahre.«

»Zwei Jahre lang hast du Plastikbecher weggeschmissen?«

»Zwei-, dreimal die Woche.«

»Erzähl.«

»Was gibt's da zu erzählen? Ich bin runtergegangen auf die Straße, hab mir jemanden geschnappt, einen Mann, manchmal auch eine Frau, hab es gemacht und bin wieder hoch, ihm erzählen.«

Rafi stößt leise den Atem aus. Langsam. Als er dieses Gespräch filmte, wusste er nicht, was sie für ihn in der Zukunft noch alles bereithielt.

»Und zum Schluss hast du mich gefunden, Rafi. Das ist ja hinreichend bekannt.« Nina schaut direkt in die Kamera, lächelt plötzlich in ihrer ganzen Schönheit und öffnet sich uns. Alles ist für sie ein Spiel. »Lebensartistin« – dieses Wort kommt mir plötzlich in den Sinn, diese längst vergessene Wortverbindung, die mir in meiner Jugend Angst und Schrecken eingejagt hat, auch weil ich nicht verstand, was sie bedeutete. Ich fand sie in einem Satz in meiner damaligen heimlichen Bibel: *Die Geheimnisse der Ehe (samt der*

Lehre der Vereinigung), Volksausgabe. Ich war elf, als ich in der Bibliothek von Vera und Tuvia auf dieses Buch stieß, und zwei, drei Jahre lang las ich darin in jedem Moment, den ich bei ihnen allein war. Schon die Kapitelüberschriften wühlten mich auf: »Das Ziel der menschlichen Erotik«, »Erkenntnisse der neuesten Sexologie für verheiratete Paare«. Fiebernd habe ich es gelesen. Habe es auswendig gelernt. »Als Vorspiel zur Wahl des Liebespartners dient die Liebesbereitschaft – ein physiologischer Zustand, in dem der Organismus zu einem seelischen und physischen Erwachen gelangt, das sich entladen muss.« Das habe ich nicht verstanden. Doch mein Organismus bebte vor einer unbekannten Spannung, die Entladung suchte. Ich las immer wieder in diesem Buch. Ein merkwürdiges, etwas biblisches Hebräisch. »Die Frau ist nicht das schwächere Gefäß, sondern das zartere, das den Wein des Geistigen in sich trägt.« Oder: »Sie ist für den Mann, was die Magnetnadel des Kompasses für den Steuermann eines Schiffes ist, und da sie das feinere Instrument ist, bedarf sie größeren Schutzes.« Wenn ich durch die Straßen in Jerusalem ging oder auf den Wegen im Kibbuz, suchte ich nach schönen und weniger schönen Menschen, Männern, die wie Steuermänner aussahen, und Frauen, die den Wein des Geistigen in sich trugen. Ich schaute ihnen tief in die Augen und wiederholte für mich, ohne dass sie davon wussten, ausgewählte Sätze aus dem Buch. »Es genügt, dass ein Geschöpf des anderen Geschlechts auftaucht, das mit den passenden körperlichen und seelischen Eigenschaften begnadet ist, die zu den Liebesvoraussetzungen und Träumen eines gewissen zweiten Individuums passen, und siehe, schon ist die Liebe geboren!«

Wie gesagt, ich war elf, vielleicht ein bisschen älter, als wir einander begegneten, ich und mein *Führer der Verirrten* im Dschungel des Ehelebens. Ich habe niemandem davon erzählt und las ein Kapitel nach dem andern, entzifferte jedes Wort, manchmal mit Hilfe des Lexikons, und lernte dabei, wie dieses Buch zu sprechen, aber nur unter der Decke. Besonders gerne schlug ich das Buch zufällig irgendwo auf, zeigte mit dem Finger auf irgendeine Stelle und hatte dann das Gefühl, dass es mir so eine Art Prophezeiung zuwarf. Und ich erinnere mich noch genau, einmal las ich: »Es gibt Menschen mit einer falschen Affektivität. Sehr gefühlsarme Menschen, die so tun, als seien sie affektiv. Solche nennt man ›Lebensartisten‹. Sie eignen sich nur sehr selten für ein längeres Eheleben.«

Ich wäre am liebsten gestorben. Warum war es ausgerechnet mein Schicksal, dass ich so eine Frau …

»Hallo, Rafi, mein Herzensmann, mein Liebster«, sagt Nina fröhlich im selben Film, sie hat ein wunderbares Hebräisch, ganz ohne Akzent, fünf oder sechs Sprachen spricht sie so, die Lebensartistin, »im ganzen Land hast du mich gesucht, bis du mich gefunden hast, und du hast mich nach Hause begleitet und den Kerl zusammengeschlagen, fast umgebracht hast du den Drachen. Verehrte Zuschauer, Rafi hat schon immer davon geträumt, Prinzessinnen vor Drachen zu retten, und seitdem sind wir zusammen und auch nicht zusammen, und unterdessen wurde auch die arme Gili geboren, und jetzt ist alles noch komplizierter, und Rafi dreht gerade einen Film über uns«, und sie winkt Rafael zu.

Ich schau mir die Stelle nochmal an. Auch zum hundertsten Mal, sie sagt das wirklich.

Die Kamera bleibt auf ihrem Gesicht, als gebe sie ihr die Chance zu widerrufen, zu sagen, dass alles gelogen war. Aber Nina hat längst jeden Ausdruck von ihrem Gesicht gewischt. Sie ist nicht da. Sie ist nicht. Aber wo ist sie, wenn sie nicht ist?

Und unterdessen wurde die arme Gili geboren.

Rafael kann, im Leben wie im Film, nicht von ihr lassen. Er fragt sie, ob sie in dieser ganzen Zeit nicht irgendein lebendiges Gefühl für jemanden gehabt habe.

Sie braucht eine Weile, um von jenem Ort zurückzukehren, wohin sie sich ausgewischt hat. »Doch, einmal … da war ich in der Altstadt, er hat mich oft in die Altstadt geschickt. Er mochte es, wenn ich es mit Arabern trieb. Das hat ihn noch mehr aufgegeilt. Plötzlich hörte ich Serbisch, echtes Serbisch, den Dialekt aus der Gegend, aus der mein Vater Miloš kam. Es waren drei Matrosen, die mit dem Schiff in Haifa angelegt hatten, und da war ein ganz süßer dabei. An ihm bin ich vorbeigegangen, hab ihm, wie im Film, auf Englisch so ein ›*Hi Darling, come on, lose the others*‹ zugerufen und ihn mit nach Hause genommen, und er hat nicht geglaubt, dass ihm das wirklich passiert, dass ein Mädchen, das gar nicht übel aussieht und in seinem Dialekt Serbisch spricht, ihn zu sich nach Hause mitnimmt, *makes him a good time*, und ihn danach noch zum Bus bringt. Mit diesem Typ hab ich was empfunden.«

Schweigen.

»Toll ist es nicht«, sagt sie, und ihr Gesicht fällt in sich zusammen.

Die Kamera hält auf sie zu.

»Stimmt was nicht, Rafi?«

Rafi antwortet nicht.

Hier endet der Film.

Ich spiele ihn nochmal ab.

Sie haben in einer Eineinhalbzimmerwohnung im dritten Stock im Viertel Kiryat Hayovel in Jerusalem zusammengelebt. Nina arbeitete in dem Chemielabor und Rafael hatte Gelegenheitsjobs. Er liebte sie auf jede Art, die sie zuließ oder ihm aufzwang. Vielleicht hat auch sie ihn geliebt, aber es geht mir nicht darum, was sie für ihn empfand. Es gibt Bezirke, in denen mich, wann immer ich mich verführen lasse, sie zu betreten, Lebensüberdruss und Wahnsinn packt. Warum also. – Aber ihre Mimik ist nicht zurückgekehrt. Ihr schönes Gesicht ist gleichsam noch ausdrucksloser geworden. Er hatte den Verdacht, dass sie es absichtlich immer, wenn er sie mit seinen guten Augen anschaute, jeder Bedeutung entleerte. »Als ob sie mich für etwas bestrafe«, hat er später, als ich ihn mit fünfzehn interviewte, in meine *Sony* gesagt, und die Interviewerin, Fachfrau für die Geheimnisse der Ehe (samt der Lehre der Vereinigung), hat taktvoll geschwiegen.

Ein ums andere Mal, erzählte Rafael, war Nina von ihren Wanderungen »dreckig, stinkend und gedemütigt« zu ihm zurückgekehrt – er sprach leise –, »manchmal mit richtigen Verletzungen, mit Schnitten, blauen und schwarzen Blutergüssen«. Wenn sie dann seinen Blick sah, wurde sie wild, stürzte sich auf ihn, schlug ihn dabei auch mehr als einmal, und er versuchte sich zu schützen, versuchte, sie in seinen Armen festzuhalten, damit sie sich beruhigte, aber sie war schneller und wilder als er. Und dann kam ein Moment, in dem er durchdrehte und anfing zurückzuschlagen. Das erzählte Rafi der entsetzten jungen Interviewerin, die sich das bei all ihrer eigenwilligen Vorstellungskraft nun doch nicht vorstellen konnte. »Aber du hast sie geliebt!«, flüsterte sie mit erstickter Stimme. »Wie hast du sie schlagen können, wenn du sie geliebt hast?« – »Ich weiß nicht, Gili, das weiß ich auch nicht. Diese beiden hier«, er hob mit dem Finger die Oberlippe und zeigte der Kamera die Lücke seiner beiden fehlenden Mahlzähne, »diese beiden hab ich in unseren Kämpfen verloren.« Schweigen. Die Kamera ruht auf ihm, doch das Drama spielt sich jetzt in der Filmerin ab. Mit dem Blick von heute wird schmerzhaft klar, dass das Mädchen, das ich damals war, als ich ihn gefilmt habe, in diesem Moment vor unseren Augen den Preis für ihr großes Täuschungsmanöver bezahlt: so getan zu haben, als wäre sie schon erwachsen.

In diesem ausgeblichenen und entsetzlich grobkörnigen Film sieht man übrigens, dass auch Rafael sich jetzt nicht mehr wohlfühlt. Er rutscht die ganze Zeit auf dem Stuhl rum, schaut mich kein einziges Mal an. Weiß anscheinend, dass er das Gespräch hier abbrechen müsste, dass es unangemessen ist. Dass das Mädchen mit seinen seelischen Kapazitäten nicht aufnehmen kann, was er ihr da erzählt. Dass das schon fast ein Verbrechen ist. Aber er kann auch nicht aufhören. Er ist nicht in der Lage anzuhalten.

Zumindest die Beschreibung, wie sie gefickt haben, hat er mir erspart oder es nur sehr knapp gehalten, damals, als ich meinen ersten Film gemacht habe. Aber er hat es nicht kapiert – wie konnte er das nicht kapieren! –, dass gerade die Beschreibung ihrer Kämpfe mich noch viel mehr aufwühlte und mir viel mehr wehtat.

Heute sind wir beide erwachsene Menschen. Wir sitzen in

Veras Zimmer im Kibbuz, nur er und ich, und schauen uns – ein viel zu feines Wort – das Gespräch an, das wir vor vierundzwanzig Jahren hier in diesem Zimmer aufgenommen haben.

»Es tut mir so leid«, sagt Rafael jetzt, sein Gesicht ist gequält, »ich war ein solcher Idiot.« Und ich sage: »Stimmt«, und könnte über mich heulen und heule nicht. Ich heule nie. Wir schweigen beide.

Was soll man sagen, wenn nichts mehr zu machen ist.

Am Anfang, als es zwischen ihm und Nina noch zarte Momente gab, fast immer mit Hilfe von Marihuana und literweise Cognac *VSOP*, wagte er noch zu hoffen – und hat es ihr natürlich nicht gesagt, denn wie könnte man so etwas sagen –, dass, wenn sie ein Kind bekämen, in ihr Gesicht bestimmt der Ausdruck zurückkehren würde. Aber auch als Nina ein kleines Mädchen von 2250 Gramm zur Welt brachte, ein winziges Baby, beinah ein Frühchen, das aussah, als wolle es mit aller Kraft immer nur kleiner und kleiner werden und schließlich ganz verschwinden, nicht einmal da kehrte der Ausdruck in Ninas Gesicht zurück, und vielleicht passierte sogar das Gegenteil: Ihre Augen wirkten noch hohler und blickten immer gerade durch einen hindurch, es war, als blinzelten sie nie, als seien sie in einem sehr fernen Moment, nachdem sie etwas gesehen oder begriffen hatten, plötzlich erstarrt. In ebendieses Gesicht sah die Kleine, als sie begann, ihren Blick zu fokussieren und Einzelheiten zu erkennen. Dies waren die Augen, die durch sie hindurchblickten, während sie gestillt wurde (nur drei oder vier Tage, das liegt im Nebel, Rafi sagte mal drei, dann wieder vier), wenn man ihr die Windeln wechselte und wenn sie vorsichtig und wohl ohne große Hoffnung versuchte, den Einfluss ihres Lächelns auf die Gesichter um sich herum zu prüfen. Vielleicht knickt deshalb bis heute ihr Lächeln oft schon im Voraus ein und zieht sich zurück.

Das ist alles? Sonst keine Erinnerungen? Nicht einmal schlechte? Keine Momente der Zärtlichkeit, kein Kuscheln im elterlichen Bett? Kein Regen von Küssen auf den Kinderbauch? Und was ist mit der Bewunderung für den ersten Schritt, die ersten Wörter? Sag mal Ball. Sag mal Puppe.

Immer wieder fährt ein großer Radiergummi über mein Bewusstsein.

Und dann ist Nina verschwunden. Eines Morgens standen wir auf und Nina war nicht mehr da. Bestimmt hatte sie unterm Fenster einen Pfiff gehört, in einer Frequenz, die nur Hunde wie sie hören. Noch nicht mal ihre Zahnbürste hat sie mitgenommen, sie ging und verschwand für Jahre. Sie war – so erfuhren wir später aus Briefen, die sie an Vera schrieb – nach New York geflogen und hatte sich dort aufgelöst; dort suchte sie keiner mehr. Plötzlich waren Rafael und das kleine Mädchen allein. Oma Vera kam natürlich helfen, mindestens zweimal die Woche fuhr sie im Bus mit zweimal Umsteigen hin und her, brachte Taschen voller Töpfe, Malhefte und Holztiere, die Tuvia geschnitzt hatte. An den übrigen Vormittagen wurde das Mädchen zusammen mit ein paar anderen Kindern, die jünger waren, in einer Kindergruppe deponiert, in der Wohnung einer Nachbarin, einer Frau, die kaum ein Wort sprach und deren Schweigen wohl auch den Kindern anhaftete, denn in ihrer Erinnerung ist diese Kindergruppe ein Ort großer Stille (nicht sehr logisch, aber so erinnert sie sich).

Treue Freundinnen von Rafael hüteten sie nachts, wenn ihr Vater arbeitete. Er war Hilfspfleger im Bikur-Cholim-Krankenhaus, Nachtwächter im Biblischen Zoo und Tankwart. Vormittags studierte er an der Hebräischen Universität Sozialarbeit und Film im Rahmen einer Weiterbildungsmaßnahme des Arbeitsamtes. Immerzu hat das Mädchen auf ihn gewartet. Diese Erwartung ist das Greifbarste, was ihr aus dieser Zeit geblieben ist. Ein ständiger Hunger. Sie weiß nicht mehr, was sie während des Wartens gemacht hat, aber bis heute kann sie in sich diese flammende Sehnsucht wecken, wie sich ihr Bauch verkrampfte in Erwartung seiner schweren Schritte im Treppenhaus. Ich kann das, pardon, nur in der dritten Person schreiben.

Vera hatte gebettelt, sie sollten zu ihr und Tuvia in den Kibbuz ziehen, dort könnten sie ein neues Leben beginnen. Alles, was Nina ihnen geraubt hatte, wollte Vera zurückgeben. Doch Rafael und vielleicht auch das Mädchen – wer weiß, was die Welt den tierischen Instinkten der Kleinen eingeflüstert hatte – mussten jeder auf seine Art das von Nina über sie verhängte Verlassensein gleichsam bis zum letzten Tropfen auskosten.

Woran erinnert sie sich aus jener Zeit? Nicht an viel. An fast gar nichts. An schweigsame Mahlzeiten. Daran, wie Rafael vor dem offenen Schrank steht und sein Gesicht in Ninas Kleider hineinwühlt. An einen echten Welpen mit langen Ohren, den Rafael gefunden und ihr mitgebracht hatte, der aber nach einer Woche unbeschreiblichen Glücks bei der ersten Gelegenheit durch eine versehentlich offen gelassene Tür aus der Wohnung floh. Oder an einen grauen Nachmittag auf einem Spielplatz in Kiryat Hayovel. Eine junge Mutter hatte sich an ihn gewandt und gemeint, das Mädchen sei für dieses Wetter viel zu dünn angezogen, und sie beide, Rafael und sie, waren aufgestanden und weggegangen.

Und dann war da auch dieses Leben, das sie unter der Decke führte. Stundenlang, halbe Tage lag sie unter ihrer Decke, erzählte Geschichten und spielte ganze Theaterstücke. Da sprach sie nicht Ivrith. Da gab es eine andere Sprache. Eine Sprache, die nur unter der Decke existierte, und wenn sie darunter hervorkam, erinnerte sie sich anscheinend an kein einziges Wort. Doch eines Abends war die Decke plötzlich hochgehoben worden, und Papa stand da und sagte aufgewühlt, sie habe Serbokroatisch gesprochen, ganze Sätze auf Serbokroatisch. Er verstand diese Sprache nicht, abgesehen von einigen Wörtern, die Nina ihm beigebracht hatte (Papa, Mama, Mädchen, Familie und ein paar Flüche). Das Mädchen hatte keine Ahnung, wovon er sprach.

»Aber vergiss nicht, wir hatten es auch richtig toll zusammen«, sagt Rafael im Film, beinah flehentlich, »ich hab für dich Schattentheater gespielt, und wir hatten uns eine ganze Familie aus zerschnittenen Kartoffeln, einer Handvoll Streichhölzern und Kronkorken gemacht, und Tischfußball haben wir gespielt, mit Nägeln als Spieler und einer Murmel als Ball, und wir haben unheimlich viele Filme gesehn, weißt du nicht mehr?« Er beugt sich zu mir vor, und plötzlich reißt er mir die Kamera aus der Hand und richtet sie gegen mich, man sieht mich im Film protestieren und schreien, und ich versuche, mich mit hysterischen Handbewegungen wegzuwedeln. »Hör auf mit dem Theater und schau einen Moment hin, wie hübsch du bist«, sagt Rafael und lacht, und ich tu so, als ob ich mit ihm lache, mach auf Kumpel und sage:

»Du und Nina, ihr seid beide so schön, wie konnte dabei bloß so eine Katastrophe rauskommen.« Und Rafael lacht noch mehr: »Du bist echt total verrückt, Gili, glaub mir.« Aber das war keine ausreichende Antwort auf das, was mir in jenen Jahren das Leben verbitterte – im Film fuhr ein Zucken über mein Gesicht –, noch so ein Augenblick, in dem ich Nina aus tiefstem Herzen gehasst habe. Man sah mir an, was mir fehlte, man sah diese Ödnis, und, um es klar zu sagen, so verrückt ich nach meinem Vater war und sosehr *Die Geheimnisse der Ehe* in meinem Inneren rumorten, ein Mädchen mit fünfzehn braucht manchmal eine Mutter, selbst wenn sie eine Kuckucksmutter ist, selbst wenn sie die Mutter aller Sünden ist, aber es braucht eine Frau, die es hin und wieder anschaut, wie eine Frau eine Frau anschaut, die seinen verwirrten Körper umarmt und ihm voll Bewunderung sagt, wie sehr es schon Frau ist.

Und ausgerechnet hier bleibt das Bild stehen, ausgerechnet, als mein Gesicht den ganzen Bildschirm ausfüllt. Anscheinend ist die Magnetschicht abgeblättert, vor uns tanzen schwarze und weiße Flecken, und plötzlich zerbirst mein Gesicht in schiefe Splitter und erstarrt, und etwas dort erscheint mir wie ein Spiegel, der zerbricht, nachdem Nina hineingeschaut hat; es ist dermaßen plastisch und entsetzlich, dass wir beide ein paar Sekunden gebannt hinstarren, bis Rafi aufspringt und den Stecker zieht.

Ich erinnere mich, im Magazin der ersten *Bolex* 16 mm meines Vaters lagen jeweils 400 *feet* Film. Elf Minuten und elf Sekunden warteten dort, dass wir sie mit bewegten Bildern füllten. Bis heute hab ich das Einlegen und Herausholen des Films noch in den Fingern. Ich war vielleicht sieben, meine Hände und die meines Vaters bewegten sich in dem schwarzen, lichtundurchlässigen Sack. Der Sack war für zwei Hände gemacht, aber uns gelang es, unsre vier Hände da hineinzubekommen. Er hat mich angeleitet, hat meinen dünnen Fingern den Weg gezeigt. Wenn er den Film einlegte oder rausholte, schloss er die Augen und warf den Kopf zurück, und ich hab es genauso gemacht. In dem Sack haben wir zusammen mit geschlossenen Augen den Deckel der Kamera geöffnet und vorsichtig den Anfang des neuen Films durch die kleinen Rollen gefädelt. Seine breiten Finger arbeiteten flink und mit Bedacht. Heute, im digitalen Zeitalter, klingt das lächerlich, aber für mich sind diese gemeinsamen Bewegungen eine köstliche Erinnerung, genauso wie das Zeitgefühl jener Tage, elf Minuten und elf Sekunden, die zwischen den Röllchen durchflitzten.

Wo war ich stehngeblieben?

Seit es fünf war, hat das Mädchen Chemikalien eingeatmet. Hat sich daran gewöhnt, im Schneideraum auf einer Matratze zu schlafen. Sein Vater war wohl der Lehrling eines sehr wichtigen Mannes. Dieser wichtige Mann hatte Katzenaugen, und er hat das Mädchen mit seinen Grimassen zum Lachen gebracht, aber die meiste Zeit saß er an dem *Steenbeck*-Tisch, zerschnitt Filme, klebte sie mit Klebeband wieder zusammen und summte vor sich hin. Gardinen von Filmen füllten das Zimmer. Das Mädchen lief mit ausgebreiteten Armen zwischen ihnen hindurch und ließ sie rascheln.

Rafael fuhr mit ihr ins Kulturhaus Bejt Lessin oder nach Hause zu Lia van Leer auf den Carmel in Haifa, um Filme anzusehen. Er sammelte (aus Mülltonnen von Produzenten) Filme, deren Copyright abgelaufen war; in der Filmothek der

Gewerkschaft ließ er Filme mitgehn. Er beschaffte sich seine Bildung selbst: eine Woche lang Antonioni, eine Woche Howard Hawks, Frank Capra, Billy Wilder, Truffaut ... Sie schlief auf seinem Schoß, den Kopf an seiner Schulter. Wachte im Dunkeln auf, in fremden Zimmern, in seinen Brillengläsern spiegelten sich die Filme.

Mit sieben, mitten im Schuljahr, wurde sie in die Gershon-Agron-Schule gebracht und der Klasse vorgestellt als »ein Mädchen, dem man helfen muss«. Andererseits wurde beinah am selben Tag für sie die Schrift erfunden, das Wunder des Lesens offenbarte sich, und ein neues Leben begann.

Gar nicht schlecht, heute Vormittag habe ich eine Menge geschafft. Schon lange nicht mehr so viel geschrieben, und alles mit der Hand. Nur noch eine kurze Anekdote, bevor R. und ich hier in den privatisierten Speisesaal essen gehen und auf all die Leute treffen, die mich noch im Bollerwagen kannten und mir heute, taktvoll, wie sie sind, keine Fragen zu meinem Leben stellen werden.

Als das Mädchen elf und zur Überraschung aller und zu seinem eigenen Leidwesen bereits einen Meter sechzig groß war – das Beinahe-Frühchen war ganz schön gewachsen, es schrieb um diese Zeit schon heimlich wilde Gedichte und anrührende Geschichten über sein Leben als Halbwaise, hatte bereits fast alle Bücher für Erwachsene aus der Kibbuzbücherei und aus der Philip-Leon-Bücherei im Gemeindezentrum in Kiryat Hayovel gelesen, *Die Mysterien des Ehelebens* auswendig gelernt und auch, nur irgendwie anders, das Buch *Der duftende Garten*, das sie ebenfalls im Bücherschrank von Oma Vera und Opa Tuvia entdeckt und gierig verschlungen hatte –, da stand dieses Mädchen eines Morgens am

Gefallenengedenktag vor der versammelten Schule, und statt wie geplant das Gedicht von Chaim Gouri »Sieh, unsre Körper, sie liegen / beinander in so langer Reihe« aufzusagen, las sie ein selbst verfasstes, absolut blamables vor, das mit den Worten begann: »Wohin fliegen die Gesichtszüge, wenn der Mensch erstarrt?«

Nina war am Abend vor dem Fest zu Veras Neunzigstem im Kibbuz angekommen. Es hatte drei Flüge gebraucht, um sie von ihrem arktischen Dorf hierherzubringen – finanziert natürlich von Rafael, mit dem Geld, das er nicht besitzt, und auch Vera gab etwas dazu, denn Nina hatte wie immer keinen Groschen am Arsch. Wie mir meine Informanten berichteten, hatte sie, obwohl sie erschöpft war, eifrig bis spät in die Nacht gearbeitet, um das Klubhaus für das Fest herzurichten, und sich erst nach Mitternacht, nachdem sie auch noch darauf bestanden hatte, alleine den Boden zu schrubben und zu wischen, ein Taxi nach Haifa bestellt. Sie wollte weder bei Vera im Kibbuz schlafen noch bei Rafael in Akko, eine Entscheidung, die ihn natürlich verletzte und aufbrachte, und die unerhörte dritte Möglichkeit, bei Meir und mir in unserer Eineinhalbzimmerwohnung im Moschaw zu übernachten, hatte sie erst gar nicht in Erwägung gezogen. Nina hatte ein Airbnb-Zimmer im Viertel Neve Schaanan gefunden. Für drei Tage. Mehr wollte sie dem Besuch in dieser abgelegenen Provinz nicht zugestehen. Vom Flughafen Tromsø in Norwegen hatte sie Rafael angerufen und ihm versprochen, sie werde für Vera einen Glückwunsch verfassen und auf dem Fest vorlesen. Doch schon zweimal war sie an diesem Morgen zu ihm gekommen, hatte ihn flüsternd gefragt, ob es in Ordnung sei, dass sie nichts Schriftliches vorbereite, und Rafael hatte sinngemäß geantwortet: Hauptsache, es kommt von Herzen und du sagst ihr etwas Nettes. Nina hatte versprochen, das zu tun. Sie werde ihr etwas sagen, werde sie einfach anschauen und zu ihr sprechen. »Ich hab ihr trotz allem ja so viel Gutes zu sagen«, hatte Nina energisch nickend versichert. Aber jedes Mal, wenn Tante Hannah, die die Zeremonie leitete, sich ihr mit der stummen Aufforderung zuwandte, machte Nina eine Handbewegung von »später« oder »nach diesem Redner«, und schließlich hat sie nicht geredet und Vera gar nichts gesagt.

Je länger ihr Schweigen dauerte, umso deutlicher sahen wir die Enttäuschung auf Veras Gesicht. Wir spürten zwar alle, wie sehr Nina sich quälte, aber sie konnte nicht, sie konnte einfach nichts Lobendes über ihre Mutter sagen. In diesen Momenten schloss sich unsere ganze Familie wie die Finger einer Faust um Vera, wie ein Leib, der ein empfindliches Organ schützen will. Vera war eine von uns, Nina nicht. Nina haben wir nur Vera zuliebe aufgenommen. Und noch was: Unsere Familie hat immer gewusst, dass die Grenzlinie zwischen Vera und Nina ein infektiöser Ort ist, sogar ein bösartiger, und dass wir Brucks gut daran tun, uns ihm nicht zu nähern. Ohnehin – so denkt sich der durchschnittliche feistnackige Bruck – habe ich keine Chance, die Komplikation von etwas, das vor fast sechzig Jahren zwischen Vera und Nina passierte, jemals zu verstehen. Und, damit das gleich klar ist: Die Brucks betrachten die menschliche Seele grundsätzlich nicht in so hoher Auflösung, aber ich beschwere mich nicht. Seine Familie kann man sich nicht aussuchen.

Was ich noch schreiben wollte: Es ist eine Wonne, was dieses Heft ermöglicht.

Jahre hab ich nicht mit der Hand geschrieben. Ich dachte, diese Muskeln sind bei mir längst verkümmert.

Und jetzt schreib ich mit Kugelschreiber in ein Heft, wie in jenen fernen Tagen, als diese Dinge passiert sind.

Von wegen Handwurzelentzündung!

Klappe. Geburtstagsfeier zu Veras Neunzigstem, die zweite. Klubhaus. Schockierende Möblierung. Alles sieht aus, als hätte man es irgendwann in den fünfziger Jahren mit Schlammfarbe beschmiert. Rafael und Nina haben sich fünf Jahre nicht gesehen, seit Ninas letztem Besuch im Kibbuz. Auch Nina und ich sind uns fünf Jahre lang nicht begegnet. Damals haben wir nur ein paar Sätze gewechselt, und zum Schluss hab ich sie zusammengestaucht, vor aller Augen, eine richtige Horrorshow hab ich damals abgezogen und mich furchtbar blamiert. Zweifellos geben wir dem Begriff »Familie« eine neue Dimension.

Klappe. Geburtstagsfeier zu Veras Neunzigstem, die dritte. Am Schabbat, bevor das Fest losging, als alle noch rumstanden, sich unterhielten und Familientratsch austauschten, hab ich die Augen zugemacht und langsam von zehn bis null gezählt, und bei null kam sie tatsächlich rein. Dieses Phänomen kann ich nicht erklären. Nina betrat den kleinen Saal, und Rafaels Herz wurde schwach. Ich hab's gesehn. Um Nina herum entstand ein kleiner Wirbel von Küssen und Umarmungen, in dessen Zentrum sie einfach dastand und, als sei ihr sogar hier kalt, sich selbst umarmte und still lächelte, während unsre Familie die Gelegenheit nutzte, sich ein bisschen wie im Ausland zu fühlen, *»Oh my god«* und andere amerikanische

Ausrufe kreischte, die freudige Erregung ausdrücken sollen und vor Verlogenheit stinken, weil sie die eilig begutachtenden, abschätzigen Blicke für die Gesamtbilanz von Falten, Haut, Haaren und Zähnen verbergen. Der übliche Viehmarkt eben. Ich sah sofort, was alle sahen: Nina war in keinem guten Zustand. Nicht nur, weil ihre Schönheit gedämpft war – ein Schicksal, das meinesgleichen, den potthässlichen Frauen, erspart bleibt –, und nicht nur, weil ihre Stirn, ihre langen Wangen und auch ihre gesamte Mundpartie von lauter Strichlein, feinen, trockenen Fältchen übersät waren, als hätte man sie mit vielen kleinen Brennnesseln gepeitscht. Was Rafael am meisten schockierte, war, ich las es aus seinem Blick, dass Nina plötzlich einen Gesichtsausdruck hatte.

Auch mir war das aufgefallen. Es ist die Aufgabe des Skriptgirls (auf Englisch nennt man mich auch *continuity girl*, was mir besonders gefällt), auf solche überraschenden Veränderungen bei der Einstellung, im Bildausschnitt oder im Text zu achten. Ich schaute Nina an und war innerlich alarmiert. Rafael stand mühsam und erschüttert auf. Ich lief zu ihm, hängte mich bei ihm ein und spürte, wie er sich auf mich stützte und sein Puls raste. Ich hatte Aspirin zum Kauen dabei und das Nitrospray gegen Herzbeklemmung, das ich immer für ihn mitnehme. Er lehnte beides mit einer ärgerlichen Handbewegung ab, die mir gegenüber nicht ganz fair war, aber für ihn galten jetzt mildernde Umstände.

Wie soll man das Phänomen beschreiben, dass eine Person, die keine Mimik besaß, plötzlich eine besitzt? Nina hatte auch vorher eine gehabt. Ich will nicht übertreiben, sie war ja keine Statue, kein Eisberg und auch nicht wirklich eine Sphinx; ich habe sie nur so beschrieben, um mich gegen sie aufzuwiegeln und meinen Abscheu ihr gegenüber zu befeuern; Rafi sagt, ich würde es damit übertreiben. Trotzdem, jetzt war sie anders, auf unfassbare Art, und man kann vorsichtig sagen, auch wenn es mir schwerfällt, das zuzugeben: Plötzlich war sie da.

Da kommt mir dieser Junge in den Sinn, den fahrende Bettler entführt hatten. Der Junge aus *Der lachende Mann* von Victor Hugo, den seine Entführer so zugerichtet hatten, dass er aussah, als ob er immer lachte, weil das gut fürs Betteigeschäft war. Wie sehr habe ich mich als Kind vor diesem Buch gefürchtet, vor dem starren Gesichtsausdruck des Jungen auf dem Buchumschlag, und wie oft habe ich über sein bitteres Schicksal gelesen und geweint.

Frage: Was bringt einen durchschnittlichen, annehmbaren Menschen, also nicht einen, dessen Gesicht in seiner Kindheit von fahrenden Bettlern entstellt wurde, dazu, fast die ganze Zeit teilnahmslos und gleichgültig auszusehen? Oder spöttisch? Ist es etwas in ihren Augen? Diese kleine, feine Falte unter den Lidern? Ihr distanzierter, hohler, immer etwas abwesender Blick?

Von diesem zarten Fohlenblick, den sie so lange hatte, zumindest bis vor fünf Jahren, als ich sie das letzte Mal sah, ist sie direkt ins Anfangsstadium des Verwelkens gesprungen, ich übertreibe nicht, als habe sie keinen Moment in der vollen Reife des Frauseins verweilt.

Im Leben.

Ihr Gesicht fesselte meinen Vater und mich, es war, als zeigte man uns hier einen Film – wieder einen Film –, der jahrzehntelang verborgen war. Den Film über ein Leben, das wir nicht gelebt haben. Über ein Leben, das wir hätten haben können. Böen von Zuwendung und Freude, Enttäuschung und Trauer ziehen über ihr Gesicht, und ein Lächeln, großer Gott, ihr Lächeln ist warm und still und schlicht, wo war das alles, als ich es gebraucht hätte? Rafael an meiner Seite schaut sie an, ich spüre seinen Puls, seine Kurzatmigkeit, ich sagte es schon, und schwöre mir: Nie wieder! Ich lasse es nicht zu, dass er noch einmal wegen ihr zusammenbricht. Es muss eine Grenze geben, wie weit man einen Menschen quälen kann.

Als sie den Saal betrat, hatte Nina Rafaels erschrockenen Blick gesehen. Er hatte ihn nicht verbergen können. Über alle Menschen, die sie umringten, hinweg schickte sie ihm ein Schulterzucken, gleichsam entschuldigend, und etwas an ihrer Bewegung erinnerte mich an einen Moment aus seinem Film, den Rafael irgendwann in den Siebzigern versucht hatte mit ihr zu drehen, bevor sie endgültig abgehauen ist. »Meinst du, du wirst mich auch noch lieben, wenn ich alt und hässlich bin?«, fragt sie ihn dort. Sie sind im Bett, wo sonst, inmitten des zerwühlten Bettzeugs ein seltener Augenblick der Wärme. »Du kennst mich doch«, sagt er und bläst sich zu einem leicht feierlichen Pathos auf, »wenn du plötzlich, sagen wir, einen Buckel hättest, würd ich sofort anfangen, bucklige Frauen zu lieben.« »Ah«, sagt sie, wedelt mit ihrem nackten, dünnen Arm, »das hast du bestimmt schon zu tausend buckligen Frauen gesagt.«

Später, nachdem die Reden gehalten waren, nach Ninas nicht gehaltener Rede und einem Gespräch zwischen Nina und mir, das ebenfalls nicht stattfand, stürmte unsere kleine Sippe, die gar nicht mehr so klein ist, das Buffet. Die Frauen der

Familie und auch ein paar Männer hatten verschiedenste von Veras Küche inspirierte Leckereien zubereitet. Nur wir vier, Vera, Nina, Rafael und ich, blieben auf unseren Plätzen sitzen, leicht angeschlagen, noch bevor wir überhaupt aufeinandertrafen. Vera und Nina schauten sich an, und da war ein Blick …

Auf Ninas Lippen legte sich plötzlich ein entsetzlich gequältes Lächeln. Ich sah, es war beinahe unwillentlich, wie eine Verzerrung, die Vera durch ihre bloße Existenz bei Nina hervorrief, ein Schädellächeln, das alle Lobreden, mit denen man Vera zuvor bedacht hatte, auf einen Schlag zunichtemachte und widerlegte und gleichsam eine verborgene Schande offenbarte –

Ich bekam Angst. Plötzlich kroch in mir eine Angst hoch, die man nur empfindet, wenn man vor dem Abgrund menschlicher Finsternis steht. Ich weiß, dieses Lächeln von Nina lässt sich in keine Sprache übersetzen, die im Hellen gesprochen wird. Ich sah meine Großmutter zusammenschrumpfen, als ließe Nina die ganze Frische vertrocknen, die Vera zu der machte, die sie auch mit ihren neunzig Jahren noch war.

Im selben Moment blickte auch Nina auf das, was sie da angerichtet hatte, auf Veras Hülle, und schreckte zurück. Ich hab es gesehen. Sie stand von ihrem Stuhl auf und ging mit unsicheren Schritten auf Vera zu.

Sie sank vor Veras Sessel auf die Knie, eine merkwürdige, aber bewegende Geste – das hat mich, zugegeben, etwas unvorbereitet erwischt –, und schloss Vera in die Arme, legte den Kopf auf ihre Knie, und Vera beugte sich über sie und streichelte den schmalen, fragilen Hals ihrer Tochter.

Mit langsamen, langgezogenen Bewegungen.

Einige aus der Familie bemerkten es, gaben den anderen Zeichen, es wurde still. Vera und Nina waren wie gefangen. Ich dachte, bis an ihr Lebensende werden die beiden von einer Linie umschlossen sein, die sie von allen anderen trennt. Von der ganzen Welt.

Und ich dachte, dass auch ich, ob ich will oder nicht, da ein bisschen mit eingeschlossen bin.

Nina stand auf. Ich sah, wie schwer es ihr fiel; ihr Körper hatte seine jugendliche Leichtigkeit verloren. Sie trocknete sich mit beiden Händen die Augen, »Ah, keine Ahnung, was mich da grad geritten hat …«, und kehrte zurück zu ihrem Platz und setzte sich. Vera holte den kleinen runden Spiegel aus ihrer Handtasche, putzte sich flink die verschmierte Schminke aus den Augenwinkeln und schob ihre angemalten Lippen vor dem Spiegel hin und her. Nina schaute sie an, verschlang sie mit ihrem Blick, und für einen Moment dachte ich, genau so hat sie sie angeschaut, als sie sechs war, in Belgrad, in ihrer schönen Wohnung in der Kosmaiskastraße, so hat sie ihre Mutter angeschaut, wenn die sich, sagen wir mal, vor einem ovalen, mit Weinranken und Trauben verzierten Spiegel auf einem Bronzefuß schminkte, an dessen Rand vielleicht ein winziges Foto steckte, von Miloš, ernst und klar.

Esther, Vaters Schwester, die selbst den kleinsten Moment von Verlegenheit oder Schweigen nicht erträgt, klopfte mit dem Teelöffel an ihr Glas und verkündete, Orli und Adili, ihre Enkelinnen, hätten eine kleine Aufführung vorbereitet, »zwei, drei humoristische Anekdoten«, die Vera ihnen für ihr Klassenprojekt über die Wurzeln ihrer Familie erzählt hatte. Nina war sichtlich angespannt. Humorvolles in den Erinnerungen ihrer Mutter? Die beiden jungen Mädchen, schwarzgelockt, rotwangig, das blühende Leben, sagten, wie glücklich sie sich schätzten, dass Oma Vera sich gerade ihre Familie ausgewählt habe, um ihr Großmuttersein auszuleben, und sie erzählten, wie sie, nachdem Oma Duši, Opa Tuvias teure erste Frau, gestorben war, dank ihrer Weisheit und ihres riesigen Herzens allen wieder eine Familie gegeben habe. Sie sprachen gleichzeitig, unterbrachen einander, taten dies aber gut koordiniert und auf eine angenehme Art und Weise, wie sie nur in gesunden Familien – Glückwunsch zu diesem Oxymoron, Gili – vorkommt.

Ihre Darbietung begannen sie mit einer Entschuldigung: Sie würden Vera vielleicht etwas übertrieben darstellen, aber das geschehe aus reiner Liebe, und Vera winkte ab und sagte, *»go ahead«*, und die Mädchen gaben ihrem Cousin Eviatar ein Zeichen, und die Klänge von Sinatras *I did it my way* erfüllten das Klubhaus mit rosafarbener Watte. Unter einem Tisch zogen die zwei nun einen Koffer hervor, und dem Skriptgirl setzte kurz das Herz aus, denn es war ebender Koffer, mit dem Vera an jenem Abend zu Tuvia gekommen war, nachdem sie zusammen mit Rafael Kugeln gestoßen hatte. Aus dem Koffer zogen sie große und kleine farbenfrohe Ketten, hängten sie sich um den Hals und schlängelten sich zu den Klängen der Musik mit den Bewegungen eines geradezu verführerischen Liebestanzes – etwas peinlich für meinen Geschmack –, dann zogen sie hellblaue und violette Kopfbedeckungen hervor, alles Veras Farben, kleine Hütchen und Hüte mit breiter Krempe, seriöse und gewagte, europäische und tropische, Hüte von Eingeborenen und von Kolonialisten, wie die bunte Kette eines Zauberers. An dieser Stelle kann ich mit

Entschiedenheit sagen: Im ganzen Kibbuz, in der gesamten Kibbuzbewegung gab es keine andere *chavera*, keine Kameradin, die wie Vera Schwerstarbeit im Kuhstall, im Hühnerstall und auf dem Feld mit natürlicher und aristokratischer Eleganz verband.

Während die Mädchen tanzten, fiel mir noch eine Anekdote ein: In der Zeit, als sie mit Tuvia zusammenzog, der damals in der gesamten Kibbuzbewegung ein begehrter Witwer war, wurde ausgerechnet Vera Woche für Woche zum Putzen des Speisesaals und zum Bodenwischen eingeteilt. Am Ende ihrer Schicht kehrte sie in Tuvias Haus zurück und zeigte ihm ihre von den Reinigungsmitteln angegriffenen, sich schuppenden Hände und die abgebrochenen, schwarzen Fingernägel. Tuvia legte ihre Hände in warmes Kamillenwasser und lackierte ihr danach die Nägel. Manchmal hat Vera ihn später nachgeahmt, wie er dabei die Zunge zwischen die Zähnen klemmte und »Kopf hoch, Verale!« sagte. Und so kehrte sie am nächsten Morgen mit erhobenem Kopf und ausgefahrenen Fingernägeln – zehn glänzende Tropfen Blut – ins Schlachtfeld zurück: »Aber in meine Seele bin ich Proletarier! Keine Arbeit ist mir zu niedrig!«

Später setzten sich die beiden Mädchen auf den Koffer, hielten Händchen und erzählten in einem perfekten Duett in Veras Tonfall, mit ihrem Akzent und in ihrem Ivrith eine Geschichte, die die meisten in der Familie kannten: »Als ich geboren wurde, im Jahr achtzehn in Čakovec in Kroatien, da ist noch gewesen Erster Weltkrieg, und österreichische Soldaten, als sie gesehen haben, dass Österreich verliert, sind sie geflohen schnell nach Hause, und meine Mutter hat gehabt Angst, was sie mit uns werden machen, und hat mich mitgenommen im Zug zu ihren Eltern nach Beograd. Und weil es nichts gegeben hat zu essen, bin ich gewesen ganz hässlich, ganz dünn, mit Lungenentzündung und Husten und Schnupfen, und meine Mutter hat mich gehalten in Eisenbahn hoch über die anderen Leute. Alles ist gewesen sehr eng und hat gestunken, und da sind gewesen viele Besoffene, und Leute haben geschrien: Schmeiß das hässliche Katz aus dem Fenster! Bald werden kommen Soldaten und machen schöne neue Kinder!«

Die kleine Gruppe im Klubraum schüttelte sich vor Lachen. Vera rief »Bravo!« und klatschte in die Hände. Nina, die Rafael und mir gegenübersaß, bewegte den Kopf in einer merkwürdigen Mischung aus Genuss und Spott. »Seht nur, wie das meiner Mutter gefällt«, sagte ihr bitteres Lächeln, und Rafael und ich rissen im selben Moment den Blick von ihr los, um mit ihr ja keinen Bund gegen Vera zu schließen.

»Und mein Vater«, die Zwillingsschwestern standen auf und erzählten in Veras Tonfall weiter, »ist gewesen so ein Militärmensch! Joj! Und unsere Mutter hat jedes Mal zu ihm gesagt: Aber Beła, du hast zu Hause keine Soldaten, du hast vier Töchter! Aber er hat es nicht anders gewusst, woher auch? In Seele ist er gewesen ein *Sergeant Major*, auch wenn er gedient hat kein einzige Tag im Militär. Und immer, wenn er gekommen ist nach Hause, sind wir aufgestanden für ihn, im selben Moment, sogar, pardon, wenn wir gerade gesessen sind auf Klo. So ein echter Ungar, Gott bewahre.«

Die beiden verbeugten sich, richteten sich wieder auf, schlugen gleichzeitig die Hacken zusammen. Großes Gelächter und Begeisterung bei Veras Kindern und Kindeskindern. »Und meine Mutter ist gewesen sehr verschlossen«, die Mädchen stützten mit bekümmerter Miene ihr Kinn auf ihre Fingerspitzen, »sie hat gehabt eine Heidenangst vor ihm. Alle haben sich gefürchtet vor ihm! Keiner in Stadt hätte gewagt, ihm was zu sagen!« Die Zwillinge schoben beide das Kinn vor, für einen Augenblick waren sie der jungen Vera sehr ähnlich, obwohl es keine logische Erklärung dafür gab, denn Veras Blut fließt ja gar nicht in ihren Adern: »Einmal, da bin ich gewesen vielleicht fünfzehn, da hab ich gehört, wie Vater Hand gehoben hat gegen Mutter. Ich weiß nicht, woher ich habe gehabt die Courage, aber ich bin gegangen in ihr Zimmer, ohne anzuklopfen, und habe gesagt: Damit ist jetzt genug! Das ist gewesen letzte Mal! Du schlägst sie nie wieder! Du schreist meine Mutter nicht nochmal an! Und Vater ist erstarrt, mit offenem Mund, und deswegen hab ich dann zwei Jahre lang nicht mehr geredet mit ihm.«

Schon mit fünfzehn Jahren, sagte Ninas Blick, der auf Rafael ruhte, schon damals: Stahl.

»Und Vater«, fuhren die beiden fort, »hat durchgeschoben jeden Abend einen Zettel unter meiner Tür. Ist zornige Dame geworden vielleicht schon etwas weicher? Und ich: Nie und nimmer.«

Und wieder richteten die beiden abrupt die Köpfe auf, mit Veras scharfem Gesichtsausdruck, die Lippen geschürzt. Im ganzen Klubraum tobten Applaus und Jubel, und Vera sprang von ihrem geschmückten Sessel auf, stellte sich zwischen die Mädchen, die einen Kopf größer als sie waren, packte ihre Handgelenke, schwang sie in die Luft und rief: »Moment, einen Moment, hört zu, Kinder, da gibt es noch etwas. Ihr habt noch was vergessen über meinen Vater …«

»Einmal, da ist meine große Schwester Mira gewesen

neunzehn, vielleicht auch schon zwanzig, und im Städtchen neben unserem haben sie gemacht so ein dilettantisches Theater, aber es ist gewesen eine *sehr* gefragte Vorstellung, und Mira hat dabei gespielt Rolle von wichtige Dame mit lange Zigarette, da ist mein Vater vom Publikum gesprungen auf Bühne und hat ihr gegeben vor allen Leuten eine *pljuska* und fertig. Und er hat gerufen: Meine Tochter raucht nicht!«

»Aber Vera, lass die Mädchen mal verschnaufen, du zerdrückst ihnen ja noch die Arme«, lachte Schlejmale, Esthers Mann, doch Vera rief: »Noch einen Moment, Mädchen, hört gut zu, damit ihr auch Stoff habt für meinen hundertsten Geburtstag: Ab meinem siebzehnten Geburtstag hat mein Vater gelegt jeden Abend neue Packung Zigaretten vor meine Tür und hat darauf geschrieben: Hoffentlich wird der *smarkač* mit sture Kopf etwas weicher …«

»Aber der *smarkač*, die Rotznase, wurde nicht weich«, flüsterte Nina Rafael aus der Ferne unhörbar zu.

»Was? Was hast du gesagt?« Vera fuhr herum und schaute Nina an. Schwer nachzuvollziehen, wie, auf welcher Frequenz sie die Information empfing, dass Nina lautlos etwas über sie gesagt hatte. »Nichts. Gar nichts«, murmelte Nina. Vera ließ die Hände der Mädchen los und ging, plötzlich müde, zurück zu ihrem Sessel.

Doch sofort fasste sie sich wieder, setzte sich besonders aufrecht hin, schlug die Beine übereinander, ihre Beine reichten nicht bis zum Boden, sie wippten in der Luft, und sie begann: »Kinder, meine Lieben, erst einmal möcht ich euch danken von ganzem Herzen für schöne Ball, den ihr für mich hier habt gegeben, ich weiß ja, wie viel ihr gearbeitet habt dafür, bis gestern tief in Nacht, und ihr habt geschuftet und gekocht und aufgehängt Bilder von mir, damit alle sehen können, wie hübsch ich gewesen bin früher« – lautstarker Einspruch: »Bist du auch heute noch! Auch heute noch!« – »und ihr seid hergekommen extra für mich, von so weit her, oho! Vom Ende der Welt seid ihr gekommen, und meine Nina ist angereist sogar aus Norwegen, mit drei Aeroplanen, aus ihrem kleine Dorf im Schnee, ich weiß, wie schwer das für dich ist, Nina, und wie beschäftigt du bist und wie viel wichtige Arbeit du dort zu tun hast, und trotzdem hast du gefunden Zeit für mich und bist gekommen, um dabei zu sein bei mein Fest –« Nina schwitzte und rutschte auf ihrem Stuhl hin und her. »Schon gut«, sagte Vera eilig, »ich will euch nur sagen, ich bin so froh und glücklich, dass ich euch alle habe um mich herum. Nur mein lieber Tuvia, der ist schon nicht mehr da, und auch mein geliebter Miloš, der ist schon siebenundfünfzig Jahre nicht mehr. Ich danke euch, dass ihr mich reingenommen habt in eure schöne Familie mit ganzem Herz und mir erlaubt habt, Teil zu werden von ihr. Jeden Morgen neu danke ich dafür, aber nicht Gott, und um Himmels willen, jetzt fang nicht an, mit mir darüber zu streiten, Schlejmale, nein!, du hast nicht recht, und ich sage dir auch warum, denn wenn es Gott gäbe, dann hätte er sich genommen schon längst das Leben. Genug, wir haben dich schon gehört, zu oft haben wir dich schon gehört, du Klerikalist! Warum lacht ihr, warum? Hab ich nicht recht?«

Nina saß da und betrachtete diesen summenden Bienenstock unserer Familie, in dem Vera uneingeschränkt regierte, und was sie sah, zog sie an und stieß sie zugleich ab, ich hab es gesehen, ich kenne das sogar auch ein bisschen von mir selbst, und plötzlich hatte ich Mitleid mit dieser Frau.

»Aber auch ohne jetzt hier zu bemühen Gott von Schlejmale«, fuhr Vera fort, »meinem Glück danke ich jeden Tag neu dafür, dass ich hier getroffen habe meinen lieben Tuvia, der mir geschenkt hat gute zweiunddreißig gemeinsame Jahre. Und danke, danke, danke auch, dass ich hier begegnet bin seinen Kindern, Rafi und Hannah und Esther, die bereit gewesen sind, mich zu akzeptieren. Rafi ist damals noch gewesen ein Kind, noch keine sechzehn, stellt euch vor, was für ein Herz, dass er ist bereit gewesen, eine fremde Frau …« Tränen stiegen ihr in die Augen, auch einige andere weinten. Rafaels Augen wurden rot, ebenso seine Nase, die große, großporige Erdbeere.

Ich nahm ihm die Kamera ab; wie immer gab er sie nur widerwillig her und filmte langsam den ganzen Raum. Die bekannten Gesichter, die jungen und die blass gewordenen, die geliebten und die nervenden, in denen ich jede Falte, jedes Muttermal kenne. Als ich zu Nina gelangte, senkte sie den Kopf etwas, und ich habe sie übersprungen, und diese präzise Koordination unserer Bewegungen wühlte mich aus irgendeinem Grund sehr auf. Ich gab Rafael die *Sony* zurück und setzte mich mit weichen Knien.

Das Fest ging weiter, löste sich aber langsam auf. Wir tranken Kaffee und verdrückten die von Vera gebackenen Kuchen; danach zerstreuten wir uns. Vera lud Rafael und Nina auf einen letzten Kaffee zu sich aufs Zimmer ein, bevor sie beide wegfuhren, sie nach Haifa, in ihr Airbnb-Domizil, und er nach Akko, in seine leere Sträflingswohnung. Schon ziemlich lange gibt es in seinem Leben keine Frau mehr, und auch das macht mir Sorgen. Rafael ohne Frau ist für mich schwieriger zu entschlüsseln, und ich mag meinen Rafael entschlüsselt. Vera schlug mir natürlich vor, zu bleiben und den restlichen Tag mit ihr zu verbringen. Aber ich war ungeduldig und spürte, ich musste nach Hause fahren, weil mich dort ein Gespräch mit Meir erwartete, das ich plötzlich keine Minute länger aufschieben wollte, ein unheilschwangeres, vielleicht finales Gespräch. Alles, was ich im Folgenden schreibe, wurde mir deshalb von Rafael nachträglich erzählt. Ich habe es nur ein bisschen ergänzt.

»Siehst du, jetzt haben wir uns wiedergetroffen und nicht einmal miteinander geredet«, sagte Rafael zu Nina, während sie ihn zu seinem Auto begleitete. Nina ging, wie immer, die Arme um sich geschlungen, mit gesenktem Kopf. Rafael überlegte, ob sie wohl auch, wie er, an das dachte, was sie ihm vor fünf Jahren, als sie sich das letzte Mal sahen, zum Abschied gesagt hatte. Damals lebte sie noch in New York, und er hätte sie jetzt gern gefragt, ob sie auch an ihrem neuen Ort, auf dieser Insel in der Mitte zwischen Lappland und dem Nordpol, noch immer in diesem Taumel lebte, den sie mit ihren amerikanischen Stechern gehabt hatte. So hatte sie sie genannt. Doch er brachte es nicht über sich, davon anzufangen. Er wusste noch genau, was er damals empfunden hatte, als sie ihm davon erzählte hatte.

Irgendwann hängte sie sich bei ihm ein, und sie gingen langsamer, jetzt gab sie das Tempo vor. »Ich war erstaunt, wie langsam wir gingen.« Er betonte das, als er mir am Telefon davon erzählte. »Denn immer, mein ganzes Leben lang, musste ich ihr hinterherrennen.« Sie kamen zu seiner *Contessa 900*, dreiundzwanzig Jahre alt, »in der Blüte ihres Lebens«, wie Rafael sagte. »Alle Achtung, du machst mich neidisch«, meinte Nina lachend und kratzte mit dem Fingernagel etwas Vogeldreck von der verschmutzten Windschutzscheibe, »ich sehe, das Geschäft der Sozialarbeit läuft gut.« – »Alle Achtung, das kann ich dir zurückgeben.« – »Wieso? Was hab ich jetzt wieder falsch gemacht?« – »Nichts, gar nichts. Außer, dass du schon zwei Tage hier bist und morgen früh wieder für wer weiß wie lang wegfliegst und es auch diesmal geschafft hast, nicht eine Sekunde mit mir allein zu sein.« Nina stieß ein gezwungenes Lachen aus. »Fürchtest du dich so sehr vor mir?«, fragte Rafael aufgebracht. »Wir sind inzwischen alt, Nina, und die Welt ist böse und beschissen. Wäre es nicht an der Zeit, dass wir einander ein bisschen Gutes tun?« – »Ich bin nicht gut, Rafi. Ich bin eine Last, ein Dorn im Arsch, kapier das endlich und gib mich auf, vergiss mich.« – »Ich hab dich längst aufgegeben.« Er versuchte, ein Lachen zu faken, die Worte kamen schwer und verbogen aus seinem Mund. Er sah, ihre Lippen verkrampften sich. Er genoss es ein bisschen, ihr wehgetan zu haben, zugleich quälte es ihn auch. Das war ein uraltes Ritual zwischen ihnen, aber Rafael spürte, jetzt war etwas anders. Es gab bei diesem Gespräch einen neuen, einen verborgenen Beteiligten.

»Vielleicht könntest du trotzdem versuchen, mich ein bisschen zu mögen? Wenigstens mal so tun?«, sagte Nina. Etwas kokett Liebesuchendes lag in diesen Worten, aber nicht in ihrer Melodie; plötzlich klang ihre Stimme gepresst, beinah verzweifelt. Rafael schwieg, nahm sich in Acht, versuchte zu verstehen, was er da hörte.

»Iss nich, was?«, murmelte sie, es tat ihr weh. »Hast ja recht.«

Sie löste ihren Arm von seinem, umarmte wieder sich selbst, ein Schauder lief ihr über den Rücken. Es war ein ungeschriebenes Gesetz ihres gegenseitigen Quälens, dass sie seine Liebe, die sie verschmähte, sehr nötig brauchte. Das Axiom seiner hartnäckigen und absoluten Liebe gehörte zu den wenigen unverbrüchlichen Dingen in ihrem Leben. Aber jetzt war hier etwas Neues, erzählte mir Rafael. Er spürte, dass er den Boden unter den Füßen verlor, und suchte noch einen Moment Halt bei dem leichtfertigen Umgangston, in dem sie früher miteinander gesprochen hatten: »Manchmal, lach nicht, fühlt es sich an wie ein Geschwür oder wie eine Wunde, die ich die ganze Zeit aufkratzen muss, um etwas für dich zu empfinden.« »Mit einem Geschwür hat mich noch keiner verglichen«, zischte Nina und lachte bitter. »*Yalla*, jetzt nimm mich in den Arm und dann *Bye*.« Sie umarmte ihn und sagte wie immer, dass er ziemlich in die Breite gegangen sei, und dann trommelte sie mit ihren Fäusten auf seinen Bauch. »Als ob man einen Berg umarmt«, beschwerte sie sich an seiner Brust. Trotzdem schmiegte sie sich einen Moment länger als sonst an ihn, so hat es mein Vater erzählt, der bekanntlich ein Fan erotischer Trivia ist. Aber gut, wenn ich versuche, objektiv zu sein und sie zu verstehen, es ist wirklich schwer, sich nicht an ihn zu schmiegen, schwer, ihn nicht zu umarmen. Etwas bei der Berührung mit seinem großen, massiven Körper wirkt – auch auf mich, das gebe ich zu – wie dieses *Fresobin*, wie ein Fläschchen Hoffnung. (»Schreib alles auf«, hatte er mir beigebracht, als ich noch sein Skriptgirl war und er Regisseur, »schreib alles auf, was dir durch den Kopf geht, zum Schluss hängt alles mit allem zusammen, in den Tiefen wird alles Gesetz.«) Es ist wirklich erstaunlich, wie ein zerbrechlicher, so gar nicht robuster Mensch wie er, der auch nicht besonders gesund ist, ein solches Gefühl von Sicherheit und Beständigkeit vermitteln kann. Er seinerseits, so erzählte Rafael mir, habe sich große Mühe gegeben, in diesem Moment des Abschieds keinen Fehler zu machen. Er nahm sich in Acht, sich nicht vollends zu verlieren und zu ihr überzulaufen. Ihr Körper sei fast noch wie früher gewesen, berichtete er, dabei hatte ich ihn ausdrücklich darum gebeten, nicht ins Detail zu gehen, ich hatte sie ja selbst gesehen: ihren langen Körper, schmaler, dünner und sehniger als früher, mit denselben zornigen Winzbrüsten. Nina pickte flüchtig einen Kuss auf seine Wange, und ihre Finger fuhren zu seiner Überraschung mit einer Weichheit, die er schon vergessen hatte, über sein Gesicht.

Obwohl er es eigentlich nicht wollte, habe er dann aber trotzdem gefragt, ob er jetzt wieder fünf Jahre warten müsse, bis er sie wiedersehen würde, und Nina habe geantwortet: »Wer weiß, diesmal kann es sehr viel kürzer sein, als du dir denkst. Mein Leben ist ein Chaos.« Und wieder hatte er gespürt, dass sie, wie so oft, mit ihrem heiseren Lachen etwas andeutete, was sie gleichzeitig versteckte; er würde raten und dabei scheitern, das wusste sie. Wie aufreibend diese Begegnungen doch sind, dachte er. Ihre sensiblen und nervösen Pendelbewegungen. Er war zu alt, um sich immer wieder aufs Neue den Kopf zu zerbrechen. Nina spürte, wie er sich von ihr zurückzog, und drängte ihn schnell in die *Contessa*, damit kein Zweifel blieb, wer hier entschied, sich zu entfernen, und sie schloss sogar die Autotür hinter ihm und stützte sich mit den Armen im offenen Fenster auf. Ihr Gesicht war seinem ganz nah, einen langen Augenblick haben sie sich angeschaut.

»Keine Frau schaut mich so an wie sie«, meinte Rafael. »Wie – so?«, fragte ich und wappnete mich innerlich. »Na«, sagte er, »mit so einer Mischung.« »Was für eine Mischung, erklär es mir«, insistierte ich. Plötzlich klang meine Stimme synthetisch, wie eine Fahrstuhlstimme. »Eine Mischung aus Liebe und tiefer Trauer«, sagte Rafael. Er ahnte wohl meine Bestürzung, weigerte sich aber, mit mir zu kollaborieren. »Oder aus Begierde und tiefer Trauer.« Und ich hab fast geschrien. Konnte mich kaum noch beherrschen. Was für eine Begierde? Du bist ihr doch scheißegal, und für »diese Sachen«, wie Vera das nennt, hat sie doch haufenweise Schwänze, die sie einen nach dem andern verfotzt, also bitte, ja?

Tief in mir wusste ich, dass Rafael recht hatte, sie besitzt auch diese Mischung aus Spott und tiefer Trauer, auch von Grausamkeit und tiefer Trauer. Tiefe Trauer war immer dabei, in der Grundfarbe ihrer Augen. Ich stellte mir mit aller Kraft dieses Bild der beiden vor, damit ich es nachstellen kann, wenn ich vielleicht irgendwann mal meinen Film über sie beiden drehe (die Version des Opfers). Ihr Gesicht gegenüber seinem im offenen Autofenster, sie berühren einander nicht, aber sie sind zusammen, in einem angespannten Ernst, bebend, wie ein Pfeil vor dem Schuss. Haben sie sich so angesehen, als sie mich gemacht haben? Hat sie ihn zurückgehalten, bevor er kam, und ihn gezwungen, ihr in die Augen zu schauen? Hat sie ihn damals mit ihrem Blick gewarnt, dass sie nicht dazu in der Lage sei, dass sie das einfach nicht könne? Dass er sich hier grad alleine ein Kind mache?

Und unterdessen wurde die arme Gili geboren.

Nina fuhr wieder mit ihrer Hand über Rafaels Gesicht. Über den wilden Bart. Es war sonderbar. Er spürte, dass es ihr diesmal schwerfiel, Abschied zu nehmen. Plötzlich berührte sie seine Stirn genau an der Stelle, wo sie ihn fünfundvierzig Jahre zuvor gestoßen hatte, sodass ihm da seine mythologische Beule gewachsen war, und das war damals nur ein sanfter Hinweis auf die Hörner gewesen, die sie ihm in Zukunft aufsetzen würde. »Wiedersehn, mein Halbbruder«, sagte sie mit einem Seufzer, gab der *Contessa* mit der flachen Hand einen Klaps und ging, und Rafael murmelte seinen Teil des Abschieds, und ich dachte zum tausendsten Mal, hey, ich bin im Grunde das Kind aus einer Verwandtenehe, kein Wunder, dass ich so geworden bin.

Rafael fuhr langsam aus dem kleinen Parkrund im Viertel der Alteingesessenen Richtung Ausfahrt, dann hörte er ihren speziellen Finger-Pfiff und sah im Seitenspiegel, wie Nina hinter ihm herrannte. Das hatte etwas Außergewöhnliches: Bei all ihrem rastlosen Hin und Her in der Welt waren ihre Körperbewegungen immer die einer Lady gewesen. Sie riss die Tür auf und setzte sich neben ihn. »Fahr.« »Wohin?« »Egal. Nur beweg mich ein bisschen.« Rafael jubelte im Stillen, gab Gas, und sie fuhren.

»Vielleicht zehn Minuten haben wir nichts geredet«, erzählte mir Rafael am Telefon. »Deine Mutter saß mit dem Kopf nach hinten gelehnt, die Augen geschlossen.« Die Aufgabe eines Skriptgirls ist es wie gesagt, kleine Details zu bemerken. Etwa den plötzlichen Wechsel von »Nina« zu dem geradezu abstrusen »deine Mutter«, der akute Gefahr andeutete. Ninas lange und sehnige Arme lagen kraftlos auf ihren Schenkeln.

Sie wirkten erschöpft. Er konnte den Drang, ihre Hand in seine große Bärenhand zu nehmen, nur schwer niederkämpfen. Ohne die Augen zu öffnen, fragte Nina, ob er Musik habe, und er sagte, sie solle das Handschuhfach aufmachen, und genierte sich etwas, weil sie gleich seinen Musikgeschmack erkennen würde. Auch auf diesem Gebiet war er in den Sixties stehengeblieben, dieselben Kassetten der *Moody Blues,* der *New Seekers* und von *Mungo Jerry,* aber anscheinend hatte sie keine Kraft oder keine Lust, das Handschuhfach oder ihre Augen zu öffnen.

»Und ich bin gefahren«, erzählte mir Rafael, »geflogen bin ich, so hast du mich noch nicht fahren sehn, ich habe mich gefühlt wie …«, ich hörte sein trauriges Lächeln geradezu, »wie die Pärchen im Film? Wo der Mann seine Geliebte unterm Traubaldachin von der Hochzeit mit einem andern entführt?« Ich hörte ihm zu, konnte seine Stimme nicht ganz entschlüsseln. Was erzählte er mir hier im Tonfall eines pubertierenden Mädchens? Und Nina hatte gesagt, ohne die Augen aufzumachen: »Rafi, ich muss dir was erzählen, sitzt du?«

Er lachte, aber sein Mund wurde trocken.

»Ich hab anscheinend was.«

»Was hast du?«

»Ein Problem. Eine Krankheit.«

»Nicht wirklich.«

»Diese komische Krankheit«, fuhr sie fort, »wo man vergisst. Wo man hundertmal dasselbe sagt, hundertmal dieselbe Frage stellt –« Rafael bremste abrupt. »Du machst einen Witz, nicht wahr? Das meinst du jetzt nicht ernst. Du bist zu jung dafür.« Und sie wandte den Kopf zu ihm: »Demenz«, sagte sie, »Alzheimer, plemplem, etwas von dieser Familie. Es dauert wohl noch 'ne Weile, ein paar Jahre, haben sie gesagt, ich bin noch ganz am Anfang, hab die ganze Entdeckerfreude und das Staunen über die Veränderungen noch vor mir. Aber der Zug ist schon raus aus dem Bahnhof. Schon jetzt, in diesem Moment, werde ich ein bisschen ausgewischt. Schau her«, sie hob die Hand vor seine Augen, »jetzt bin ich noch in Farbe, in drei, vier Jahren wird es ein mattes Weiß, und danach ganz durchsichtig, nein, halt nicht an!« »Aber ich kann da nicht drüber reden, ohne dein Gesicht zu sehen.« »Alles wird ausgelöscht werden, sogar du, und Gili, vielleicht sogar Vera, obwohl ich mir das nicht vorstellen kann. Fahr weiter! Nicht anhalten. Wenn du anhältst, kann ich nicht reden«, und sie lachte, »ich bin wie diese Puppen, die man bewegen muss, damit sie sprechen. Ma-ma, Ma-ma.«

Er fragte, wie sie das entdeckt habe, und sie erzählte, diesmal geradeheraus. Dort, wo sie wohnt, im Norden, auf dieser kleinen Insel in dem Archipel zwischen Lappland und dem Nordpol, kann man keine Toten begraben. Die Eisschicht dort wird immer dicker und spuckt die Leichen wieder aus, und dann fressen die Polarbären sie, und so können sich auch Infektionen und Seuchen entwickeln, deshalb werden die Bewohner einmal im Jahr untersucht, und wer eine unheilbare oder lebensgefährliche Krankheit hat, muss die Insel verlassen und zurück aufs Festland.«

»Das ist grausam. Furchtbar«, murmelte Rafael, und Nina sagte: »Ganz und gar nicht. Das ist das Gesetz, und wer da hinzieht und da wohnen will, weiß von Anfang an darum.« »Das meine ich nicht«, sagte mein Vater, er fuhr langsam. Andere Fahrer hupten und drückten mit eindeutigen Hand- und Fingerbewegungen aus, was sie von seinem Fahrstil hielten.

Durch seinen Kopf rasten Argumente und Begründungen, die allesamt widerlegen sollten, was sie da erzählte. Das merkte sie und seufzte. »Vergiss es, Rafi. Lass mich sterben. Ohnehin war dieses Leben ziemlich daneben.« Wieder ein hohes Lachen, das eher wie ein Jaulen klang. »Vielleicht ist das Leben eben nicht jedermanns Sache.«

An der nächsten Ausfahrt machten sie kehrt und fuhren wieder zurück zum Kibbuz. Rafael dachte: »Jetzt bring ich sie zu ihrem schwarzen Traubaldachin zurück. Zum Schluss hat dieses ›Lass mich sterben‹ mich besiegt.« Er fragte, ob Vera Bescheid wisse. »Vera wird es in ein paar Minuten erfahren, ich wollte es zuerst dir erzählen, so wie damals, als ich schwanger war.« Er schwieg. »Du bist wirklich der Erste, Rafi, es ist das erste Mal, dass ich mich selbst höre, wie ich diese Worte ausspreche.« Er war nicht in der Lage, etwas zu erwidern. »Es ist ganz schön stressig, dass du so schweigst«, sagte sie, ihre Hand suchte seine Schulter, schließlich fanden ihre Finger ihren Platz zwischen seinen Fingern.

Sie sagte: »Im Grunde ist es doch ziemlich logisch, oder?« »Was ist hier logisch?«, stöhnte er. »Logisch«, antwortete sie, »wenn du dich fünfzig und noch ein paar Jahre anstrengst, eine bestimmte Sache zu vergessen, sagen wir, dass deine Mutter dich ausgesetzt und vor die Hunde hat gehen lassen, als du sechseinhalb warst, dann vergisst du zum Schluss auch alles andere.«

»Deine Mutter hat dich nicht ausgesetzt«, antwortete Rafael ihr prompt, »und auch sie hat man im Grunde den Hunden überlassen, man hat sie ins Gefängnis geworfen, zur Zwangsarbeit abkommandiert, sie hatte keine Wahl.« »Erklär das einem Mädchen von sechseinhalb Jahren«, trug Nina ihre

Antwort vor. »Aber du bist nicht mehr sechseinhalb«, sagte Rafael. »Bin ich wohl«, sagte Nina.

Rafael fuhr in das Parkrund bei Veras Viertel. Schaltete den Motor aus und drehte sich zu ihr. »Sag jetzt nichts«, befahl sie und legte ihm den Finger auf die Lippen. »Ich will kein Mitleid und keinen Trost.« Er küsste ihren Finger. Er traute sich nicht zu fragen, wohin sie gehen würde, wenn sie nicht weiter auf der Insel leben dürfte. Er hatte Angst, sie würde zurückwollen nach New York, zu diesen Typen, die von ihr schnell genug haben würden, sobald sie wüssten, dass sie krank ist. Er stellte sich vor, wie sie dort in ihrer Krankheit aufgehen und nicht mehr wissen würde, wie sie zurückkehren sollte, und er dachte, notfalls würde er seine Flugangst überwinden und hinfliegen, um mit ihr zu leben oder um sie zurück nach Israel zu bringen, wenn sie das wollte. »Alles ist offen«, sagte Nina, »das heißt, alles schließt sich jetzt. Schließt sich immer mehr. Irgendwie interessant, das zu beobachten. Die winzigen, mikroskopischen Bewegungen, die der Körper jetzt macht, und auch die Seele. Da gibt es eine ganze Bürokratie, wie man zu dieser Krankheit überhaupt zugelassen wird, noch lange bevor ich überhaupt irgendwas kapiert hab.«

Im Rückspiegel sah er, wie Vera anmarschiert kam, eine Hand in der Hüfte und alles in allem etwas verkrümmt. »Was hat das jetzt wieder zu bedeuten? Ihr habt mich verlassen einfach so und seid verschwunden, alle beide?«, beschwerte sie sich, »Nina, hast du nicht gesagt, du bleibst zum Abendessen? Ich habe Salat schon fertig«, und sie schob ihren Kopf ins Autofenster hinein und schnüffelte. »Was ist passiert?«, wollte sie wissen. »Was ist passiert, Kinder? Habt ihr wieder gestritten? Warum weinst du denn? Was du hast zu ihr gesagt, Rafi?«

Da nahm Nina Rafaels Hand und küsste seine Finger, einen nach dem andern. Es war eine sonderbare Geste, die sie alle drei verlegen machte. Vera zog eilig ihren Kopf aus dem Wagen und blickte in die Ferne. Nina stieg aus, ging zu Vera und legte ihr den Arm um die Schulter. »Komm, Maiko«, seufzte sie, »wir müssen ein bisschen reden.«

»Die Wahrheit?«, sagte Rafael, der mich, gleich nachdem er sich von ihnen verabschiedet hatte, aus dem Auto anrief, »alles, was deine Mutter mir vorenthalten hat, in all diesen Jahren, quillt jetzt in mir auf und bringt mich zum Platzen. Ein Gefühl wie vor einem Schlaganfall, ich sag's dir.« Als er anrief, war ich schon fast an der Einfahrt des Moschaws, und auch ich dachte, nach allem, was er mir über Ninas Krankheit erzählt hatte, ich kriege gleich einen Herzanfall. Als hätte man aus einem komplizierten Gebäude, an dem ich mein Leben lang gebaut habe, plötzlich den tragenden Stein gezogen. Ich fuhr rechts ran. Mein erster Gedanke war: In diesem Zustand kann ich das Gespräch mit Meir, das ich mir vorgenommen habe, nicht führen. Vielleicht muss ich es verschieben. Ein paar Tage. »Schau her, Gili, lass uns offen reden«, sagte Rafael, er schrie, »ich bin kein Mann mit vielen Begabungen, nein, unterbrich mich jetzt nicht. In meinem Alter weiß ich, was ich wert bin. Filme machen zum Beispiel, das kann ich mehr oder weniger. Konnte ich. Ich bin kein Antonioni, kein Truffaut und bestimmt kein Tarantino, aber mein Handwerk hab ich beherrscht, und wenn sie mir hier im Land noch eine kleine Chance gegeben und mir nicht auf Schritt und Tritt Knüppel zwischen die Beine geworfen hätten, hätte ich noch bessere Filme gemacht.« Ich schwieg. Es schmerzte mich, dass mein Vater den bösen Blick der Kritiker am Ende doch verinnerlicht hatte. »Ein guter Handwerker bin ich gewesen. Kein Genie, ich weiß, aber man braucht in jedem Beruf auch Leute wie mich, und das ist für mich völlig in Ordnung, sollen sie sagen, dass ich sentimental bin, dass ich billig rumphilosophiere, lass sie reden …« An dieser Stelle schweifte er wie immer ab und zählte alle Punkte der Anklageschrift gegen sich auf, die mir nur zu gut bekannt waren, dutzende Male hab ich sie aus seinem Mund und auch von anderen gehört, aber diesmal fing er sich schnell wieder: »Dieses Kapitel meines Lebens hab ich längst abgeschlossen, Gili. Abgeschnitten. Die Wunde ist gesäubert, und es gibt keine Metastasen. Ich bin weitergegangen, habe jetzt einen Beruf, den ich liebe, der viel besser zu mir passt. Eine echte Welt mit echten Menschen …«

Damit hatte er völlig recht. Die Bitterkeit ist ihm bis heute geblieben, aber als sein Traum vom Filmen zerbrach, hat er sofort einen Neustart gemacht. Ein halbes Jahr nachdem er sich von seinem Herzanfall am Set erholt hatte, begann er seine Arbeit mit gefährdeten Jugendlichen in Akko und in Ramle. Jetzt komm ich vom Hölzchen aufs Stöckchen. So viele Dinge will ich erzählen und möglichst viel aufschreiben, bevor wir auf die Insel fahren. Hab schon zu lang gewartet, ein Leben lang hab ich gewartet.

Wo war ich stehngeblieben?

»Papa«, unterbrach ich ihn, »Papa, ich will dir was sagen …« – »Warte, lass mich reden. Hörst du mir zu?« – »Immer.« – »Aber eine kleine Begabung habe ich, das weiß ich, und vielleicht bin ich der Einzige auf der Welt, der sie hat, lach jetzt nicht.« – »Ich lache nicht, Papa.« Ich wusste genau, was jetzt kam. »Ich bin in der Lage, sie zu lieben. Das klingt für dich vielleicht pathetisch, vielleicht ist sie dieser Liebe in deinen Augen gar nicht würdig, aber ich weiß einfach, wie ich sie lieben muss, egal in welcher Situation sie ist. Das ist mein Ding auf der Welt: einen Menschen zu lieben, der nicht leicht zu lieben ist. Dafür zu sorgen, dass sie es mit sich selbst ein klein bisschen besser aushält.« Ich hörte starke Schläge. Nahm an, dass er mit der flachen Hand aufs Steuer schlug. »Und genau das, dass ich sie liebe, hat deine Mutter nie zugelassen, genau davor ist sie geflohen, bis ans Ende der Welt. Und ich sage dir, Gili, wenn sie bei mir geblieben wäre, sie hätte ein …« Er schnappte nach Luft, schlug wieder aufs Lenkrad. Ich stellte mir vor, wie er die Backen aufblies und ausatmete wie der gewaltige Poseidon, der er früher gewesen ist. Als ich als Kind auf seinen Schultern geritten bin, als er am Set wie ein König regierte oder als er beschloss – wider jede Vernunft und gegen allen Druck –, dass ich sein Skriptgirl sein sollte. Wer hatte so etwas je gehört, ein siebzehnjähriges Skriptgirl, das noch keinen einzigen Tag in diesem Beruf gearbeitet hatte.

Ich weiß nicht, woher das ausgerechnet in diesem Moment kam, aber bei seinem verletzten, brüllenden Reden überkam mich dasselbe Gefühl, das ich damals gehabt hatte, als ich die Klappe machte und Rafael »Läuft!« rief und das ganze Set, wie von Rafael magnetisiert, zum Leben erwachte und sein Wille zum Willen jedes einzelnen wurde, der mit dabei war. Es war ein absolut einzigartiges Gefühl, ganz und gar in seinem Willen zu sein, im Willen Rafaels, meines Vaters, der jetzt einen langen, jaulenden Seufzer ausstieß und wieder zu dem gebeutelten dicken Mann mit hängenden, dicken Lippen wurde, der in seiner uralten *Contessa* fuhr und vor sich hin murmelte: »Aber ich hätte, ich hätte sie doch …«

Ich holte erst einmal tief Luft und ging ins Haus. »Du bist zurück«, sagte Meir. Er sieht immer etwas überrascht aus und auch dankbar, dass das überhaupt passiert. Und so standen wir dann da: Er berührte mit der Fingerspitze die Stelle unter meinem Hals am Schlüsselbein. Und ich schloss die Augen und wartete, dass der Vorgang unserer Erdung zu Ende ging.

Rafael war an dem Abend nach Akko gefahren, völlig durch den Wind aus Angst um Nina. Am nächsten Morgen um sieben wachte er auf, weil sie ihn anrief, und er merkte, er war vor dem Computer eingeschlafen, nachdem er fast die ganze Nacht durch Internetseiten gesurft war, die mit ihrer Krankheit zu tun hatten. Er war sicher, dass Nina längst in der Luft war. Fragte, ob ihr Flug Verspätung habe. »Zwei, drei Tage Verspätung. Ich bin noch bei Vera.« »Ich dachte, du hast eine Wohnung in Haifa gemietet.« »Hör zu«, sie zerriss die Weben seines Schlafes, obwohl sie wusste, dass Rafael nur schwer wach wird und man ihm Zeit lassen muss.

»Hör zu, Rafi, ich hatte eine beschissene Nacht: Gedanken – frag nicht.« »Kann ich mir denken.« »Vielleicht, weil ich dir das erzählt habe. Plötzlich hab ich mich selbst gehört, erst da ist bei mir der Groschen gefallen, und ich hab kapiert, dass jetzt, dass jetzt ich an der Reihe bin. Hör zu, ich hab eine Bitte an dich.« Geld. Er ging im Kopf seine Sparverträge durch und überlegte, welchen er auflösen könnte, ohne zu viel draufzuzahlen.

»Gestern, nachdem du gefahren warst und nachdem ich es Vera erzählt habe, hab ich gedacht, vielleicht machen wir es doch.« »Machen wir was?« »Vera filmen, wie sie ihre Geschichte erzählt.« Rafi schwieg. »Sie ist nicht mehr jung«, fuhr Nina fort, »und ich habe gedacht, einmal müssen wir das von ihr alles der Reihe nach hören, vom Anfang bis zum Ende, was dort wirklich passiert ist.« »Wo?« »Auf der Insel. Auf Goli Otok. Aber auch alles vorher. Sagen wir – ab dem Moment, wo sie und Miloš sich getroffen haben. Sie hatten doch so eine besondere Liebesgeschichte, und was wissen wir davon? Zwei, drei Geschichten, und immer dieselben, eigentlich nichts.« Rafael schluckte. Dachte, Nina ahnt ja gar nicht, was für eine besondere Liebesgeschichte das war.

»Die Wahrheit?«

»Nichts als die Wahrheit.«

»Ich bin mir nicht sicher, ob das heute für sie noch das Richtige ist. Die Idee war gut, als sie noch jünger war.« Er faselte weiter und wusste nicht, wen er vor der Wahrheit schützen wollte, Vera oder Nina. »Sie ist nicht mehr wie früher, du hast sie ja selbst gesehen.« »Auch ich bin nicht mehr wie früher«, bemerkte Nina trocken, »aber ich habe das Recht, und das hab ich ihr auch gesagt, ich habe das Recht, einmal die ganze Geschichte zu hören, vom Anfang bis zum Ende, oder nicht?«

»Ja, natürlich … nur … was genau willst du, was sollen wir machen?«

»Wir setzen sie vor die Kamera. Zwei drei Stunden, vielleicht etwas länger. Das ist alles. Und ich stelle auch ab und zu ein paar Fragen.« »Und wozu brauchst du mich dabei? Ist es nicht logischer, dass *du* ihr gegenübersitzt und mit ihr redest, von Tochter zu Mutter?« Nina war beherrscht genug, nicht loszulachen oder loszuweinen. »*Wir beide* werden mit ihr reden. Du und ich. Du warst ja auch ein bisschen ihr Kind.«

»Nicht nur ein bisschen«, murmelte Rafael. »Stimmt«, sagte sie sofort, »entschuldige, Rafi, wirklich nicht nur ein bisschen. Das Bisschen, das hab ich abbekommen.« Sie hielt inne, ließ zu, dass die Vergangenheit über sie beide hinwegflutete, bevor sie sich dann langsam an Orte zurückziehen konnte, die – für beide – erträglicher waren. »Und du wirst sie filmen.« Wieder zögerte Rafael. Versuchte, den Vorschlag zu verdauen. »Wir müssten eine Ausrüstung mieten«, murmelte er, »du willst doch bestimmt, dass das Ergebnis eine anständige Qualität hat«, und er machte im Kopf schon eine Liste: eine bessere Kamera als seine zehn Jahre alte *Sony*, Kabel, Reflektoren, Kopfhörer …

»Nein, nein«, unterbrach ihn Nina, »jetzt spiel hier nicht den *big shot from Hollywood*. Die einfachste Kamera, eine Familienkamera. Keine Profikamera. Die, mit der du am Schabbat das Fest gefilmt hast, die reicht für uns.« »Schön«, Rafi atmete auf, »für mich ist das auch am besten.«

Dann fragte er, wie Vera reagiert habe, als sie ihr von der Krankheit erzählte. »Wie immer«, sagte Nina, »mit totaler Verdrängung. Das sei garantiert ein Diagnosefehler oder man habe im Labor die Blutproben vertauscht, und vielleicht würde ich mir das alles auch bloß einbilden, was zu meinem Leidwesen ja durchaus stimmt. – Hast du gehört, was ich gesagt habe? Du darfst lachen, es würde mir helfen, wenn du über meine Witze lachen würdest.« Er stieß einen leichten Schnarcher aus, den man deuten konnte, wie man wollte. »Und natürlich hat sie sofort mit ihren eigenen gelehrten Diagnosen angefangen«, schimpfte Nina, »die nun wirklich keinerlei

Grundlage haben! Nur die, dass Vera es so will, und entspechend dreht sie den Fakten den Arm um, bis sie gestehen. Und dann kam sie auch noch auf die Tour: Das sieht man dir gar nicht an, du siehst prima aus, geradezu strahlend, das ist alles nur Sache eines gesunden Tagesablaufs und der richtigen Ernährung. Jeden Morgen ein Glas Weizengrassaft. Ich habe da eine wunderbare Ärztin in Afula, die würde dich drei oder vier Mal akupunktieren, und dann wär alles gut und wir wären auch mit diesem Avremele fertig«, zitierte Nina eines von Veras geflügelten Worten, dessen Ursprung ich jetzt nicht erklären will, denn ich spüre, über mir braut sich gerade etwas zusammen.

»Und ich«, fuhr Nina fort, »hab es noch gewagt, sie darauf hinzuweisen, dass Krankheiten auch eine Frage der Genetik seien, und da war sie natürlich beleidigt, was sonst. Aber mit neunzig einen Kopf wie ihren, das können wir uns alle nur wünschen. Nein, diesen Dreck, den hab ich nicht von ihr«, sagte Nina versonnen, »vielleicht von meinem Vater, von Miloš, nur dass der schon mit sechsunddreißig gestorben ist; wer weiß, wie er sich noch entwickelt hätte, oder eben zurückentwickelt? Danach hab ich sie die halbe Nacht tippen gehört, tack tack tack tack, und, da kannst du Gift drauf nehmen, Rafi, sie hat garantiert schon alle Websites durchgeackert, die …« »Dann hast du bei ihr übernachtet?«, brach es aus ihm heraus. »Ja, ich konnte sie nicht alleinlassen, nach alldem.«

Aber mich schon?, dachte sich Rafi.

»Und sag mal, was … was meint Vera zu deinem Vorschlag?« – »Dass wir sie filmen? Ich sage nicht, dass sie begeistert ist. Sie ist ja schon ein bisschen angeschlagen, nach allem, was ich ihr erzählt habe, hat eben doch so 'ne Art Mutterherz.« Nina hatte sich nicht unter Kontrolle. »Und sie ist auch müde nach dem ganzen Trara, das ihr da veranstaltet habt, aber du weißt ja, wie sie ist, sie kann nicht nein sagen, nicht zu mir und nicht zu meinem Wunsch, der immerhin, gib's zu, der Wunsch einer Todgeweihten ist.« Nina hielt inne, ließ Rafael genügend Zeit zu protestieren. Er schwieg. Ich stelle mir vor, wie sich ihr Herz zusammengezogen hat vor Einsamkeit und vor Angst. »Und vor allem kann sie nicht nein sagen zu der Gelegenheit, noch einmal für einen kleinen Auftritt im Scheinwerferlicht zu stehen, auch wenn vielleicht nur du und ich diesen Film je sehen werden.«

»Und Gili«, sagte Rafael.

»Das wäre toll! Aber ich meinerseits hab sie aus alldem schon entlassen. In die Freiheit.«

Rafael schwieg. Die Wunde seines Lebens blutete leicht. Ein paar Tropfen, mehr nicht.

»Rafi, da ist noch was.«

»Ich höre.«

»Ich mach das nicht nur für Vera.«

»Aha?«

»Ich sag dir das jetzt so klar, wie es nur geht, ja?«

»Es ist auch für dich selbst, klar. Du hast ja keine Ahnung, wie sehr ich mich freue, dass du dich entschlossen hast … sie mit ihren Erlebnissen einmal ernsthaft zu dokumentieren.«

»Und auch mich, hörst du, ja? Ich möchte, dass wir auch mich filmen. Es gibt Dinge, die ich sie dann fragen will.«

Er spannte sich an. Ich stelle mir vor, wie er vorsichtig zurückruderte. Noch einmal fragte, warum sie eigentlich ihn dazu brauche, ihre Mutter zu interviewen.

»Du weißt genau, wofür. Mit dir wird es leichter gehn.«

»Für dich oder für sie?«

»Für uns beide.«

Schweigen.

»Aber das ist noch nicht alles«, sagte Nina.

»Nein?«

»Hör zu.«

»Sie hat mich total überrascht«, sagt er an dieser Stelle unseres Telefonats zu mir, während ich mit meinem ersten Kaffee zu Hause auf dem Fensterbrett sitze. Ich beobachte Meir, der an der Bergseite gegenüber gräbt, und fast ohne es zu merken, nehme ich einen Stift und schreibe in meinem Heft jedes Wort meines Vaters mit, als wären wir zurückgekehrt in die Zeit, als ich sein Skriptgirl war, und plötzlich wird der Stift in meiner Hand weich.

»Ich habe mir gedacht«, sagte Nina, »wir könnten vielleicht alle fahren.«

»Wohin?«, fragte Rafael.

»Nach Goli Otok«, werfe ich sofort ein.

»Woher weißt du das, Gili?«, staunte er.

»Ich hab es kommen gespürt«, murmle ich und denke, seit gestern, seit du mir erzählt hast, dass sie krank ist. Wie eine Lawine in Zeitlupe fällt Nina auf mich und begräbt mich unter sich.

Und Nina fragte: »Sag mal, meinst du, Gili käme mit?«

»Ich glaub nicht, dass sie mitkommt.«

»Es ist ja nur kurz«, sagte Nina, als ob die Dauer der Reise das Entscheidende wäre, »zwei, drei Tage, mehr nicht.«

»Nun, Nina, vielleicht schlägst du ihr das vor?«, sagte Rafael.

Gili – die, um die es hier geht – kritzelt schnell einen Atompilz in ihr Heft, der nach Hiroshima aussieht.

»Ich?« Nina stieß ein bitteres Lachen aus. »Sie wird noch nicht mal bereit sein, mich anzuhören. Hast du gesehn, wie sie mir auf dem Fest die ganze Zeit ausgewichen ist? Sie kann mir nicht länger als eine Sekunde in die Augen blicken vor lauter Abscheu. Aber vielleicht schlägst du es ihr vor? Dir wird sie es nicht abschlagen. Versuch's. Was kann passieren? Auffressen wird sie dich nicht.«

»Weißt du was? Ich schlag ihr das vor. Schlimmstenfalls sagt sie nein.« An diesem Punkt folgte ein langes Schweigen. Ich kenne Goli Otok, als wäre ich da geboren. Ich könnte dort Touristen herumführen. Für eine Arbeit über die Wurzeln unserer Familie hab ich schon in der siebten Klasse ein Modell von der Insel aus Karton gebaut. Sonst noch was? Meine Adresse?

Gili.otok@gmail.com

I rest my case.

Rafael schweigt. Ich zeichne in mein Heft die Spitze des Felsens über dem Abgrund und dem Meer. Dort, auf diesem höchsten Punkt der Insel, hat meine Vera siebenundfünfzig Tage in sengender Sonne gestanden und ist nicht gesprungen. Sollte ich jemals auf diese Insel kommen, ich weiß genau, was ich tun werde: Ich werde bis auf die Felsspitze hinaufsteigen und da ein, zwei Stunden lang stehen und in den Felsen, die Wellen und den Abgrund schreien, denn sie sind noch wie früher, und sie sind ein Teil der Geschichte.

»Gili sieht gut aus«, hatte Nina zu Rafael gesagt. Das hat mein Vater gerne bestätigt und es auch für mich gern noch einmal wiederholt. »Sie ist in diesen Jahren schön geworden«, sagte Nina, und er sagte: »Jetzt geht es ihr gut; bei ihr sieht man alles sofort.« – »Und, sag mir …« – »Ja?« – »Hat sie jemanden?« – »Ja, ja. Schon eine ganze Weile.« – »Wie lange?« – »Ziemlich lang. Fast sechs Jahre.« – »Sechs Jahre, und du hast mir nichts davon erzählt?« – »Nein.« Langes Schweigen. Rafael räusperte sich: »Er … er ist übrigens nicht … in ihrem Alter.« – »Was heißt das?« – »Ein bisschen älter als sie.« – »Ah.« – »Elf, zwölf Jahre. Ein besonderer Mensch, unglaublich zart und mit einer nicht einfachen Geschichte.« – »Ich hätte auch nicht geglaubt, dass Gili jemanden mit einer einfachen Geschichte findet«, sagte Nina. Dies war übrigens die grobe Übertretung eines ehernen Gesetzes. Normalerweise bittet Rafael mich vor ihrem wöchentlichen Telefongespräch darum, ihr etwas aus meinem Leben erzählen zu dürfen, irgendwas Kleines, nur ein Krümelchen, und ich lehne es immer ab. Rafael sagt, bei jedem ihrer Gespräche frage sie nach mir, als genieße sie es, sich mit meiner Weigerung, etwas preiszugeben, selbst wehzutun.

»Ich rede mit Gili, okay«, sagte Rafael. – »Aber sag ihr nicht, dass es meine Idee war.« – »Klar.« – »Schlag ihr vor, mit uns mitzukommen. Sie muss unterwegs ja noch nicht mal mit mir reden. Ich bin bereit, weiterhin Luft für sie zu sein. Aber es wäre viel besser, auch für Vera, wenn Gili bei diesem Film dabei wäre. Und vielleicht, was meinst du, schlägst du ihr vor, dass sie ein bisschen aufschreibt, was passiert?« Er lächelte, seine Wangen röteten sich. (Woher ich das weiß? Ich kenne ihn.) »Sie wird wieder dein Skriptgirl sein«, sagte Nina und wusste ganz genau – da bin ich mir sicher –, auf welchen Knopf sie damit drückte. »Schlag ihr vor, die Reise zu begleiten und aufzuschreiben, was die Kamera einfängt, und vor allem, was sie nicht einfängt. War das nicht das Motto?« Rafael lachte. Ach, mein einfältiger Vater. Er ist so leicht zu kaufen. Danach hat sie ihm noch ein, zwei Fragen zu mir gestellt, über meine Zukunftspläne. Rafael hat das mir gegenüber nicht weiter ausgeführt, und ich habe ihn nicht gedrängt. Es handelte sich bei diesem Teil ihres Gespräches wie gesagt um eine eklatante Übertretung eines Gesetzes, aber andererseits muss ich zugeben, sie haben in diesem Moment etwas gemeinsam gemacht, was seit Jahren nicht vorgekommen ist: Auf ihre beschränkte und beschissene Art waren sie meine Eltern.

»Und, was meinst du, Gili?«, fragte Rafael vorsichtig.

»Ich komme mit.«

»Ja, klar«, sagte er mit einem Seufzer, »ich versteh dich völlig. So hab ich das auch Nina gesagt. Ich hatte keinerlei …«

»Ich komme mit.«

»Ich sage nur, ich schlage vor, ja, dass du trotzdem – was hast du gesagt?«

»Dass ich mitkomme.«

»Nach Goli Otok?«

»Ja.«

»Und du bist dabei, wenn wir filmen?«

»Ja.«

Schweigen.

»Aber Papa, hör zu, ich habe auch eine Bedingung.«

»Was du willst, Gilusch. Alles, was …«

»Das wird mein Film.«

»Was … was soll das heißen, dein Film? Wie meinst du das?«

»Ich meine, dass wir, du und ich, alles gemeinsam machen, aber beim Schneiden habe ich das letzte Wort.« Ich kann kaum glauben, dass ich das wirklich gesagt habe, dass ich mich so damit vor ihm aufgebaut habe.

Als hätte ich mich Jahre auf diesen Moment vorbereitet.

»Also weißt du, das … ich weiß nicht … das ist nicht so einfach.«

»Stimmt. Aber wärst du in der Lage, das auszuhalten?«

»Ich weiß nicht. Lass es uns versuchen.«

»Nein. Ich brauche ein Versprechen von dir, Papa. Sonst komm ich nicht mit.«

»Und du gibst mir keine Zeit zum Nachdenken?«

»Nein.«

Langes Schweigen.

Ich gebe nicht nach. Ich gebe nicht nach.

»Also gut.«

»Dein letztes Wort?«

»Du lässt mir keine Wahl.«

Noch ein ausgedehntes Schweigen. Er atmet schwer. Ich hoffe, ich habe ihn nicht zu sehr verletzt.

»Dann soll es so sein.«

»Dann komm ich mit.«

»Kann ich es Nina sagen?«

»Ja, aber sag ihr auch meine Bedingung.«

Wieder höre ich, wie er geräuschvoll ausatmet, nachdem er die Backen fast bis zum Platzen aufgeblasen hat. Poseidon bläst in die Segel der Schiffe. Mein Herz schlägt heftig. Wir machen die Reise. Bald geht es los.

»Gut. Schön«, sagt er mit überraschender, geradezu verdächtiger Leichtigkeit. »Sehr schön. Sehr gut. Danke schön.«

»Du musst mir nicht danken. Ich tu das für mich.«

»Trotzdem.«

»Sag mir nur, wann und wo es losgeht. Soll ich die Flugtickets besorgen? Und ein Hotel? Einen Wagen?«

»Warte, ich muss … wow, das ist ja Wahnsinn … und das geht? Ich meine, kein Problem mit deiner Arbeit?«

»Ich hab da so ein Projekt in Sicht, aber erst in ein paar Wochen.«

Er besiegt den bitteren Drang, zu fragen, was für ein Projekt, wer der Regisseur ist. Am meisten schmerzt es ihn, wenn es einer aus seiner Generation ist. Zweimal schon habe ich durchaus gute Angebote aus diesem Grund abgelehnt.

»Gut, ich ruf Nina an und ruf dich dann zurück, mit allen Details …« Er kichert sonderbar. Vielleicht ist er sogar erleichtert, dass das mein Film wird und nicht seiner.

»Es ist unglaublich, Gilusch, was du mir hier jetzt für ein Geschenk gemacht hast …«, sagt er, stößt ein ziemlich unpassendes Kreischen aus und legt auf.

Ich kritzle schnell eine lange, große Gestalt mit einem Haufen schwarzer Locken in mein Heft, die sich mit beiden Händen in die Haare fährt. Ihre entsetzten Augen füllen das halbe Gesicht aus. Ich schaue auf den Berghang gegenüber. Ein großer, schmaler Mann arbeitet da. Die Freude meines traurigen Lebens. Zerrissene Jeans, ein schwarzes T-Shirt, der kahlgeschorene Kopf glänzt vor Schweiß. Auch wenn er mir den Rücken zuwendet, spürt er, dass ich ihn beobachte. Er hört auf zu graben, dreht sich zu mir um, stützt sich auf den Spaten. Vielleicht spürt er, dass ich schon entschieden habe, was mit uns wird. Vielleicht hat er es gestern, als wir unsere Erdung machten, von mir erfahren. Er wischt sich den

Schweiß von der Stirn, lächelt und winkt mir verlegen zu. Ich atme auf: Er weiß es nicht. Ich winke zurück. Wenn ich aus Goli Otok zurückkomme, werde ich ihm sagen, dass er frei ist.

Frei von mir, das heißt, frei, mich zu verlassen.

Ich habe kein Recht, dir das Vatersein vorzuenthalten, das werd ich ihm sagen.

Hier, jetzt steht es da.

Zwischen Rafael und Vera gibt es eine Osmose. Jede Information, die einer von ihnen empfängt, diffundiert sofort zum anderen. Nicht mehr als sieben Minuten nachdem wir unser Gespräch beendet hatten, klingelte das Telefon. »Gili!«, dröhnte meine Großmutter. »Grad eben hat Rafi es mir erzählt. Ich wollte nur sagen, wie sehr ich dir danke dafür.« – »Du musst mir nicht danken, Oma, ich tu das auch für mich.« »Trotzdem, es ist auch wichtig für deinen Vater und für mich, und am wichtigsten ist es für Nina.« »Schon gut. Wir werden es überstehen. Und wie geht's dir, Oma?« »Weißt du, gestern nach Fest, das ihr gemacht habt für mich, da habt ihr es aber wirklich übertrieben, und danach hat Nina mir dann erzählt, was sie glaubt, was sie hat, das weißt du, nicht wahr, und dann hab ich ein bisschen gesucht im Computer, und seitdem hab ich keine Ruhe mehr. Und nachts, als ich daran gedacht habe, dass wir nach Goli fahren, und ich habe noch nicht gewusst, dass du mitkommst, da hab ich gelegen im Bett und nachgedacht, und ich hab alles vorbeiziehen gesehen wie im Film. Teile davon hab ich euch schon erzählt, aber andere Teile kennt ihr nicht, und bis heute früh hab ich gehabt so ein Zittern … Und ich weiß, du, Gilusch, du hast es immer gespürt, mein ganzes Weh, meine ganze Traurigkeit.«

Etwas in ihrer Stimme, so eine kleine, dunkle Verdrehung darin, erinnerte mich plötzlich an das, was sie mir, als ich ein junges Mädchen war, in ihrer Küche gesagt hat, als sie mir regelrecht befahl, ich dürfe niemandem erlauben, ihre Geschichte zu verbiegen und gegen sie zu verwenden.

Hier, das war genau der Moment, in dem ich sie hätte fragen müssen, ob ich mich richtig erinnere oder nur meine, mich zu erinnern, dass sie mir vor Jahren einmal nachts alles erzählt hat, als ich halbtot auf der Intensivstation in der *Hadassa* lag, mit durchgeschnittenen Venen und sicherheitshalber auch noch einem Cocktail Tabletten intus, und nur wegen diesem Scheißkerl, der mich nach drei Jahren verlassen hatte. Auf einmal hatte er genug von mir – war eines Nachts von meinem Schoß aufgestanden, und plötzlich habe ich ihn auf der Bettkante sitzen sehen, und er schaute grübelnd nach unten auf den Boden, und allein das war schon merkwürdig, denn Grübeln war nun nicht gerade sein Ding, und dann fuhr er sich langsam mit der Hand durch sein strohblondes Haar und sagte, hör mal, Gili, das passt für mich irgendwie nicht. Und ich schaute dahin, wohin er schaute, ob sich ihm da das Geheimnis des Lebens offenbart hatte, und da standen meine Hausschuhe, und sie waren ein klein bisschen größer als seine Schuhe, ich schwör's dir, deshalb! Nach drei Jahren glühender Freundschaft, Seelenverwandtschaft, Sätzen wie »Du bist für mich geschaffen« und dem Versprechen einer gemeinsamen Zukunft. Oma Vera war mit mir drei Nächte und Tage auf der Intensivstation und beschwor mich, nicht zu sterben, Gili, nicht sterben, Gili, du gehst jetzt nicht, Gili, Kopf hoch. Und mein Vater lief indessen auf dem Flur rum und brüllte, brüllte wirklich wie ein verwundeter Löwe, auf dem ganzen Stockwerk hat man ihn gehört, und jedes Mal haben ihn die Leute von der Sicherheit hinausbefördert, und jedes Mal hat er versprochen, ruhig zu bleiben, aber sobald er an mein Bett kam, hat er wieder losgebrüllt. Und die ganze Zeit auf Intensiv hat Vera auf mich eingeredet, ununterbrochen, ohne zu schlafen, und hat gekämpft und mich rausgeholt aus dem – weiß der Himmel, wo ich da gewesen bin. Drei Tage und Nächte hat sie so gut wie nichts gegessen, das hat mir mein Vater erzählt, als ich aufwachte, und um nicht einzuschlafen, hat sie sich mit ihren gepflegten Fingernägeln die Haut vom Oberarm gerissen. Und obwohl ich narkotisiert war, hab ich sie gehört, oder ich meine, sie gehört zu haben, wie sie in einer Art Trance vor sich hin gemurmelt hat, oj wie wahnsinnig sind wir in der Liebe, wir Frauen vom Geschlecht Bauer, wir lieben unseren Mann mehr als uns selbst, mehr als unser Leben. Und in ihrer Stimme lag ein merkwürdiger Stolz, etwas, und das hab ich sogar in meiner beschissenen Situation gespürt, was da nicht hingehörte, was dieser Situation nicht angemessen war, sie hat mir gleichsam angedeutet, dass ich jetzt aufgenommen bin in den exklusiven Klub der Frauen, die bis zum Äußersten gehen, und in meinem Nebel, in der zweiten oder dritten Nacht, in einer der verschwommenen Stunden, als sie um mich gekämpft hat, hörte ich aus ihrem Mund oder hab es sonst irgendwie aufgesogen, so wie zwischen zwei Menschen manchmal ohne ein Wort Wissen weitergegeben wird, aber vielleicht hab ich das auch fantasiert, auf leeren Magen, nachdem sie mir dreißig Teledin und zwanzig Paracetamol rausgepumpt hatten, ist wohl eher anzunehmen, dass ich die unzensierte Version fantasiert habe: was im Verhörzimmer der UDBA in Belgrad passiert war und was Ninas Leben so verschissen hat und unsere Familie bereits über drei Generationen vergiftet.

»Und jetzt sagt Rafi mir, du kommst auch mit, und ihr werdet daraus deinen Film machen …«, jubelte Vera ins Telefon, und ich hätte es beinah gewagt, es lag mir schon auf der Zunge, sie zu fragen, ob das wahr war oder ein Traum, aber dann hab ich mich doch nicht getraut. Plötzlich hatte ich Angst, es würde mir nicht gelingen, jemanden (wen?) davon abzuhalten, ihre Geschichte zu verbiegen und gegen sie zu verwenden. Ich bekam solche Angst, ich könnte sie danach nicht mehr lieben. »Dass du mitkommst mit uns, das schockiert mich jetzt noch viel mehr als irgend so ein langer Winterschlaf, Gili, und plötzlich hab ich gesehen, dass ich vielleicht wirklich schon so alt bin, eine Methusaleme!« Sie lachte. »Ich bin so alt wie die *biblia*! Viele Jahre bin ich gewesen wie so ein Bär, wo ganzen Winter lang schläft, und jetzt – huhu! – kommt Frühling und ich muss noch mal kämpfen, für Leben und für Wahrheit, für das, was wirklich passiert ist.«

Als ersten Schritt zur Vorbereitung auf diesen Kampf kletterte mein neunzigjährige Großmutter auf einen Stuhl, den sie auf den Tisch gestellt hatte, kroch auf den Hängeboden und holte einen riesigen Koffer herunter, nicht den von ihrem Hochzeitsabend, sondern den, mit dem sie und Tuvia auf ihre Reisen gegangen waren; bis Japan und Patagonien und Grönland sind die beiden gekommen. Und wie sie sich da im Rückwärtsgang wieder aus dem Hängeboden herausmanövriert – ich kriege Angst bei dem Gedanken, dass sie das in ihrem Alter alleine gemacht hat, einen Stuhl auf den Tisch und dann hochklettern, und ich stell sie mir vor, wie sie da mit dem Kopf und dem Oberkörper im Hängeboden feststeckt und ihre dünnen Beinchen in den Jeans zappeln draußen – dazu fällt mir der Versuch von Luigi Galvani mit den elektrisierten Froschschenkeln ein –, und während sie sich also im Rückwärtsgang da wieder herausbugsierte, stieß sie auch auf den staubigen Karton, auf den sie mal mit schwarzem Filzstift »Gili – Verschiedenes« geschrieben hatte. In dem befanden sich meine antike *Sony* und ein paar Videokassetten, die schon zerbröselten, und eine zwar eingestaubte, aber doch noch vollständige Kassette: mein erster und letzter Film mit fünfzehn, der niemals gezeigt wurde und jetzt vielleicht zusammen mit dem, was wir in Goli Otok filmen werden, seine Auferstehung erleben wird.

Donnerstag, 23. Oktober 2008. Sechs Uhr früh. Duty-free-Bereich des Ben-Gurion-Flughafens. Wir warten, dass in der runden Halle ein Sitzplatz zum Kaffeetrinken frei wird. Vera und Rafael stehen etwas abseits und unterhalten sich leise. Werfen uns Blicke zu. Nina und ich stehen uns gegenüber wie zwei gescholtene Mädchen, die einander nicht anzuschauen wagen. Rafael zieht die *Sony* aus seinem Rucksack, und Nina und ich, wieder wunderbar synchron, treten jede einen Schritt zurück und entfernen uns voneinander. Er filmt, und ich dreh mich weg. Mein Morgengesicht hier zu filmen ist echt daneben, und die Vorstellung, mit Nina zusammen im Bild zu sein, macht mir Platzangst. Er zoomt auf Vera. Ihr starkes, kleines Gesicht, der zusammengepresste Mund, der rote Lippenstift und die verärgerte Handbewegung: »Komm, lass das, Rafi, hier gibt es Schönere!« Er lässt von ihr ab, schwenkt zu Nina, umkreist sie, und sie hat keine Kraft, ihn zu verjagen. Sie verkriecht sich tief in den blauen Parka, der von Tuvia stammt, und auch das bringt mich auf die Palme. Nein, echt, denk daran, wie du Tuvia und Vera das Leben zur Hölle gemacht hast, und jetzt hüllst du dich in seinen Parka? Andererseits kann ich den Blick nicht von ihr lassen. Ihre Blässe, das Gesicht ohne einen Tropfen Blut. Die Lippen durchsichtig. Kaum Busen.

»In den ersten Wochen, nachdem sie dich geboren hatte, sah sie am weiblichsten aus«, hat er mir mal gesagt.

»Kein Wunder«, hab ich geantwortet und meine Mähne in einer anmutigen Bewegung nach hinten geworfen, »das war der Kontakt mit mir.«

Was er an ihr gefunden hat als Mann, und was er noch immer an ihr findet – das weiß Gott allein. Fast alle Frauen, die er seit ihr hatte, waren richtige Frauen, nicht immer ein Vorbild an reiner Vernunft, aber alles im zulässigen Bereich, und gerade an Ninas verschrumpelten Arsch ist er seit fünfundvierzig Jahren wie angeschweißt?

Er umkreist sie die ganze Zeit mit der Kamera, und sie leidet still, versteht es als eine Art Reisesteuer, die sie bezahlen muss. Sie hüllt sich in sich selbst, ist ihm gegenüber aber nicht verschlossen. Ich beobachte sie. Nicht zu leugnen, dass zwischen denen was läuft. Was macht zwei Leute zu einem Paar? Ein Funken? Bindung? Zugehörigkeit? Das Innehalten einer Tausendstelsekunde in einem scheinbar belanglosen Blick? Alles richtig. Und am wichtigsten – ein Gefühl von Zuhause. Sowas wie Heimat. Jetzt übertreibst du aber, Gili. Definier mal Heimat. Vielleicht – der Ort, an dem dein Körper weiß, wann die Ampel umspringen wird? Nicht schlecht, aber wenn wir von zweien reden, Gili, von zwei Menschen, was macht zwei Menschen zu einem Paar? Vielleicht ist es dasselbe Gefühl wie mit der Ampel?

Sechs Jahre sind Meir und ich zusammen, das erste Mal in meinem Leben bin ich wirklich ein Paar. Aber jetzt will er ein Kind. Das will er schon ziemlich lange. Er hat so viel Feingefühl, dass er nicht mehr davon spricht, aber es schwebt trotzdem die ganze Zeit zwischen uns, aber ich kann nicht, ich kann kein Kind. Bin kindsverflucht.

Und in Gegenrichtung zur Bewegung meiner Sehnsucht schiebe ich Meir von mir weg, und auch mich selbst. Aber nicht um uns geht es jetzt. Ich radiere ihn für die nächsten Tage aus. Er ist auf dieser Reise nicht dabei. Meir gibt es nicht. Meir und Gili gibt es nicht.

Ich denke zum Beispiel daran, dass mein Vater als Jugendlicher die Idee hatte, wenn er mit Nina schlafen würde, käme ihre Mimik zurück, und dass das, was als romantische Spinnerei begann, sein und ihr ganzes Schicksal bestimmt hat, und meines auch. Und wie sich so eine dumme und überhebliche Idee bei ihm letztlich zu einer absoluten Liebe entwickelte, die so gut wie gar nicht davon abhing, was Nina tat oder nicht tat, wer sie war oder nicht war. Und gerade diese Liebe weckt in mir Hochachtung für meinen Vater, der sich hier im Moment ziemlich lächerlich macht, wie er mit der Kamera über sie herfällt. Denn wirklich, wie viele Menschen in seinem Alter halten in sich eine so aktive Liebe am Leben, mit einer Hingabe, hündisch wie ein freiwilliger Sklave und manchmal absolut elend, und das alles im Beisein nur einer Seite.

Und jetzt sagt Nina leise, Rafi, genug, und er hört sofort auf, als erwache er aus einer Art Anfall, und steht abseits und wischt sich mit einem Taschentuch die Stirn. Schon Jahre beknie ich ihn, er soll endlich auf Papiertaschentücher umsteigen, aber er hat Stil, hat seinen ganz eigenen Retro-Stil.

In einem Pullover mit Rautenmuster, den Vera ihm gestrickt hat.

Er steht da ganz allein und teilt den Strom der Menschen. Alle bewegen sich auf ein Ziel hin, nur er steht bloß da, angewurzelt, wie ein Mensch ohne Ziel. Stimmt, er hat seine Straßengangs, seine vier schweren Gangs in Akko und Ramle, und diese Typen behandelt er, als wären sie seine eignen Kinder, ich übertreibe nicht, und auch sie sehen in ihm einen Vater. Was würde sein Leben wirklich ganz massiv verbessern? Wenn er dieses Herzjagen abstellen könnte, das ihm seine Liebe zu ihr eingebracht hat.

Da dreht er sich zu mir um und nickt, als habe er meine Frage gehört.

Los, jetzt mach mal deine Arbeit, G., damit R. nicht sagt, du würdest dich hier nur durchfuttern.

Nina – das schrieb ich schon – im blauen, aufgeplusterten Parka; hellgraue Jeans, dünner blauer Gürtel mit kleiner silberner Schnalle. Hellblaue Bluse, genauso anämisch wie sie, und ein blauer Pullover mit rundem Ausschnitt. Das Haar zusammengenommen, nicht gefärbt, eher grau, fast silbern. Die Brille mit einem zarten, grünen Gestell. Keine Ringe. Keine Ohrringe. Keine Armreifen, keine Uhr. Nur eine feine, silberne Kette um den Hals. Flache Schuhe. Sie ist nicht geschminkt. Nie. Warum schreibe ich diese Liste überhaupt, die für den winzigen Familienfilm, den wir hier drehen, keinerlei Bedeutung hat? Weil Rafael und ich unsere Filme immer mit großem Ernst machen.

Weil … daraus vielleicht noch etwas andres wird, etwas Größeres?

Deshalb arbeite ich nach der strengen Schule meines Vaters und Mentors Rafael, der schon von seinem jungen Skriptgirl verlangte, Verantwortung für das gesamte Geschehen zu übernehmen, auch für das, was außerhalb der Aufnahmen passierte, »auch was nur beinahe passiert wäre, ist Teil der Wirklichkeit«. Ich habe schon erwähnt, dass ich gerade mal siebzehn war, als er mich unter seine großen Flügel nahm und mir auf seine sture Art Filmen und Regieführung beibrachte. Besonders bestand er darauf, dass ich schrieb – du hast ein Auge dafür und eine Hand, vielleicht ist deine Richtung sowieso eher das Schreiben, hat er mir mehr als einmal gesagt –, ich sollte die Dinge aufschreiben, die nicht offensichtlich und ausdrücklich im Film vorkamen, Gedanken, Assoziationen, sogar zufällige Erinnerungen von Leuten aus dem Team, aber auch meine eigenen; auch die Ideen und Erinnerungen eines chaotischen jungen Mädchens hatten in seinen Augen einen Wert, und er fürchtete sich nicht vor dem Übermaß wie einige der Regisseure, mit denen ich heute arbeite. Manchmal denk ich, in ihren Augen ist Übermaß einfach ein Zeichen von schlechtem Geschmack.

Er hat mich gelehrt, nicht Maß zu halten, sondern von Ideen und Funken überzufließen; »Gedankenbastarde« hat er sie genannt, so hat er geredet, er hatte einen gigantischen Wortschatz, und ich habe gerne geglaubt, dass ich selbst irgendwie auch so ein Gedankenbastard von ihm sei. Einmal hab ich sogar die Dummheit begangen, im Beisein anderer Leute zu sagen, ich sei aus seinem Kopf in die Welt gesprungen wie – ich bitte wirklich um Entschuldigung – Athene aus dem Kopf des

Zeus, da ist er rot angelaufen, das hab ich gesehen, das hat er echt nicht gemocht und sofort irgendeinen Witz gerissen, ich sei wohl eher aus einer Beule entsprungen, die Nina ihm als Jugendlichem verpasst hat. Und damit war es ihm wieder gelungen, auch hier Nina ins Spiel zu bringen, und wieder hatte ich gegen sie verloren, aber egal.

Und wegen der Verantwortung für das gesamte Geschehen, die R. immer verlangt, steh ich jetzt mitten auf dem Ben-Gurion-Flughafen und zwinge mich dazu, mir zu überlegen, was zum Beispiel in Nina seit der Geburtstagsfeier am Schabbat vorgegangen ist. Ich versuche mir vorzustellen, wie sie Vera von ihrer Krankheit erzählt hat, wie das gewesen ist, Minute für Minute. Ob ein leichter Ausdruck der Verurteilung über Veras Gesicht huschte oder nicht huschte oder hätte huschen können, oder sogar ein Ausdruck der Verachtung für Nina, weil sie krank geworden war, weil sie sich ergeben, weil sie aufgegeben hatte. (»Nina ist verwöhnt«, hat sie mir mehr als einmal gesagt, »sie hat nicht Vitalität, wo ich habe und wo auch du hast, Gilusch. In unserer Familie, nichts zu machen, Gene haben übersprungen eine Generation.«)

Nina starrt mich an, plötzlich wird ihr Gesicht ganz konzentriert, sie nagelt mich mit einem entsetzten Blick fest, und ich gerate sofort unter Druck, was sieht sie in mir, was hat sie von meinen Gedanken mitgekriegt, und ich schüttle sie mit einem aktiven Blinzeln von mir ab: Hallo! Was ist mit dir? Programm hängengeblieben oder was? Ausschalten und neustarten?

Und sie schließt die Augen, ihr Gesicht wird auf einen Schlag gelb. Ich rufe Rafi, er soll kommen, aber noch bevor er sich bewegen kann, macht sie einen Schritt auf mich zu und stürzt – was heißt stürzt? Sie bricht über mir zusammen. »'tschuldigung«, murmelt sie, »'tschuldigung, Gili.« Ich bin wie versteinert, und die Frau lässt nicht locker. »'tschuldigung, ich weiß nicht, was das war«, brummt sie an meinem Hals, drückt sich noch fester an mich, und ich kann es sowieso nicht leiden, wenn mich jemand anfasst, außer Meir. Und dazu noch diese Umarmung meines Vaters, der nicht aufhört, uns beide zu filmen. Am meisten bringt es mich auf, dass er, statt sie von mir wegzureißen, diesen verlogenen, schmalzigen Moment auch noch verewigt. Und außerdem verliere ich total den Sinn für die Wirklichkeit, denn plötzlich ist da Licht, sogar warmes, weiches Licht, und der Geruch von dem *Dove*-Shampoo, das ich zufällig auch verwende, und ihr Körper, und ihre Brust, ich spüre, wie sie sie an mich presst, weich, wo hat sie die sonst versteckt? Die Weichheit der Wangen, ihre zarten Handgelenke.

Sie umklammert mich, diese Frau, die mich vor sechsunddreißig Jahren aus ihrem Leben geschnitten hat, sie hat mich abgetrieben, es war wirklich eine Abtreibung, wenn auch mit der netten Verspätung von dreieinhalb Jahren, denn ich war ja bereits auf der Welt, die arme Gili war ja schon geboren. Nach verschiedenen Aussagen und Fotos ein ziemlich liebenswertes Kind, und sie, sie hat mich ausgeschabt aus ihrem Innern, und jetzt presst sie ihren Kopf an meinen Hals, und ich, anstatt sie wegzustoßen und zum Teufel aller Teufel zu jagen, ich rühr mich nicht. Übrigens ist sie leicht, entsetzlich leicht, das entdecke ich jetzt. Sie hat nicht nur kein Herz, merke ich, ihr fehlen anscheinend auch die andern inneren Organe.

Ich will gar nicht dran denken, wie viele Tonnen sie gewogen hat, als sie nicht war.

Mein Vater filmt wie verrückt, aus allen Winkeln, umkreist uns, flickt uns zusammen. Sein Gesicht glänzt. Seine hängenden, fleischigen Lippen werden voll. Auf diesen Shot hat der Mann sein Leben lang gewartet. Ich sehe, wie er mich verrät, und ich weiß, er hat keine Kontrolle darüber. Derselbe Vater, der, als ich klein war und zu laufen anfing, an die Ecken der Regalbretter und Tische Schwämmchen geklebt hat, ist jetzt wie im Wahn und fällt mir in den Rücken. Ich muss gleich kotzen, echt.

Und dann pack ich ihre Taille. Da ist null Fleisch. Ich könnte vor laufender Kamera einmal fest zudrücken und Nina zweiteilen. Zwei Wespenhälften würden zu Boden fallen. Nur, dass meine Hand plötzlich anfängt, auf dem Rücken ihr Haar zu streicheln. Wer würde da nicht explodieren? Kann man das mit dem Verstand fassen, dass meine eigne Hand, man kann sagen, Fleisch von meinem Fleisch, plötzlich nach einem Streicheln giert, als sei ich die letzte Bettlerin? Ihr Haar ist glatt und dünn, meine Finger fahren schnell hindurch bis zu der Stelle, wo sie es zusammengenommen hat, und ich berühre das kleine Haarband aus Stoff; die Kuckucksmutter hat einen Pferdeschwanz! Erst dann fang ich mich wieder. Mit beiden Händen löse ich sie von mir. Dass du es nicht wagst, sage ich freundlich und angenehm in ihr Ohr, das so zart ist wie ein kleines Blatt, merkwürdig, wie das Ohr eines kleinen Mädchens; dass du es nicht wagst, mich noch einmal anzufassen, hast du verstanden? Deine Chance, mich anzufassen, hast du verspielt, als ich dreieinhalb war, und für Muttersein gibt's keinen Nachholtermin.

Bin mir nicht sicher, ob es mir gelang, diese ganze Rede rüberzubringen. Ich hatte Herzklopfen und bekam kaum

Luft. Vielleicht hab ich nur ein, zwei Wörter davon gesagt. Und übrigens, so rede ich mit niemand anderem und in keiner denkbaren Situation. Nicht mal in den schlimmsten Momenten am Set, wenn der Film vor meinen Augen zusammen mit dem Regisseur abkackt. Warum kam dieser ganze Dreck aus mir raus, anstelle von all dem, was ich doch zu Hause vorbereitet hatte? Ich hatte mit Meir geprobt, hab ihn fast verrückt gemacht, aber er hat sich nicht beschwert. Er ist das gewohnt. Eine richtige Presseerklärung hatte ich ausformuliert, bevor ich aus dem Haus gegangen bin, fünf, sechs klare, wohlabgewogene Sätze, die ich unbedingt loswerden musste, bevor wir abflogen, und Rafael und Vera sollten meine Zeugen sein: Ich hab mit dir nichts am Hut, nichts, weder gut noch schlecht. Du tust mir schon lange nicht mehr weh. Mein ganzes Leben lang warst du nicht existent, und du wirst auch weiter für mich nicht existieren, ich mach diese Reise nur, um die Erinnerungen von Oma Vera festzuhalten, kapiert?

Ich fürchte, in diesem Moment habe ich von alledem nichts gesagt.

Sie öffnet vor mir ein Paar riesige Augen. Umwerfende Augen hat sie, kann man nicht anders sagen, sie sind der lebendigste Teil an ihr. Veras Augen. Scharfes Smaragdgrün. Hier haben die Gene keine Generation übersprungen. Sie löst sich von mir und zischt Rafael an, er soll mit dem Filmen aufhören, und er gehorcht. Die Leute gucken. Sie zupft ihre Kleidung und ihr Haar zurecht, die nach ihrem *Farhud* gegen mich zerwühlt sind. Ihre Hände zittern etwas. Ich habe den Eindruck, was ihr hier passiert ist, erschüttert sie wirklich. So eine Blässe kann noch nicht mal sie faken. Plötzlich kapier ich: Vielleicht fürchtet sie, dass das ein Zeichen ist? Ein Symptom ihrer Krankheit?

Habe heut Nacht ein bisschen über ihre Krankheit gelesen. Nina selbst interessiert mich einen Dreck, aber ich hab ein gewisses Interesse für Erbkrankheiten, die durch sie hindurch in meine Zukunft reichen. Da war tatsächlich die Rede von einem Bedürfnis der Kranken, vor allem in der ersten Phase, andere anzufassen und zu streicheln und sogar wildfremde Leute zu umarmen. (Ah! Vielleicht ist das die Erklärung für ihre ganzen Stecher. Kann es sein, dass ich all die Jahre eine hilflose, kranke Frau verurteilt habe?)

Ich gebe Rafael ein Zeichen: Vielleicht lassen wir das Ganze lieber? Du siehst doch, in was für einem Zustand sie ist. So kann man doch nicht fahren. Vera kommt, stellt sich vor Nina, legt ihr beide Hände auf die Schultern und streicht ihr immer wieder über die Arme, eine Berührung, die uns alle aus irgendeinem Grund beruhigt und sogar ein bisschen hypnotisiert. Wir stehen da und starren auf diese Bewegung, und die geht gleichsam direkt aus den Händen von Vera, die Nina verraten hat, auf Nina, die mich verlassen hat, und auf mich über, eine Kettenreaktion, wie das bekannte Lied vom Lämmchen, *Chad Gadja*.

Wir werden zum Boarding aufgerufen. Rafael filmt wieder, aber jetzt den Terminal. Zwei indische Stewardessen, ein armer kleiner Hund in einer Transportbox, ein Flughafenarbeiter schiebt eine lange Schlange von Gepäckwagen. Material, das uns nachher beim Schneiden hilft. Eine Familie mit engelgleichen, blonden Zwillingen steht hinter uns und interessiert sich für uns. Rafael erklärt ihnen, dass wir eine Reise zur Erkundung unserer Familiengeschichte machen. Erst fahren wir in die Stadt, in der die Oma geboren ist – er sagt »Oma«, als sei Vera so eine kleine, nette *Mrs. Pepperpot* –, und danach fahren wir auf die Insel, auf der sie fast drei Jahre gefangen und zu Zwangsarbeit verurteilt war. Rafael redet gern mit Fremden, er ist ganz versessen darauf, sie zu Nicht-Fremden zu machen. Könnte er's, er würde die ganze Welt zu Nicht-Fremden machen. Eine Eigenschaft, die in meinen Genen definitiv nicht angelegt ist.

Hinter den Flugzeugfenstern waldbedeckte Berge. Unterhalb der Berge schwere Wolken. Die Kabine ist fast dunkel. Wenn das Wetter auch morgen so ist, können wir nicht nach Goli Otok fahren.

Irgendwann auf dem Flug treffe ich meinen Vater in der Schlange zur Toilette. Er ist bleich und schwitzt. Die Flugangst quält ihn. Ich frage ihn, ob er irgendwie ahnt, was Nina mit uns vorhat. Was für eine Art von Film sie von uns haben will. Einen Film über Vera? Über Vera und sich und was zwischen ihnen passiert ist? Wo ist der Schwerpunkt?

Er weiß keine Antwort. Er weiß es einfach nicht. Nina hat ihm bei einem der organisatorischen Telefongespräche gesagt, sie habe eine Idee, war aber nicht in der Lage gewesen, sie zu formulieren. »Das ist noch nicht ganz gebacken«, hatte sie gesagt, und als Rafael sie bedrängte, meinte sie, erst wenn wir vor Ort sind, auf der Insel, werde sie spüren, ob sie dazu bereit ist. Unser Dialog findet wie gesagt vor der Klotür statt und endet, als mein Vater reingeht.

Er braucht ziemlich lange. In den letzten Jahren ist er in diesen Dingen etwas langsam, und wenn ich mit ihm in der Öffentlichkeit in Kontakt bin, werde ich von den Umstehenden als seine Vertreterin wahrgenommen und kriege die ganze bittere Strahlung ab.

Rafael kommt raus. Gili geht rein.

Ich säubere schnell hier und da ein bisschen, vernichte Beweise, obwohl keiner denken wird, dass ich für das, was hier verspritzt wurde, verantwortlich bin. Na ja, er ist schließlich mein Vater, und ich bin für ihn gewissermaßen mitzuständig.

Zagreb – von oben eine schöne Stadt. Regen auf den Fensterscheiben des Flugzeugs. Eine gute Landung. Ich erfuhr, dass auch die Kroaten dem Autopiloten applaudieren. Passkontrolle. Alles lief glatt. Wir teilten uns auf, ließen Vera und Nina auf die Koffer aufpassen, und Rafael und ich holten den Mietwagen. In einem freien Moment sprach Rafael noch einmal, diesmal vor laufender Kamera, über die Szene auf der Geburtstagsfeier, die auch mich sehr bewegt hatte, als Vera den kleinen Tom durch die Luft wirbelte und sich in dieser Bewegung für einen Augenblick der Kreis eines ganzes Lebens abzeichnete. Und plötzlich, so sagte Rafael, während wir warteten, dass der Angestellte von *Avis* mit dem Irokesenschnitt uns den *Mazda* brachte, plötzlich der banale Gedanke, dass Vera bald nicht mehr sein wird. Dieser Gedanke tat ihm unerträglich weh, als handle es sich um den Tod eines jungen Menschen in der Blüte seines Lebens, und außerdem, fügte dieser umwerfende Rafael hinzu– manchmal ist er so sehr ein zufälliger Wanderer in seiner eignen Seele –, außerdem habe er sich gefühlt, als sei er selbst noch ein kleines Kind, das jeden Moment seine Mutter verlieren kann. »Ziemlich lächerlich, dieser Gedanke, für einen Menschen in meinem Alter, zumal für einen Menschen, der bereits einmal Waise geworden ist.« Er sagte das mit aufrichtigem Staunen, während ich ihn filmte, und in diesem Moment sah ich etwas, was ich nicht zum ersten Mal beim Dokumentarfilmen erlebe: Wie banale und normale Dinge, wenn jemand sie in der Präsenz einer Kamera – einer zuhörenden, liebenden Kamera – sagt, plötzlich in ihn einsickern, als höre er sie zum ersten Mal, und auf einmal bekommt die Geschichte, die er sich selbst über Jahre erzählt hat, einen Sprung.

Rafael verstummte, fuhr sich geistesabwesend mit der Hand über das große Gesicht, über den wilden Bart und die hohe, zerfurchte Stirn, zeigte mir eine ungeschützte und erschütternde menschliche Landschaft, dann fing er sich wieder: »Genug, Gili, der Film ist nicht über mich, er ist über Vera, denk dran, die ganze Zeit.« Doch ich hatte schon beschlossen, das anders zu sehen. Er ist über uns alle, sagte ich zu meinem Vater, auch über dich und Nina, und vielleicht sogar ein bisschen über mich. Keiner bleibt verschont. Und ich dachte mir, das wird ein klassischer Unglücksfilm, nur dass es bei uns ein Unglück in Zeitlupe ist, das Unglück eines normalen Lebens, mit dem wir zu leben gelernt haben und das uns inzwischen aus der Hand frisst.

Rafael sagte: »Los, mach schon den Apparat aus, schad um die Batterien, hier kommt unser *Mustang*.« Ich drehte mich mit der Kamera in einer gelungen glatten Bewegung – heute gibt es, wenn man das entsprechende Geld hat, Kameras, die solche Schwenks ganz natürlich machen –, und ich sah, wie eine kleine gelbe Zitrone fröhlich auf uns zurollte, und mir wurde schwarz vor den Augen: Was für ein Idiot bin ich nur, wieso hab ich ausgerechnet daran gespart! Rafael hatte ausdrücklich gesagt, ich solle nicht beim Auto sparen, aber ich hatte mich wie immer fürs Budget der Produktion verantwortlich gefühlt, also für das persönliche Budget meines Vaters, der der älteste Sozialarbeiter im Land ist und von Schabbat zu Schabbat wie Chanina ben Dosa gerade mal das sprichwörtliche eine Maß voll Johannisbrotschoten nach Hause bringt. Dafür ist er wie gesagt der stolze Besitzer mehrerer Straßengangs.

Die Zitrone hielt neben uns an, der Angestellte sprang heraus wie ein Kern. Rafael warf mir einen Blick zu, »was hast du dir dabei gedacht?«. Er stand da und kratzte sich die Stirn. Nur mit einem Schuhlöffel käme er da rein, und wir vier würden sowieso ersticken. Das wird uns im wahrsten Sinne des Wortes zusammenschweißen. Wir werden schlicht zu einer Person verschmelzen. Doch zum Glück stellte sich heraus, dass in diese Zitrone doch eine ganze Menge reinging. Die Koffer und Rucksäcke und auch mein Vater fanden ihren Platz, und ich setzte mich neben ihn, brachte irgendwie sogar meine Riesenbeine unter, und auch hinten schien es erträglich. Vera und Nina saßen schweigend und düster gestimmt da, vielleicht noch etwas erschlagen vom Flug, oder sie hatten endlich kapiert, dass wir hier jetzt alle zusammen waren, auf Leben und Tod.

»Das Bermudaviereck«, schrieb ich in mein Heft. Vera beugte sich nach vorn und fragte: »Was schreibst du denn da?« – »Och, nur so. Für mich, Notizen. Für die Regie später.« Und Nina interessierte sich durch alle ihre Schalen hindurch: »Was für Notizen?« Ich antwortete ihr nicht, und Vera sagte: »Gili, deine Mutter hat dich was gefragt«, und ich sagte: »Sie ist nicht meine Mutter.«

Wir fahren. Ich kämpfe mit diesem wundervoll hochentwickelten GPS, das darauf besteht, seine Anweisungen auf Kroatisch zu geben. Vera beschwert sich, es klänge wie die Lautsprecher im Lager. Nina ist in ihren Mantel gewickelt wie eine Puppe in ihren Kokon.

Zwölf Uhr mittags. Vera verteilt Butterbrote. Noch hundert Kilometer bis nach Čakovec, die Stadt, in der Vera geboren ist. Die Richtung: Nordwest. Weiche Hügel. Unmengen Grün. Im Überfluss. Vera gibt erste, halb unterdrückte Geräusche von Erregtheit von sich. Schlägt sich mit beiden Händen auf die Wangen, zeigt mit dem Finger: »Joj, was für Wälder! Was für Berge! Wie schön sie ist, meine Heimat.«

Feiner Regen. Eindrucksvolle Spiele von Licht und Wolken. Ich fotografiere Stills.

Rafael fährt erstaunlich gut. (Der Mann war Filmregisseur, heute kümmert er sich um die schwierigsten Jugendlichen des Landes, und trotzdem überrascht es mich immer wieder, wenn er seine Fähigkeiten im praktischen Leben unter Beweis stellt.)

Ich hab es geschafft, das GPS zu bekehren. Ich hab den Verdacht, dass in diesem Auto vor uns Israelis gefahren sind: Die hebräischen Anweisungen kommen in der Stimme von Schimon Peres.

Čakovec, eine Metropole. Fünfzigtausend Einwohner.

Der Regen hat aufgehört.

Jetzt erfasst die Aufregung auch mich. Hier ist Vera geboren. Hier war sie Kind. Mein ganzes Leben lang habe ich von dieser Stadt gehört, von dem Haus, dem Geschäft, der »Firma« und von den Machenschaften meines Urgroßvaters. Schon jetzt tut es mir leid, dass ich keine Zeit zur Vorbereitung und für meine Aufregung hatte. Alles kam so schnell. Das Fest für Vera, Ninas Besuch, die Nachricht von ihrer Krankheit.

Und noch eine andere, ganz gewöhnliche Aufregung erfüllt mich: Ich bin im Ausland!

Das erste Mal nach sieben Jahren. Ich spüre, wie die israelische Bedrückung von Minute zu Minute von mir abfällt (und das bedrückt mich sofort aufs Neue).

Ein städtisches Parkhaus. Block 3, Reihe 3. Wir marschieren zu Fuß in die Innenstadt. Jetzt geht es los. Es passiert wirklich. Ich mit dem Heft in der Hand. Rafael, immer ein paar Schritte voraus, filmt uns. Macht mir ein Zeichen, Eindrücke aufzuschreiben, Gedanken. Ich schreibe. Blumenbeete, Cafés, Sonnenschirme mit dem *Coca-Cola*-Schriftzug, Denkmäler. Ziegeldächer, Tauben. »Schreib auf!« Man kann nicht wissen, was wir davon brauchen werden, wenn ich den Film, von dem ich keine Ahnung habe, wie er werden soll, schneiden werde.

Die Hauptstraße von Čakovec. Eine beschauliche Fußgängerzone. Still. Nur irgendwo eine lästige Drehorgel. Keine Hochhäuser. Ahornbäume (glaub ich wenigstens, hab sie mit dem Handy fotografiert, um es später zu überprüfen). Häuser aus rotem und weißem Backstein. Eine helle Kirche. Die Cafés fast leer. Pärchen mit Kinderwagen gehen spazieren. »Schreib das auf!« Große schlafende Hunde quer auf der Straße. Sie haben etwas Kindliches, wecken Vertrauen. Vera läuft schnell voraus. Wackelt ein bisschen auf ihren dünnen O-Beinchen. Hier war dies, hier das. Sie geht zu einer alten Frau mit einem Nanohündchen, das eine Schleife im Fell trägt: »Entschuldigen Sie, gute Frau, kennen Sie mich vielleicht noch?«

In dieser ganzen Zeit sagt Nina kein Wort. Läuft langsam

hinter uns her. Den Kopf gesenkt. Als suche sie etwas, was sie verloren hat.

Das ist die Frau, die mein Leben verdunkelt hat?

Jede Minute, jede Sekunde weiß mein Körper ganz genau, wo sie ist, auch ohne hinzuschauen.

Unterwegs zum Haus von Veras Kindheit.

Ich habe den Eindruck, sie hat ein bisschen Angst vor dieser Begegnung. Sie möchte, dass wir anhalten und uns zuerst in einem Café stärken. Sie verkündet, im ganzen Balkan gebe es nur ein einziges Café, das diesen Namen verdient, führt uns flink durch enge Gässchen und dirigiert uns ganz ohne Stadtplan zu einem Café mit dem Namen *Kavana Royal*, das sie noch aus ihrer Jugend kennt. Unglaublich, sie hatte keinerlei Zweifel, dass es noch existiert und achtzig Jahre lang gehorsam auf sie gewartet hat. »Da kann man doch nur neidisch werden, oder?«, flüstert Rafi mir zu, während er mich überholt und mit der Kamera hinter ihr herrennt.

Zu unserer großen Überraschung existiert das Café wirklich noch. Vera zittert am ganzen Körper. »Hier! Joj! Hier haben wir gesessen. Hier hat Vater gespielt mit seinen Freunden *Préférance*, und ich habe gegessen Erdbeereis.« Über der Bar hängt ein Plakat, das den Auftritt eines Hypnotiseurs ankündigt. Ein silberner Stern blitzt auf einem seiner seitlichen Zähne. Der Oberkellner – um ehrlich zu sein, ist er der einzige Kellner hier, aber er hat einen Zwirbelbart wie Seine Majestät Kaiser Wilhelm und wurde deshalb auch befördert – zeigt auf eine Glasvitrine an der Wand mit einem fantastischen Service, feinen Teekännchen und geschmückten Teetässchen. »Genau so ein Service, meine Herrschaften, stand auch bei King George im Buckingham Palace in London!«

Ob es in Čakovec eine Synagoge gibt, weiß er nicht. »Aber es gibt ein Denkmal für die Juden der Stadt, die im zweiten großen Krieg umgekommen sind. Sie wurden nach Auschwitz gebracht.« »Auch mein Vater und meine Mutter«, sagt Vera. »Furchtbare Sache«, sagt der Mann, »bis heute kann man nicht glauben, dass so etwas passiert ist.« Er sagt das einfach und ehrlich. Ihm steigen Tränen in die Augen.

Neben uns sitzt ein nicht mehr junger Mann und liest eine Zeitung am hölzernen Zeitungsstab. Er hört Hebräisch, kommt zu uns, verbeugt sich und fragt, ob er sich kurz zu uns setzen dürfe. Kleiner Bart, Brille, braunes Wildlederjackett mit aufgenähten Flecken auf den Ellbogen, wie es sich gehört. Professor für Slawische Literatur. Er macht für uns ein bisschen Ordnung in dem balkanischen Durcheinander. Erzählt von dem Krieg hier in den neunziger Jahren. »Nein!«, schreit er aufgebracht, als ich den Fehler mache, von einem Bürgerkrieg zu sprechen. Sein Gesicht läuft rot an. »Das war ein barbarischer militärischer Angriff von Soldaten der serbischen Armee mit serbischen Panzern!« Und jetzt ist er nicht mehr zu stoppen. Er erzählt von Strömen von Blut, von Massakern und Vergewaltigungen, redet sich in Rage. Vier Mitglieder seiner Familie wurden von ihren guten serbischen Nachbarn ermordet.

Mir wird schlecht. Richtig schlecht. Schwindlig. So viel Blut, so viel Böses, so viel blutrünstiges Menschsein.

Der Professor fährt in seinem Vortrag fort, ich versuche mitzuschreiben, aus Respekt vor ihm und auch für meine Allgemeinbildung. Ziemlich schnell werde ich müde, lasse einiges aus, oberflächlich, wie ich bin. Typischer Fall von zu viel Text, *too long, didn't read*. Rafi und ich tauschen auf unserer inneren Frequenz zufällige Blicke. Ein totaler Salat, dieser Balkan, und ich bin erst vor drei Stunden gelandet und habe zu Hause einen eigenen Konflikt, der auch nicht von schlechten Eltern ist, und auch den versteh ich nicht so ganz.

Das Haus, in dem Vera gewohnt hat, liegt an der Hauptstraße, nicht weit von dem Café. Wir gehen zügig dorthin. Vera ist uns immer ein paar Schritte voraus. Als wir ankommen, steht sie schon da, mit erhobenem Arm: »Das ist hier, Kinder. Hier bin ich geboren.« Ich nehme Rafi die Kamera ab. Er gibt sie nicht so leicht her. Ich filme Vera vor dem Haus. Dessen Geschichte kenne ich auswendig. Im Parterre war das »Handelshaus Firma Bauer« von Veras Vater, meinem Urgroßvater, und im ersten Stock wohnte die Familie. Vater, Mutter und die vier Geschwister. Heute gibt's im Parterre eine große Filiale der *Zagrebačka banka* und im ersten Stock eine Privatwohnung. Durch ein verschlossenes Tor sieht man einen großen verwahrlosten Garten. Ich filme. Wechsle die ganze Zeit zwischen Film und Stills. Meine Handykamera ist beschissen, macht Bilder mit weißen Flecken und langen Rissen. Ich frage Vera, ob wir nicht versuchen sollen, in die Wohnung ihrer Familie hinaufzugehen.

»Hier ist nichts mehr wie früher; ich habe hier nichts verloren.«

Aber erzählen tut sie gern: »Wir haben hier gehabt gutes, wohlhabendes Leben im großen Ganzen. Haben gehabt Köchin zu Hause, und meine Gouvernante, mein Kindermädchen, bis ich zehn war, und noch ein junges Mädchen, das hat

Zimmer geputzt, und einen Gärtner und noch einen Mann, der hat sich gekümmert um Bäume im Garten hinterm Haus, und wir haben gehabt so ein großen dreistöckigen Kachelofen zum Heizen mit Holz.«

Sie beschreibt uns ein riesiges Gästezimmer, hell, mit dicken Teppichen, und eine Wendeltreppe, die in den ersten Stock führte. Neben der Küche war die »Speis«, die Speisekammer, mit von der Decke hängenden Würsten und Stoffsäcken mit Reis, Mehl und Zucker, mit Einmachgläsern voll Gänseschmalz, Fässern mit eingelegten Gurken und Sauerkraut. Und im Keller, auf dem Stroh, lagen die Äpfel fürs ganze Jahr …

Rafi bittet um die Kamera, jetzt strahlt er vor Begeisterung, seine Augen lachen. Die Reise hat ihn gepackt. Er konzentriert sich auf mich. Lass mich da raus! Aber er beharrt darauf, verlangt von mir ein Statement zu Reisebeginn. Ich bin nicht gut in solchen Erklärungen, doch plötzlich erinnere ich mich an etwas: »Es gibt eine Zeile von Moti Baharav, ›bevor du wiedergeboren wirst, prüfe gut, wo du dich befindest‹.«

Rafi fragt, wo ich gern wiedergeboren werden würde.

»Warum meinst du, dass ich überhaupt geboren werden will?«

Er schreckt zurück, sucht sich ein weicheres, kooperationsbereiteres Objekt: »Vera, zu mir, zu mir. Erzähl uns etwas von deinen Eltern, haben sie sich geliebt?« Wenn er bei denen nach der Inspirationsquelle für die absolute Liebe zwischen Vera und Miloš sucht, dann ist er an der falschen Adresse.

»Liebe?«, lacht Vera. »Nein. Nein, aber Mutter hat sich gewiss gewöhnt an ihn. Sie ist gewesen sehr beherrschte Frau, und beide sind gewesen sehr unterschiedliche Menschen. Er zum Beispiel ist gewesen Genießer, ist gerne ausgegangen, und sie nicht. Jeden Winter in Weihnachtszeit ist er gefahren nach Budapest. Hat eingesteckt fünftausend Dinar und ist gezogen von einem Café zum nächsten und ins Theater und wer weiß wohin noch. Und er hat sich vergnügt! Hat getanzt! So sind ungarische Völker, Rafi, sie hören *Zigan*-Musik und zerbrechen Gläser! So ist auch gewesen mein Miloš. Er ist gewesen feinfühlig und schüchtern, aber getanzt hat er wie Teufel. Das hast du ihm nicht angesehen. Wenn er und seine bäurische Mutter haben getanzt, haben ihre Füße Erde nicht berührt! Und sie, meine Schwiegermutter, mit Kopftuch und so.« Vera dreht sich auf der Straße um sich selbst, vollführt mit ihren grellvioletten Turnschuhen einen stammelnden Stepp. Was für ein umwerfender Shot. Rafael lächelt mir zu, er ist zufrieden.

Aber wo ist Nina? Das Skriptgirl ist bekanntlich auch der Hund, der die Herde zusammentreibt, und Nina ist in jeder Hinsicht sowohl das verirrte als auch das schwarze Schaf. Sie steht mit dem Rücken zu uns, den Kopf gesenkt, wirkt ein bisschen verrückt.

Vera erzählt: »Mit zwölf Jahren hab ich gehabt zum ersten Mal einen ernsthaften Gedanken, als ich noch in meinem Bett unter Decke schlafe, und Magd kommt schon frühmorgens und macht Feuer in allen Zimmern und im Badezimmer, damit, wenn ich aufsteh und wenn Herrschaft aufsteht, wir es warm haben sollen. Das ist gewesen erste Mal, dass solche Gedanken gearbeitet haben in meinem Kopf.«

»Was für Gedanken?«, fragt Rafi.

»Gedanken über Verantwortung für andere Menschen und Gedanken über Geld und Armut. Denn ich bin gefahren zur Schule mit Eisenbahn, und alle Kinder aus Dörfern in Gegend sind gegangen zu Fuß, im Dunkeln, an Schienen entlang. Und dort in Schule ist gewesen ein Kamin, da haben sie draufgelegt ihre Socken. Und als ich nach Hause gekommen bin, hab ich gefragt, Mutter, vielleicht ich kann mitbringen zwei, drei von diesen Kindern zu uns? Und meine drei größeren Schwestern sind gewesen böse auf mich. Stinkende Kinder mit Läusen? Du bist doch verrückt!

Mutter hat trotzdem zugestimmt, aber sie hat nichts gehabt zu sagen bei uns zu Hause. Da hat sie sich hingesetzt und mir vorgelesen ein Buch von Gorki, *Mutter*, und da hab ich verstanden, meine Mutter ist mit mir, und dann hat etwas angefangen zu arbeiten bei mir hier im Bauch, über arme und reiche Menschen und über Ungerechtigkeit in Welt.«

Plötzlich wendet sie sich an mich: »Was schreibst du da ganze Zeit, Gili?«

»Ich schreibe, was du sagst, Oma. Und was wir filmen und was um uns herum sonst noch passiert.« Und was nicht gesagt wird, und was man nicht auf Anhieb sieht.

»Ja? Und wozu ist das gut?«

»So arbeiten Rafi und ich, das hilft uns nachher beim Schneiden.«

Die Partisanin in ihr gibt keine Ruhe. Die Frau, die nach dem Weltkrieg zwei Jahre bei Tito in der Gegenspionage gearbeitet hat, ist unruhig. Sie mustert mich mit zusammengekniffenen Augen. Die Tatsache, dass ich schon fast vierzig Jahre ihre Enkelin bin, hilft mir jetzt gar nichts. Ihr rechtes Auge nähert sich mir im Close-up: »Und was hast du geschrieben zum Beispiel jetzt gerade?«

Ich lese vor: »›Vera ist in der Seele Kommunistin.‹ Kann man das so sagen?«

»Nein! Nein, nein, nein! Siehst du! Gut, dass ich habe gefragt! Sozialistin in Seele, ja. Erst später ich bin geworden Kommunistin, aber um Gottes willen nicht Kommunistin für Stalin … nicht für Mörder!« Wieder streift mich ihr zweifelnder Blick. Ihre Sinne täuschen sie nicht. Seit wir aufgebrochen sind, und auch schon in den Tagen davor, gehe ich etwas auf Distanz zu ihr. Jedes Mal, wenn unsre Blicke sich treffen, sende ich ihr Warnungen à la: Du bist meine Großmutter, und ich bin verrückt nach dir, du hast mir das Leben gerettet, als ich klein war, du hast dich um Papa und mich gekümmert, als Nina uns verlassen hat, und du hast mich großgezogen wie eine Tochter, viel mehr als eine Tochter; Nina, deine Tochter, hast du nicht so großgezogen, und dann hast du mein Leben nochmal gerettet, als ich mich umgebracht hab, und hast mich ein Jahr lang beatmet mit deinen Suppen, Aufläufen und Kuchen. Du hast mich gekocht, du hast mich gebacken, das vergess ich dir nie, Oma – aber wenn du in den Tagen, wo wir hier alle zusammen sind, deiner Tochter nicht erzählst, was du mir in dieser Nacht auf der Intensivstation erzählt hast, dann weiß ich wirklich nicht, ich schwör's, ich weiß wirklich nicht, was ich dann tu.

Im Grunde weiß ich es doch. *Ich* werd es Nina erzählen.

Aber warum eigentlich? Gute Frage. Einerseits sag ich mir, soll Nina doch ihr Leben lang damit rumlaufen, dass sie nicht weiß, was ihr wirklich das Leben versaut hat; soll sie doch bis zu ihrem letzten Tag spüren, dass sie ein einziger gellender Schrei ist. Ein geschlachtetes Huhn ohne Kopf, das sein Leben lang weiterrennt und nicht versteht, was ihm passiert. Und andrerseits …

Gibt es überhaupt eine andere Seite?

Und sei es im Namen des Babys, das ich war, im Namen des kleinen Mädchens, das ich war, ich darf ihr auf keinen Fall verzeihen, niemals, das hab ich mir versprochen und geschworen, ich darf dieses Baby und dieses kleine Mädchen nicht verraten, denn wer sonst würde es rächen? Und trotzdem, wenn sie sich so hinter uns herschleppt …

Ich weiß nicht, seit heute früh, seit sie auf dem Flughafen über mir zusammengebrochen ist – das ist einfach nicht mein Ding. Sie weckt keine guten Energien in mir.

Das Schlechte, das sie aus mir hervorholt … ich will das jetzt nicht.

Noch immer auf der Straße, vor dem Haus von Veras Kindheit: »Als ich fünf gewesen bin, haben sie mir rausgeholt Mandeln, in eine private Sanatorium, und Mutter hat gesagt, weil du das so gut gemacht hast und nicht geweint und keine Angst gehabt hast, bekommst du ein Geschenk. Und was für ein Geschenk? Ein fünfjähriges Mädchen geht zum ersten Mal in Oper! Ich weiß nicht mehr, welche Oper sie gegeben haben, aber in Pause ist da gestanden ein Sänger mit solche Perücke wie ein Richter und hat gesungen *Funiculì Funiculà*.«

Und sie steht mitten auf der Straße und singt auf Neapolitanisch. Ein kleiner Kreis versammelt sich um uns herum, einige Leute singen mit, zwei schwingen ihre Hüte im Takt, einer schlägt mit seinem Spazierstock auf den Asphalt. Vera dirigiert sie mit beiden Händen – die kleine Plastiktasche mit dem goldenen Verschluss in die Armbeuge geklemmt – und ist im siebten Himmel. Sie strahlt. Die Leute applaudieren. Nur ich hab ein Problem, seit Nina am Schabbat zu Veras Geburtstag erschien, verdirbt sie mir die ganze Zeit ein bisschen meine alte Großmutter; sie muss sich gar nicht groß anstrengen, ein Blick von ihr reicht schon, und Vera wirkt auf mich gleich, wie soll ich sagen, als sei sie ein bisschen narzisstisch unterwegs.

»Wir sind in Čakovec«, erklärt Vera der Kamera im Reiseleiterton, »nicht weit von ungarische Grenze, nicht weit auch von österreichische Grenze. Für Theater und Oper ist man gefahren nach Budapest oder nach Wien. Das ist gewesen unsere Kultur. Und Ungarisch ist gewesen unsere erste Sprache. Deshalb ich bin keine Balkanjüdin und auch keine Ghettojüdin. Ich bin Jüdin aus Zentraleuropa. Aus richtige Europa! So ein Europa wie mich gibt es gar nicht mehr.«

Ihr kleines Publikum, die Anwohner, verstehen natürlich kein Ivrith, aber Veras Pathos nimmt auch sie gefangen. Als sie wieder applaudieren, neigt sie den Kopf in einer huldvollen Geste. Man muss sie etwas zur Eile treiben. Bald wird es dunkel, und wir haben noch eine lange Fahrt vor uns. Schade, dass ich nicht genug Zeit hatte, diese Reise ordentlich vorzubereiten. Wir hätten hier mindestens noch einen Tag bleiben müssen. Damit Vera Zeit hat, sich ein bisschen einzugewöhnen. Der Gedanke, es ist das letzte Mal, dass sie hierher zurückkehrt, tut weh.

Wir gehen schnell noch zu ihrer Schule. Um diese Zeit ist sie leer und geschlossen. Ein langweiliges Gebäude, ohne Gesicht, ohne Ausstrahlung. Dachziegel, Schornsteine. Ich stelle mir vor, wie die kleine Vera hier rumhüpft, schnell wie ein flackerndes Licht. Vera: »Und ich bin gewesen kleinste Mädchen in Klasse. Jüngste und kleinste. Hab ausgesehen wie sechs, die andern wie acht. Und in Klasse ist gewesen ein Mädchen, Jagoda, das heißt Erdbeere, sie hat sich gleich gemacht am ersten Tag zu meine Beschützerin. Aber eine Woche danach bin ich schon gewesen ihr Boss in allen Dingen. Bei allen Ausflügen im Schnee hab ich genommen Jagoda an die Hand und gesagt, wohin wir gehen und was wir machen und wann wir gehen zurück –«

Nina, am Rand der kleinen Gruppe von Einheimischen, nickt, lässt den Kopf hängen, fröhlich wie eine Gallenblase. Begibt sich selbst in die Rolle des verletzten, dreckigen Straßenköters, der uns hinterherläuft und genau weiß, gleich nehmen wir einen Stein und werfen ihn nach ihm.

Vera, das seh ich, wird zerrissen zwischen der Erregung über diesen Ort und dem Schmerz um Nina. Ich halte es nicht mehr aus, gehe zu ihr hin. »Hallo?«, sage ich zu Nina, »bist du hier dabei oder nicht? Wir machen das Ganze doch für dich, oder täusche ich mich?«

Sie hebt den Kopf zu mir, ein völlig ausgelöschtes Gesicht. Mein Gott, ich erschrecke, sie lebt ja kaum noch. Sie hält sich an einem Baumstamm fest. Vielleicht begreifen wir nicht, wie schlecht ihr Zustand ist. Vielleicht hat sie uns auch nicht die ganze Wahrheit gesagt. »Das ist mir alles ein bisschen viel«, bringt sie mit Mühe heraus, ihre Lippen sind weiß, »ich hab mir das nicht so vorgestellt. Langsam, langsam, ja?«

»Was ist dir zu viel? Wir haben doch noch gar nicht angefangen. Du bist ja noch gar nicht geboren.« Ich lasse sie stehen.

»Gili.«

»Was jetzt?«

»Ich hab mir was überlegt …«

Ich achte darauf, ihr so gegenüberzustehen, dass meine körperliche Ungeduld nicht zu übersehen ist. Diese Frau wird mich für immer jung halten, oder zumindest immer drei Jahre alt.

»Ich hatte eine Idee, Gili, und ich dachte, dass vielleicht …«

»Ideen – das ist Rafaels Ressort. Damit musst du zu ihm«, zische ich ihr zu und mache mich aus dem Staub.

Und komme zurück: »Willst du was trinken?«

»Nein. Ich muss nur reden.«

»Da wird Rafael sich freuen.«

»Gili –«

Freeze! Was ich da gerade geschrieben habe: Gili mit Gedankenstrich –

Das war so: Das junge Mädchen, das ich damals war, sechzehn und zu seinem Leidwesen schon eins siebzig groß, mit dem Kiefer eines gutmütigen Boxers und zahllosen Akne-Pickeln, fuhr nach Haifa, um eine Angabe in seinem Personalausweis ändern zu lassen, den es soeben vom Staat zugeschickt bekommen hatte. Am Schalter ihm gegenüber saß eine Gorgone mit verschlossenem Gesicht, die sich weigerte, den Namen der Mutter aus dem Dokument zu streichen. Das junge Mädchen, das wegen seiner Größe und seines Alters keine Szene machen wollte, um nicht unangenehm aufzufallen, war schon kurz davor, sich geschlagen zu geben, fragte dann aber zu seinem eigenen Erstaunen, einen Moment bevor es kapitulierte, ob es umgekehrt wohl möglich sei, seinem Namen den Namen Nina hinzuzufügen.

Das Mädchen schleuderte, es schrie diese Bitte beinah in den Raum und löschte sie dann sofort aus seiner Erinnerung, denn es war ja undenkbar, dass in der Wirklichkeit für so eine Bitte Platz war. Und als zwei Wochen später mit der Post der Ausweis auf den Namen Gili-Nina kam, hatte das junge Mädchen das Gefühl, man habe ihr einen Zauber angehängt –

Mit achtzehn, da war sie schon eins siebenundsiebzig groß (mein Gott, dachte sie damals, was, wenn das nicht mehr aufhört? Wenn ich immer weiterwachse, wie ein schlechter Witz, wo ist die rote Linie, an der die Sache ein Ende nehmen wird?), kehrte sie zurück in die Büros des Innenministeriums in Haifa. Diesmal saß ihr lächelnd, rothaarig, am Schalter ein anderes junges Mädchen gegenüber, das in den Sommerferien dort arbeitete, und schnitt ganz einfach und ohne Betäubung Nina von Gili wieder ab. Und Gili fragte noch, etwas beschämt, dass sie ihre Gier nicht beherrschen konnte, ob es möglich sei, vielleicht für eine Weile nur den Gedankenstrich noch stehnzulassen, einfach so, als Witz. Und das junge Mädchen fragte: »Wie meinst du das?«, und Gili sprach leise ihren Namen mit dem Gedankenstrich am Ende aus, wie einen offenen Ruf nach Irgendwo, und das junge Mächen schaute sie lange an und begriff vielleicht etwas, schaute sich um und flüsterte, das sei nun wirklich nicht üblich, ein Name mit Gedankenstrich, aber wir können es ja mal versuchen, was kann passieren, und wenn jemand fragt, sagen wir, es war menschliches Versagen.

Draußen. Tag. Wieder vor dem Haus der Familie. Unser Weg durch Čakovec verläuft zugegeben etwas chaotisch. Die kleine Fan-Gemeinde hat sich zerstreut, wir sind wieder zu viert. Vera: »Mein Vater und meine Mutter, sie haben gehabt keine gute Ehe. Das hab ich schon gesagt, Kinder. Mutter hat ihn nicht geliebt, von Anfang an, und er hat sie betrogen ganze Zeit. Deshalb bin ich gewesen, sagen wir, Mutters Lebenskamerad. Mit mir hat sie geredet über alles, bei mir hat sie ausgeschüttet ihr Herz. Nicht bei ihm oder bei meine drei größere Schwestern.

»Vor zwanzig Jahren, weißt du noch, Rafi, an meinem siebzigsten Geburtstag, wo ihr mir gemacht habt so schöne Überraschung, sind gekommen meine drei Schwestern aus Jugoslawien in den Kibbuz; wollten sehen mit eigene Augen, wie dumme Vera lebt und wie sie freiwillig verzichtet auf Privatvermögen. Und wir haben zusammengesessen paar Tage, und was haben wir gemacht? Geredet haben wir, über früher. Und meine Schwestern, sie haben gefragt: ›Wie konntest du dich auch nur nähern zu diese Sphinx? Unsere Mutter hat doch niemals gelacht oder geweint, kein einziges Mal.‹«

Nina hebt den Blick. Ich erinnere mich: Als sie aus Jugoslawien gekommen sind, haben die Leute im Kibbuz Nina eine Sphinx genannt.

»Und ich habe gefragt meine Schwestern: ›Habt ihr Mutter mal etwas gefragt? Habt ihr etwas gewusst von ihre Schmerzen? Habt ihr Mutter geöffnet euer Herz?‹ – ›Nein!‹ – ›Warum nicht? Habt ihr nichts empfunden für sie?‹ – ›Vielleicht ist unsere Mutter gewesen nicht so interessanter Mensch.‹ – ›Aber für mich ist sie gewesen interessanter Mensch! Es gibt keine langweilige Menschen! Wisst ihr zum Beispiel, dass Vater sie hat geschwängert acht Mal, und dann hat man ihr gemacht Abtreibungen auf Küchentisch?‹ – ›Nein … das haben wir nicht gewusst … aber du, woher weißt du das?‹ – ›Weil sie gesprochen hat mit mir. Mir hat sie es erzählt, mich hat sie mitgenommen, wenn sie gegangen ist zur Frau, die das macht!‹ – ›Dich hat sie mitgenommen?‹ – ›Wen sonst hätte sie können mitnehmen außer mir?‹ – ›Aber du bist gewesen kleines Mädchen, Vera!‹ – ›Was tut das zur Sache? Ich bin gewesen kleine Mädchen, aber ich bin gewesen bei ihr! Ich habe sie gesehen! Sie ist da reingegangen, vielleicht halbe Stunde, nicht länger, und ich hab gespielt im Hof –‹«

Rafael, Nina und ich starren sie an und atmen kaum. Sie erzählt diese Geschichte mit merkwürdiger Leichtigkeit, distanziert, als erzählte sie von jemand anderem, nicht von sich selbst und ihrer Mutter.

»Da draußen im Hof sind gewesen Eisenregale mit Büchsen voll Schrauben und Nägeln, bestimmt von Mann von Frau, wo Kinder wegmacht, und ich hab gespielt mit Nägeln, als ob sie sind Mutter, Vater und Töchter, und hab mit ihnen geredet und hab sie beruhigt, bis Mutter wieder rausgekommen ist, und dann hat sie genommen meine Hand und wir sind gegangen ganz langsam und vorsichtig nach Hause.«

Ihr Sprechen wird schwer, ihr Blick zähflüssig, als dringe die Geschichte erst jetzt in sie ein, das erste Mal, seit diese Dinge geschehen sind, vor über achtzig Jahren. »Und auf ganzen Heimweg hat sie geweint, und ich hab ihr erzählt von meiner Familie aus Nägeln …«

Sie verstummt. Leckt sich die Oberlippe. »Aber das interessiert euch sicher nicht. Lasst uns weitergehen.«

Wir haben uns noch nicht von dieser Geschichte erholt, da kommt ein breiter Mann mit kahlrasiertem Kopf auf uns zu, bleibt stehen und schaut uns an; an der Leine hält er einen wunderschönen Husky mit blauen Augen. Er fragt, welche

Sprache Vera da spricht, und als ich ihm antworte, spuckt er aus und geht. Vera kriegt das natürlich mit, schreit ihm etwas auf Kroatisch hinterher und wedelt mit der geballten Faust. Rafael filmt. Auf einen Schlag steht ihr Gesicht in Flammen. Noch einen Augenblick, und sie wäre über den Mann hergefallen. Rafael hält sie mit seinem Körper auf, sie knallt gegen die Kamera. (Ein Wahnsinnsshot!) Der Mann spuckt noch einmal aus, ohne sich umzudrehen. Etwas an ihm, ich weiß nicht was, vielleicht der Nacken mit dieser Falte, bringt mich auf Veras Vater, wie der ihre Mutter zerquetscht, meine Urgroßmutter, die ich nicht kennengelernt habe, aber jetzt fühle ich mit ihr. Der Hund mit den blauen Augen jedoch dreht sich zu uns um. Er hat etwas Aristokratisches, sogar eine Art Überheblichkeit, was die ganze Sache noch deprimierender macht.

Lasst uns gehn. Bald wird es dunkel, und vor uns liegen fast dreihundert Kilometer, bis wir das Hotel an der Küste erreichen, von dem aus wir morgen auf die Insel fahren.

Doch der Höhepunkt unseres Besuches in Čakovec steht noch aus: Wir laufen schnell zurück zu *Kavana Royal,* und dort, gegenüber dem Café, erhebt sich ein Gebäude aus gelblichem Stein. Eine breite Tür. »Hier, hier«, sagt Vera, und plötzlich wird alles langsam. Stille, Ernst.

Als lege sich ein Schleier auf uns.

Rafael: »Hier also habt ihr euch kennengelernt? Was war das hier?« – »Ein Ort zum Tanzen, für Bälle. Jetzt es ist –« Vera setzt ihre Lesebrille auf, tritt nahe an die Mauer des Gebäudes heran, bis sie fast mit der Nase an die Plakate stößt. »Jetzt ist es ein Ort für Kunst-Vorstellungen.«

Rafael: »Und wie kam es, dass ihr euch ausgerechnet hier kennengelernt habt?«

»Das ist gewesen auf Abschlussball von Gymnasium. Ich war junges Mädchen, siebzehn und noch was, und habe getanzt mit allen und bin gewesen fröhlich, bin gewesen der Star von Abend, und da kommt junger Mann, fordert mich auf zum Tanz, und ich …«

Vera verstummt auf einen Schlag. Ich hebe den Blick von meinem Heft und sehe, Nina steigt plötzlich in die Geschichte ein.

Das heißt, in die Szene.

Sie macht drei oder vier Schritte und tritt ins Bild, aus eigener Initiative. Und jetzt steht sie neben Vera, Schulter an Schulter, vor der Kamera. Das Gesicht reglos und völlig verkrampft. Etwas geht in ihr vor. Vera zwinkert ihr aus dem Augenwinkel zu. Schaut zu Rafi. Versucht zu verstehen, was da abgeht.

»Bitte, mach weiter«, sagt Nina in einem merkwürdigen Tonfall zu ihr.

»Weitermachen?«

»Ja.«

Vera wirft einen fragenden Blick zu Rafi. Er nickt. Vera holt tief Luft: »Gut. Gut, in Ordnung. Wo war ich stehengeblieben?«

»Dass ein junger Mann dich aufgefordert hat«, sagt Nina.

»Ja. Gut. Und junger Mann ist Soldat, ein Offizier, sehr dünn, groß, mit große Ohren und Philosophenstirn.«

Veras Blicke rasen zwischen Rafael und Nina hin und her. Die Wörter sind in ihrem Mund wie Kies.

»Mach weiter«, sagt Nina beinah flehend.

»Hier, ja. Und der kommt zu mir und fordert mich auf zum Tanz. Und während wir tanzen, sagt er mir, dass er niemand kennt in unsere Stadt.«

Vera schluckt leer. Eine unklare Sinnestäuschung liegt warnend in der Luft. Als verlaufe durch die Wirklichkeit ein Riss, der immer breiter wird.

»Und wir tanzen und reden nicht, und aus Nichtreden wird nach und nach mehr Reden als Tanzen. Weiter?«

»Ja.«

»Und ich genieße es, so zu tanzen, und zum ersten Mal denke ich, das ist vielleicht, was Leute nennen Liebe.«

Schweigen.

Vielleicht ist es wegen dem Wort Liebe. Nina sagt mit lauter Stimme in die Kamera: »Schalom, Nina.«

Schweigen. Rafi lässt die Kamera langsam sinken: »Nina, Herzchen, du bist ein bisschen durcheinander.«

»Wieso unterbrichst du mich?«

Er lächelt angestrengt: »Du bist durcheinander.«

»Wieso?«

»Nur so, nicht schlimm, bestimmt wegen der Aufregung. Hast du nicht gemerkt, dass du ›Schalom, Nina‹ gesagt hast?«

»Unterbrich – mich – jetzt – nicht – Rafi.«

»In Ordnung. Akzeptiert. Und was jetzt?«

»Film einfach weiter.«

»Okay. Film ab.«

»Schalom, Nina«, sagt Nina in die Kamera, »schau mich an. Heb bitte den Kopf und schau mich an.« Nina winkt in die Kamera. »Ja, so. Schön. Siehst du mich? Kennst du mich noch?«

Ihre Stimme ist gepresst und halb erstickt. Oje, jetzt geht es los, so fängt es an, mit solchen kleinen Unsinnigkeiten.

Wir hätten nicht gedacht, dass es schon so weit fortgeschritten ist. Und andererseits – nein. Das passiert jetzt nicht wirklich. Kann doch nicht sein, in so kurzer Zeit … wann hat sie ihre Diagnose eigentlich bekommen?

»Ich bin Nina. Schau mich an. Ich bin du. Aber du, so wie du vor einiger Zeit warst, vielleicht vor einigen Jahren.« Vera ist nicht in der Lage, den Kopf zu drehen und ihre Tochter anzuschauen. Sie steht neben ihr und starrt in die Kamera. Ich sehe Schweißperlen auf Rafis Stirn.

»Hab keine Angst vor mir, Nina«, sagt Nina in die Kamera, »ich möchte, dass es dir gut geht. Ich will dir nichts Böses, nur Gutes. Schau mich an, mach nicht die Augen zu, siehst du mich? Wir sind im Grunde dieselbe. Dieselbe Frau, derselbe Mensch. Schau mich an: So warst du vor drei oder vier oder fünf Jahren. Ich, das bist du.«

Rafael filmt. Die *Sony* vor seinem Gesicht ist tonnenschwer.

»Sag, Nina, gefalle ich dir? Findest du mich nett?« Eine lange Pause. Bei mir im Mund, zwischen Mund und Nase, breitet sich Unglückskälte aus. Ich denke, was Nina da gerade passiert, ist vielleicht ein kleiner Schlaganfall. Versuche mich zu erinnern, ob wir hier in der Stadt ein Schild zu einem Krankenhaus gesehen haben.

Und dennoch klingt ihre Anrede so ehrlich und so überzeugend, dass ich für einen Augenblick fest damit rechne, dass ihr aus der Kamera eine menschliche Stimme antwortet.

»Schau mich an, Liebes«, sie knöpft ihren Parka auf, »siehst du den Pulli, den ich anhab? Erinnerst du dich, wie sehr du dich gefreut hast, als du ihn auf dem kleinen Markt in der Provence gefunden hast?

Erinnerst du dich, dass du in der Provence warst?« Nina lächelt in die Kamera, ich sehe, es ist alles – aber was geht hier eigentlich vor? –, es ist alles für sie sehr schmerzhaft, aber sie gibt nicht auf. »Das ist eine schöne Gegend in Frankreich, erinnerst du dich, dass es so ein Land gibt, Frankreich?«

Wieder lächelt sie in die Kamera: »Du warst vor vielen Jahren in der Provence, zusammen mit Rafi, erinnerst du dich an Rafi? Da warst du noch jung. Ihr beide wart jung, ›wir beide waren jung, aber du warst schön‹, sagt Rafi immer. Und Rafi hat dich sehr geliebt, erinnerst du dich noch an Rafi, der dich so sehr geliebt hat?«

Ich schaue meinen Vater an. In diesem ganzen Wahnsinn wirkt er, als hinge sein ganzes Schicksal jetzt von der Antwort auf diese Frage ab. Mehr noch: Die Antwort wird entscheiden, ob er in all diesen Jahren überhaupt existiert hat.

»Und auch du hast ihn geliebt«, flüstert Nina, »vielleicht hast du ihm das nie so richtig gesagt, aber du hast ihn geliebt.«

Rafael stößt einen merkwürdigen, halb unterdrückten Laut aus.

»Ich hoffe, du wirst gut versorgt, da, wo du jetzt bist«, sagt Nina und tut einen Schritt nach vorne, und mein Vater weicht, vielleicht vor Schreck, einen Schritt zurück. Und sie macht noch einen Schritt auf ihn zu, und er baut sich fest vor ihr auf, ist wieder robust und filmt. Und sie lächelt ihn dankbar an.

Sie sagt: »Ich hoffe, Nina, dass es dir warm genug ist, dass du warm angezogen bist und man dir schöne Kleider anzieht, geschmackvolle, und dass man dir Essen kocht, das du gerne isst, und dass man dich jeden Tag wäscht, sanft, und dir die Hände mit einer guten Handcreme einreibt, und auch die Ellbogen, Nina, denn da hast du immer so trockene Haut …«

Hier passiert etwas, das ich nicht verstehe. Es geht über meinen Horizont.

»… und dass man dir immer das Haar und die Fingernägel richtet. Achte darauf, dass sie die Fingernägel nicht vergessen, denk dran, was deine Mutter Vera immer gesagt hat: Fingernägel sind die Visitenkarte einer Lady …«

Jetzt ist es Vera, die einen unterdrückten Seufzer ausstößt.

»Ohne Hintergrundgeräusche, bitte«, flüstert Nina ihr zu und wendet sich wieder zur Kamera, mit einer Routine, die mich überrascht. »Ich will dir eine Geschichte erzählen, Nina«, fährt sie in demselben merkwürdig schwebenden und etwas süßlichen Ton fort, »und es ist deine Geschichte, Nina, über deine Kindheit und über deinen Vater und deine Mutter, Vera und Miloš.«

Sie ist nicht verrückt.

Nein.

Sie macht hier etwas, das ich mit Worten nicht beschreiben kann.

Und in ebendiesem Moment verschränkt Nina die Arme auf der Brust und sagt mit einer ganz anderen Stimme, mit ihrer normalen Stimme: »Das war's, Rafi. Kannst ausmachen. Das ist es, worum ich euch bitte.«

Schweigen.

»Aber was soll das sein?«, fragt Rafi vorsichtig.

»Das ist meine Bitte.«

»Welche Bitte?«

»Nur euch drei kann ich darum bitten.«

Vera tut einige Schritte, strauchelt und sinkt auf den Gehweg. Packt ihren Kopf mit beiden Händen.

»Bist du in Ordnung, Mama?«

»Hast du mich erschreckt, Kind.«

Rafael schluckt trocken. »Und wann meinst du, wird … ich meine … wo wirst du … wo wird sie das sehen?«

»Wo auch immer sie dann sein wird.«

»Wo denn?«

»Weiß ich noch nicht. Wenn wir von der Insel zurückkommen, fang ich an zu suchen. Wo Leute in ihrem Zustand eben leben.«

»In Israel?«, fragt Rafi tonlos.

»Ja?«, sagt sie traurig.

Ein sehr alter Mann läuft durch die Gasse. Ganz und gar gebeugt. Gestützt auf zwei Spazierstöcke. Wir verstummen. Er bleibt stehen und schaut uns lange an. Die Zahnräder in seinem Hirn drehen sich langsam, während er versucht zu verstehen, was es mit uns auf sich hat.

»Ich werde einen guten Platz für sie finden, wo man bereit sein wird, ihr das wenigstens einmal die Woche zu zeigen«, sagt Nina, nachdem der alte Mann sich entfernt hat.

»Wem?«, fragt Vera verwirrt.

»Der Frau, die ich in ein paar Jahren sein werde.«

»Und was wird man ihr zeigen?«, flüstert Vera.

»Den Film, den wir gerade drehen, und das, was wir morgen auf der Insel filmen werden.«

»Und sie wird vor dem Fernseher oder einem Computer sitzen …«, murmelt mein Vater, und ich weiß, sein Kopf ist ganz woanders: Nina kehrt anscheinend wirklich zurück.

»Ich weiß nicht, was davon sie verstehen wird«, sagt Nina, »aber ab und zu, sagen wir einmal in der Woche oder einmal im Monat, wird sie dort sitzen und sich das ansehen und diese Geschichte hören, darüber, wie sie mal war.«

»Wie eine Geschichte, die man einem Kind vor dem Einschlafen vorliest?« Das frage jetzt ich.

»Ja.« Nina ist überrascht über meinen Einwurf, dankt mir mit einer Kopfbewegung. »Genau. Eine Gutenachtgeschichte, bevor sie …« Nina räuspert sich, hält kurz inne. »Bevor sie ins Dunkel geht.«

Das schmerzt wie ein Faustschlag. So hab ich mir das nicht vorgestellt.

»Sie wird dasitzen und der Geschichte über sich selbst zuhören«, sagt Nina fassungslos, als begreife sie erst jetzt, was sie uns da vorschlägt. »Vielleicht wird ihr das für ein paar Augenblicke ihre Person zurückbringen. Sogar das Gefühl, dass sie jemand ist. Sie wird – endlich – eine Geschichte haben.«

Schweigen.

»Wir machen das«, sagt Vera, richtet sich auf und streckt sich, »nicht wahr, Kinder?«, und Rafi sagt: »Ja, natürlich machen wir das.« Und er geht zu Nina und nimmt sie in den Arm. »Wir werden einfach zu ihr sprechen, nur zu ihr.«

»Aber das ist nicht ›sie‹, das bist du«, feilscht Vera.

»Das werde ich sein, wenn ich sehr krank sein werde. Da werde ich schon ›sie‹ sein.«

Die Bewegungen, die Blicke, die wir wechseln, alles langsam und mit großem Ernst. Wir verstehen noch nicht genau, zu wessen Komplizen wir uns hier machen, aber wir empfinden eine Art Ehrfurcht.

»Also, willst du, dass wir das machen?«, fragt Rafael. »Ja.« »Und wo fangen wir an?« – »Vielleicht hier, mit der ersten Begegnung von Vera und Miloš«, sagt Nina, »das ist am logischsten, nicht?« – »In welchem Sinne logisch?«, fragt er. »In dem Sinn, dass sie so zur Welt gekommen ist.«

»Du.«

»Sie. Ich oder sie.« Nina verzieht die Lippen; ihr ist unwohl: »Vielleicht akzeptiert ihr einfach, dass mir das in den nächsten Jahren passieren wird. Mir oder ihr.«

»Soll ich dann nochmal von vorne erzählen?«, fragt Vera, die sehr traurig aussieht, »da anfangen, wo ich ihn getroffen habe?« – »Ja, aber jetzt erzähl es einfach *ihr*, sprich zu ihr«, sagt Nina. Rafael sagt: »Stell dir vor, die Kameralinse, das sind ihre Augen.« »In Ordnung.« »Nur, Majko, Mama, versuch zu lächeln. Mach sie nicht traurig.« Sie reden völlig sachlich. Und machen zwischen den Sätzen Pausen. Sie klingen wie Leute, die im Nebel gehen und einander orten.

»Und was sagst du dazu, Gili?«, fragt Rafael, »du bist so still.«

Ich sage nichts. Sie haben es ja eh quasi schon beschlossen. Sie haben im Nu auf den Film, den wir machen wollten, verzichtet, auf meinen Film. Mit einem Schlag schmeißt mich das an einen sehr unguten Ort. Es schnürt mir die Kehle zu. Bin schon zu alt für so plötzliche kreative Umwälzungen. Und, um ehrlich zu sein, macht es mich auch wahnsinnig, dass sie Rafael und Vera in einer Sekunde dazu gebracht hat, genau das zu tun, was sie haben will, sie ist eine dermaßen manipulative Hexe. Und andererseits, nun ja, in Ordnung, andererseits …

Aber dieses Baby und das Mädchen von früher springen mir mit ausgefahrenen Krallen an die Gurgel: Dass du es nicht wagst, ihretwegen weich zu werden, es gibt kein »andererseits«. Und wehe, du vergisst für einen Moment, was sie dir angetan hat. Ich gehe ein paar Schritte, setze mich auf die Bordsteinkante und hebe meine geschwollenen Augen zu meinem Vater. Der kommt und streichelt mir den Kopf, schaut traurig in mich hinein, liest mich wie ein offenes Buch.

»Schreib das auf, Gili, schreib alles auf, auch dich.«

Aber noch vergeht eine Weile, bis wir anfangen. »Nina«, sagt Vera, »sei mir nicht böse, aber ich kann nicht weitermachen, bevor ich nicht weiß eine Sache: Bist du dir ganz sicher, dass du das wirklich hast?«

»Ich bin krank, Vera. Und ich werde wahnsinnig, wenn du weiter daran zweifelst. *Ich bin krank!*«

»Gut, ist ja gut, du brauchst nicht gleich …«

Rafael fragt: »Wie lange?«

»Wie lange ich schon weiß, dass ich krank bin, oder wie lange ich noch hab?«

»Beides.«

»Richtig wissen, das heißt wissen, was es genau ist, mit Sicherheit, tu ich es jetzt ein halbes Jahr. Vielleicht länger. Acht, neun Monate, seit Januar ungefähr«, sie seufzt. »Bisher bin ich ziemlich okay, wie du siehst, ziemlich klar im Kopf«, lacht sie. »Kann der nette Herr mich nur vielleicht erinnern, wer er ist?«

Rafael lacht. Aber er hat genau wie ich gemerkt, dass Nina sich bei Veras Fest am Schabbat nicht an die Namen von Orli und Adili, Esthers Enkelinnen, erinnerte und dass sie Schlejmale, Esthers Mann, fragte: »Und wie geht es deiner Frau?«, und dann sofort einen Witz draus gemacht hat.

»Und die Ärzte?«, fragt Vera.

»Danke, gut. Gesund wie Stiere.«

»Nina«, seufzt Vera.

»Kommt drauf an, wen man fragt. Der Durchschnitt der Prognosen, die ich bekommen habe, lautet auf drei bis fünf Jahre, bis ich das Gedächtnis vollständig verliere und nicht mehr ich selbst sein werde, aber es ist durchaus zu befürchten, dass ich dann noch ein paar Jahre weiterlebe. Oj, was werdet ihr über mich lachen.«

Jetzt bin ich an der Reihe mit Seufzen. Mir entweicht ein merkwürdiges Geräusch, halb Schrei, halb Jaulen. Hauchdünn und lächerlich.

»Genau das lag mir auf der Zunge«, sagt Nina zu mir.

Sie geht zu Rafael und legt ihm beide Hände auf die Schultern. »Verstehst du, worauf du dich da einlässt?«

»Ich hab dir gesagt, ich pass auf dich auf.«

»Und du weißt, dazu gehört auch, mir zu helfen hier Schluss zu machen, wenn's an der Zeit ist.«

Er nickt.

»Du und Vera und Gili«, fügt Nina ernst hinzu.

»Ich?«, frage ich halb erstickt, kriege kaum noch Luft, »warum denn ich?«

»Weil Rafi im letzten Moment weich werden wird.«

»Und ich nicht?«

»Du bist ein hartköpfiger *smarkač*.«

Sie lacht nicht. Sie meint das völlig ernst. Schaut mich an. Die ganze Zeit findet noch ein ganz anderer Dialog zwischen uns statt, auf einem geheimen Kanal. So geheim, dass wir selbst kaum verstehen, was dort gesprochen wird.

»Gili«, sagt sie, nachdem der ganze Saft aus diesem Augenblick raus ist, »es ist für mich eine Erleichterung, dass du dabei bist.«

»Danke.«

»Machen wir weiter?«, fragt Nina.

Aber Rafael kann noch nicht. Er bittet um eine Pause. Übergibt mir die Kamera, läuft in der kleinen Gasse auf und ab und rauft sich den riesigen Kopf. So ist er in den Fluren des Krankenhauses auf und ab gelaufen und hat gebrüllt, nachdem ich mich umgebracht hatte. Danach bombardiert er Nina mit allen Fragen, die er zu stellen vergaß, seit sie es ihm erzählt hat. Wie immer bei ihm: Wenn er Angst hat, überflutet er einen und ist nicht sehr hilfreich.

Nina ist wieder zu sich selbst, zu ihrem harschen Selbst zurückgekehrt, und auch das ist eine Erleichterung. Ihre Antworten auf seine Fragen sind kurz und sarkastisch. Die Wörter Demenz, Vergessen, Siechtum und Tod kommen mit der Häufigkeit von Satzzeichen vor. Sie spricht sie auch mit einer sonderbaren Genugtuung aus. Genießt es, uns und noch mehr sich selbst wehzutun. Ich filme sie aus der Halbnahen und rücke heran zur Nahaufnahme. Dieses Stechen beim Verdrehen der Seelengedärme kenne ich.

Aber Vera gibt nicht auf, ein letztes Mal regt sich ihr Widerstand: »Ich glaub noch immer nicht hundertprozentig, dass du das hast. Du hast es nicht! Sieh doch, wie gesund du bist! Und von wem willst du es auch haben? So was erbt man doch, und ich, ich habe fantastisches Gedächtnis …«

Ich sehe, Veras hartnäckiges Zweifeln ist für Nina eine Strapaze. Sie beherrscht sich mit aller Gewalt und sagt: »Aber vielleicht hab ich es ja von Papa?«

»Wie denn? Miloš hat auswendig gekonnt vielleicht hundert Gedichte!«

»Aber er ist früh gestorben, was wissen wir schon.«

Plötzlich fliegt Veras Hand vor ihren Mund: »Oj, sein

Vater, Miloš' Vater, dein Großvater … als ich von Goli zurückgekommen bin …«

»Was war da mit ihm?«

»Nichts. Ach, gar nichts. Nicht wichtig. Unsinn.« Vera spuckt aus, ohne Spucke, diesmal nach links. Eines Tages werde ich noch das komplette Lexikon ihres Ausspuckens verfassen.

»Was war da mit ihm, Mama?«

»Das ist es ja. Er ist manchmal verlorengegangen, aber er ist nie gekommen sehr weit. Immer nur ins Dorf.«

»Bingo«, sagt Nina, und ihre Gesichtszüge entgleiten ihr.

»Und seine Frau hat ihm angebunden ein Glöckchen …«

»Erspar mir die Einzelheiten.«

Vera lehnt sich an die Mauer des Gebäudes. Rafael geht ins *Kavana,* um zu pinkeln. Wäscht sich die Hände, das Gesicht. Schaut in den Spiegel. Die Tür steht einen Spalt weit offen, und so sehen wir ihn in dem Lichtrechteck, wie er sich mit beiden Armen auf das Waschbecken stützt. Und dann fällt sein Kopf nach vorn, als hätte man ihn abgeschlagen. Er weint. Tut, wozu Vera, Nina und ich in diesem Moment nicht in der Lage sind, jede wegen ihrer ganz persönlichen Verkrüppelung.

»Machen wir weiter?«, fragt Nina, als er zurückkommt. Nina besitzt plötzlich eine neue Macht über uns. Das liegt nicht nur an dem Gefühl, dass die Krankheit uns wie ein Messer von ihr trennt, sondern auch an all dem, was sie hier mit uns anstellt. Als habe sie noch etwas anderes, vielleicht die feine Schicht einer anderen Existenz dazubekommen.

Ein bisschen gespenstisch.

Wenn ich einen Film über sie drehen werde …

Werde ich einen Film über sie drehen?

Rafael kommt und nimmt mir die Kamera ab: »Nina, ich bin bereit, sobald du so weit bist.« Nina steht wieder mit dem Rücken an der Wand, mit eingesunkenen Schultern. Jetzt, Gili, ist Arbeit, jetzt ist Professionalität gefragt – ich stehe vor ihr und rücke ihren Kragen zurecht. Vorher hing er schräg nach rechts, und so sollten wir es lassen. Kleine Pedanterien eines Skriptgirls, das auf Englisch, das sagte ich wohl schon, *continuity girl* heißt. Unsinn, es ist schlicht das Bedürfnis meiner Hand, ihre Wange zu streicheln.

Sie schaut mir die ganze Zeit in die Augen.

Es wird dunkel. Über uns geht eine Straßenlaterne an. Eine kleine Stadt in Kroatien, in die ich bestimmt nie mehr kommen werde. Ein merkwürdiges Gefühl von Entwurzeltsein. Schweben an einem Nichtort. Vielleicht ähnlich dem, was Nina schon bald erwartet. Für einen Augenblick begreife ich, in was für einem Schrecken sie jetzt lebt. Jeder falsche Satz, jeder Fehler, jeder kleine Irrtum und jedes Vergessen kann gegen sie verwendet werden.

Wer bin ich eigentlich, wenn ich Nina nicht hasse?

»Klappe. Anfang, Nina, die dritte«, murmelt Rafi.

Nina holt tief Luft. Schließt die Augen. Die horizontale Falte auf ihrer Stirn wird erst tiefer, dann breiter. Sie öffnet die Augen. »Schalom, Nina«, sagt sie zur Kamera, »heut erzählen wir dir eine Geschichte. Es ist eine schöne und bewegende Geschichte, und es ist eine Geschichte über dich; und über die große Liebe, die dich auf die Welt gebracht hat, und auch darüber, was …«

Aber wir scheinen dazu verdammt, dass es nicht zu diesem Film kommt. Plötzlich bewegt sich Vera im Halbkreis, wie eine Puppe bei einem Glockenspiel, und bleibt mit dem Gesicht zu Nina und mit dem Rücken zur Kamera stehen: »Warum redest du so mit ihr?«, fragt sie flüsternd, als könne die Person in der Kamera sie hören.

Nina ist verblüfft. »Was heißt – so?«

»So, als wäre sie ein bisschen plemplem.«

»Aber sie ist plemplem«, sagt Nina mit einer Ruhe, bei der einem das Blut stockt. »Ich hab dir doch gesagt, sie wird völlig ausgewischt sein, wenn sie das sehen wird. Hör mal kurz auf«, befiehlt sie Rafi, der weiterfilmt, »tu mir einen Gefallen, Vera, führ du hier jetzt nicht Regie über mich. Du hast genug Regie geführt.«

Das saß. Wie ein Peitschenschlag.

»Gili, aufschreiben«, zischt Rafi.

»Aber so redet man doch nur mit kleine Kinder«, beharrt Vera, »wer keine Kinder hat, redet so mit kleine Kinder.«

»Vielleicht hab ich nicht genug Erfahrung mit Kindern«, antwortet ihr Nina, »dann kannst du mir ja Nachhilfe geben.«

Vera kehrt auf ihren Platz zurück. Sie stehen nebeneinander.

Im Nachhinein stellte sich heraus, dass ich in dem Moment noch ein paar funktionierende graue Zellen hatte, denn in meinem Heft habe ich später folgende Zeile gefunden: »Wie sie da stehen, beide mit dem Rücken zur Wand – wie vor einem Erschießungskommando.«

»Nina, Schalom, Schalom, meine Liebe«, sagt Nina in die Kamera, und schon bei diesen Worten spüre ich, dass sie auf Veras Einwand eingeht: »Ich will dir heute eine Geschichte erzählen, und diese Geschichte hat mit dir zu tun; es ist eine gute Geschichte, keine Angst. Es ist eine Liebesgeschichte.

Weißt du, Nina, es gab reichlich Liebe um dich herum, und in großer Liebe haben sie dich gezeugt.« Sie holt tief Luft. »Das hier ist deine Mutter, sie steht neben mir. Sie heißt Vera, sie winkt dir zu …« Vera winkt mit starrer Hand in die Kamera. »Und sie erzählt dir jetzt zusammen mit mir die Geschichte deines Lebens, von Anfang an.«

Man spürt Erleichterung in Ninas Stimme, als habe sie den richtigen Ton gefunden. »Solltest du dich zufällig nicht an uns erinnern, an mich oder an sie, dann ist das nicht schlimm. Kommt vor, dass man was vergisst. Du musst nur wissen, die, die hier neben mir steht, das ist deine Mutter, Vera, sie hat dich sehr lieb. Sie passt immer auf dich auf. Und jetzt erzählt sie dir, wie sie ihren Geliebten getroffen hat, Miloš, der dein Vater wurde. Bitte, Mama.«

Vera reibt sich mit beiden Händen die Wangen. Richtet sich auf. Mein Körper erinnert sich an diese Bewegungen ihres Erwachens. Diese alte Löwin hat schon mal um mich gekämpft, und gesiegt.

»Ich bin so weit, Kinder.«

»Die vierte«, flüstert Rafi zu sich selbst, »läuft!«

»Das ist gewesen auf Abschlussball von Gymnasium, hier in Kroatien. In Čakovec, in meine Stadt, die früher gehört hat zu Ungarn, da hat sie geheißen Csáktornya.«

»Sprich zu ihr«, zischt Nina aus dem Mundwinkel, »und lächle sie an, du musst sie die ganze Zeit anlächeln, die ganze Zeit daran denken, wie sehr sie dich braucht.«

»Ich versuche es, Nina, aber ein bisschen verwirrt mich das alles hier.«

»Ich weiß, aber denk an sie, wie verwirrt sie erst ist.«

»Ich bin gewesen junges Mädchen, siebzehn und etwas, und ich tanze mit allen, ich bin gewesen Star an diese Abend, und da kommt junger Mann und fordert mich auf.«

»Und sprich etwas langsamer. Damit sie mitkommt. Keine Eile, wir haben Zeit.«

»Und er sagt zu mir: ›Wissen Sie, *gospođica* – das ist so, wie man sagt *Miss* auf Englisch –, da gibt es etwas, das sollen Sie wissen gleich zu Anfang: Ich bin geboren in kleine Dorf. Im Pferdestall, auf Stroh, zusammen mit Schweine und Hühner und eine Ziege. Meine Eltern sind Bauern, aber sie haben kein Land, und wir sind sehr sehr arm, und ich schicke ihnen jeden Monat meinen halben Sold.‹«

Mit jedem Wort wird ihre Stimme offener.

Nina neben ihr lauscht mit gesenktem Kopf. Manchmal hebt sie ihn für einen Augenblick und lächelt breit in die Kamera.

Ich frage mich, was jene Nina, die-in-der-Zukunft, von all dem, was diese beiden Frauen sagen, verstehen wird.

Gar nichts wird sie verstehen.

»Und er sieht, dass ich gar keine Angst habe vor seiner Armut. Und er erzählt mir, da war ein Appell, und General Offizier hat gesagt zu ihm, Herr Oberleutnant, Ihr Kragen ist zerrissen. Und er, dieser junger Mann, hat geantwortet, das ist mein Kragen, damit gehe ich in Kirche und damit werd ich auch sterben! Ich habe kein andere Kragen! Ich bin Sohn von Bauern ohne eigenes Land!«

Nina nickt Vera mit einem Lächeln zu: Ja, mach weiter so. Sprich zu ihr, zu ihr …

»Und wir tanzen, und ich sehe, tanzen kann er, und auch ich tanze gern, bis heute, und weißt du, Nina, wenn es nachmittags gibt im Radio dieses sentimentale Programm – dann tanze ich mit Transistor in meiner Hand …«

Und schon zeigt sie vor der Kamera, wie sie mit dem Transistor tanzt, als sei sie in Harlem geboren, bewegt sich mit unglaublicher Leichtigkeit (sie ist neunzig!) und summt *Bella Ciao*, das Lied der italienischen und jugoslawischen Partisanen ihrer Jugend. »Und während wir tanzen, redet Miloš fast gar nicht mit mir. Hält mich nur gut, wie Gentleman, nutzt Gelegenheit nicht aus, und nur wenn ich ihn etwas frage, redet er. Und so erzählt er mir, dass er beendet hat Militärakademie, sogar mit Auszeichnung, und dass sie ihn versetzt haben in unsere Stadt und dass er hier niemand kennt und dass er ist allein …« Sie schweigt verlegen. »Ist das okay so?«, fragt sie flüsternd Nina und Rafi. »Bin ich so gut im Bild?«

»Das ist prima, Mama, mach dir keine Sorgen um den Film. Rafi und Gili schneiden das später alles noch, und dann wird sie es auch noch besser verstehen.« Mir dreht sich jedes Mal der Magen um, wenn Nina in der dritten Person von sich selbst in der Zukunft spricht. Als handle es sich wirklich um zwei Menschen, die sie voneinander abgeschnitten hat, und jede winkt der anderen jetzt mit ihrem Hut zu und geht dann in ihre eigne Richtung.

Aber was wundert's mich. Im Abschneiden war sie schon immer eine Meisterin.

Das hab ich vorhin vergessen: Seit Rafi mich angerufen und mir von ihrer Krankheit erzählt hat, suche ich in jeder freien Minute nach Informationen. Vor allem nachts, wenn ich nicht schlafen kann, und dann kann ich erst recht nicht mehr einschlafen. Ich lese Untersuchungen darüber, in welchem

Tempo das Bewusstsein ausgelöscht wird und welche Teile des Gehirns degenerieren. Die Sprache wird ausgelöscht. Natürlich das Gedächtnis. Die Fähigkeit, Menschen zu erkennen, Situationen zu begreifen, Schlüsse zu ziehen. Die Orientierung in Zeit und Raum. Das Bewusstsein eines Menschen von sich selbst.

Ich schaue auf Ninas Kopf, diesen schönen kleinen Kasten. Was für ein Drama spielt sich da gerade ab. Ein Kampf auf Leben und Tod.

Bei meiner ganzen Suche habe ich nichts darüber gefunden, in welcher Reihenfolge oder in welchem Tempo Empfindungen wie Reue, Scham oder Schuld verschwinden.

»Erzähl doch, was du empfunden hast, als du den Papa zum ersten Mal gesehen hast. Was für einen Eindruck hat er da auf dich gemacht?«

»Ich habe gehabt gar kein Eindruck von ihm.«

»Keinen Eindruck?«, lacht Nina. »Gar nichts?«

»Dein Vater, Nina, ist gewesen kein Mann mit Eindruck. Er ist gewesen kein schöner Mensch, das heißt, schon schön, sehr schön sogar, ganze Familie, alle Novak-Männer sind schön; Frauen weniger, aber Männer schon. Sehr schön! Und richtige Männer! Aber er ist nicht gewesen so ein besonders männlicher Novak, und nicht so besonders schön, und auch das hab ich geliebt an ihm, dass er gewesen ist hart und auch weich, stark und schwach, viele Männer in einem Mann. Und er ist gewesen auch sehr dünn, wie Windhund. Hat gebracht vielleicht fünfundfünfzig Kilo auf Waage, bei ein Meter achtundsiebzig. So hat er nicht viel hergemacht in Körperbau und Figur. Aber *Charakter* hat er gehabt, oho!«

»Weiter, erzähl noch mehr.«

Vera schaut geradeaus in die Kamera: »Ich bin sowieso nicht jemand, auf den man so leicht machen kann Eindruck, Nina, aber ich hab ihn *gespürt*, verstehst du? Ich hab ihn gespürt, und das hat mich beeindruckt. Ich hab nicht gedacht: Oh, was für ein hübscher Kerl! Was hat der Muskeln!«

Ich sitze auf der Bordsteinkante und schreibe. Von uns allen redet Vera am schnellsten. (Rafi verschluckt die meisten Wörter, und auch sein Bart dämpft ziemlich.) Was wird jene Nina, die-in-der-Zukunft, von dem verstehen, was Vera hier erzählt. Wir werden Untertitel hinzufügen müssen. Wenn sie dann überhaupt noch lesen kann.

Aber vielleicht wird das gar nicht wichtig sein für sie, in dem Film, den wir für sie machen.

Nicht die Wörter, nicht die Fakten, sondern etwas, wofür es keine Worte gibt.

»Aber ich habe gleich gesehen, er ist ein offener Kopf und eine freie Seele. An seinem Ernst hab ich gesehen, dass niemand kann ihm vorschreiben, was er zu denken hat. Und die Art, wie er gesprochen hat über Unrecht und über seine Eltern! Und ich habe gedacht, aber er ist doch überhaupt ein Goj, und dazu noch Serbe und Soldat, was hab ich verloren bei einem wie dem, und wenn man uns betrachtet nach Regeln von Etikette, da passt überhaupt nichts zusammen, aber: Er ist gewesen genau die Seele, was ist gekommen für mich auf die Welt.«

Eine Sanftheit erhellt Ninas Gesicht. Eine Zartheit aus Kindertagen, die ich an ihr noch nie gesehen habe. Nur einen Lidschlag lang steht das Mädchen, das sie mal war, dem

Mädchen gegenüber, das ich mal war, und durch diesen Anblick zieht sich ganz langsam der Gedanke: unsere dünne Haut.

Doch dann trifft mich wie eine Ohrfeige die Erinnerung an das, was sie meinem Vater bei ihrem letzten Treffen vor fünf Jahren erzählt hat. Über ihre Freunde. Da wohnte sie noch in New York. »Die Freier von Penelope« hatte sie sie genannt, und auch, mit sonderbarer Zartheit, »meine Stecher«. »Ausgerechnet als in ihr fast wieder etwas für mich aufflammte«, hatte Rafael mir an jenem Morgen erzählt, vor fünf Jahren, nachdem Nina wieder nach New York zurückgeflogen war. Er saß bei mir in der Küche, in unserem Haus im Moschaw, er hatte kommen müssen, um mit mir zu reden, obwohl wir wussten, dass es ein Fehler war, dass er uns beide damit beschmutzte. Er hielt den Kopf in beiden Händen, als sei das, was er erfahren hatte, zu schwer, um es zu tragen. »Dabei waren sie und ich uns in diesem Moment, bevor sie von diesen Männern anfing, so nah gewesen«, sagte er, zeigte mit den Fingern die Entfernung von wenigen Zentimetern, »und dann, wie eine Faust.« »Wie Fäuste«, korrigierte ich ihn freundlich, wie es nur eine liebende und giftige Tochter tun kann, »um genau zu sein, Papa, eins-zwei-drei-vier Fäuste.«

»Weißt du, Gili«, er hörte noch nicht mal, was ich gesagt hatte, »in der Zeit, als wir zusammen waren, Nina und ich, in unseren Jahren in Jerusalem, da hab ich sie nie ›meine Liebste‹ genannt, sondern ›meine Liebe‹. Ein paar ›Liebste‹ hatte ich nach ihr noch, aber nur sie war meine Liebe.«

»Ein Tanz und noch einer«, erzählt Vera, »und plötzlich krieg ich bisschen Angst. Es hat mir Angst gemacht, aber ich habe gewollt mehr, noch mehr und noch mehr. Ganze Zeit hab ich ihn angeguckt und hab mich gefragt: Wer ist dieser Mensch? Wer ist das, der kommt von nirgendwo und hat genommen mein Herz in eine Sekunde?«

Nina entfernt sich auf Zehenspitzen, tritt aus dem Bild.

»Und Vater von Miloš«, fährt Vera fort, »als Miloš in Stadt gegangen ist, auf Gymnasium, noch bevor er gewesen ist beim Militär, da ist sein Vater zweimal in Woche gelaufen zu Fuß vielleicht fünfzehn Kilometer in jede Richtung, damit Miloš Brot von zu Hause essen kann und Mais von ihrem Feld und Käse, wo seine Mutter hat gemacht. Verstehst du, Ninale?«, fragt sie in die Kamera.

Ninale. Ich hab noch nie gehört, dass sie Nina so nennt. Ich konnte es sehen, auch Nina erstarrte für einen Augenblick.

»Und ich habe ihn angeschaut, während er geredet hat, und hab gedacht, was für Courage der hat. Er ist gewesen zweiundzwanzig und hat ausgesehen so jung! Ich hab ihn gefragt, wie seine Mutter heißt, und er hat gesagt: ›Nina.‹ Da hab ich gesagt: ›Was für ein schöner Name. Wenn ich mal haben werde Tochter, werd ich sie nennen Nina.‹«

Nina jagt ein Schauer über den Rücken; sie beugt sich vor, ihr Rücken wird rund, sie hält die Hände zwischen den Knien.

»Und er hat mich gefragt: ›Was wird machen *gospođica* morgen?‹ Ich habe gesagt: ›Morgen ist Sonntag, da fahre ich mit Bahn zu meine Freundin und dann mit Bahn wieder nach Hause.‹

Er hat gefragt: ›Wann kommst du zurück?‹

›Abends.‹

Und das war's, ›Adieu, ich bedanke mich bei Ihnen, *gospođica*‹, und er hat sich ritterlich verbeugt und ist rückwärts rausgegangen aus Ballsaal, hier, durch diese Tür hier, und da hab ich schon gewusst Bescheid.«

Mit diesen Worten verstummt sie, taucht in sich selbst ab.

»Das war's. Ja. So ist es gewesen. Wo waren wir?«

»Dass du schon Bescheid wusstest.«

»Ja«, sagt sie seufzend. »Miloš. Richtig. Ich bin nach Hause gegangen von Ball und habe gesagt zu Mutter: ›Heute hab ich kennengelernt jungen Mann, der ist für mich gekommen auf Welt, und ich für ihn.‹ Und Mutter hat gefragt: ›Was ist so besonders an ihm?‹ Ich habe gesagt: ›Mutter, er ist stolz auf seine Armut! Alle Leute wollen verstecken ihre Armut und lügen deshalb, und er bekommt jeden Monat einen Klafter Feuerholz, und Hälfte davon verkauft er und schickt Geld an seine Eltern, und er friert so sehr, Mutter.‹

Nächste Abend komm ich mit Bahn zurück von meine Freundin Jagoda, und plötzlich steht meine Mutter dort am Bahnhof. ›Mutter, was machst du hier?‹ – ›Ich wusste, er wird kommen hierher!‹, und ich schaue mich um, und da steht Miloš bei ein Fahrrad und schaut zu mir …«

Nina lächelt. Aus diesem Lächeln und daraus, wie ihre trockenen, gesprungenen Lippen diese Geschichte aufsaugen, schließe ich, sie hört diese Geschichte garantiert zum ersten Mal.

Dutzende Male, ich übertreibe nicht, hat Vera mir die Geschichte ihrer ersten Begegnung mit Miloš erzählt. Und wer weiß, wie oft sie sie bei allen möglichen Familienfeiern in Tuvias Familie erzählt hat. Mindestens zehnmal hat sie sie Tuvias verschiedenen Enkeln und Urenkeln erzählt, wenn die in das Alter kamen, wo man in der Schule Arbeiten über die Geschichte und die Wurzeln der eigenen Familie schreibt.

Wie konntest du deiner Tochter so eine Geschichte vorenthalten? Menschenskind, fast schreie ich Vera an, ich würde nur deshalb ein Kind machen, damit ich ihm so eine Geschichte erzählen kann!

Auch Nina ist am Boden. Sie trauert richtig. »Tausendmal hab ich von dir über Goli gehört, von Prügeln, Folter, von den Flöhen und dem Sumpf und den Felsen, und nie habe ich gehört, wie ihr, Papa und du, euch kennengelernt habt.«

»Kann sein.« Veras Mund verbiegt sich zu einer Sichel. »Du bist gewesen klein. Da war Goli. Da war Krieg.«

»Also dann«, flüstert Nina mutlos, »dann erzähl es mir jetzt. Erzähl es ihr. Ja, auch ihr.«

»So ist das gewesen, so hab ich getroffen Miloš, hier in diesem Haus. Und seitdem und bis er gestorben ist …«

»Warte«, prescht Nina dazwischen, »nicht so schnell, es hat doch noch Zeit, bis er stirbt.«

»Und seitdem und bis er gestorben ist«, beharrt Vera, »haben wir uns getrennt fast nie. Beinah fünf Jahre hab ich gewartet auf ihn, bis er bekommen hat von Militär Heiratserlaubnis. Sechsunddreißig haben wir uns kennengelernt, einundvierzig haben wir geheiratet, und einundfünfzig ist er gestorben. So haben wir gehabt insgesamt fünfzehn Jahre.«

Nina schnippt mit den Fingern zu Rafi, zieht die Kamera samt Kameramann zu sich und ruft verzweifelt: »Ist euch aufgefallen, dass ich in den wichtigen Daten der Familie gar nicht vorkomm?«

»Also wirklich, Nina«, schimpft Vera, »willst du bei mir suchen immer nur Fehler? Ich sag dir schon jetzt, es gibt viele, da musst du dich nicht groß anstrengen.«

Rafi und ich tauschen Blicke. Wir denken beide, dass Vera hier irrt: Es gibt nicht viele Fehler bei ihr, wirklich nicht, aber es gibt einen, und der reicht für ein ganzes Leben. Was für eine Wahl hab ich denn gehabt?, antwortet Vera Rafi und mir mit einem schneidenden Blick.

Ninas Augen, das bemerken wir alle drei, hasten von mir zu Vera zu Rafi und wieder zurück, wie bei einem verängstigten Tier, das spürt, dass seine Besitzer gerade sein Schicksal beschließen.

»Pause«, verkündet Rafi, verstaut die Kamera in der Tasche, holt einen Apfel heraus und schneidet ihn mit dem Taschenmesser in Stücke. Frische füllt den Mund. Uns allen wird es leichter in dem Moment, in dem die Kamera ihr Auge schließt. Bald fahren wir weiter, und morgen schippern wir auf die Insel.

»Hab ich gut gesprochen zur Kamera?«, fragt Vera, schaut in den kleinen, runden Spiegel und bringt mit etwas Spucke die Locke auf ihrer Stirn in Form.

»Hervorragend«, sage ich, »du bist die geborene Geschichtenerzählerin.«

»Na ja«, seufzt sie, »jetzt holt man schon Großmutter aus Naphtalin.«

Um acht Uhr abends, in Regen, Sturm und Gewitter, brachen wir auf. Wir fuhren Richtung Süden nach Crikvenica, eine Stadt am adriatischen Meer, wo wir übernachten wollten, bevor wir uns am nächsten Morgen zur Insel aufmachten. Vera und Nina saßen hinten, eng aneinandergedrängt, aber jede in sich selbst verschlossen. Ich trug meine Aufzeichnungen im Heft nach. Entzifferte Bemerkungen, die ich mir während des

Tages notiert hatte, und schrieb ein paar Ideen auf, die mir beim Drehen gekommen waren. Danach schaute ich meine SMS durch und schrieb Meir, dass es ein harter Tag war und dass diese Reise in jeder Hinsicht sehr viel mehr sein würde, als ich angenommen hatte. »Sie zerreißt mich«, schrieb ich und löschte es wieder. Wollte sein Herz nicht beschweren; er reagiert allergisch auf Übertreibungen. Ich wartete ein paar Minuten. Bei ihm kann ein ganzer Tag vergehen, bis er mal in seine Nachrichten schaut. Diesmal kam die Antwort schnell: »Pass gut auf dich auf.«

Eindeutig: Der Mann ist verrückt vor Sehnsucht.

Um uns schließt sich der Nebel. Der Regen wird noch gewalttätiger, plötzliche Böen werfen die Zitrone hin und her. Die Heizung funktioniert nicht mehr richtig. Wir wickeln uns in unsere Mäntel, ziehen Handschuhe an, setzen verschiedenste Arten von Mützen auf, jeder, was er mitgenommen hat, und entdecken: Alle hat Vera gestrickt; wir sehen aus wie ein Klassenausflug von Dorfdeppen. Rafi fährt langsam, sein Kopf klebt fast an der Scheibe. Immer wieder bittet er mich, seine beschlagene Brille zu putzen. Zweimal geraten wir in ein Loch, so groß wie ein Massengrab, denken, das war's jetzt, das Auto ist Schrott, aber die Zitrone meistert Schlaglöcher und Wasserwogen, lasst uns jauchzen und frohlocken!

»Fast vom ersten Tag an, wo wir uns haben getroffen«, höre ich Vera plötzlich, sie murmelt auf dem Rücksitz vor sich hin, und ich tauche ab zu Rafis Tasche mit der Ausrüstung, die zwischen meinen Füßen steht, ziehe die *Sony* heraus, schalte sie an und versuche, möglichst nah an sie ranzukommen. Ich löse den Gurt, damit ich mich umdrehen und auf den Sitz knien kann, nehme die störende Kopfstütze ab, sehe aus dem Augenwinkel, dass Rafi mit mir zufrieden ist, und richte schon die Kamera auf Vera. Nina an ihrer Seite zwinkert verwirrt. »Ich hab nicht geschlafen«, sagt sie sogleich, als hätte jemand das behauptet.

So sieht sie also aus, wenn sie aufwachte.

Dunkler Schrecken auf ihrem Gesicht. Wie sehr die Angst sie entstellt. Ein entsetztes Kind, gefasst auf den nächsten Schlag, das nächste Unglück.

Und gleich darauf – alles wie weggewischt.

Ich hab es gesehen.

Keinerlei Ausdruck.

Eine Sphinx von sechseinhalb Jahren.

»Fast vom ersten Tag an, wo wir uns haben getroffen«, sagt Vera in die Kamera, »ist Miloš vorbeigegangen jeden Tag an unserem Haus, um genau ein Uhr mittags, und sein Offiziersschwert hat geklopft auf Gehweg, tach, tach, tach, und ich bin sofort gelaufen zum Fenster. Und er hat hochgeschaut zu mir, und ich hab zu ihm geschaut, ohne ein Wort.

Und abends ist Vater gegangen mit seinen Freunden in dieses Café, wo wir vorher gewesen sind, er hat dort gespielt *Préférance*, und Mutter ist gewesen allein, und Miloš und ich gehen spazieren und reden. Und nach einer Woche oder so sag ich zu Miloš: ›Ich kann meine Mutter nicht immer alleinlassen, ab morgen wird sie mitkommen mit uns!‹ Und Miloš sagt: ›Ich mag dich sogar noch mehr, weil du so denkst an deine Mutter!‹«

Rafi macht mir mit den Fingern Zeichen, fragt, ob man in dieser Dunkelheit auf dem Display der Kamera überhaupt etwas sieht, schlägt vor, die Innenbeleuchtung hinten im Wagen über Vera und Nina anzuschalten. Ich bastle einen kleinen Reflektor aus dem Silberpapier, in das Veras Kekse eingewickelt waren. Nicht optimal, aber mir gefällt dieses rötliche, grobkörnige Bild.

»Nur denk daran …«, bittet Nina.

»Nina!«, rügt Vera. »Ich vergesse sie keinen einzigen Moment.«

»Danke, Mama.«

»Drei Jahre lang gehen wir zu dritt so spazieren. Gehen zur Woll- und Strickwarenfabrik von Gebrüder Graner und sitzen auf Bänkchen draußen und reden, und gehen bis zum Bahnhof und wieder zurück und reden ganze Zeit … Und vergesst nicht, vergiss das nicht, Ninočka«, Vera wedelt mit einem gekrümmten Finger vor der Linse, »meine Mutter ist gewesen aus Ungarn und hat gesprochen kein einziges Wort Serbisch, und Miloš ist gewesen Serbe und hat gesprochen nur Serbisch. Und ich gehe zwischen sie beide und übersetze. ›Was sagt sie?‹, ›Was sagt er?‹ Der Kopf mal nach hier, mal nach da.«

Nina lächelt, sie genießt es. »Ganze drei Jahre lang?«, fragt sie, und Vera: »Schwer zu glauben, was?« Sie lachen. Auf dem kleinen Display der *Sony* sieht man zwei undeutliche Gestalten, rundlich in ihren aufgeplusterten Mänteln, so dicht beisammen, dass unklar ist, wo Vera endet und wo Nina anfängt. Ihre Gesichter – ein Patchwork aus rötlichen Flecken und dunklen Schatten. Und auch hier gefällt mir gerade, dass man manchmal nicht weiß, wer genau spricht und wer zuhört. Die Geschichte fließt zwischen den beiden hin und her und wird zwischen ihnen gleichsam neu aufgeteilt.

»Und Mutter hat vor Vater verborgen die ganze Zeit, dass ich habe nichtjüdische Freund, und auch niemand in Stadt hat gehabt so viel Mut, Vater zu erzählen, dass seine Vera hat ein nichtjüdische Freund oder dass sie überhaupt hat Freund, und wir haben ganze Zeit geredet mit Mutter, was passiert, wenn er davon erfährt, was wird er tun, und was werden wir tun, werden wir fliehen oder bleiben, werden wir Mutter mitnehmen. Verstehst du mich, Nina, verstehst du, was ich erzähle, ja?«

Sie, Vera, hat's voll gecheckt, sie redet, als ob jene Nina sie wirklich in diesem Moment aus den Tiefen der Kamera anschaut. Die Nina von heute schaut sie von der Seite an, belustigt, aber auch etwas verlegen, dann schmiegt sie sich plötzlich mit einer rührenden Bewegung an Vera, als versuche sie, ihre Aufmerksamkeit auf sich zu ziehen.

»Und gerade auf Seite von Miloš' Familie sind sie gewesen ganz in Ordnung. Er ist gegangen zu seinem Vater und hat ihm gesagt, ›Ich liebe eine kleine Jüdin, und wenn du mir nicht erlaubst, sie zu heiraten, dann geh ich weg und du siehst mich nie wieder.‹ Und sein Vater hat gesagt: ›Ob du anbringst schwarze Zigeunerin oder kleine Jüdin – du musst leben mit ihr, nicht ich.‹

Im Februar im Jahr vierzig hat dann eine jüdische Frau gesagt zu meinem Vater: ›Hören Sie zu, Herr Bauer, sehen Sie überhaupt, wie Ihre Tochter aussieht? Sie wird noch kriegen Tuberkulose. Die beiden sind so dünn, sie und ihr Freund, ein serbischer Offizier – wie zwei Trenchcoats ziehen sie durch die Straßen, und es steckt schon niemand mehr drin!‹ Und so, Nina, meine Liebe, hat mein Vater erfahren erste Mal von meinem Freund Miloš, und er ist geworden fast ohnmächtig!« Sie schlägt fest auf ihr Knie. »Er ist gelaufen nach Hause und hat Mutter gefragt, ob das wahr ist. Sie hat ihm gesagt, frag deine Tochter. Und er hat getobt. Ich sollte sofort kommen ins Zimmer. Ich bin gelaufen und habe gesehen sein Gesicht. Da hab ich schon gewusst Bescheid.«

Rafi fährt jetzt nicht mal mehr dreißig. Wir sind allein auf der Straße, und da der Regen sonst kein Publikum hat, konzentriert er sich ganz auf uns und gibt uns die Vorstellung seines Lebens. Ich frage mich, ob das Kameramikrofon Veras Stimme durch das Schrappen der Scheibenwischer und das Getöse des Sturms hindurch überhaupt aufnimmt; Rafi denkt das im selben Moment auch und verlangsamt das Tempo der Wischer, aber schnell wird klar, das ist lebensgefährlich, und wir verständigen uns, dass wir auch beim Sound Zugeständnisse machen müssen.

»Da steht Vater neben große Kachelofen, und sein Bein hüpft wie auf Strom, und er fragt mich: ›Stimmt es, du hast einen Freund?‹ – ›Ja!‹ – ›Und stimmt es, dein Freund ist Offizier?‹ – ›Ja!‹ Und er: ›Ich frage dich jetzt zum letzten Mal, Vera, und überleg dir gut, denn das ist deine letzte Chance: Stimmt es, du hast einen Freund, einen serbischen Offizier?« Und ich, Kopf so hoch, wie ich nur kann: ›Ja! Ja! Ja!‹

Da ist er geworden weiß: ›Nur über meine Leiche.‹ Und ich: ›Papa, ich will ihn heiraten.‹ Und er: ›Bevor du mir machst solche Schande, spring ich aus Fenster.‹ Und ich: ›Hier, ich mach Fenster auf.‹

Nächsten Morgen ist Vater gegangen zum Rabbiner, das ist gewesen einer von diesen, wie hießen die noch, Neologen, sehr frei, und der hat zu ihm gesagt: ›Lieber Herr Bauer, wir sehen Ihre Tochter und ihren Freund doch schon drei Jahre lang, wie sie spazieren gehen mit größte Respekt zusammen mit Ihre Frau. Wir kennen ihn schon in ganze Stadt, er ist feiner Kerl. Und Hitler steht schon in Österreich, wer weiß, vielleicht wird von uns allen überleben nur Ihre Tochter dank diesem Freund. Wir haben nicht gewagt, Ihnen davon zu erzählen. Wir haben gehabt Angst, Sie bringen Mädchen um. Bestellen Sie ihn zu sich, lernen Sie ihn kennen und sehen Sie selbst, was für einer er ist.‹

Und mein Vater hat gedacht, er wird verrückt, und hat gesagt: ›Bringt mir den jungen Mann.‹

Dieses Bild werd ich nie vergessen im Leben, Ninale: In unserem Wohnzimmer neben große Kamin ist mein Vater gestanden aufrecht wie Soldat. Und dann ist gekommen Miloš, und er ist gesunken auf ein Knie und hat genommen Vaters Hand und hat sie geküsst.

Und Vater hat geschrien: ›Mein Gott! Vor einem alte Juden geht Offizier auf seine Knie? Vera, sag ihm, er soll wieder aufstehen, sofort.‹

Von da an hat mein Vater ihn geliebt mehr als alle seine anderen Schwiegersöhne. Er hat immer gesagt: ›Oj, mein süßer gojischer Schwiegersohn, es gibt auf Welt nicht noch so eine Mensch wie Veras Mann!‹«

Sie lehnt sich müde zurück. Nickt der Person zu, die sie scheinbar aus der Kamera anschaut, vereinbart mit ihr ein geheimes Zeichen, das ich nicht ganz verstehe.

»Willst du noch mehr hören, Ninočka?«, fragt sie leise in die Kamera.

»Ja, erzähl weiter«, sagt Nina neben ihr, und auch sie klingt erschöpft und aufgelöst. In meinem Kopf blitzt ein Bild von Nina in zwei oder drei oder fünf Jahren auf. Im Rollstuhl in einem kahlen Zimmer in irgendeinem Heim. Zwei Blumentöpfe mit Plastikpflanzen hängen an der Wand. Auf einem

Bildschirm läuft der Film unserer Reise. Ihr Kopf ist auf die Brust gesunken.

»Ein Jahr nachdem wir uns haben kennengelernt, wegen einem Gesetz, dass Offizier nicht heiraten darf, bis er ist sechsundzwanzig, hat Miloš mir gekauft goldene Ring –« Vera zieht den Ring vom Finger. Dünn und krumm sind ihre Finger, glänzen wie Wachs. Sie hält den Ring vor die Kamera und ich fokussiere auf ihn. Veras Mund ist wie ein zweiter Ring im Hintergrund.

»Siehst du, Ninale?«, sagt sie zärtlich in die Linse, »das ist Ring, den dein Papa geschenkt hat deiner Mama.«

Rafi trommelt mir panisch auf den Schenkel. Nina. Er spürt, ich habe sie links liegen lassen. Er hat sofort kapiert, wo das Drama in diesem Moment stattfindet. Ninas Augen, zwei Kohlen, die verlöschen und wieder aufglühen. Siehst du, Gili, wie Vera uns völlig vergisst, sagen ihre Augen.

»Und Miloš hat gesagt zu mir: ›Du bist jetzt meine Frau. Vor Gott und vor mir selbst.‹ Und ich habe gesagt: ›Und Gott wird uns bestimmt nicht trennen. So etwas gibt es nicht in ganze Schöpfung.‹ Und Ring, den er mir gegeben hat, hab ich gezeigt keinem Mensch, nicht meiner Mutter, nicht meinen Schwestern, und auch meinen Freundinnen nicht, ich hab ihn versteckt unter größere Ring, und wir haben so weitergelebt wie davor … und, ja, wir haben gelebt gut …«

Vera legt sich die Hand auf die Brust; schließt die Augen. Im ersten Moment denke ich, das ist noch eine von ihren Gesten. Sie lehnt sich zurück, murmelt mit offenem Mund, ihr sei heiß, sie habe Herzklopfen. Ich filme. Etwas erschrocken, aber diesen Shot will ich nicht verpassen. Nina massiert Vera mit einer Hand zwischen den Schulterblättern, gibt ihr Wasser zu trinken. Vera kriegt nicht genug Luft. Verkrampft sich, als müsse sie spucken. Beunruhigend. Rafi blickt gestresst über die Schulter, gibt mir aber Klopfzeichen, ich solle weiterfilmen. (Er hat seine eherne Regel für mich mal so zusammengefasst: Fotografen stehen bei der Nationalhymne nicht auf.) Vera macht ein Zeichen, wir sollen das Fenster etwas runterlassen. Schon durch den kleinen Spalt stürzt sich der Sturm auf uns. Eine eiskalte Bö dringt mit einem sonderbaren, beinahe menschlichen Geheul ein. Hilfe!, denke ich und sehe, dass auch Nina, die technisch gesehen meine Mutter ist, im Stillen Hilfe! schreit. Das Auto schleudert frei über die Straße, wird hin und her gespült und getrieben. Rafi schüttelt den Kopf, nein, nein, nein, und in diesem Chaos, in dieser Angst, vielleicht ist es auch der Sturm, der in meinem Hirn alles verquirlt, schießt mir der Gedanke durch den Kopf, dass es da einige Wesenszüge gibt – einen ganz speziellen Humor zum Beispiel, eine recht gute Resistenz gegen Einsamkeit und einen im Allgemeinen eher stachligen Charakter im Umgang mit Menschen –, aufgrund deren gerade Nina mich ziemlich gut verstehen müsste, besser als alle anderen.

»Weißt du, Mama«, sagt Nina später, nachdem wir das Fenster geschlossen haben und Vera sich etwas erholt hat, »das alles hast du mir nie, wirklich nie erzählt.«

Vorhin hat sie das schon einmal gesagt, es lässt ihr keine Ruhe.

»Doch, ich hab doch schon so viel erzählt davon.«

»Nein. Nur, was in Goli war, hast du erzählt, und das immer wieder.«

»Unmöglich«, sagt Vera, »vielleicht hast du es vergessen.«

Das ist ein Schlag unter die Gürtellinie, selbst wenn er unbeabsichtigt ist.

»Glaubst du, sowas hätte ich vergessen?«

Vera antwortet nicht, verschränkt die Arme vor der Brust. Ihre Augen schweifen in die Ferne. Mit geschürzten Lippen tut sie naiv. Diese Löwin ist ein Fuchs.

»Wirklich, Mama«, flüstert Nina, »weißt du, wie sehr mir das geholfen hätte? Wenn du mir auch nur etwas Erde unter die Füße gegeben hättest?«

»Komm, Vera, erzähl noch ein bisschen weiter.« Rafael mischt sich ein, will das Feuer löschen, bevor es außer Kontrolle gerät. »Kannst du noch?«

Vera: »Könnt *ihr* denn noch?«

»Mich hält das wach«, lacht er und schlägt aufs Lenkrad.

»Nina muss entscheiden. Was meinst du, Nina? Soll ich weitererzählen? Willst du nicht bisschen schlafen?«

»Ich hab genug geschlafen.«

»Gut. Ich muss dir auch erzählen, Ninočka«, sagt Vera, wendet sich mit einer scharfen Bewegung von Nina ab und meiner Kamera zu, »dein Vater, Miloš, ist nicht gewesen gesunder Mann. Er hat gehabt schwere Krankheiten, denn er ist gewesen Kind von Bergen und Hügeln, vom Dorf, von sauberem Himmel und sauberer Luft, und dann hat das Militär ihn plötzlich versetzt in die Stadt, mit viel Rauch und verdorbenem Essen und all dem Gift dort, und so hat er bekommen Tuberkulose.« Sie seufzt. »Er hat gehustet nachts, wie ein Hund hat er gehustet. Ich hab ihm gelegt Kompressen mit Zwiebeln und Honig auf seine Brust. Ärzte haben gesagt, er ist Robert-Koch-Landesmeister, denn er, hör gut zu, Ninale, er ist gewesen schwerste Fall von Tuberkulose in ganz Jugoslawien! Mit zwei offene Kavernen! Und halbes Jahr nachdem wir uns kennengelernt haben und getanzt haben auf Abschlussball, da hat er auch noch bekommen Gelbsucht. Nu, da haben sie ihn gleich verlegt in ein Krankenhaus nach Zagreb, und danach ist er nie wieder gewesen wirklich auf der Höhe. Und das hat gehabt viele Konsequenzen. Soll ich das erzählen?« Sie fragt uns aus dem Mundwinkel, und Nina schreit wieder wütend: »Alles sollst du erzählen, jede Einzelheit, ich habe doch fast gar nichts, verstehst du das denn nicht?« – »Schon gut, du musst nicht gleich schreien. Ich erzähle ja. Ich erzähle alles.« Vera senkt den Kopf. Lange Augenblicke verharrt sie so. Die Stirn aufgepflügt, das Gesicht ernst, die Lippen bewegen sich lautlos.

»Oj, Ninočka«, sagt Vera danach ruhig, und ich habe den Eindruck, sie zieht sich an den eigenen Haaren hoch, vor die Kameralinse, »nichts mehr hat bei ihm richtig funktioniert. Ganze Zeit Bauchschmerzen und Durchfall. Und immer Blut und Fieber und Schwäche und besondere Diät, und gegessen hat er wie ein Vogel. ›Aber ich bin in Ordnung, Miko‹, hat er gesagt. ›Miko‹ hat er mich genannt; Miko, das ist für uns gewesen sowas wie ›meine kleine Freund‹, überhaupt, er hat geredet mit mir, als wär ich ein Junge, wir haben gern so geredet, ich habe mich daran gewöhnt. ›Wenn du und ich in Ordnung sind, Miko, dann ist Welt in Ordnung, wir beide gemeinsam, wir halten zusammen ganze Welt!‹«

»Miko?«, lacht Nina, genießt diesen Moment, »stimmt, so hat er dich genannt ... das weiß ich noch ...« Sie schmiegt sich heimlich wieder an Vera und legt den Kopf auf ihre Schulter.

Indessen entwickeln Rafi und ich unsere eigene Sprache. Seine Hand auf meinem Knie morst mir durch das Drücken des kleinen Fingers, Mittelfingers und Daumens, wohin ich die Kamera schwenken soll. Ehrlich gesagt, das nervt. Das ist mein Film, und ich sehe, er kann die Kontrolle einfach nicht abgeben. Andrerseits, in diesem meschuggenen Szenario, das sich hier aufbaut, ist es ganz gut, wenn noch ein Augenpaar dabei ist.

So oder so, bald werd ich ihn an unseren Vertrag erinnern müssen und daran, wer hier für wen arbeitet.

»Und meine Mutter hat es nicht gestört, dass er kein Jude ist. Für sie ist das gewesen überhaupt nicht wichtig! Hab ich dir ja schon erzählt. Wir, vor allem Mutter, sind gewesen moderne Juden. Atheisten. Aber sie hat nicht verstehen können, wie kommt junges, gesundes Mädchen wie ich auf Idee, zu leben mit so kranke Mann.

Und ich habe gesagt zu Mutter, krank? Dann ist er eben krank! Als ich ihn hab kennengelernt vor halbe Jahr, ist er nicht gewesen krank, und als ich getanzt hab mit ihm, ist er nicht gewesen krank, und als ich ihn gesehen hab mit Fahrrad auf Bahnhof, ist er nicht gewesen krank. Soll ich ihn dann jetzt verlassen, weil er ist krank? – Im Gegenteil, je schwächer er geworden ist, umso fester hab ich mich gebunden an ihn!

Und meine Schwester aus Zagreb, Roši, deine Tante, Nina, zehn Jahre hat sie nicht gesprochen mit mir danach. Sie hat Miloš ›stinkender Serbe‹ genannt« – Vera zischt das S wütend – »und ihr Mann hat Miloš bestellt nach Zagreb, um mit ihm zu reden, das musst du dir mal vorstellen …« Vera beugt sich vor, verrät Nina in den Tiefen der Kamera ein Geheimnis: »Dieser Schwager von mir, der immer getan hat so sympathisch, hat gesagt zu ihm: ›Ich zahle dir eine riesige Summe, wenn du Militär bittest, dich zu versetzen in andere Stadt, weit weg von hier, und wenn du vergisst, dass es gibt diese Mädchen Vera.‹ Und Miloš hat gesagt zu ihm: ›Ich bin zwar sehr arm, aber ich bin keine Kuh, die man kann kaufen!‹

Sie haben ihm heiß gemacht die Hölle!«, schreit sie geradezu, legt der zukünftigen Nina diese Szene zum Urteil vor, und ich fass es nicht, wie sie binnen weniger Minuten, denn mehr war es nicht, diese sonderbare Idee kapiert und völlig verinnerlicht hat, zu der zukünftigen Nina zu sprechen, und wie sie das jetzt in ihre einfache, praktische und zielgerichtete Sprache übersetzt, genauso wie sie vor fünf Jahren, als sie fünfundachtzig wurde, beschloss, sie müsse jetzt lernen, einen Computer zu benutzen. »Ich werde nicht bleiben zurück.« Vor dem Kibbuzausschuss für individuelle Bedürfnisse hat sie vor Wut geschäumt und aufgestampft und ihnen das Budget für zwei vierzehnjährige Computerfreaks aus den Rippen geleiert. Zweimal die Woche saßen die bei ihr, haben sich natürlich sofort in sie verliebt, und binnen zwei, drei Tagen begann sie schon, mich alle zwei Stunden per *Messenger* und per E-Mail zu kontaktieren, sie hackte mit Eisenklauen auf die Tastatur ein, surfte in den verschiedensten Foren, verschickte Links auf Karikaturen aus dem *New Yorker* und ihre Rezepte für Marmelade und Powidltaschen (auf die Miloš ganz versessen gewesen war), und schon nach ein paar Wochen hatte sie ein ganzes Imperium von Kontakten errichtet. Sie korrespondierte mit ihren alten Freunden aus Belgrad und Zagreb und knüpfte neue innige Freundschaften mit Leuten in Prag und Montevideo, die sofort mit zur Familie zählten und genau wussten, wer Tante Hannah war, wo Esthers Enkelinnen ihr

Soziales Jahr machen würden, und wie es der Prostata von Schlejmale ging. Das alles machte sie flink, mit technischem Geschick und einer erstaunlichen Begabung, die innere Welt von Objekten und Geräten zu begreifen, als wäre sie mit ihnen irgendwie verwandt. Genauso erfasst sie übrigens auch ohne einen Blick in die Gebrauchsanweisung, wie man den Staubsauger, die Mikrowelle, das Handy und alle anderen Geräte bedient, die Rafi ihr, ohne aufs Geld zu achten, kauft, weil er das Gefühl hat, dass er sie damit jung hält, Geräte, bei denen ich manchmal kaum kapiere, wie man sie überhaupt aus ihrer Verpackung rauskriegt. (Und mein Liebster hat in Dingen, die Fingerfertigkeit erfordern, nicht nur zwei, sondern drei linke Hände.)

(Korrektur: in den meisten Dingen.)

»Noch hundertdreißig«, liest Rafi auf einem Straßenschild, und wir fragen uns, ob das eine Angabe in Kilometern oder Meilen ist, und unsre kleine Gruppe berät rasch, ob wir weiterfahren oder Pinkelpause machen sollen, denn die Kälte setzt uns ziemlich zu, und nur Vera, die eine Blase wie der verstorbene Präsident Hafiz al-Assad hat, ist bereit, bis zum Hotel durchzufahren. Aber das ist eine Minderheitenmeinung, und so lenkt Rafi das Auto zu einer riesigen, grellgrün erleuchteten Raststätte. Dort gibt es um diese Zeit nur wenige Angestellte an den Theken für Pizza, Pasta, Hamburger und Kaffee … Heavy Metal dröhnt aus allen Ecken, schlägt den ganzen Raum bewusstlos; es fällt uns schwer, uns wieder an die Existenz einer Außenwelt und das Quietschen ihrer Zahnräder zu gewöhnen.

Staunend irren wir zwischen langen Regalreihen mit Spielzeug, leuchtfarbenen Plüschtieren, Elektrogeräten und altertümlichen Bonbonnieren herum. Immer wieder wenden wir uns einer dem anderen zu, als wollten wir etwas festhalten, das wir eben noch greifen konnten, das sich im Licht aber ganz schnell auflöst. Nina und ich stehen uns in diesem Labyrinth plötzlich gegenüber, von Angesicht zu Angesicht, wir können nicht voreinander abhauen, und sie ist sogar ganz entspannt und sagt zu mir: »Erinner mich, was haben wir beide da gerade geträumt?«

Sie sagt das mit genau jenem Maß an Trockenheit, das es mir ermöglicht, darauf einzugehen, und ich entdecke sogar eine sympathische Bewegung in ihrem Gesicht – ihre Augenbrauen zucken gleichsam mit den Schultern. Ohne es zu merken, strecke ich die Hand aus und berühre ihr schmales Schlüsselbein, und es funktioniert. Unglaublich. Sie weiß, was sie damit machen muss. Sie lauscht meinem bebenden Finger und nickt.

Das geht lange; jede Menge Informationen werden ausgetauscht. Es gibt einen Moment, da hab ich den Eindruck, dass sie gern die Richtung umkehren und mich mit ihrem Finger berühren würde, aber sie ist klug genug zu verstehen, das ist nicht drin. Danach wenden wir uns voneinander ab, irren weiter durch den Dschungel des Kapitalismus, und mein Herz klopft heftig.

Irgendwo in der Ferne sitzt mein Vater auf einem hohen Hocker und trinkt einen doppelten Espresso; es zieht mich zu ihm wie den kleinen Buntbarsch ins Maul seines Vaters, und ich gehe hin, setze mich zu ihm und sehe, er hat mir bereits einen Cappuccino mit besonders viel Schaum bestellt, und eine fünfzehn Sekunden aufgewärmte Zimtschnecke mit Rosinen.

An der Wand über unserem Kopf hängt ein großer Spiegel, man sieht, wie Vera und Nina in parallelen Regalgängen aneinander vorbeigehen. Rafi fragt: »Haben wir einen Film?« – »Vielleicht. Sieht so aus.« – »Ärger dich nicht, dass ich dir ab und zu einen Rat gebe, es ist ganz und gar dein Film.« – »Klar doch, aber gut, dass du das gesagt hast.« – »Ah«, schiebt er nach kurzer Pause nach, »ich wusste nicht, dass es doch so schlimm ist.« – »Achte einfach ein bisschen drauf.«

»Und als sie erfahren haben beim Militär, dass Miloš und ich verlobt sind«, macht Vera in dem Moment, als Rafi den Wagen anlässt, weiter, »haben sie Miloš versetzt tausend Kilometer weit weg, so weit weg, wie es nur ging, nach Makedonija, nach Skopje, das ist gewesen Strafe dafür, dass er Jüdin heiraten will, denn in Regierung sind schon gesessen Pro-Deutsche, und es hat schon gegeben Gesetze gegen Juden und in Hochschulen Numerus clausus. Da hat mein Vater gesagt: ›Weil sie Miloš geschickt haben bis ans Ende von Welt, wirst du ihn heiraten, grad zum Trotz!‹ Und Mutter und ich sind gleich ab und Marsch! Eins, zwei, drei sind wir gefahren nach Makedonija, Miloš treffen, damit wir dort heiraten.

Aber unterwegs haben wir uns gesagt, wir fahren vorbei im Dorf von Eltern von Miloš, damit Mutter sie kennenlernen kann und seine ganze Familie. Das ist sehr kleines Dorf in Serbien. Erst sind wir gefahren mit Zug, und Vater von Miloš hat uns abgeholt am Bahnhof mit Pferd und Wagen. Und Mutter ist aufgestiegen und hat gesessen da oben in schöne Kostüm, wo Schneider aus Wien genäht hat für sie, mit Hut und Tüllschleier, Sonnenschirm und Schuhe mit Absätzen. Und nach etwa dreißig Kilometer sind wir gekommen an ein Fluss, und mein Schwiegervater hat gesagt, komm, Braut, ich ziehe Seil von eine Seite und du ziehst von andere Seite. Und Mutter hat gesessen da oben und zu mir geflüstert, wo bringst du mich bloß hin, Vera? In die Gehenna?

Und danach sind wir gezogen noch sechs Kilometer weiter. Da ist gewesen kein Weg, kein Strom, keine Leitungen, nur Berge und Felsen und bisschen Fluss, und deshalb sind da auch nicht hingekommen die Deutschen.

Wir kommen ins Dorf, alle drängen aus Häusern, um zu sehen Wunder: zwei Damen aus Stadt! Und sie bringen mir Geschenke, weil ich bin Verlobte von Miloš – drei Nüsse, ein Ei, zwei Würfel Zucker, ein kleines Küken … das haben sie geben wollen meiner Mutter, und sie hat richtig gezittert vor Angst, hat sich so geekelt davor. Und von dort sind wir gefahren nach Makedonija, Mutter und ich, und da hat Miloš gewartet auf uns, Umarmungen und Küsse, und er hatte schon organisiert Priester und braucht nur noch jemand, der ihn führt, und Priester gibt uns Pferd und Wagen, damit wir suchen betrunkene Offizier, der bereit ist dazu, und wir fahren los, und siehe da, unterwegs fällt uns einer vor die Füße, Simo Mirković, das war betrunkenste Offizier, den Miloš dort gekannt hat, den haben wir gehoben auf unseren Wagen und mitgenommen, und so haben wir geheiratet.

Aber wichtigste Sache hab ich vergessen. Als wir angekommen sind bei Miloš, wir haben gesehen, er hatte noch neue Kränkes; sie hatten ihm operiert ein Geschwür – ach, ich dummes Ding, das hab ich ganz vergessen, dir zu zeigen, ich dummes Ding.« Und Vera taucht ab in den Bauch ihrer weißen Tasche und zieht einen alten, schon trüben Plastikbeutel mit ein paar Fotos heraus. Zunächst das Foto von Miloš nach der Operation. Ich fotografiere das Bild. Ich dachte, ich hätte schon alle Fotos von Miloš gesehn, und ich frage mich, warum Vera dieses Bild bisher versteckt hat.

Miloš. Mit entblößter Brust und einem großen viereckigen Verband auf dem Bauch. Er ist dünn und zerbrechlich, aber keinesfalls schwach. Vera sagt, dieses Bild liebe sie am meisten.

Dieser halbnackte serbische Offizier mit den hervorstehenden Rippen, den riesigen Augen und einem geradezu peinlich eindringlichen Blick, das ist mein Großvater.

Dieser dünne Mann mit der hohen Stirn und der kräftigen, herrschaftlichen Nase, Miloš Novak, Ninas Vater, Kommandeur der Nationalmannschaft der Reiter und Offizier im Reiterregiment von Marschall Tito, und während des Zweiten Weltkriegs Partisan und Kriegsheld. Mein Großvater.

Er ist sehr hell und sehr dünn. Die Schlankheit verleiht seinem Gesicht etwas Durchgeistigtes. Die Wangen sind eingefallen, deshalb sehen seine Ohren groß und witzig aus. Aber die Hauptsache sind die Augen, kein Zweifel. Sie sind alterslos. Wie die aufgerissenen Augen eines Blinden, Augen einer komplizierten, tiefschürfenden Seele. Je länger ich sie anschaue, umso klarer spüre ich, wir hätten gute Freunde sein können. Er ist einer von meinen Leuten.

Hier ist er etwa dreißig, neun Jahre jünger als ich heute. Er erinnert mich ein bisschen an meinen Vater als Jugendlicher. Ich beginne zu ahnen, dass etwas an dem Knaben Rafael Nina bekannt und geliebt vorgekommen sein muss, als sie ihm in der Avocadopflanzung begegnete. Vielleicht hat sie ihn deshalb so gestoßen, mit all ihrer Kraft.

Und ich? Bin ich ihm ähnlich?

Wenn unsere Blicke sich in irgendeiner alternativen Realität zufällig auf der Straße träfen, würden wir ahnen, dass sein Blut in meinem fließt? Dass ich seine Enkelin bin, seine einzige? Würden wir für einen Augenblick etwas langsamer gehen?

Dieser Gedanke macht mich traurig. (Ich habe eine Schwäche für die Trauer über die Zufälligkeiten des Lebens. Aber darüber ein andermal.)

»Er hat dich so geliebt«, sagt Vera zu Nina, »weißt du, dass er mir nicht erlaubt hat, dich zu baden? Er hat gesagt, ich bin nicht sanft genug mit dir. Und er hat alles gemacht: gebadet, abgetrocknet und Windeln gewechselt.«

Nina möchte das Bild sehen. Betrachtet es, und danach mich. Lange. Ich verjage sie nicht von meinem Gesicht. Im Gegenteil. Soll sie mich ruhig ansehen, soll ruhig sehen, wer durch sie hindurchgegangen ist. Sehen, wen sie verloren hat.

Und Nina flüstert: »Das erstaunt mich jedes Mal wieder.« Das Foto geht noch einmal durch die Hände aller, auch durch die des Fahrers, und aus ihrem Schweigen verstehe ich, dass sie alle etwas sehen, was ich nicht sehe.

Vera: »Deshalb schau ich so gern in Gilis Gesicht.«

Nina sagt: »Die Augen.«

»Solche Augen hat gehabt nur ein Mensch auf ganze Welt«, sagt Vera, »Miloš ist tot, jetzt hat sie Gili.«

»Hey«, sage ich, »was soll dieser Organhandel hier?«

Vera wendet sich zur Kamera. »Lass uns reden über fröhliche Dinge: Einmal, ich glaube, es ist gewesen an einem Sonntag, Nina, es ist gewesen an deinem fünften Geburtstag. Oder am sechsten? Aufmarsch von Reitschule ist gewesen zu Ende, da sind plötzlich gekommen alle Reiter mit ihren Pferden in unsere Straße, die Schwerter erhoben, und alle zusammen haben gesungen ›Nina! Nina!‹, und du hast mit den Händen so gemacht …«

Vera zieht noch ein Foto heraus: Sie steht vor dem winzigen Haus, das Miloš und seine Familie im Dorf für die Hochzeit gebaut haben. Ein Haus wie auf einem Kinderbild: zwei viereckige Fenster, eine Tür, ein Ziegeldach und ein Kamin. Vera ist hier etwa zweiundzwanzig, in einem dünnen Wollpullover, unter dem ein blendend weißer Kragen hervorlugt, sehr sittsam sieht sie aus, aber ihr Blick ist aufmüpfig, provokativ, lebenshungrig. Sie ist sehr hübsch. Eine Locke fällt ihr in die Stirn.

»Schon als ich achtzehn war, hat Miloš mir geschickt allerschönste Briefe, das kannst du dir nicht vorstellen, Ninale, dass die geschrieben hat ein so junger Mann. Aber ich habe gesehen bei ihm auch etwas, was mir Angst gemacht hat. So eine Trauer in Seele.« Vera beugt sich zur Kamera: »Denn er ist gewesen verzweifelt, ja, und er hat überhaupt nicht geglaubt an das Gute im Menschen. Das ist sonderbar, denn er ist doch gewesen Kommunist und Idealist, und vor allem Humanist, aber nur ich habe gewusst die Wahrheit: Schon in jungem Alter hat er nicht mehr geglaubt an das Gute im Menschen.«

Nina, erschüttert von dem, was sie gerade hört, schlingt die Arme um sich, der Ausdruck ihrer Einsamkeit.

»Er hat immer gesagt: ›Um auch nur bisschen Gutes zu tun auf Welt, Vera, muss man sich sehr anstrengen. Böses aber macht man einfach mit; man schließt sich ihm nur an.‹

Und er hat mir auch gesagt: ›Du hast mir gebracht Licht, Vera, du hast mir geschenkt Freude und einen Weg. Alleine hab ich gehabt keinen Weg und nichts‹, denn, versteh, Ninočka«, sagt Vera, »ich hab immer gehabt viele Freunde, und immer irgendwelchen Lärm um mich herum, das ist mein Charakter, was kann ich machen, es gibt Menschen, die mögen das, und Menschen, die mögen das nicht. Aber Miloš hat nicht gehabt ein einzige Freund. Nie. Auch nicht als Kind. Auch nicht im Dorf. Er hat nicht wirklich geglaubt an den Menschen. Nur an mich hat er geglaubt.«

Bei diesen Worten hebt Nina den Blick zu Rafis Augen im Rückspiegel. Die beiden unterhalten sich die ganze Zeit. Dinge, die Vera sagt, lösen bei ihnen ein Echo aus. Ich habe daran keinen Anteil.

Und zum tausendsten Mal begreife ich, dass ich es nicht wage zu verstehen, wie stark und wie tief – trotz allem – ihr Zusammensein war.

»Wir waren schon immer ein Zweiertisch«, hat er mir mal gesagt.

»Und ich hab geöffnet ihm die Augen, deinem Vater. Er ist zum Beispiel so gar nicht gewesen ein revolutionärer Mensch. Das ist er nicht gewesen! Manchmal denken Leute, wegen dem, was er alles gemacht hat im Krieg, in Wäldern, dass er gewesen ist großer Revolutionär. Er ist wohl gewesen ein großer Held, ein mutiger Partisan, ein Ideologe, aber nein – Revolution, das hat er gehabt von mir. Ich hab ihm beigebracht diese ganze Sprache, von Anfang an.«

»Siehst du, genau das begreife ich einfach nicht«, mischt Nina sich plötzlich ein. Man kann spüren, wie sie die Krallen ausfährt. »Jeder andere Mensch, der sowas von sich selbst behaupten würde, über den würde man sagen, er sei arrogant, größenwahnsinnig, ein Egomane, und bei dir, irgendwie, ich versteh wirklich nicht wie, geht das einfach durch … das geht so glatt durch … verstehst du, was ich meine?«

»Nein.« Vera leckt sich flüchtig die Oberlippe. »Erklär mir das bitte.« »Bei dir wird das akzeptiert. Und zwar von allen. Überall. In der Familie, im Kibbuz, bei deinen Freunden in Jugoslawien. Und sie akzeptieren es nicht nur: Sie bewundern es. Wie kommt das? Nein, wirklich, Mama, erklär es mir, zeig mir, wie du …«

Vera zuckt mit den Schultern. Eine grausame, entsetzliche Geste.

Ich war fünfzehn oder sechzehn und stand mit ihr in ihrer Küche, wir haben gekocht und geredet, und sie, wie so oft, erwähnte Nina, ihre offene Wunde, und da rutschte ihr etwas raus: »Sie hat kein Charisma, die Nina.« So hat sie's gesagt. Ich glaube, ich wusste damals noch gar nicht genau, was Charisma ist, aber natürlich habe ich ihr sofort eifrig zugestimmt. Sie hat kein Charisma, die Nina, sie war immer verwöhnt, und schwächlich, eine Prinzessin, und von Vera zu mir, da haben die Gene wohl eine Generation übersprungen … Wie konnte ich mich nur dazu verführen lassen? Wie blöd war ich, ihr zu erlauben, dass sie mich auf ihre Version programmiert? Wie blöd muss ich gewesen sein.

»Und versteh, Nina, Herzchen«, Vera spricht weiter, ignoriert völlig Ninas Ausbruch, umgeht die Falle, ohne mit der Wimper zu zucken, und stellt sich auf die fügsamere Nina ein, auf die in der Kamera. »Du musst wissen, Novak-Männer haben in sich kein revolutionäres Blut. Sie sind still. Ohne Initiative. Und ich bin gewesen schon immer Revolutionärin. Ich bin gewesen Kämpferin, von klein auf, mein Leben lang.«

»Kämpferin wofür?«, fragt Nina streitsüchtig und nicht ganz bei der Sache.

»Wofür wohl, Nina? Das weißt du immer noch nicht?«

»Ich will es hören. Ich möchte, dass es aufgenommen wird.«

»Ich wollte mehr Gerechtigkeit für Menschheit!«

Diese entschlossene Linie zwischen Veras Augen. Dieses Ausrufezeichen, das ihre Kiefer sofort nach vorne schnellen lässt, die Nase hochschiebt, meine süße, komische, großzügige, warme, absolut hingebungsvolle, fanatische, sture, brutale Großmutter. Großmutter und Wolf in einem. Wie hält man das aus? Wie hält man aus, was sie Nina angetan hat?

Und wie kann ich ich bleiben und sie weiter lieben?

»Also wenn das so ist«, sagt Nina, »dann erklär mir, wie eine Revolutionärin wie du sich in einen Mann verlieben konnte, der deinen Beschreibungen nach im Grunde ein gehorsamer Soldat war?«

»Zuerst einmal«, sagt Vera, »war da sein Kopf. Wir haben sehr viel gehabt zu reden. Im ersten halben Jahr nach Hochzeit haben wir nur geredet zusammen. Wir haben uns nicht angefasst.«

Mein Vater tritt auf die Bremse, die Reifen kreischen, der Wagen schüttelt uns durcheinander.

Nina kriegt kaum noch Luft: »Ihr habt euch nicht angefasst?«

»Wie du es gehört hast«, sagt Vera, verschränkt die Hände vor der Brust und schaut geradeaus in die Ferne.«

Nina bittet um eine Erklärung.

»Wir haben gehabt von Anfang an Abmachung, wir fassen uns nicht an in erste halbe Jahr nach Hochzeit. So eine platonische Sache, Nina, das kannst du dir nicht vorstellen … wir sind gewesen wie Magnete, und wir schlafen im selben Bett und brennen wie Feuer und: Nein!«

»Aber warum denn?« Nina schreit fast.

»So hat Miloš es gesagt, gleich zu Anfang. Für ein halbes Jahr. Eine Art Opfer. Du gibst etwas, was dir am teuersten ist. Das hat er erfunden, und ich habe gemocht seinen Kopf und habe mitgemacht, und wir sind gewesen stolz darauf.«

Nina daneben klimpert mit den Wimpern: »Und worüber habt ihr geredet, du und mein Vater, während ihr euch nicht angefasst habt?«

»Oho! Viel haben wir geredet darüber, was passiert in Welt. Hitler ist schon gewesen dran, Mussolini auch, da hat es gegeben viele Sachen zu bedenken. Ideen, Programme, Diskussionen, man hat suchen müssen neue Sachen, auch Zionismus hat es schon gegeben. Frage, wo man sich fühlt zu Hause und wo fremd.«

Sie redet, aber ich und vielleicht auch Nina und Rafi sind jetzt nicht bei ihr. Der Gedanke an das junge Paar, das sich so eisern beherrscht, wirft ein erbarmungsloses Licht auf sie.

»Zum Beispiel zweiundvierzig, da haben wir bekommen aus Moskau neue Parole: ›Fürs Vaterland und für Stalin.‹ Und ich habe gesagt, Miloš, damit hab ich nichts mehr zu tun. Wo hab ich ein Vaterland? Da, wo es gibt Proletariat, da ist mein Vaterland! Ich bin Internationalist! Und Miloš ist erschrocken: ›Oj, du bist Trotzkist! Du bist Nihilist! Sag sowas nicht!‹ Und er ist richtig arm dran gewesen, dass ich so denke, und hat gehabt Angst, Gott behüte, dass uns das wird auseinanderbringen. Aber mir ist klar gewesen, dass da etwas nicht stimmt mit Stalin. Dass Stalin nicht löst meine Probleme als Jüdin, denn ich habe gewollt Sozialismus, wie später Dubček, einen humanen Sozialismus …«

Sie hält inne, seufzt. Vielleicht spürt sie eine Brise Kälte und Distanz von unserer Seite. »Ihr könnt das alles nicht verstehen, nicht wahr? Das ist für euch wie Welt von Dinosauriern …«

»Warum meinst du das? So lang ist es auch wieder nicht her«, murmelt mein Vater, und Nina und ich produzieren gemeinsam ein unverbindliches Brummen.

»Nein, nein. Ihr könnt nicht verstehen meine Welt. Und meine Kriege auch nicht, und auch nicht Luft, was ich habe geatmet.« Sie läuft rot an, verkrampft sich. Ihre Einsamkeit zuckt ungeschützt, die Einsamkeit einer Neunzigjährigen, deren Welt längst vergangen ist und deren Freunde alle tot sind.

»Nichts werdet ihr verstehen«, murmelt sie, »ihr sagt ›Krieg‹, aber Krieg im Balkan ist nicht wie Krieg in Israel. Auf Balkan hat Krieg andere Logik. Krieg auf Balkan bedeutet zuallererst Vergewaltigung. Hier wird vergewaltigt, nicht, weil Soldat Frau will. Er vergewaltigt sie mit Revolver am Kopf, damit sie seinen Samen zur Welt bringt. Danach will auch ihr Mann sie nicht mehr. Das ist Logik vom Krieg. Hier haben Tschetnik-Serben mit Messer geschlachtet Kinder von Kommunisten und dann Blut vom Messer geleckt. Und Ustascha-Kroaten, die früher Nazis gedient haben – ich will gar nicht sagen, was die getan haben. Dem Balkan macht das Spaß. Sie haben noch etwas von dem, was Türken mit ihnen gemacht haben. Etwas Abnormales ist übrig geblieben. Und ihr habt ja auch gesehen ihre Brutalität in letzte Krieg hier, sowas hat es noch nicht gegeben auf ganze Welt, höchstens vielleicht im Mittelalter.«

Schweigen. Vera lässt ihre Worte bei uns ankommen. Etwas schwer Fassbares ist hier gerade vorübergezogen.

»Aber ihr habt gewollt andere Sachen hören … eine Liebesgeschichte … Hollywood«, seufzt sie.

»Erzähl uns, was du erzählen willst«, sagt mein Vater leise.

Sie schließt die Augen. »Ich will erzählen von Miloš und mir.«

»Wir wollen es hören«, sagt mein Vater beruhigend.

»Zum Beispiel haben wir auch gehabt viel Interesse an Büchern. Ach, Ninočka, wie dein Vater vorgelesen hat! Ich kenne keinen anderen Mann, der so vorgelesen hat.« Ihr Gesicht fasst sich langsam wieder, strahlt Nina in der Kamera an. Die Art, wie sie Nina neben sich den Rücken zukehrt, richtig physisch, beginnt mir Sorgen zu machen.

»Da bist du noch klein gewesen, Nina, und dein Vater hat mir jeden Abend vorgelesen Bücher, und einmal, da bist du gewesen vielleicht vier, da hab ich gesessen auf seine Bett und hab gestrickt, und du hast neben Bett gespielt mit Puppen, und wir haben gedacht, kleine Mädchen versteht noch nichts. Und er hat mir vorgelesen ein Buch von Momish-Uli, das ist gewesen ein kasachischer Held im Zweiten Weltkrieg. Und dann, paar Wochen später, hast du gehabt hohes Fieber. Und du hast angefangen zu fantasieren und geschrien: ›Ich bin Momish-Uli! Gebt mir Maschinengewehr, und ich bringe um alle Deutschen!‹«

Gelächter im Auto. Lachen ist auch eine Gelegenheit, zu atmen. Nina trocknet sich die Augen. Ich hoffe, vor Lachen: »Siehst du, Gili, sogar meine Albträume hat der Staat sich zu eigen gemacht.«

»Weißt du, wann die Kindheit endet?«, hat mein Vater

einmal gesagt, nachdem ich wieder über Nina hergezogen war. »Wann ein Mensch wirklich anfängt, erwachsen zu werden? Wenn er bereit ist zu akzeptieren, dass auch seine Eltern das Recht auf ein eigenes Seelenleben haben.«

»Und dein Vater und ich, Nina, wir haben gehabt so ein Spiel, um herauszufinden, wie wir beide denken über alle mögliche Sachen. Er hat gesagt einen Satz, und danach hab ich gesagt nächsten Satz. Wir haben sehen wollen, wie unsere Logik gemeinsam funktioniert. Alles haben wir gedacht zu zweit. Alles haben wir ausgerichtet auf ein gemeinsame Punkt. Ein Kopf und eine Seele. Und denk bloß nicht, Nina, auch nach halbe Jahr, wo wir uns nicht berührt haben, da ist das bei uns nicht gewesen nur Sex und Bett« – sie erklärt das ganz ernsthaft in die Kamera – »bei uns, das ist gewesen ein Bund von Seelen. Unsere Gehirne, hier, wir haben gehabt so ein inneres Abkommen und haben gar nicht reden müssen viel.

Und bevor wir haben geheiratet, hat Miloš gesagt: ›Hör zu. Wir sind sehr jung. Keiner von uns hat Versicherung, dass wir lieben werden ganze Leben lang nur ein Mensch. Aber ich verspreche dir, wenn es in mein Kopf etwas geben wird, was mich zu andere Mensch zieht, dann werd ich es dir sagen sofort, und auch du wirst es mir sagen, und dann trennen wir uns wie Menschen. Mit erhobenem Kopf. Und alles, was wir machen, aller Unfug, alle Fehler, alles werden wir einander erzählen. So wirst du mich nie betrügen und ich werde dich nie betrügen. Sowas wie Betrug wird es nicht geben zwischen uns.‹«

Rafi trommelt wild auf mein Knie. Mein Gott, sagt er in unserem privaten Morsealphabet, sie hat ihn wirklich nie betrogen.

Sie hat ihn wirklich nie betrogen!

»Nein … er ist gewesen etwas Besonderes, Ninočka.« Veras ungeschützter Blick in die Tiefe meiner Kameralinse macht mich verlegen, als berühre sie etwas tief in mir. In der Enge des Wagens gibt sie etwas Kostbares von sich preis, aber sie gibt es der zukünftigen Nina und hat es wohl nie der Nina gegeben, die hier sitzt, die sich jetzt hemmungslos an sie schmiegt; hier kann ich einmal live sehen, wie er aussieht, dieser nackte Wunsch, dieses Jaulen.

»Und dein Vater, Ninale, *mila moja*, meine Süße, ist gewesen kein hübscher Mann und auch nicht gesund, das hab ich schon gesagt, aber er ist gewesen ein so menschlicher Mensch … unsere Seelen haben geredet miteinander, auch wenn wir geschlafen haben … und oft hab ich gewusst, was er gleich sagen wird. Ich weiß, Miloš, was du willst …« Plötzlich ändert sich ihre Stimme. Ihre Augen sind geschlossen. Sie faltet die Hände wie beim Gebet. »Bis heute denk ich zusammen mit dir, so tief bin ich bei dir. Siebenundfünfzig Jahre lang hab ich weggeschlossen alle Tränen in mir, nachdem du gegangen bist.« Ihre Stimme ist kaum zu hören. »Was hab ich verloren! Ein solches Glück, wie wir gehabt haben, gibt es nicht nochmal auf Welt. Keine Frau, glaub ich, hat erlebt solches Glück mit ein Mann. Mit ein Mann, der redet und denkt und liebt und schwach ist und stark …«

Nina zieht sich von ihr zurück. Alles an ihr sagt: Welche Chance hab ich da überhaupt gehabt?

»Aber dann ist gewesen Krieg, und Hitler ist gewesen schon dran, und plötzlich hab ich nicht gewusst, wo ist Miloš, und wo sind meine armen Eltern, und erst später hab ich erfahren, man hat sie beide nach Auschwitz gebracht …« Vera zögert, flüstert Nina an ihrer Seite zu: »Darf man ihr das überhaupt erzählen, von Auschwitz?«

»… dieser Nina?«, fragt Nina.

»Ja. Was weiß sie? Und wovon weiß sie nichts?«

»Versuch's. Ich habe keine Ahnung.«

»Stell dir mal vor«, brummt Rafi zu mir, »Auschwitz vergessen können. Was für ein Geschenk.«

»Jedenfalls bin ich in Dorf bei Familie von Miloš, und es ist furchtbar kalt, und zu essen gibt es nichts. Nur zwei Kilo Schmalz und vielleicht zwanzig Kilo Mais für alle. Und dann geht es los mit Listen, wer gefallen ist und wer bei Deutsche sitzt in Kriegsgefangenschaft. Die Listen hängen am Schwarzen Brett in Schule, und Miloš steht nirgends drauf, und ich sage zu meinem Schwiegervater: ›Schwiegervater, ich geh ihn suchen.‹ Und er sagt: ›Du bist ja verrückt, meine Schwiegertochter, wie willst du denn gehen? Es ist Krieg!‹ Aber nach paar Tagen sieht er, ich bin fest entschlossen, und er sagt, ich habe versprochen meinem Sohn, auf dich aufzupassen, ich fahre mit dir mit.

Und so sind wir losgezogen. Ich mit Pistole, die Miloš mir mal gegeben hat, und mit Kleider von serbische Bäuerin und spitze *Opanke*-Schuhe, und mein Schwiegervater kommt mit, und er trägt Kleider aus seinem Dorf, dicke, bestickte Socken und Hosen, die sich nach hinten aufplustern, mit große Gürtel. Sehr schön ist er gewesen. Ein schöner Novak. Und wir gehen zu Fuß, und das sind hundert Kilometer, weil man muss immer gehen außen herum. Wir kommen vorbei an Städten, an Schafställen. Wenn es Nacht wird, sagt mein Schwiegervater: Da, leg dich hin! Und er steht in Tür, steht aufrecht da und beschützt mich mit Pistole in Hand. Jede Stunde nachts, wenn ich Augen aufgemacht habe – hat er da gestanden und gewacht.«

Ich drehe die Kamera, um Rafi ins Bild zu kriegen. Sein großes, bärtiges, zerfurchtes, faltiges Gesicht. Denkt er jetzt an seine Expeditionen, seine Suche nach Nina?

»Und ganzen Weg lang haben wir geredet. Ganze Zeit hat er wissen wollen noch mehr von Welt, von Kaffeehäusern, Theater, Cinema … und er ist sehr klug gewesen. Ich habe dir gesagt, alle Novak-Männer sind klug. Vater von Miloš ist gewesen Bauer und Analphabet, aber was für Gespräche haben wir geführt, Nina! Wie philosophisch! Wenn es ist dunkel geworden, haben wir gemacht kleines Feuer und es versteckt unter Steinen, damit man nichts sieht, da haben wir geröstet Kartoffeln oder Maiskolben und geredet. Er hat gesagt, meine Schwiegertochter, erzähl mir von große Welt, erzähl mir von Juden, von eure Glauben. Er dachte, wir sind Aromunen, das ist so ein Volk, gemischt aus Griechen und Serben, das gelebt hat in Makedonija.

Und ganze Zeit sagt er zu mir: ›Du bist verrückt, meine Schwiegertochter, was, wenn sie uns erwischen?‹ – ›Sie erwischen uns nicht!‹ – ›Aber wie weit willst du gehen und suchen?‹ – ›Bis Deutschland! Bis Hitler! Ich werd ihn finden!‹

So sind wir gegangen von morgens bis abends, haben gegessen bisschen Brot und Schmalz, getrunken Wasser aus Flüssen und haben gesehen keinen Mensch. Wenn wir gesehen haben jemand von Ferne, haben wir uns versteckt.

Er ist gewesen ein reiner Mann, und ich hab ihm vertraut. Große blaue Augen hat er gehabt, wie ein Kind.« Vera lacht in sich hinein. »Seine Frau, Mutter von Miloš, ist nicht gewesen schön, aber sie ist gewesen stärker als er. Und ein Flittchen, oho! Komm, das muss ich dir erzählen, Nina, Herzchen …«

Vera setzt sich auf dem Rücksitz zurecht, beugt sich zur Kamera vor und reibt sich freudig die Hände: »Einmal hab ich gefragt meine Schwiegermutter, ob im Ersten Weltkrieg, als er gewesen ist beim Militär, ob sie ihn da betrogen hat. Da hat sie gesagt: ›Du weißt, wie das ist, Vera, wenn wir getanzt haben, hab ich hier am Ohr so eine rote Blume gehabt, und dann hat Soundso mit Mund Blume gepflückt aus meinem Haar …‹ – Nu, da hab ich schon gewusst, dass sie etwas gehabt hat mit Soundso.

Überhaupt, das hab ich dir schon erzählt, aber ich sag es noch mal: Novak-Männer sind still, sehr schön, entsetzlich klug, aber nicht sexy. Novak-Mädchen sind Flittchen. Überhaupt nicht hübsch, aber in Wurzel sehr sexy. Und Schwestern von Miloš – oho! Mit ihnen hat es gegeben viele Probleme, dauernd solche Geschichten …«

Die Blicke von Nina und Rafi treffen sich wieder im Rückspiegel. Man hört fast die Degen klirren. Wegen des Winkels, in dem ich sitze, muss ich mich ziemlich verbiegen, um den Spiegel ins Bild zu kriegen. Rafael schickt Nina ein etwas schiefes Lächeln, sie erwidert es, und ich sehe alles, bewege aber keinen Muskel in meinem Gesicht, sodass Nina ihn mit dem nächsten Blick fragt, ob er mir davon erzählt hat. Er nickt.

»Ich habe dich gebeten, es nicht zu erzählen«, sagen ihre Augen beleidigt.

»Vor Gili hab ich keine Geheimnisse«, antworten die Schultern meines Vaters.

Und schon legt Vera die Stirn in Falten: »Hey, hey, was macht ihr denn da?«

»Nichts, nur so, Omi«, sage ich, »Überlebendentalk.« Nina prustet los, und ich plustere mich ein bisschen auf vor dummem Stolz: Ich hab es geschafft, ich hab die traurige Prinzessin zum Lachen gebracht.

»Du siehst ziemlich fertig aus«, hatte Nina vor fünf Jahren zu Rafi gesagt, im August 2003, am Ende des Tages, an dem wir Veras fünfundachtzigsten Geburtstag gefeiert hatten. Nina hatte ihn zu einem Abendspaziergang dort hingeschleppt, wo früher die Avocadoplantage lag, in der sie sich das erste Mal begegnet sind. Heut steht da eine Fabrik für Telefon-Displays, von der der Kibbuz gar nicht schlecht lebt. »Ich sehe, das setzt dir zu, Rafi, Süßer, deine Augen ... du kannst einfach nicht glauben, dass es stimmt, was ich dir da erzähle, und vielleicht stimmt es ja auch nicht wirklich ... Hör zu«, sie hatte heiser gelacht, »manchmal, morgens, bevor ich richtig aufwache, lieg ich ein paar Minuten im Bett und denke mir, es kann doch nicht sein, dass mein Leben dermaßen ... dass ich diesen Wahnsinn wirklich mache ...«

»Ich weiß nicht, warum ich dir das erzähle«, hatte sie gekichert, »die Sache ist doch die, dass ich jedem von ihnen nur einen Teil von mir gebe, jedem nur *sein* Mädchen, und jetzt, jetzt komm ich aus freien Stücken und gebe alles, das ganze Paket, einem einzigen Menschen, und dazu noch einem Menschen mit einer Kamera in der Hand, und das ist der Mensch, dem ich auf der Welt am meisten vertraue, es gibt keinen, dem ich mehr vertraue als dir, das weißt du, Rafi, nicht wahr?«

Rafi hatte ja gesagt. Er war allergisch gegen Alkohol; ihr Mundgeruch machte ihm Migräne. »Aber du bist auch der unpassendste Mensch, dem ich das erzählen kann«, Nina hatte gelacht, »und der, den es am meisten verletzen wird … noch kannst du es dir anders überlegen.«

»Ich höre dir zu«, hatte er trocken gesagt. Er war erstaunt, dass sie vorgeschlagen, ja sogar verlangt hatte, er solle das, was sie ihm erzählen wollte, filmen. – Eine Beichte? Ein Vermächtnis? Eine weitere Anklageschrift gegen Vera? – Er wusste es nicht, aber in ihm hatte sich eine Kälte ausgebreitet, und er hatte geahnt, dies würde einer von jenen Momenten, die man nicht mehr rückgängig machen konnte.

»Sogar in diesem Moment des Erwachens, in dem das Gehirn einen, wie sagt man noch, einen … *Restart* macht, kann ich nicht begreifen, dass das alles Wirklichkeit ist. Dass ich mein Leben so kompliziert gemacht habe. Aber jetzt seh ich schon keine Möglichkeit mehr, zu einem normalen Leben zurückzukehren, zum Leben gewöhnlicher, geradliniger Menschen … Bei mir, hier«, plötzlich schlug sie sich fest auf den Hinterkopf, »sind so viele Geheimnisse und Lügen! Sag mir, wie kommt es, dass ich dabei nicht verrückt werde? Wie schaff ich es, mir hier in diesem kleinen Kasten dieses ganze verschlungene Gewirr zu merken …«

Rafi redete sich ein, er sei nur das filmende Auge. Erst später würde er versuchen, zu verstehen.

»Als wir zusammen waren, du und ich, in Jerusalem, da hat mich unser Zusammensein noch ein bisschen gehalten. Es hat eine Art Linie um mich gezogen. Ich hatte eine Grenze. Ich wusste, wo das Richtige, wo das Licht war und wo die Dunkelheit anfing. Stimmt, die meiste Zeit wollte ich fliehen, und ich bin auch abgehauen, aber ich bin wieder zurückgekommen. Hör zu, Rafi …« »Ich höre«, murmelte er. »Ich lass jetzt alles raus, wie noch nie in meinem Leben.« Rafi schwor sich, nichts von dem, was sie ihm erzählen würde, sollte ihn zerbrechen.

»Und du musst wissen, mit keinem, mit keinem andern Menschen auf der Welt bin ich so … und deshalb wollte ich, dass du mich filmst, während ich das erzähle, verstehst du?«

Er schüttelte den Kopf.

»Das verstehst du nicht, was?« Dunkle Verzweiflung lag in ihren Augen. »Damit ein einziges Mal, an einem Ort auf der Welt, alle diese Sachen zusammenkommen, alle meine Lügen, und dann werden sie für ein paar Augenblicke Wahrheit …«

»Nina«, sagte er sanft, »vielleicht reicht das jetzt, vielleicht gehn wir zurück zu Vera?«

»… und jetzt schau ich mich an, schau mich mit deinen Augen an und kann nicht glauben, dass ich das bin, dass mir das passiert, dass ich mein Leben so dermaßen versaut habe, und auch meine Liebe, ich rede nicht von der Liebe zu jemandem, sowas hab ich gar nicht mehr. Ich rede von dem Ort der Liebe, den ich mal in mir hatte, von dem Ort, an dem ich einfache, treue Liebe erleben konnte, so wie du deine Mama und deinen Papa liebst, wenn du drei Jahre alt bist …

Es tut weh, zu begreifen, dass die Liebe dermaßen verderbt ist. Sagt man das, verderbt? Mir fehlen plötzlich Wörter, ich hab ein bisschen getrunken … meine Liebe ist verderbt, korrumpiert, und ich selber bin es auch schon, und das hätte nicht so kommen müssen!« Die letzten Worte schrie sie. »Ich mach dir Angst, was? Das ist nicht, was in meinen Sternen stand, denke ich, Rafi, und das liegt auch nicht an meinem Charakter … Meinen wahren Charakter haben sie mir genommen, als ich sechseinhalb war, und sie haben ihn mir nach drei Jahren verdorben zurückgegeben. Kaputt ... Denn ich erinnere mich noch, wer ich davor war, was für ein Mädchen ich gewesen bin ...« Sie schrie es heraus. »Ich erinnere mich an sie, ich erinnere mich an sie, denn ich bin ein fröhliches Mädchen gewesen, ernst, aber fröhlich, und dieses Mädchen ist das Teuerste, was ich habe, und von ihr nehme ich meine Kraft, bis heute, ich hab keine andere Kraft außer ihr, stell dir das vor, eine Frau in meinem Alter nimmt alles, was sie hat, von einem Mädchen von sechseinhalb Jahren ...«

»Ein Glück, dass du sie hast«, sagte er, »komm, jetzt gehn wir zurück. Vera sorgt sich bestimmt schon.«

»Plötzlich erinnere ich mich, das hat jetzt gar nichts hiermit zu tun, ich war sechs, und Papa war mit dem Reiterregiment nach Rom gefahren und hat mir von dort weiße Sandalen mitgebracht, wunderschön ... und einmal hat er mir eine Silk-Bluse mitgebracht, wie heißt das, aus Seide, aus Shantungseide, und hat gesagt, die betone meine Augen ... aber ich wollte dir was anderes erzählen. Die Gedanken laufen mir davon ... ich vergess in letzter Zeit Sachen, das ist komisch, weil es so verheddert ist, weil ich so viel verstecke, wegen meinem Doppelleben, ach, wäre es nur ein Doppelleben ... Ein Dreifach-, ein Vierfachleben ist es ... Aber wir haben über etwas anderes geredet ... Was wollte ich ... Warte, Moment, ich hab's. Über den Unterschied zwischen dem, was man von außen sieht, und dem, was wirklich ist ... Schau zum Beispiel mich an, vergiss für einen Moment, dass du mich ein bisschen liebst, streng dich ein wenig an, tu's für mich, ja, und sag mir, was du siehst. Eine ziemlich gewöhnliche Frau, nicht wahr? Nicht mehr ganz frisch. Nicht eine, wie sagt man, nach der ein Mann sich umdreht, außer dir natürlich, und das ist mein Glück, aber das hängt schon mit deiner eigenen Macke zusammen, dafür übernehme ich keine Verantwortung … Also, hier, eine ziemlich gewöhnliche Frau auf den ersten Blick. Bei ihrem Job in Brooklyn, schon sieben Jahre arbeitet sie da, wissen vielleicht fünf von den tausend Beschäftigten der Company den Vornamen von Miss Novak oder dass sie überhaupt einen Vornamen hat … Eine etwas anämische Frau, hat nicht genug Fleisch auf den Rippen, und selbst wenn sie manchmal, sagen wir, in einem bestimmten Licht, recht hübsch aussieht, beinah schön, so ist doch klar, sie hat ihren Höhepunkt schon überschritten, vielleicht könnte man es so sagen.«

»Ich reagiere erst später.« Plötzlich verstand er, wie wichtig es ihr war, dass er sie jetzt aufnahm, direkt nach dem Familienfest, und zwar mit derselben Kamera, mit der er all die Situationen festgehalten hatte, aus denen sie sich selbst ins Exil geschickt hatte.

»Und jetzt stell dir vor: Unter der dünnen Haut von Miss Novak, dieser bleichen Blondine aus dem Ressort ›Kommerzielle und technische Übersetzung – Abteilung Nahöstliche Sprachen, Iran, Türkei und Hebrew-Desk‹, rumort die ganze Zeit etwas, ein Dämon, ein echter, mit einem Schwanz und blutunterlaufenen Augen. Was ist das, dieser Dämon in mir, Rafi, wo hab ich mir den geholt, sag du's mir, falls du ihn überhaupt kennst, falls du einmal im Leben gespürt hast, wie er dir Hirn und Eingeweide verbrennt, wenn er hinunterfährt in den Schwanz, dich bei den Eiern packt und wie einen Handschuh von innen nach außen stülpt, und du interessierst ihn einen Scheiß, verstehst du, ich bin ihm scheißegal, und ich nehm das hin, das kommt mir grad recht, *suits me well*, er benutzt mich nur, für sein Leben. Zu seinem, zu *seinem* Vergnügen, viel mehr als zu *meinem,* und er reibt mich an jedem Schwanz, der vorbeikommt, das ist es, was er braucht, mein Dämon, ich hab einen Vertrag mit ihm unterschrieben, und der ist gut für mich. Denn was er sucht, ist Bewegung, Reibung, verstehst du? Schnelligkeit, Bewegung, Reibung, das ist es wohl, was bei ihm Strom produziert, und das brauch ich auch, wie du weißt, Schnelligkeit, Reibung, dauernden Wechsel, den schnellen Wechsel meiner ahnungslosen Stecher, von denen keiner sich vorstellen kann, dass er nicht der *one and only* ist, dessen Name auf meinem Fächer steht, aber du, du weißt es jetzt, und du bist der einzige auf der Welt, der es weiß. Rafi, dass es vier von ihnen gibt, heute zumindest, vier in dauerndem Wechsel, tack, tack, tack, tack!« Sie schüttelte die Hand, mit der flinken Bewegung eines Kartenschwindlers auf dem Gehweg. Ihre Lider flatterten, ihre Augen schlossen sich, und ihr lallendes Sprechen hatte eine sonderbare Beschaffenheit: besoffen und doch bis ins Letzte gespannt. »Vielleicht reichen mir vier schon bald nicht mehr, Rafi, vielleicht werden mir diese vier nicht reichen, denn ich habe schon gelernt, wie es mit vieren funktioniert. Verstehst du? Ich habe gelernt, viere in die Luft zu werfen, und keiner von ihnen fällt runter, keiner stößt mit einem andern zusammen; kann durchaus sein, dass ich die Dosierung bald erhöhen muss, wie ein Jongleur, mit fünfen, warte, nein, mit sechs, warum nicht mit sechsen, und vielleicht werden mir nach einer Weile auch sechs nicht mehr reichen, und ich werde sieben brauchen, warum nicht ...«

Sie atmete heftig. Ihre Wangen brannten. Als er sie so sah, hat mein Vater mir erzählt, als er ihren Blick sah, verstand er den Ausdruck »fremdes Feuer«.

Zum Schluss hat er mir übrigens alles gezeigt, was er gefilmt hatte, das ganze Material, ohne mir eine Minute zu ersparen. Ich hatte endlos darum gebeten und gebettelt und dabei gleichzeitig auch gebetet, dass er sich nicht dazu breitschlagen ließe, dass er mich in diesem Moment beschützen und der verantwortliche Erwachsene sein würde. *Mein Vater* eben. Aber zum Schluss ist er eingeknickt, und danach hat er es, so sagt er, jeden Tag seines Lebens bereut, und ich auch.

Wo war ich stehngeblieben?

»Wie du mich jetzt anschaust, Rafi … ich weiß, was du denkst, aber ich will, dass du mich bis zum Schluss anhörst und erst nachher entscheidest, okay? Danach verkündest du dein Urteil, das Urteil eines Menschen wie du. Anständig, vorsichtig und zurechnungsfähig.« Sie spuckte die letzten Worte geradezu aus. »Vielleicht entscheidest du, dass man mich ins Exil schicken muss, zur Umerziehung, vielleicht ins Gefängnis auf irgendein *island; islands* sind ja recht populär in unserer Familie, besonders *naked islands,* aber denk dran, Rafi, denk dran, damit kann man mir keine Angst machen, denn ich bin schon lange dort auf der Insel, seit ich sechseinhalb war, bin ich dort, und zwar allein; ohne Prozess haben sie mich da hingeschickt, und von einem Moment auf den andern, ich hatte noch nicht mal einen Beistand vor Gericht, der ein gutes Wort für mich einlegte, und du bist der einzige von allen Menschen auf der Welt, der – vielleicht – etwas Gutes über mich sagen kann, und der einzige, der noch daran glaubt, dass man mich freisprechen könnte, nicht wahr, Rafi?«

Ihre Finger spreizten sich vor ihm und verkrümmten sich wie bei einer Ertrinkenden. »Freisprechen nicht in Bezug auf diese Stecher, sondern überhaupt freisprechen … Wenn man mich nur ein Mal, nur ein einziges Mal in irgend so ein Zeug tauchen könnte und mich sauber wieder herausziehen, rein und unkompliziert, das ist es, wonach ich mich am meisten sehne, alles andre kannst du vergessen, einfach unkompliziert, so wie ich früher war, du weißt schon, bevor das alles passiert ist, vor dem, was Vera und Miloš und mir passiert ist. Noch einmal leben, und sei es nur für fünf Minuten, an diesem Morgen in Belgrad, als Mama mich zu ihrer Freundin Jovanka geschickt hat und ich aus dem Haus ging. Es war schon kalt, das war im Oktober, und auf dem Gehweg gab es eine halb verwischte *Himmel-und-Hölle*-Zeichnung, auf der bin ich gehüpft, und die Blätter fielen auf mich, ich weiß es noch genau«, sie bog den Hals nach hinten, ihre Lider schlossen sich, »große gelbe und rote Blätter, und der Kastanienverkäufer kam gerade mit seinem Wagen an unsere Straßenecke, und ich hab mich umgeschaut, ich erinnere mich, zu unserm Haus, denn ich hatte das Gefühl, dass Mama besorgt und zerstreut war an diesem Morgen … Vera, das weißt du, ist nie zerstreut, aber an diesem Morgen hat sie mir den Pullover verkehrt herum angezogen, und zweimal hat sie versucht, mir Zöpfe zu flechten, aber es war, als ob ihre Hände nicht … und als ich mich umschaute, hab ich gesehen: In unserer Haustür stand ein großer, breiter Mann in einem schwarzen Mantel, der hat mich angeschaut, und das hat mir Angst gemacht, und deshalb bin ich schnell zu Jovankas Haus gelaufen anstatt zurück nach Hause, um bei Mama zu sein, damit sie mit diesem Mann nicht allein ist, denn ich hatte Angst vor ihm, ich bin weggelaufen, ich hatte den Instinkt, mich aus dem Staub zu machen, aber warum erzähl ich das jetzt überhaupt?«

Sie warf Rafi einen gejagten Blick zu, entsetzt.

»Worauf wollte ich hinaus?«

»Aufs Unkompliziertsein.«

»Ja, einfach klar, wie Wasser. Dass man in mich hineinschauen und bis auf den Grund sehen kann. Aber bei mir geht das nicht mehr, die Linse ist getrübt, genauer gesagt, es gibt so viele Linsen, eine liegt über der andern und noch eine und noch eine, wie viele sind da überhaupt möglich, sag du es mir. Wie viele Lügen kann man in das Leben eines einzigen Menschen packen, bevor das Hirn ein Leck kriegt. Einer nach dem andern kommen sie zu mir, die Herren, manchmal zwei am Tag, einer geht, und nach zwei Stunden empfange ich den nächsten. Und denk ja nicht, dass ich dafür Geld nehme, und wenn einer von ihnen den Fehler machen sollte und das anbietet, dann fliegt er aus der Mannschaft; dafür gibt es kein Pardon. Aber für alle anderen bin ich *sweet and crunchy*, ich bin gutgläubig und weich und mütterlich oder verhurt, ganz nach den Wünschen der Kunden. Nina macht alles mit, jeden Vorschlag, je ausgefallener, desto besser, du kannst dir das nicht vorstellen, Rafi, ich lasse sie sich in mir suhlen, und das ist es, was meine Herren verrückt macht, dass alles erlaubt ist, jede Fantasie, jede eigensinnige Caprice. Ekel ich dich an? Soll ich aufhören?«

»Ich filme jetzt nur.«

»Film weiter, ich hab dir gesagt, ich brauch es, dass alle Lügen einmal zusammen auf den Tisch kommen … mein armer Rafi … was für ein Leben könntest du haben, wenn deine Seele sich nicht an einem Nagel wie mir verheddert hätte … soll ich weitermachen?«

Die Kamera nickt.

»Und sie, sie können ihr Glück nicht fassen, dass diese wahnsinnig dünne junge Frau aus der Abteilung *so and so*, mit der sie im Aufzug oder in der Schlange zum *Frozen Joghurt* ein bisschen geflirtet haben, eigentlich ziemlich ohne Absicht, eher aus Höflichkeit, damit sie sich gut fühlt – dass diese anämische Eule in ihren Händen abgeht wie eine Rakete, sich windet und aufbäumt, als ob sie mit drei, vier, fünf verschiedenen Frauen schlafen, nur auf den Mund lässt sie sich nicht küssen, darin ähnelt sie ihren Schwestern, den Huren, oj, mein Rafi, mein Schatz …«, und an dieser Stelle machte sie einen Schritt vor, schlang die Arme um Rafis Hals und schnaubte verzweifelt. Aber dann fing sie sich, trat wieder zurück und sprach weiter in die Kamera. »Ich plapper und plapper und komm nicht zum Kern, und der Kern … was ist der Kern, plötzlich weiß ich nicht mehr, was der Kern ist, sag du es mir …«

»Der Kern ist, dass du das alles nur erfindest, um mich zu deprimieren«, sagte Rafi leise, mit einer Wut, die er kaum noch zurückhalten konnte.

»Oj, das wär was«, seufzte sie, »das wäre schön … wenn es doch nur einen Weg gäbe, eine Art Zauber, um das alles zurückzuholen an den Ort einer Fantasie … Aber es stimmt alles, Rafi, und du verstehst es nicht, du bist zu gut und viel zu klar, um sowas zu verstehen, und jetzt hör zu und lass mich zu Ende reden, denn das wird mir nicht noch mal in meinem Leben passieren, dass ich jemandem davon erzähle, und was wir hier filmen, das drückst du mir nachher schön in die Hand, und ich werd es in das tiefste Loch werfen, das ich finden kann. Das Wichtigste, was ich dir erzählen wollte, damit du es weißt, das Wichtigste sind die letzten Minuten, bevor er an die Tür klopft, der, der gerade dran ist, das sind die Momente, in denen mein Hirn am heißesten brennt, das wundert dich, ja? Erstaunlich, gerade der Moment, bevor er kommt, der Stecher Nummer zwei oder Nummer drei, begreifst du das? Das Wichtigste sind diese fünfzehn, zwanzig Minuten davor, wenn ich mir vorstelle, wie er an der Subwaystation aussteigt, und ich seh, wie er zu mir kommt, er kommt immer näher, und bei jedem Schritt halt ich ihn einen Moment in der Luft auf, langsam-langsam, *darling*, und er fliegt zu mir wie ein Pfeil, aber in Zeitlupe, vorbei an dem Nagelstudio der koreanischen Mädchen, dann an dem Deli, dem Lebensmittelladen vom Inder, und ich komm schier um vor Warten, oj, Rafi, warum sind wir nicht zusammen zu Hause geblieben, in meinem Zimmer im Kibbuz, als wir Kinder waren, warum hast du mich da nicht eingeschlossen, nachdem wir miteinander geschlafen hatten, so lange eingesperrt, bis dieses Gift, diese Droge aus meinem Körper raus war?«

Rafi schwieg.

»Und er, er ist schon an der Ecke bei der Apotheke, lächelt jetzt vor sich hin, weil meine warmen Wellen ihn feucht werden lassen, sie steigen von der Straße, vom Asphalt zu ihm auf, und da gibt es, wie nennt man das, solche Feuerkreise, wie im Zirkus, das Wort ist mir entfallen …«

»Reifen?«, flüsterte er widerwillig.

»Rei-fen …« Sie ließ sich das Wort genüsslich auf der Zunge zergehen, »aber nur er sieht sie, alle andern Leute gehen an ihnen vorbei, ohne sie wahrzunehmen, sie gehen links oder rechts dran vorbei, und nur er springt durch die Reifen meines Feuers wie ein eleganter Löwe, und seine Mähne bläht sich auf, sein Anzug platzt ihm überm Fell, und er weiß, er weiß, er spürt, dass er in diesem Moment bei mir durch den Feuerreifen springt, und er begreift, dass er seinen freien Willen auf der Straße längst verloren hat; was ihn jetzt zieht, das bin nur noch ich, ich, der starke Magnet. Was fick ich dir das Hirn, Rafi, stopp mich, wenn es dich ankotzt, wie kommt es, dass du noch nicht genug hast, und jetzt, schau her, stell dir das vor, bleib jetzt bei mir, geh nicht weg, sieh mit eigenen Augen, wie der alte Aufzug unten scheppert und ihn langsam zu mir hochbringt, neunter, zehnter, elfter, zwölfter Stock … und der Herr, er will, er ist ein einziger, brennender Wille. Mich will er, Rafi, mich, verstehst du? Und ich, ich bin ganz und gar Wille, dass er mich will, und ich bin ganz und gar Feuer, weil er mich jetzt wählt, mich, seine kleine Nina, ich bin in seinem reinen Willen, und sein Schwanz ist wie eine Kompassnadel, die auf mich zeigt, denn er hat mich gewählt, aus den Millionen, die in diesem Moment in New York leben. Und er ist klar und absolut eindeutig, und übrigens, alle meine Stecher sind so, da gibt es kein ›Was ist denn heute mit mir los, ich versteh das nicht, sowas ist mir im Leben noch nicht passiert!‹, solche gibt es bei mir nicht. So einer fliegt sofort raus und wird durch einen andern ersetzt, denn mich, mein lieber Rafi, mich muss man schon wollen. Hast du verstanden? Hast du das verstanden?«

Rafael seufzte. Sein Kopf tat ihm weh, als hätte man in ihn hineingebohrt. »Du bist betrunken, Nina. Komm, wir gehn wieder in Veras Zimmer. Da machen wir dir einen starken Kaffee …«

»Sie müssen wollen und mich begehren und nochmal wollen und mich begehren, bis im Hirn für nichts andres mehr Platz ist als dafür, dass man mich will, das ist die Bedingung, um bei mir angenommen zu werden. Wählen, man muss mich wählen …«, schrie sie und brach dann in Tränen aus.

Rafi schluckte. In den letzten Sekunden war er nicht bei sich gewesen. Jetzt kam es ihm vor, als ob ein Hypnotiseur mit den Fingern an seinem Ohr schnipste und ihn aufweckte. Ihn und auch den Schmerz.

»Was?«, fragte sie nach einigen Momenten des Schweigens.

»Was – was?«

»Sag etwas, spuck mich an, tritt mich aus wie eine Zigarette, lass den Kibbuz kommen und mich steinigen. Ich glaub es selbst nicht, was ich getan habe.«

Sie sank in sich zusammen und setzte sich auf einen Gullydeckel. Packte ihren Kopf mit beiden Händen. »Ich glaub es nicht«, seufzte sie, »ausgerechnet dir erzähl ich das, von allen auf der Welt? Gib mir die Kamera.«

»Das entscheiden wir morgen früh. Wenn du deinen Rausch ausgeschlafen hast.«

Zu seiner Überraschung willigte sie ein. Sie hob ihre weit aufgerissenen Augen zu ihm, »sag wenigstens irgendwas. Lass mich hier nicht blutend liegen.«

Er setzte sich neben sie. Holte tief Luft und drückte sie an sich.

»Bin ich in deinen Augen nicht verseucht?«

»Ich weiß nicht, was ich fühle.«

»Dann bin ich in deinen Augen verseucht.«

»Früher, als wir … als es mit uns anfing, als ich dich im ganzen Land gesucht habe, da habe ich einen Eid geschworen.« Er seufzt. »Nun gut, was soll's. Ich erzähl es dir. Ich habe geschworen, dass ich all dein Gift aufsaugen werde, bis du dich ganz davon gereinigt hast, und dann, so dachte ich, könnten wir anfangen, wirklich zu leben.«

»Und jetzt?«

»Ich weiß es nicht. Ich glaube, ich bin am Ende meiner Aufnahmefähigkeit.«

»Am Ende oder schon darüber hinaus?« Ihre Stimme versagte. Rafi schwieg. Dachte, dass es vielleicht wirklich an der Zeit war, sie aus seinem Leben fortzuschicken.

»Ich verstehe«, sagte sie.

»Komm, wir gehen rein. Vera wartet.«

Nina hielt sich an seinem Arm fest. Schmiegte sich an ihn. Er dachte an ihren Körper, an das Leben ihres Körpers. Sie hatte ihm mal gesagt, man könne über sie zwei völlig getrennte Lebensgeschichten schreiben: eine über sie und eine über ihren Körper.

Seine Hand auf ihrer Schulter war leichter als sonst.

»Er kühlt mir jetzt ab«, stellte Nina fest, »ich ekel ihn an.«

Die Verzweiflung über sie überflutete ihn. Dass sie so weit gegangen war, weit über das hinaus, was er verstehen konnte. Er spürte, wie sie stürzte, unterging. Und sofort drehte er sie zu sich und küsste sie auf den Mund.

Und küsste und küsste. Und sie tat es auch. Sie küssten sich.

Danach lösten sie sich voneinander und schauten sich an.

»Nu«, sagte sie atemlos, »hast du ein bisschen Gift aufgesogen?« »Als wär es unser erster Kuss«, murmelte er. Eine Gruppe Mädchen ging an ihnen vorbei. »Nehmt euch doch ein Zimmer!«, rief eine von ihnen. Und eine andere fügte hinzu: »Am besten im betreuten Wohnen!«

Nina und Rafi lachten.

»Mein erster Kuss seit langer, langer Zeit«, sagte sie.

»Was für einen süßen Mund du hast«, sagte er.

»Wir haben uns geküsst«, murmelte sie. »Was hast du mir angetan, Rafi?«

»Ich habe die Frau geküsst, die ich mein Leben lang geliebt habe.«

Sie seufzte leise: »Du bist ein dermaßener Arsch«, und plötzlich entbrannte ihr Zorn, als habe er leichtsinnig einen komplizierten Plan durchkreuzt, an dem sie Jahre gearbeitet hatte.

Doch sofort machte sie kehrt und drückte sich mit ihrem ganzen Körper an ihn. »Flieh! Hau ab«, sagte sie, »rette deine Seele!« Sie küssten sich wieder. »Wir befinden uns bereits in einer Tiefe von neun Küssen«, murmelte sie. Er lachte, und sie freute sich. Er küsste sie wieder. Sie prüfte: »Ist das ein Abschiedskuss?« Er küsste sie wieder. Ihr Kopf ruhte auf seinem Oberarm. Ihre Augen waren geschlossen. Ihre Lippen zu einem Kussmund gespitzt. Sie sagte: »Kennst du das, dass du anfängst zu essen und erst dann merkst, wie hungrig du warst?«

Ihr Körper wurde weich und floss in seine Arme. »Nie vorher sind wir uns so nah gewesen, in Leib und Seele«, sagte Rafi zu mir, als ich das von ihm gefilmte Material gesehen hatte und nur noch sterben wollte.

Am nächsten Morgen, zwei Tage vor dem geplanten Termin, war sie nach New York zurückgeflogen, ohne sich von meinem Vater und von Vera zu verabschieden.

»Mein Schwiegervater und ich erreichen Beograd. Es ist Nacht, wir müssen über Grenze nach Kroatien, in mein Land;

ich möchte zuerst gehen in unser Haus, Haus von Miloš und mir in Zemun, direkt bei Beograd. Wenigstens zehn Minuten will ich sein in meiner schönen Wohnung, paar Kleider und Sachen mitnehmen, die wir verkaufen können, und dieses Geld wird uns helfen, Miloš finden.

Aber in Beograd herrscht Ausnahmezustand, und es gibt nur Pontonbrücke über Fluss, und da fährt schon deutsche Armee, und ich sehe ein Militärwagen mit ungarische Fahne, und ich schreie auf Ungarisch: Nimm mich mit! Und er nimmt mich und Schwiegervater mit über Brücke. Und siehe da, schon sind wir in Kroatien, und es ist dunkel, und wir gehen zu Fuß und kommen zu mein Haus; dort im Viertel haben Häuser vier Stockwerke, und ich sehe, meine Esslinger-Fensterläden sind offen, und draußen hängen Uniformen von deutsche Soldaten an Wäscheleine, und ich gehe im Dunkel Treppe hinauf und komme zu meiner Tür, und da hängt so ein rotes Schild mit diesem Geier drauf: ›Beschlagnahmt von deutsche Armee‹.

Und ich mache Tür bisschen auf und schaue hinein und sehe, alle Lichter brennen, Soldaten und Huren, und meine schöne Kristallgläser zerbrochen, und ich mache Türe leise wieder zu und gehe runter und sage zu Schwiegervater, lass uns noch bisschen warten, dann geh ich da hinein. Und er sagt: ›Du bist ja verrückt, meine Schwiegertochter, ich lass dich da nicht rein, denn ich habe versprochen deinem Mann, dich zu beschützen.‹ Und ich sage: ›Ich brauch aber paar Sachen von oben, um Miloš zu retten, und ich hab auch schon einen Plan.‹ Er sagt zu mir: ›Aber wo willst du Miloš denn suchen? Vielleicht gibt es Miloš gar nicht mehr?‹ Und ich sage: ›Miloš ist noch da, und ich werd ihn finden.‹ Und so machen wir große

Pläne, und wir beide denken gar nicht daran, dass wir sind mitten in Kroatien und dass mein Schwiegervater serbische Tracht trägt und ich aussehe wie serbische Bäuerin, und als uns das wieder einfällt, sind wir sehr niedergeschlagen.

Und ich denke sofort, nichts, aber auch gar nichts mach ich richtig. Vielleicht beweist das, dass ich ihn nicht genug liebe, meinen Miloš? Und plötzlich seh ich neben meinem Bein, vielleicht zwei Meter entfernt, da liegt auf Gehweg ein Mensch, und der sagt zu mir: ›Miko? Wo kommst du denn her?‹ Und ich sage: ›Miloš, woher hast du gewusst, dass du ausgerechnet hierher kommen musst, von alle Orte auf Welt?‹ Und Miloš sagt: ›Ich habe gewusst, du wirst gehen in unsere Wohnung, paar Sachen holen, damit du Geld besorgen kannst und zu mir kommen.‹ Und ich sage zu ihm: ›Miloš, du siehst sehr krank aus, lebst du wirklich noch?‹ Und er sagt: ›Ich lebe, aber ich bin schwer verwundet. Bin fast zwei Wochen lang gekrochen, bis ich bin hier angekommen.‹«

»Unmöglich«, flüstert Nina.

»Was ist unmöglich?« Vera spannt sich sofort an.

»War das wirklich so?«

»Genau so ist es gewesen.«

»Mensch, ihr seid echt eine Geschichte«, murmelt Nina. Ich kann nicht wirklich erkennen, was sie damit meint.

»Ja«, sagt Vera mit einer sonderbaren Freude, »wir sind eine Geschichte …«

»Erzähl weiter, Oma«, bitte ich.

» … und Miloš hat mir erzählt, sie haben aufgerieben seine *divizija*, und kroatische Faschisten haben Serben wie ihn genommen in Kriegsgefangenschaft und eingesperrt in Gymnasium in Stadt Bjelovar, und Miloš ist gesprungen aus Fenster und auf Bauch gelandet, genau da, wo seine Operation gewesen ist. Da ist Narbe aufgegangen, aber er ist losgelaufen zu Fuß, immer wieder hingefallen, und er hat doch noch immer angehabt seine serbische Uniform. Und da hat er gefunden ein Kleidergeschäft, *Grünhut,* von einem Juden! Er hat angeklopft und gesagt, Herr Grünhut, machen Sie mir auf. Jude hat sich sehr erschreckt, aber er hat aufgemacht. Und Miloš hat gesagt, meine Frau ist Jüdin, Vera Bauer. ›Bauer? Ich habe gekannt Clara Bauer von Firma Bauer, bestimmt ist das ihre Mutter! Kommen Sie rein, schnell.‹ Und er hat ihm gegeben Essen und verbrannt Uniform von serbische Militär und hat ihm gegeben kroatische Kleider, und Miloš hat geschlafen paar Nächte in seinem Lagerraum, und dann hat er gesagt: ›Ich muss jetzt los zu meiner Frau.‹

So hat Miloš es uns erzählt, und ich habe gleich gemerkt, dass er mich jetzt anredet als Frau, er sagt ›meine Liebe‹ und nicht ›mein Lieber‹, vielleicht weil sein Vater dabei gewesen ist und vielleicht weil er sich so gesehnt hat nach mir, und ganze Zeit sitzen wir drei auf Gehweg unter meinem Haus im Dunkel, und ich beherrsche mich, ihn nicht zu umarmen und nicht zu tanzen um ihn, und auch er beherrscht sich, mich nicht zu berühren, nicht mal mit Nagel von kleine Finger, wegen Vaterehre. Und wir sehen, Soldaten und Huren kommen raus aus meinem Haus, und sie sind betrunken und singen. Ich sage zu meine beide Männer: ›Jetzt ist gekommen meine Zeit. Ich gehe rein. Wenn da noch jemand ist, Besoffener oder Hure, die bring ich um.‹ Und ich nehme meine Pistole in Hand und geh in meine Wohnung, und da ist kein Mensch, aber alles verwüstet. Huren und Soldaten haben meine Wohnung kaputtgeschlagen. Und ich werf aus Fenster zu mein

Schwiegervater ganzen Schmuck von meiner Mutter, den hatt ich versteckt in Marmeladengläsern, und ich hab auch noch gefunden bisschen Geld und Silberbesteck. Zwei Koffer hab ich voll gemacht und runtergeworfen, und Bettzeug und mein Federbett, das hab ich noch heute, und Rafi, als er gewesen ist kleiner Junge, und danach auch Gili haben gerne geschlafen darin, sogar im Sommer.«

Rafi sagt, diese Decke habe den Geruch von Ausland gehabt. Ich erinnere mich, wie gern ich mich in sie eingewickelt habe. Ich filme Ninas Schweigen.

»So habe ich gestohlen meine eigene Sachen und bin runtergegangen, zurück zu Schwiegervater und Miloš, und habe gesagt: ›Und jetzt, schön langsam, nehmen wir Miloš mit nach Hause.‹

Was ist gewesen jetzt neues Problem? Dass Miloš fast gar nicht hat laufen können. Er stützt sich auf mich, er hat Schmerzen. Operationswunde ist wieder offen, und da kommt heraus Eiter und Dreck, und er hält mit beiden Händen seinen Bauch, damit Gedärme nicht rausfallen, aber wir sind zusammen, und so ist alles in Ordnung, und sein Vater läuft paar Meter vor uns, als ob er uns nicht sieht, und er sieht nicht, wie ich Miloš' Haar streichle, damit es ihm nicht fällt in Augen. Und ich denke mir im Stillen, ach, wenn es so nur weitergehen könnte mein Leben lang! Mehr wünsch ich mir gar nicht. Aber Miloš hat keine Kraft mehr, und ich trag ihn auf meinem Rücken, weil sein Vater hat Rückenverletzung aus Erste Weltkrieg.

Und um drei Uhr nachts kommen wir zu Brücke und warten aufs erste Licht. Dann fahren sie die Brücke wieder aus und lassen zuerst rüber Bauern mit Feldern in Serbien. Ich gehe zu einem Bauer mit Wagen und zwei Kühe, und ich sage zu ihm, wir haben hier verletzten Mann. Ich habe silberne Teelöffel und Gabeln, das gehört alles dir. Er hat gesagt, leg alles hier hin, und wir sind gestiegen auf sein Wagen und er hat uns mitgenommen bis hinter Brücke, und hinter Brücke hat es gegeben Markt, Grüne Krone, und da sind schon da gewesen einige Bauern. Ich habe zurückgelassen Miloš und seinen Vater und mitgenommen Ring mit *briljant* –«

»Brillant«, sagt Nina zerstreut, »das heißt Brillant.«

»Aber das hab ich doch gesagt.«

»Du hast *briljant* gesagt. Egal. Erzähl weiter.«

»Genau so. *Briljant*!«

»Ist ja in Ordnung. Reg dich nicht auf«, Nina lehnt den Kopf nach hinten, zischt zu sich selbst, »fünfundvierzig Jahre im Land und redet noch immer wie eine Neueinwanderin.«

»Und da hat es auch gegeben Wirtschaft«, sagt Vera nachdrücklich, »ist das jetzt richtige Wort, Nina? Oder ist das auch Wort von Neueingewanderte?« Nina lacht. »Du hast mich besiegt, Mama, ich hab bloß … vergiss es, mach weiter.«

»Und ich bin reingegangen und habe gerufen: ›Wer hat Pferd mit Wagen – dem geb ich diesen Briljantring!‹ Und Besitzer von Wirtschaft prüft Ring und sagt: ›Der ist wert drei Wägen mit Pferden.‹ ›Mir genügt schon ein Wagen!‹ – Und wir tun Miloš auf Wagen. Ich pack ihn gut ein, in Bettzeug und Federbett aus unserer Wohnung. Ich sage zu Besitzer, er soll fahren zum Dorf von Miloš und dass ich da ankommen will nachts, damit keiner erfährt, dass Miloš zurück ist, denn man könnte ihn verraten und nochmal einziehen, und dann muss ich ihn wieder suchen gehen. Und so sind wir angekommen, und seine Mutter, meine Schwiegermutter, hat sofort geschlachtet ein Schaf, hat ihm Fell abgezogen und Miloš da hineingepackt und mit große Nadel zugenäht, und Miloš ist eingeschlafen darin, fast zwei Tage lang hat er geschlafen, und als wir ihn rausgeholt haben aus Fell, da hat er gehabt schon wieder bisschen Farbe im Gesicht, und wir haben ihn gelegt in kleines Zimmer ohne Fenster, und nur ich und seine Mutter haben ihn gepflegt.

Armer Miloš, er hat gelitten mehr wegen mir als wegen sich selbst. ›Wie hältst du das hier aus, Vera? Dieses ganze Leben hier passt doch gar nicht zu dir!‹ Und ich: ›Was stört mich das? Ich bin bei dir, dann ist alles in Ordnung! Du lebst? Du bist bei mir? Alles in Ordnung!‹«

Rafi zeigt auf ein Schild: Noch vierzig Meilen, oder Kilometer. Der Regen hat sich etwas beruhigt. Die Zitrone gondelt nach der großen Anstrengung gemächlich vor sich hin. Rafi streckt sich und erfüllt mit seinem Körper und seinem Gähnen das Innere des Wagens – ein echter Löwenschrei à la *Metro Goldwyn Mayer*. Danach fahren wir ziemlich lange schweigend. Ich glaube, Nina nickt ein bisschen ein.

»Und ganze Zeit hab ich auch gearbeitet dort im Dorf«, erzählt Vera leise in die Kamera, sie flüstert fast, »auf Feld und im Weinberg. Und Miloš ist gelegen krank in Bett, und seine Mutter hat zu mir gesagt: ›Du musst schaffen zwei Reihen, auch eine für deinen Mann!‹ – ›Aber das ist dein Sohn!‹ – ›Ja, aber das ist noch ein Mund, wo will essen!‹ So funktioniert Bauernlogik, und ich hab das akzeptiert.«

Ich fokussiere scharf auf Ninas Gesicht. Ihre Spannung und ihr Ärger sind verflogen. Sie lauscht mit geschlossenen Augen. Und lächelt.

»Und jeden Morgen hab ich hinten reingeguckt beim

Huhn, ob es schon Ei hat, und habe Futter gekocht für Schweine, Kartoffelschalen und Kürbis, und dazu mischt man noch Kleie, und morgens hab ich für alle gebacken Brot aus Maismehl, so große Brote, die hab ich kaum rausholen können aus Ofen. Und ich hab Essen gekocht für Männer draußen aufm Feld, Kohl oder Bohnen, das ist bei denen Nationalessen. Fleisch hat es gegeben fast nie. Nur an Feiertagen. Manchmal Huhn. Schwein hat man geschlachtet vielleicht einmal in Jahr.«

Vera reibt sich die Augen. Nina neben ihr ist eingenickt. In einer scharfen Bewegung, als folge sie einer plötzlichen Eingebung, zieht sie Nina zu sich, damit sie sich an sie lehnt, Kopf an Kopf.

»Ich habe geliebt Leben im Dorf«, sagt sie in Ninas Haar und nimmt Ninas Hand in ihre und streichelt sie langsam. »Ich hab es dort gemocht, Nina. Alles ist gut gewesen für mich. Ich habe gebadet in Waschküche in große Bottich. Füße wäscht man sich dort jeden Abend, und ich als ihre Braut knie abends am Boden, zieh ihnen ihre *Offenbach*-Stiefel aus, und meinem Schwiegervater zieh ich auch Socken aus und wasche seine Füße.«

Vera flüstert fast. Ich hoffe, die *Sony* nimmt etwas davon auf. Vielleicht sind die Wörter auch nicht mehr so wichtig. Ihre Lippen bewegen sich an Ninas Ohr; die versucht, nicht einzuschlafen. Die zukünftige Nina ist jetzt gleichsam verschwunden, hat sich plötzlich verflüchtigt. Es fühlt sich an, als würden die Dinge wieder sie selbst. Als wurzelten sie plötzlich in der Zeit und in der Familie.

»Alle Leute im Dorf haben mir erzählt ihre Geschichten. Irgendwie hab ich gewusst, wie man dort reinkommt. Alles ist für mich gewesen interessant. Jeden Mensch hab ich gefunden besonders. So hat mir erzählt Mutter von Miloš, dass ihre Schwiegermutter ist schlechte und ganz furchtbare Frau, und diese Schwiegermutter hat mir erzählt, dass Miloš' Mutter hat betrogen sein Vater im Ersten Weltkrieg … Und ich habe mich sehr interessiert dafür, ich habe verschlingen wollen alles …«

Die Kamera ruht auf Nina; sie lächelt sich selbst zu, ihre Augen sind fast geschlossen, sie sucht die bequemste Stelle an Veras Körper, um dort zu nisten.

»Und ich bin gegangen zum Friedhof, um mit Frauen zu reden, die gesessen haben an Gräbern von ihre Männer und haben geweint. Ich habe zu ihnen gesagt, bitte, gute Nachbarinnen, sagt mir, wer ist gewesen euer teurer Verstorbener, erzählt mir bitte von ihm. Und ich habe mir gemerkt alles. Und bis heute erinnere ich mich, als sei es gewesen gestern.

Verstehst du, Ninale«, flüstert sie, »alles, was gehört hat zu Miloš, hab ich aufsaugen wollen, seine ganze Welt. Ich hab alles verstehen müssen, um ihn zu verstehen. Das sind doch gewesen seine Wurzeln.«

Ihr Mund liegt an Ninas Wange. Nina öffnet die Augen, ihr Blick ist verschwommen, vielleicht versucht sie sich zu erinnern, wie sie in diese Lage gekommen ist; dann gibt sie sich langsam dem Schlaf hin. Etwas an diesem ganzen Bild lässt das Herz beben: Rafi fährt sie, ich filme sie, Vera erzählt ihr eine Geschichte. Wir drei wachen, und sie, zwischen uns, sie dämmert weg.

»Und sie haben mich dort geliebt, weil ich nicht *Lady* gespielt habe. Ich bin rumgelaufen in schmutzige und stinkende Klamotten. Und dort hat es gegeben statt WC nur Loch in

Erde, und Betten hat es gegeben gar keine. Als Miloš und ich gekommen sind zum ersten Mal, haben sie vom Nachbardorf ausgeliehen zwei Betten und haben sie für uns gepolstert mit Stroh, und da sind rumgehüpft Flöhe, und damals war es noch nicht so, dass Frauen sich rasieren ihre Beine, und ich habe da Haare gehabt und dazwischen Flöhe.«

»Igitt, Oma«, rufe ich.

»Igitt, das ist heute«, sagt Vera trocken, »dort war alles anders. Dort ist gewesen Armut. Und Krieg. Und Balkan. Aber ich habe das gewollt, habe gewollt Teil davon sein. Erste Mal im Leben hab ich gefühlt, dass ich dazugehöre. Ich hab Essen gekocht, und sie sind gegangen arbeiten, und mittags hab ich gelegt über meine Schultern große Stock, wo an beide Enden Töpfe hängen, und bin gegangen durch Felder bis zum Weinberg, ihnen Essen bringen. Und ich habe gesungen und bin gewesen froh, und es ist mir gut gegangen auf Welt, denn Miloš ist gewesen bei mir, und er ist langsam herausgekommen aus alle seine Kränkes und Beschwerden, und Bauern auf Felder rundherum haben gerufen: ›Hej Milosav, wer läuft denn da? Wer singt denn da wie ein Vogel?‹ – ›Ah, das ist Braut von Novak! Sie bringt ihnen Essen!‹«

Nina schläft. Nach ein paar Minuten schläft auch Vera ein, ihren Kopf an Ninas Kopf. Ich schalte die Kamera aus. Bis zum Ende der Fahrt schweigen Papa und ich.

Jetzt, am späten Abend, legt sich eine graue, nicht genau lokalisierbare Bedrücktheit über mich. (Ich schreibe auf der Fensterbank; vor mir die Adria, eine kleine Bucht mit Bötchen, eine Kleinstadt, deren Namen ich nicht noch mal auszusprechen versuche, weil ich sonst eine Kieferoperation brauche.)

In der Minibar gibt's nur weißes Licht. Auf der Promenade gegenüber treiben Schwärme trockener Blätter und leerer Plastiktüten. Eine scheinbar unbewohnte Küstenstadt mit einer Reihe von Hotels am Meer und Restaurants, die sogar um diese Uhrzeit noch geöffnet sind, leer und von grellem Neonlicht geflutet, aus ihnen steigt stinkend und doch auch appetitanregend der Rauch von Schawarma auf; überall lange Theken, Aquarien gleich, vollgepackt mit Bergen von Eis in entsetzlichen Farben. Vera, Rafael und Nina schlafen in drei anderen Zimmern des Hotels. Morgen früh fahren wir, wenn das Meer uns lässt und der Sturm nicht wieder losbricht, auf die Nackte Insel, die irgendwo hier vor der Küste im Nebel liegt. Das ist die Insel, ich weiß nicht, ob ich das schon schrieb, auf der sich ein Großteil meiner Kindheit und Jugend abgespielt hat, obwohl ich niemals dort gewesen bin; dort wird unsre Reise enden, und danach kann ich wieder ich selbst sein. Dann bin ich nicht länger das Hologramm der Verwirrung, einer Verwirrung, die mein Vater und Nina mit jeder ihrer Bewegungen bei mir erzeugen (jedes Mal mit einem allergischen Schauer, der mir den Rücken runterzischt, wie ein Feuerwehrmann an der Stange auf dem Weg zum Einsatz): wenn sie miteinander reden, sich in die Augen schauen, sich umarmen oder seufzen.

Mit einem Schlag wird mir klar: Sie erschaffen mich noch immer!

Mitten in der Nacht. Sobald sie sich nicht um mich drängen, bin ich sofort bei Meir. Denke die ganze Zeit daran, an mich und an ihn und was aus uns wird. Ich habe mir geschworen, dass ich ihn während der Reise ausknipse, um nicht völlig verrückt zu werden, aber ich schaffe es nicht. Vielleicht hilft es ja, wenn ich ein bisschen über ihn schreibe. Oder über uns. Nein, nicht über uns. Über uns wäre jetzt nicht gut für mich. Ich schreibe etwas über die Nische, die wir uns geschaffen haben. Kein sexy Start-up, sondern eher so low-tec wie nur irgend möglich, aber für uns passt es und es hilft uns, den Kopf über Wasser zu halten in Zeiten, in denen ich zwischen zwei Projekten hänge. Auf dem Hügel gegenüber unserem Haus zwischen den Kiefern beerdigen wir Haustiere. Leute aus der Umgebung, aber nicht nur, bringen uns ihre Hunde, Katzen, Papageien und Hamster. Einmal haben wir sogar ein Pony begraben und zweimal einen Esel. Einmal auch einen dressierten Falken (für den haben wir einen wunderschönen Krug mit dem Bild eines Raubvogels gefunden), und für Kaninchen haben wir ein ganzes Gräberfeld. Normalerweise erscheint zur Beerdigung ein Elternteil mit einem Kind, aber manchmal kommt auch die ganze Familie. Ich gehe immer mit. Meir braucht grundsätzlich eine ganze Weile, um warmzuwerden und sich zu öffnen, und in dieser Zeit decke ich einen kleinen Tisch – eine Thermosflasche mit Kaffee, eine mit Tee, Saft, Kekse, Obst und ein Blumenstrauß. Meir holt das Tier aus dem Kofferraum. Die meisten Tiere werden in ein Laken oder eine Decke gewickelt gebracht, darum haben wir die Leute gebeten. In diesen Augenblicken kommt Meirs ganze Schönheit ans Licht, sein sanftes, stilles Vatersein.

Nein, kein Zweifel.

Das Problem bin ich. Mir traue ich da nicht.

Das Grab ist schon vorher geschaufelt. Meir legt das Tier hinein und bedeckt es mit Erde, das ist immer ein schwerer Moment, für alle. Dann legt er ein Schild aus Karton mit dem

Namen des Hundes oder der Katze oder des Vogels aufs Grab. Manchmal möchte die Familie, dass auch ein Bild des Haustiers dabei ist. Oder wir sollen zum Namen des Tieres noch ihren Nachnamen dazuschreiben. Und immer gibt es eine kleine Zeremonie (das besprechen wir im Vorfeld mit der Familie), und dann liest das Kind einen Abschiedsbrief an seinen Hamster, oder ein junges Mädchen spielt für ihren Hund etwas auf der Gitarre. Wenn die Familie von sich aus nichts vorbereitet hat, ermuntert Meir sie zum Sprechen. Stellt Fragen zu dem Tier und zur Familie. Fast immer kommen dann Erinnerungen hoch, und es wird gelacht und auch geweint. Es ist schön zu sehen, wie es ihm gelingt, ihre Bedrücktheit zu mildern.

Nach der Zeremonie laden wir die Leute ein, zwischen den anderen Gräbern spazieren zu gehen. Das hebt ihre Stimmung. Sie spüren, dass ihr geliebtes Tier hier nicht allein sein wird. Nachdem sie abgefahren sind, bleiben wir noch eine Weile an dem Grab sitzen, trinken Tee und reden über die Familie, die wir gerade kennengelernt haben. In letzter Zeit haben wir ein paar Probleme. Jemand, vermutlich aus dem Moschaw, hat uns verpfiffen, und der Jüdische Nationalfonds droht, uns anzuzeigen und unseren Ort zu zerstören, weil dieses Land dem Staat gehört oder so, und auch die Steuer wird sich auf uns stürzen. Egal. Da kommen wir auch wieder raus, Kopf hoch. Siehe da, es klopft an der Tür.

Es ist Nina, die Hände auf dem Rücken verschränkt. »Schmeiß mich nicht raus.«

Ich mache ihr Platz. Sie kommt rein. Halb zwei nachts.

Sie stellt eine Flasche Whisky auf den Tisch. Auf dem Schildchen ein weißer Eisbär, es fehlen schon mindestens zwei Fingerbreit. Sie fragt, ob sie sich auf den einzigen Stuhl im Zimmer setzen darf. Ich setz mich ihr gegenüber auf die Bettkante.

»Kann nicht einschlafen«, sagt sie.

»Das seh ich.«

»Ein Scheißhotel.«

»Ja? Ich find's ganz okay.«

»Es gibt überhaupt kein ... ich weiß nicht, kein Gefühl von Zuhause.«

Ein Lachen spritzt von mir weg wie Spucke.

»Warum?«, fragt sie nach, »hab ich was Komisches gesagt?«

»Nein. Nur würd ich an deiner Stelle nicht von Dingen reden, von denen ich keine Ahnung hab.«

»Oj, du bist aber fix.«

Es ist, als müssten wir jedes Mal von Neuem den ganzen Weg aufeinander zu machen. Sie trinkt und reicht mir die Flasche. Ich trinke nicht. Bei uns zu Hause ist Alkohol der Teufel, den ich ausgetrieben habe. Zumindest einer von ihnen. Aber ich nippe mal kurz und huste mir die Seele aus dem Leib. Mir tränen die Augen, so scharf ist das Zeug.

»In meinem Dorf gibt es eine Kneipe«, sagt sie, »im Grunde zwei. Der eine Wirt sagt, er hätte den besten Whisky auf der Welt. Und der andere, den ich lieber mag, sagt, er hätte den besten Whisky im Dorf. Abends, am Ende des Tages, bin ich gerne dort, das tut mir gut. Sobald die Dunkelheit beginnt, vor allem in der dunklen Jahreszeit – vier Monate ganz ohne Sonne –, zieht es die Leute dorthin. So ein Bedürfnis, in einem warmen Brei zusammen zu sein. Unter Menschen.«

Ich höre zu.

»Manchmal kommen Leute von der Satellitenstation des Polarkreises, manchmal auch die Arbeiter aus dem Bergwerk. Wenn die sich begegnen, da muss man einfach dabei sein … und fast jeden Abend singen wir.«

»*Du* singst?«

»Ich summe mit.«

Sie trinkt. In durchaus großzügigen Schlucken.

»Um das Dorf herum«, sagt sie, »gibt es riesige Berge, richtige Monster, schneebedeckt, und vier Monate herrscht fast völlige Dunkelheit, hab ich das schon gesagt? Die Leute laufen mit Taschenlampen rum. Das Merkwürdigste ist, wenn du in der Dunkelheit am Meer langgehst. Du hörst es, aber du kannst es nicht sehen.«

»Ist es da schön?«

»Schön? … Mit solchen Worten kann man das nicht beschreiben. Überhaupt, Wörter sind nicht die starke Seite dieses Ortes.«

»Erklär mir das.«

Sie überlegt einen Augenblick. »Nein. Das würde es mir verderben.«

Ihre Offenheit tut mir gut. Ich habe den Eindruck, sie und Meir kämen prima miteinander zurecht, solange sie nur nicht versuchen würde, ihn zu ficken.

»Trotzdem. Gib mir einen Hinweis.«

»Es ist wie das Ende der Welt und die Erschaffung der Welt in einem.«

»Geht's dir da gut?«

»Gut? Schwer zu sagen. Es tut mir gut, dass dort alles minimal ist. Nur das Wesentliche, die Essenz. Ich bin noch nie so ruhig gewesen, innerlich, in mir drin, wie dort.«

Ich seufze. Mein Lebensgefährte ist auch so ein Essenzieller.

»Und weil alles begrenzt ist«, sagt sie, »beginnst du, auf die kleinsten Dinge zu achten. Lauter Zeichen.«

»Ja«, sage ich, »das Gefühl kenne ich.«

Wir beide strengen uns ziemlich an. Tasten nach dem Ort, an dem wir vielleicht möglich werden können.

»Und wie lang bist du dort schon?«

»Zwei Jahre. Seit ich aus Amerika getürmt bin.«

»Getürmt?«

»Kleines Missverständnis mit den Steuerbehörden«, sagt sie lachend. Auch ich lache. Wir haben einen gemeinsamen Feind. Noch ein paar Sätze, und wir werden über die Mehrwertsteuer sprechen und welche Ausgaben man absetzen kann. »Aber ich hatte sowieso schon vor, dort wegzugehen. Ich musste weiter. Ich bin ein Mensch, der in Bewegung bleiben muss.«

»Das hab ich wohl gemerkt.«

»Und da im Norden hat sich etwas beruhigt.«

»Weißt du«, sage ich nach einem selbstmörderischen Schluck, »ich schau dich an und denke, es kann nicht sein, es kann einfach nicht sein, dass diese Frau, die hier vor mir sitzt, mich aus ihrem Leben rausgeschmissen hat, als ich dreieinhalb war.«

»So ist es aber.«

»Und du … du denkst nicht mal daran, sagen wir, dich zu entschuldigen?«

»Nein. Nein. Auf keinen Fall.«

»Nein?«, brülle ich fast. Unverschämt ist sie auch noch.

»Das kann man nicht entschuldigen. Selbst wenn ich mich

entschuldige, dafür gibt es keine Entschuldigung. Mit dieser Hölle muss ich leben.«

Auge in Auge. Etwas Feuchtes in ihrem Blick, und für einen Moment glaube ich ihr sogar. Aber dann denke ich an die »Lebensartisten« von Van de Velde, dem Mann, der mir *Die Geheimnisse der Ehe* beigebracht hat (»Menschen, die sehr gefühlsarm sind, spielen die Rolle eines Affektiven. Solche nennt man ›Lebensartisten‹«), und ich glaube ihr ein bisschen weniger.

»Erzähl mir noch mehr«, sage ich.

»Worüber?«

»Ich weiß nicht. Über diesen Ort.«

»Wovon es wirklich viele gibt in diesen Bergen drum herum, das sind Bären. Wunderschöne weiße Eisbären.«

»Echte?«

»Total echt. Etwa zweitausend. Alle paar Wochen kommt einer ins Dorf, sucht in den Mülltonnen nach Essen oder jagt sich einen Menschen. Wir haben auf dem Handy eine Bärenwarnungs-App, aber alle paar Monate wird doch jemand gefressen. Seit ich da bin, wurden schon vier Leute gefressen. Das gehört mit dazu.«

»Was?«

»Die Angst.«

Ich mach ihr ein Zeichen, sie soll das erklären.

»Das ist nicht wie die Angst, dass dich jemand an der Ampel verflucht, oder die Angst vor einem Mann, der dir in einer Gasse nachschleicht. Das passiert an einem ganz anderen Ort im Körper.«

»Und die Leute dort, die haben keine, sagen wir, Waffe? Keine Pistole?«

»Wenn du das Dorf verlässt, musst du ein Gewehr mitnehmen, aber eines, mit dem du umgehen kannst. Mit dem du im Schießstand geübt hast.«

»Du läufst da mit Gewehr rum?« Die Vorstellung von Nina mit einer Waffe beunruhigt mich.

Sie lacht. »Nachts, auf dem Heimweg aus der Kneipe, geh ich ohne Gewehr.«

»Allein?«

»Ich bin dort allein.«

»Ah.«

Sie schaut mich prüfend an. Es ist etwas absurd, aber ich habe den Eindruck, sie überlegt sich, ob sie mir vertrauen kann. »Ich gehe die Hauptstraße entlang und rufe den Bär, er soll kommen.«

»Du rufst ihn laut?«

»Die Leute denken, ich wäre besoffen, aber ich bin absolut klar im Kopf.«

»Wenn du da gehst und die Bären rufst?«

»Auch auf Ivrith. Falls es einen gibt, der Sprachen kann.«

Ein Eisbär stürzt sich von hinten auf sie, während sie alleine durch die Nacht geht. In völliger Stille reißt er sie in Stücke. Riesige Krallen zerfetzen ihren zarten Körper. Ihm ist es egal, wer sie ist. Ihm ist es egal, dass sie jetzt immer mehr Namen vergisst. Dass sie früher mal ihre Tochter verlassen hat. Für ihn ist sie einfach Fleisch. In meiner Fantasie schreit sie nicht, ruft nicht um Hilfe. Im Gegenteil. Sie hat das entsetzliche Lächeln von jemandem, der nur Fleisch sein will. Und mir fallen ihre Stecher ein, und auch ihr Koreaner-Mormone aus Jerusalem, die haben sie ja auch aufgefressen. Über deren Schultern, wenn sie auf ihr liegen, kann ich Ninas entsetzliches Lächeln sehen, ein Schädellächeln, und ich frage mich, wie viel Fremdheit kann ein Mensch in sich aufnehmen und immer noch er selbst bleiben.

»Wo kommst du jetzt her?«, fragt sie. »Jetzt, in diesem Moment, wo bist du grade gewesen? Was hast du gesehn?« Ihr Blick gräbt sich fiebernd in mich hinein. Verzweifelt.

»Noch nicht«, sage ich. »Ich brauch noch etwas Zeit zur Gewöhnung.«

»Und wir haben ein Kohlebergwerk, das letzte wohl in Skandinavien. Alle anderen haben sie wegen der Umweltverschmutzung geschlossen, nur wir dürfen die Welt noch eine Weile verschmutzen.«

»Bist du mal in so ein Bergwerk runtergestiegen?«

»Ich hab da gearbeitet.«

»Du hast in einem Bergwerk gearbeitet? Du hast richtig Kohle abgebaut?«

Sie lacht. Trinkt. »Ich hab für die Leute da gekocht. Ein paar Monate lang. Unmengen Kohlehydrate.« Ihre Art zu reden hat einen merkwürdigen Charme, besonders nach dem Whisky. Eine ständige schlafwandlerische Distanz, als erzählte sie von jemand anderem.

»Kannst du überhaupt kochen?«

»Ich koche wunderbar, Gili. Wenn ich nur einmal für dich kochen könnte!«

Plötzlich, es brennt wie ein Wespenstich auf der Zunge: »Sag mal, Nina, da gibt es etwas, das ich wissen muss.«

»Frag alles, was du willst.«

»Wie viele Tage hast du mich gestillt?«

Ihre Hand berührt einen Moment einen Knopf ihrer Bluse.

»Warum ist dir das wichtig?«

»Einfach so. Sag's mir einfach: drei oder vier?«

»Noch nicht mal einen Tag.«

»Ach, nein?«

»Während der Schwangerschaft hab ich ein Ekzem an den Nippeln gekriegt, und deshalb konnte ich nicht stillen.«

Dann hat Rafi mich angelogen. Aber wenn er schon gelogen hat, warum war er dabei so geizig?

»Es tut mir leid, Gili.«

»Macht nichts. Alles in Ordnung.« Und doch, es ist unbeschreiblich, wie sehr das schmerzt.

»Kann ich noch was fragen?«

»Was immer du willst, Gili.« Sie genießt es, meinen Namen auszusprechen.

»Ich habe noch nicht kapiert, was verbindet dich mit diesem Ort?«

»Mit dem Dorf? Nichts.«

»Gar nichts?«

»Nichts.«

»Ist es einfach ein Ort, an den es dich zufällig verschlagen hat?«

»Nein. Es ist ein besonderer Ort. Der bewegendste Ort, an dem ich je gelebt habe.«

»Aber?«

»Kein Aber. Er ist bewegend, und er ist mir gegenüber völlig gleichgültig. Er verschwendet nichts an mich. Gibt sich keine Mühe. Ihm ist es egal, ob es so eine wie mich gibt oder bald nicht mehr gibt. Das ist nicht die Gleichgültigkeit wie auf den Straßen von New York oder Neu-Delhi. Auch da schert man sich einen Dreck um mich, aber in den Bergen dort, im

Norden, mit dem Meer ringsum, das ist das totale Einswerden mit – nichts.«

»Und das tut dir gut?«

»Schwer zu verstehen, nicht wahr? Für mich ist es das Beste.«

»Erklär mir das.«

Sie lächelt mich an. Schlicht. Warm. »Du lässt nicht locker, was? Du zwingst mich zum Nachdenken. Ich hab schon lang nicht mehr richtig nachgedacht. Also, ich sag dir, was mir dort guttut. Es tut mir gut, dass ich mit jedem Atemzug ein bisschen weiter ausgelöscht werde. So wird Nina immer weniger. – Was machst du denn für ein Gesicht?«

»Nichts weiter. Es tut weh, das zu hören.«

»Das tut dir weh? Wirklich?«

Ich nicke. Wie könnte es nicht wehtun? Der Mensch ist nicht aus Stein.

Nina presst die Lippen zusammen. »Ich will dir mal was sagen, aber lass mich auch ausreden.«

»Ich höre.«

»Du, du bist deinem Wesen nach, auch wenn du das noch so sehr abstreitest, ein Mensch, der dazugehört, du hast einen Platz.« Ich weiß nicht, ob Spott in ihrer Stimme liegt oder ob sie mich beneidet oder was.

»Ich? So ein Quatsch!« Aber ich glaube, sie hat recht.

Außerdem wühlt es mich auf, dass sie überhaupt über mich nachdenkt, dass sie sich Gedanken um mich macht!

»Du gehörst dazu, Gili, und du hast deinen eigenen Platz, und du hast Menschen, und du hast Beweggründe und Landschaften und die Farben der Erde und die Gerüche und das Ivrith, und du hast Vera und Rafi und Esther und Hannah und Schlejmale und die ganze Sippe. Und ich?« Sie lacht. »Ich bin ein wehendes Blatt im Wind. Genauer noch – dieser Vogel, der niemals die Erde berührt. Ich hab den Namen vergessen …«

»Albatros. Aber das ist nur so ein Märchen. Der berührt schon manchmal die Erde.«

»Ich, wenn ich die Erde berühre, dann nur, um mich abzustoßen und wieder aufzufliegen.«

»Und ich habe Liebe«, sage ich und denke, heute ist vielleicht das letzte Mal, dass ich diesen Satz im Präsens sagen kann.

»Ja, Rafi hat es mir erzählt.« Sie nickt nachdenklich. »Und bald wirst du ein Kind haben.«

Ich verstumme.

»Oj«, sagt sie, »hätte ich das nicht sagen …«

»Ich bin nicht schwanger.«

»Ach, nein?«

»Nein!«

»Sonderbar. Normalerweise täusch ich mich da nicht.«

»Aber wie kommst du überhaupt drauf, dass ich –«

»Weiß nicht. Ich hab so einen siebten Sinn … bei Schwangerschaft läuten bei mir gleich alle Alarmglocken.«

»Ich kann nicht glauben, dass du es dir überhaupt erlaubst …«

»Nein, warte. Lass mich das erklären. Als ich dich gestern am Terminal gesehen habe, als ich mich auf dich gestürzt habe, entschuldige bitte nochmal, aber mich hat's umgehaun, als ich dich da so gesehen hab …«

»Was heißt: so?«

»Dass du diese beschissene Genealogie fortsetzt.«

»Aber ich bin nicht schwanger, wenn ich's doch sag!«, schreie ich ihr ins Gesicht, und wir beide starren einander an, erschrecken über den Schrei, der ein Loch in die Luft zwischen uns reißt, und ja, für einen Moment bin ich beinah verführt zu glauben, dass sie etwas Verborgenes spürt, wie ein Mutterherz, haha, guter Witz, aber selbst wenn es da etwas gäbe, *und es gibt nichts,* sie wäre die Letzte, die Allerletzte, die das bei mir spüren würde.

Ich gehe etwas unsicher zum Fenster, mache es auf und hole tief Luft. Am ganzen Körper bricht mir der kalte Schweiß aus. Sie soll schon abhaun, aus meinem Zimmer und aus meinem Bauch.

Sie murmelt hinter mir: »Aber wenn du schwanger wirst, dann sorg wenigstens dafür, dass es ein Junge wird.«

Ich hab einen solchen Zorn auf sie, dass ich vor Verzweiflung anfange zu lachen. Einen Moment später lacht sie mit. Wir lachen leicht hysterisch. Ich versteh es nicht wirklich. Das Lachen ändert seine Farben, während wir lachen. Als ich klein war, gab es solche bunten Lachbonbons.

»Aber sag mir«, beginne ich, als wir uns beruhigt haben.

Wir schauen einander an. Ich muss trotzdem herausfinden, was sie bei mir gespürt hat.

»Frag ruhig, Gili.«

Ich hole Luft.

»Glaubst du, dass ich überhaupt irgendwann mal Mutter von irgendwem sein könnte?«

»Gili«, sagt sie, »du wirst eine gute Mutter sein.«

»Ja?«

Man kann ein ganzes Leben in zwei Buchstaben und ein Fragezeichen pressen.

»Ja«, sagt sie mit absoluter Sicherheit. Keine Ahnung, woher sie die nimmt.

»Eine gute Mutter, die einen Platz hat und dazugehört.«

Danach, viel später, sagt sie: »Rafi hat dir von diesen Männern erzählt.«

»Ja.«

»Das ist etwas, was ich …«

»Ich will jetzt wirklich nichts davon hören.«

»Lass mich erzählen. Das ging zweieinhalb Jahre.«

Ich werde ihr gegenüber hart, trauere, dass der Moment der Gnade nun vorüber ist. »Das ist dein Ding.«

»Hör mir zu, bitte. Zweieinhalb Jahre war ich wie … nu, wie nennt man jemanden, der im Schlaf rumläuft?«

»Nymphomanin.«

Damit habe ich sie verletzt, ich hab es gesehn. Und doch reicht sie mir mit einer sonderbaren Zartheit die Flasche. Ich nuckel daran, wieder und wieder.

»Jedes Mal, wenn mir ein Wort nicht einfällt«, sagt sie, »krieg ich Angst.«

»Logo.«

»Mal ehrlich, Gili, merkt man mir was an?«

»Nein.«

»Die ganze Zeit hab ich das Gefühl, wie soll ich sagen … verstehst du?«

»Nein.«

»Als ob ich die ganze Zeit ein bisschen neben dem Ton spiele.«

Ich reagiere nicht. Erstaunlich, wie sehr sie etwas spürt, das sie nicht kennt. Ich gehe zurück ans Fenster. Kalter Wind bläst herein. Nina kommt und stellt sich neben mich. Wir schauen auf das nächtliche Meer. Auf sein weißes Frösteln.

»Jetzt, etwa vor einem Jahr«, sagt sie, und ich spüre die zynische Klinge in ihren Worten, »ist endlich einer gekommen, der mich und nur mich will, und der beharrt darauf, lebendig oder tot, und jetzt brauch ich keinen andern mehr.«

»Wer ist das? Noch ein Freund?«

»Meine Krankheit.«

Traurig, dass es zum Schluss diese Krankheit ist, die ihr ihre Mimik zurückgibt, und nicht mein Vater. Sie legt mir zögernd die Hand auf die Schulter. Was soll ich jetzt damit. Ich lasse die Schulter etwas sinken und stehle mich davon. Nichts ist passiert. Sie steht am offenen Fenster und umarmt sich selbst.

Ein leises Klopfen an der Tür. Gleich danach ein dreimaliges starkes Klopfen, jemand rüttelt ungeduldig an der Klinke, es gibt nur eine Person, die so forsch hereinkommt und keinen Aufschub duldet. Ich mache auf, lehne mich auf die Türklinke, mir schwindelt noch etwas nach den letzten Minuten. »Ich hatte es im Gefühl, dass ihr alle hier seid«, schimpft sie und geht an mir vorbei durchs Zimmer. Auf diese Art stürmt sie alle paar Wochen ohne Vorwarnung in unser Haus im Moschaw, mit vollgepackten Taschen. Jetzt setzt sie sich auf die Bettkante. Sie trägt ihre Wollmütze mit den ledernen Ohrenwärmern und einen Mantel über dem Pyjama. »Na toll«, sage ich, »machen wir jetzt eine Pyjamaparty?« Vera schnuppert, riecht den Whisky und greift sofort nach der Flasche. Sie trinkt. Trinkt nicht wenig. Wischt sich mit der Hand den Mund ab. »Keine *šljivovica,* aber nicht schlecht.« Sie bietet mir die Flasche an. Ich lehne ab. Großmutter schaut mich prüfend an. »Alles in Ordnung mit dir, Gilusch?«

»Ich bin okay.«

»Habt ihr geredet, ihr zwei?«

»Wir haben geredet«, sagt Nina. Ich bin schockiert als ich merke, dass ich mein Gespräch mit Nina nicht gefilmt habe.

»Wo ist das Problem?« Vera zieht Mantel und Mütze aus, »dann film eben jetzt.«

»Die Kamera ist bei Papa. Soll ich sie holen?«

»Nein, nein«, rufen die beiden im Chor, »lass mal, lass ihn schlafen.«

Vera setzt die Flasche an die Lippen und trinkt. Sie und Nina halten die Flasche am Hals, nicht am Bauch, und trinken mit genau der gleichen Bewegung. Vera gibt an Nina weiter. Die beiden werden morgen total breit sein. Sie werden die Insel nur noch abhaken und sich an nichts mehr erinnern. Und ich Trottel filme diese Momente nicht!

»Sag mal, Vera«, brummt Nina, und ich beobachte an ihr schon einen gewissen seelischen Abbau wegen des Whiskys, »vielleicht kannst du mir das erklären oder auch du, Gili, du bist doch eine junge Frau, die den Kopf auf beiden Schultern trägt, und verstehst was von Menschen, oder?«

»Das nun wirklich nicht.«

»Erklär mir doch, warum sitze ich noch immer da fest, auf Goli? Warum fällt es mir so schwer, das einfach zu akzeptieren?«

»Was ist hier einfach?«, sagt Vera mürrisch.

»Einfach dass das da eine Diktatur war. Und wie es in hundert anderen Diktaturen auch passiert, hat man diese Frau,

Vera Novak, für drei Jahre in den Gulag gesteckt, und ganz nebenbei hat man auch ihrer Tochter das Leben versaut, *big deal*, was ist schon dabei? Was passiert ist, ist passiert. Vorbei. Kopf hoch und weiter!«

Sie blickt Vera in die Augen wie jemand, der beschlossen hat, direkt in die Sonne zu schauen, egal was kommt. Ich könnte mich ohrfeigen, dass die Kamera nicht hier ist. Rafi wird toben, dass ich ihn nicht gerufen hab. Kochen wird er, und zu Recht, aber ich bringe es jetzt nicht fertig, mich von den beiden zu trennen, nicht in diesem Moment, hier fallen gerade die Würfel.

Und ich würde es auch nicht ertragen, wenn hier außer uns dreien noch jemand wäre.

»Warum sitze ich fast sechzig Jahre in dieser Scheiße fest?« Nina zieht die Nase hoch. »Sechsundfünfzig Jahre lang ein Mädchen von sechseinhalb zu bleiben, ist das nicht übertrieben? Ist das nicht Wahnsinn?« Während Nina redet, nickt Vera und produziert die ganze Zeit ein Brummen von tief innen, als probe sie für ihre Antwort.

Nina zählt es an den Fingern ab. »Sechsundfünfzig Jahre in einem Umerziehungslager festsitzen, ist das nicht ein bisschen viel? Müsste ich nicht längst umerzogen sein? Diese Sache endlich bewältigt haben. Vergeben? Sie hinter mir lassen und weitergehen? Nein, wirklich …«, sie drückt sich die Fäuste vor den Mund, um dem Weinen nicht nachzugeben, »wir sind jetzt hier nur zu dritt, nur wir, draußen gibt es keine Welt, wir sind die Welt, und ich will, dass ihr es mir ins Gesicht sagt, ein für alle Mal, was ist an mir so beschissen? Wo ist mir das Programm so abgekackt?« Sie schaut Vera mit weit aufgerissenen Augen an, flehend und entsetzt.

Vera holt tief Luft, richtet sich auf. Na siehst du, sie wird reden. Jetzt wird es passieren.

Aber dann, ganz plötzlich, als sei das letzte Quäntchen von dem, was Nina zusammenhält, aufgebraucht, bricht sie zusammen. Heult laut, mit offenem Mund, die Nase läuft ihr. Vera wischt ihr eilig den Rotz ab und drückt Ninas Kopf an ihre Schulter. Nina ist erschöpft. Vera schaut mich über ihren Kopf hinweg an, und ich muss daran denken, wie sie über sie geredet hat. (»Nina ist schwach, Nina ist verwöhnt.«) Wie nah waren wir gerade daran, die Wahrheit zu sagen.

In der Ekstase ihres Rauschs umarmt Nina plötzlich Vera und küsst sie auf die Wangen, auf den Kopf, kniet sich vor sie hin und nimmt ihre Hände, bittet sie um Vergebung, einmal und noch einmal, für alles, was sie ihr angetan hat. Den ganzen tiefen Schmerz, die Sorgen, die Schande. Sie schwenkt die leere Whiskyflasche. Fordert, dass wir sie auffüllen. Vera und ich heben Nina vom Boden auf, führen sie zum Bett und legen sie hin. Ich ziehe ihr die Schuhe aus. Sie hat kleine, zarte Füße. Kein Mann würde aus ihrem Bett weglaufen, wenn er ihre Schuhe neben seinen sähe. Aber auch bei ihr, wie bei mir und bei Vera, legt sich der kleine Zeh am linken Fuß etwas über den nächsten, als schmiege er sich an.

Plötzlich setzt sie sich im Bett auf: »Majko, erzähl mir, wie ich zur Welt kam!«

»Sch-sch-sch, leg dich wieder hin, mein Kind. Wie kommst du denn jetzt auf deine Geburt?«

»Jetzt! Jetzt sofort!« Nina zerrt an Veras Ärmel. Man könnte denken, sie bittet sie um eine Bestätigung oder einen Beweis, dass sie wirklich geboren wurde.

Ich springe auf zu meinem Heft. Wenn's schon keine Bilder

gibt, dann wenigstens Wörter. Zum Beispiel diese vier: Rafi bringt mich um.

»Ninočka«, Vera sitzt auf der Bettkante neben Nina und hält deren Hände in ihren, »du bist geboren am zwanzigsten Juni, im Jahr fünfundvierzig. In Beograd. Zufällig sind gekommen an diese Abend zu uns Freunde aus meiner Stadt, aus Čakovec. Sie sind gewesen Kommunisten, wie wir. Und kurz bevor angefangen hat Krieg mit Stalin, da hat man gleich an Front geschickt alle Kommunisten, die gewesen sind für Stalin, damit sie Minen suchen mit ihre eigene Körper. Und dann, nachts, als Dunav zugefroren ist, sind sie alle geflohen.«

»Begreifst du das Gili?« Nina lacht mit aufgerissenem Mund. »Ich frag sie nach meiner Geburt und sie präsentiert mir die Donau, und auch noch zugefroren.«

»Nein, nein«, protestiert Vera, »gleich wirst du erfahren warum: Fünfundvierzig sind gekommen Freunde mit russische Brigade. Und an selbe Abend ist gekommen zu uns nach Hause auch unser guter Freund, Pišta Fišer, er wollte übernachten bei uns, und er ist gewesen so müde, und ich bin mit Wehen gelaufen durch Wohnung und hab ihn nicht schlafen lassen. Armer Pišta Fišer, da kommt er für eine Nacht zum Schlafen, und gerade da bring ich mein Kind zu Welt!«

»So ein Pech aber auch!«, schreit Nina unter Tränen. Auch mich zerreißt es fast, vor Lachen. Unglaublich!

»Lacht ihr nur«, brummt Vera. »Deine Geburt ist gewesen furchtbar … zwölf Stunden! Und überhaupt, wir Bauers bringen zur Welt riesengroße Kinder. Gili ist einzige Kind, wo klein geboren ist, ein Frühchen, aber ich habe gewogen fast fünf Kilo bei meine Geburt, und in ganze Leben hab ich nur noch dazugekriegt zweiundvierzig Kilo. Und in meine Schwangerschaft hab ich ausgesehen wie eine Monster. Und Nina, du bist gewesen riesig, ganze siebzig Zentimeter! Und du bist gewesen ein so wunderschönes Baby und hast mich angeschaut mit ganz offene Augen, als wolltest du schon reden mit mir …«

Vera streichelt Ninas Haar in kreisenden Bewegungen, streicht ihr übers Gesicht. »Schon als du zu Welt gekommen bist, hast du gehabt so lockiges Haar, und Haut wie von Miloš. Pfirsichhaut.«

Ich kehre wieder zurück ans geöffnete Fenster. Noch ist es dunkel, aber das Meer wirkt ruhiger. Auf dem Wellenbrecher, neben einem kleinen Boot, tanzen ein Mann und eine Frau. Nicht mehr jung, ohne Musik, im Licht einer Laterne auf dem Steg. Ein merkwürdiger, erotischer Tanz, alle Bewegungen aufeinander abgestimmt, sie nähern sich einander, entfernen sich, mal mit angewinkelten und mal mit ausgestreckten Armen. Ich hab eine wahnsinnige Sehnsucht.

Hinter mir im Bett murmelt Nina: »Erzähl noch weiter von uns, von Miloš und mir.«

»Er hat dich trainiert, weißt du noch?«

»Ich erinnere mich an nichts.«

»Er hat ganze Zeit mit dir gemacht, wie sagt man, Prüfungen? Hat dir beigebracht, Straßen finden in Stadt, Stadtplan lesen, Kompass halten, selbstständig sein. Wie Partisanin leben in deiner Stadt. Schon in allerkleinste Alter hat er gesagt: ›Jetzt geh zu Jovanka, die wohnt nur paar Straßen weiter, und gib ihr diesen Zettel.‹

Und darauf stand geschrieben: ›Jovanka, unterschreib bitte, dass du sie hast gesehen.‹ Nach zehn Minuten bist du zurückgekommen: ›Papa, Klingel dort ist furchtbar hoch, ich komm nicht dran.‹ Und Miloš sagt: ›Nicht mein Problem, Kind. Sieh zu, wie du hinkommst! Du hast Verstand! Überleg mal.‹ Und du bist zurückgegangen, und im Moment, wo Nachbar gegangen ist ins Haus, bist du wie Katze hinter ihm reingeschlüpft, ohne dass er es hat gemerkt.«

»Das hab ich gemacht?« Ein helles Lächeln breitet sich auf Ninas Gesicht aus. »Ich kann mich an nichts erinnern, diese ganze Zeit ist bei mir wie ausgelöscht, die ganze Kindheit ist ausgelöscht …«

»Ja«, sagt Vera.

»Wegen dem, was danach passiert ist.«

»Ja.«

»Als du nach Goli Otok gegangen bist.«

»Als sie mich geworfen haben nach Goli Otok ins Gefängnis.«

»Und mich hast du alleingelassen, ihr beide, du und Papa, am selben Tag.«

»Du bist so gescheit gewesen. Hast sofort begriffen alles.«

»Ihr habt mich dressiert.«

»Aber nein, um Himmels willen, nicht dressiert. Wir haben dich nur vorbereitet. Dein Papa hatte diesen Satz: ›Jeder Mensch kommt im Spiel mal dran, aber nur einmal.‹ Und so hat er gelebt. Und er ist so oft gewesen in Gefahr, im Krieg, und auch Leben ist gewesen Kampf, alles bei ihm war nach Logik von Kampf, so ist er gewesen, mein Miloš; tief unten in seinem Bewusstsein hat er gewusst, er muss vorbereiten seine Tochter. Und er hatte alles geplant, auch, dass er an bestimmte Punkt sich wird nehmen müssen das Leben aus irgendeinem Grund. Unser Leben ist immer gewesen auf Messers Schneide.« Nina schließt die Augen.

»Überhaupt«, sagt Vera leise, eher zu sich selbst, »Leben hat viel gespielt mit mir.«

Nina schläft. Vera streichelt wieder sanft über ihr Gesicht. Glättet ihre Falten.

»Jetzt bin ich sehr müde«, sagt sie zu sich und legt sich neben Nina.

Plötzlich begreife ich, dass das da draußen Fischer sind, das Paar auf dem Steg. Anscheinend Mann und Frau, die vom Meer zurückgekehrt sind und ein Netz zusammenlegen.

»Mach Licht aus, Gili, und komm, wir müssen schon bald aufstehen.«

In keinem anderen Universum hätte ich mir vorstellen können, mit Nina ins selbe Bett zu steigen, und nun lieg ich neben ihr. Wir haben zu dritt nur ein Kissen, das bringt unsre Köpfe dicht zusammen, aber die Zudecke ist breit und reicht für alle.

Ich schau an die Decke. Ninas Körper ist warm. Sie schnarcht ein bisschen, und einen Moment später schnarcht Vera mit. Meir sagt, auch ich würde schnarchen, aber er will unter keinen Umständen, dass wir getrennt schlafen. Er kann nicht einschlafen, solang er nicht an meinem Hintern klebt. Die ganze Nacht hat er den Arm um mich gelegt. Manchmal krieg ich fast keine Luft, manchmal ist es mir angenehm.

Ich denke darüber nach, was Nina zu mir gesagt hat. Lege mir die Hand auf den Bauch. Komme vor Angst fast um.

Plötzlich höre ich Veras Schnarchen nicht mehr und auch ihren Atem nicht. Das hätte mir gerade noch gefehlt. Ich richte mich auf und sehe, sie liegt auf dem Rücken. Den Mund offen. Die aufgerissenen Augen starr. Sie sieht mich nicht, und ich bin sicher, das war's, sie ist gegangen, sie hat sich davongemacht, einen Moment vor ihrer Rückkehr auf die Insel. Aber dann fokussieren ihre Augen und sie wirkt wieder wach. Hinter der schlafenden Nina stützt sie sich auf den Ellbogen und flüstert mir tonlos zu. »Ich glaub, sie weiß es schon.« Und ich flüstere zurück: »Nur wenn du es ihr selbst erzählst, wird sie es wirklich wissen.« »Nein, nein. Das würde sie umbringen.« »Ich sag dir, Oma, sie weiß es, auch ohne es wirklich zu wissen, weiß sie es.« Und Nina seufzt zwischen uns, ihr Mund verzieht sich, als wolle sie gleich etwas sagen oder weinen, und vielleicht sucht sie ein Wort, das ihr im Traum entfallen ist.

Dann entspannt sie sich.

Die in Falten gelegte Stirn entspannt sich, die Wangen entspannen sich, der Mund. Sie lächelt sich selbst zu, zieht die Decke bis ans Kinn und rollt sich auf die Seite, mit dem Gesicht zu mir.

Jemand führt sie. Die Sonne brennt auf den geschorenen Schädel. Sie schläft im Gehen fast ein. Eine Frau mit stinkender Zigarette hat den Arm um sie gelegt und schiebt ihr eine große, raue Hand in die Achselhöhle. Ab und zu betastet sie ihr Fleisch, drückt zu, kneift, und wenn Vera versucht, diese Berührung abzuschütteln, kriegt sie eine schnelle, scharfe Ohrfeige.

»Sie bringt dich wohin«, sagt sie laut zu sich, »nimm dich vor ihr in Acht«, versinkt aber im nächsten Moment wieder in ihrem Dämmer. Weiß nur, sie muss einen Fuß vor den anderen setzen. Man schleift sie einen Berg hinauf, wie eine Lumpenpuppe. »Aber wohin bringt sie dich?«, fragt sie. Ihre Stimme zersplittert heiser, sie ist nicht sicher, ob es ihre Stimme ist. »Und was werden sie dort mit dir machen?« Das Lachen der Wärterin weckt sie: »Jetzt bist du ganz verrückt geworden«, sagt die Wärterin freundlich, »als du hierhergekommen bist, warst du noch nicht so. Ich erinnere mich an dich. War mal bei einem Verhör von dir dabei, du warst wie Eisen.« Nach dem Geräusch der Schritte und des Atems zu schließen, sind sie nur zu zweit, sie und die Wärterin. Schon lange steigen sie bergauf. Es ist ein hoher Berg. »Es gibt mehrere Berge auf der Insel«, sagt sie sich und nickt dabei nachdenklich. Sie zählt sie an den steifen Fingern ab, die sie fast nicht mehr krümmen kann: »Es gibt den Berg mit dem Männerlager und dem Bergwerk, und es gibt den Berg, wo man die Felsbrocken raufwälzt ...« Die Wärterin lacht, klopft ihr auf den Rücken und wirft sie dabei fast um. Vera versucht zu lächeln, spürt, dass hier ein Lächeln angebracht wäre, versteht aber nicht, was die Pointe war. Sie meint, sie habe Metall gehört, das gegen den Fels schlägt. Vielleicht ein Gewehr. Vielleicht bringt man sie an einen Ort, um sie zu erschießen. Jetzt ist der Weg anscheinend eng, denn die Wärterin muss hinter ihr gehen. Lenkt sie mit Schlägen auf die Schultern und den Rücken, nach rechts, nach links, weckt sie immer wieder auf, wenn sie einschläft oder in das Dunkel ihrer eigenen Blindheit starrt. Sie stößt gegen einen Stein und fällt hin. Die Hände bremsen den Fall, sie steht auf, leckt das Blut ab. »Hm, schmeckt gut«, brummt sie, »die Flöhe wissen, was gut ist.« Und die Wärterin hinter ihr japst atemlos: »Du hast noch Kraft zum Witzemachen?« – »Wo ist da der Witz«, fragt sie.

Dann eine scharfe Biegung nach rechts, für einen Moment liegt Schatten auf ihren geschwollenen Lidern, vermutlich ein schmaler Durchgang zwischen zwei Felsen. Ein kühler Luftzug streift ihr Gesicht. Sofort wird sie langsamer. Der Körper macht das von sich aus. Genüsslich saugt die Haut den Schatten und die Kühle auf, der Nacken spannt sich in der Erwartung eines Schlags.

»Was ist los, Hure, was bleibst du stehn?«

Der Weg ist jetzt wild und felsig. Vera und die Wärterin atmen schwer. Schweiß rinnt. Die Wärterin bleibt stehen. Vera auch. Die Wärterin flucht, Vera versteht nicht warum. Die Wärterin stützt sich mit einem Arm auf Vera und zieht sich einen Schuh aus. Der Geruch von Kot breitet sich aus. Anscheinend schabt sie den Schuh am Felsen ab. Flucht noch mehr, spuckt aus. »Dreh dich um, Hure.« Die Wärterin putzt ihren Schuh gründlich an Veras Hemd. Vera hört, wie ein Stöpsel geöffnet wird. Die Wärterinnen haben immer zwei Feldflaschen am Gürtel. Sie hört, Wasser wird vergossen. Die Wärterin wäscht sich die Hand. Jetzt hört sie kräftige, große Schlucke. Veras Mund ist trocken. Voller Wunden. Die Zunge dick und schwer. »Vielleicht gibt sie dir zu trinken«, sagt sie, »vielleicht ist sie gut. Vielleicht ist sie deine gute Mutter? Nein, sie ist böse, sie ist eine schlechte Mutter, sie kümmert sich nicht um dich«, jammert Vera. Die Wärterin lacht rollend. »Du bist ja eine, wirklich«, sagt sie und schlägt beherzt auf Veras Hinterkopf, »die Mädchen haben mir gesagt, dass du so komisch bist, aber ich hab es nicht geglaubt. Ehrlich gesagt hab ich mich gleich gemeldet, als sie gefragt haben, wer dich nach oben bringt. Dein ganzes Hirn liegt offen, als ob es keinen Deckel hat, was? Alles fließt raus.« Vera hält inne und zuckt zusammen. Was die Wärterin jetzt gesagt hat, beunruhigt sie. »Ich glaube, ich war in letzter Zeit eine Weile nicht hier«, flüstert sie zögernd, und die Wärterin brüllt vor Lachen.

Noch eine scharfe Biegung, diesmal nach links, danach beginnt ein noch mühsamerer Aufstieg. Sie klettern auf Händen und Füßen, stöhnen, husten. Dann ist sie plötzlich wie im Freien. Vielleicht sind sie auf dem Gipfel angelangt. Frischer Wind, ein Wind, nicht von dieser Welt, streichelt Veras Gesicht. Auch ein starker Geruch von Meer, nicht so wie der Gestank der Frauen in der Baracke mit einem Eimer für dreißig Mädchen. Tief unten hört sie Wellen am Ufer zerschellen. Anscheinend sind dort Felsen. Ein schönes Geräusch. Schmerzhaft schön.

»Hier bleibst du stehn, Hure. Das Gesicht nach hier!« Eine starke Ohrfeige. Die Wärterin hat einen feuchten, zähen Raucherhusten. Spuckt aus.

»Was ist das hier«, murmelt Vera vor sich hin, »denk schneller, Vera. Was machen sie nur mit dir. Vielleicht werfen sie dich ins Meer. Die Wärterin hört alles. Nimm dich vor ihr in Acht.«

»So ist es, Hure. Ich höre alles. Aufrecht sollst du stehn, und jetzt halt mal die Klappe, wir haben deinen Trick schon kapiert. Ist nicht mehr komisch.«

Sonne. Die Hitze brät Veras Hirn. Gleich ist ohnehin alles vorbei. So oder so. Zu viele Zeichen. Ein paar Augenblicke noch, und sie wird nicht mehr da sein. Erinnerung an Miloš, adieu, Erinnerung an Mutter und Vater, adieu, Jovanka, Seelenfreundin ... adieu Nina ... wer weiß, wo du jetzt bist. Was haben sie mit dir gemacht. Wenn ich an dich denke, sterb ich noch, bevor sie mich hier erschießen. Die Wärterin hinter ihr hält sie an den Schultern und bewegt sie mal nach links, dann wieder nach rechts und ein bisschen nach hinten. Was soll das, was sollen diese Bewegungen, es ist wie ein Tanz, was sie mit ihr macht.

»Gerade sollst du stehn, Miststück.«

»Was macht sie da. Wieso ist es ihr wichtig, wie du dastehst. Sie soll nur sagen, was jetzt passiert.« Der Magen dreht sich ihr um. Sie schwitzt, aber jetzt ist es kalter Schweiß. Die Wärterin hebt Veras Arme seitlich hoch. Ist nicht zufrieden. Hebt die Hände noch höher. Immer noch nicht zufrieden. Schlägt auf die Arme und drückt sie wieder an den Körper. Sie flucht. Anscheinend macht Vera irgendwas falsch. Vera ist überhaupt ein Riesenfehler. »Wie hat so eine Dörrpflaume wie du hier überhaupt überlebt?« Die Wärterin spuckt die Worte aus: »Beine gerade, und den Rücken aufrecht!« Vera stellt die Füße zusammen, flüstert: »Was macht die bloß? Vielleicht hat man ihr gesagt, sie soll dich fotografieren, bevor man dich ins Meer schmeißt.« Bei diesem Gedanken beginnt sie zu zittern. Alles an ihr zittert, sogar die Augenlider, die Lippen und was von ihren schönen Wangen noch übrig ist. Ihr Körper hat Angst, kommt um vor Angst, aber sie nicht. Ihr macht es nichts, wenn sie draufgeht. Im Gegenteil. Sie geniert sich nur, dass die Wärterin sieht, was für ein Feigling ihr Körper ist. »Zwei Schritte vor, Drecksstück.« Vera weiß nicht, wohin sie tritt. Mit dem großen Zeh, der aus ihrem zerrissenen Stiefel schaut, tastet sie nach dem Rand des Abgrunds. Die Wärterin grinst: »Daran hättest du denken müssen, bevor du den Genossen Tito verraten hast, Hure.« »Schnell«, schreit Vera, atmet schwer, »an wen jetzt denken? Wie lang hab ich noch? Wo ist Miloš? Wo bist du, mein Liebster, mein Leben? Wo ist meine kleine Nina, die sie auf die Straße geworfen haben? Sie haben sie wirklich genommen und auf die Straße geworfen.«

Schweigen. Vera kann nicht abschätzen, wo die Wärterin jetzt steht. Von wo wird sie sie stoßen. Wird es eine Kugel sein oder ein Stoß. In der brennenden Sonne bildet sich um sie herum ein dunkler, kalter Kreis. Todesangst. Nicht das erste Mal, dass dieser Kreis der Kälte sich um sie schließt. Während des Krieges war sie mit den Partisanen in den Wäldern. Zweimal haben die Tschetniks sie erwischt und zum Tod verurteilt, und zweimal gelang ihr die Flucht. Sie hat Pässe gefälscht, Waffen und Menschen geschmuggelt, tausendfünfhundert Menschen, sie und Miloš zusammen, und drei Mal hat sie sich vor Vergewaltigungen gerettet. Nach dem Krieg hat sie zusammen mit Miloš in der Gegenspionage der Volksbefreiungsarmee Jugoslawiens gedient. Angst hat sie nicht gekannt.

Aber da hatte sie ihre Augen noch.

Plötzlich bewegt sich etwas in ihrem Kopf, klart auf, sie reißt sich aus der Dumpfheit, aus der sie die letzten Wochen in die Welt gestarrt hat, seit sie binnen einer Nacht erblindet war. Bis zu dieser Nacht hatte sie alles durchgestanden, Verhöre, Folter, vorgetäuschte Erschießungen, Hunger und Durst, Schwerstarbeit, die Versuchung zu denunzieren, andere auszuliefern – denn genau das wollten sie, Namen, Namen. Wer hat einen Witz über Tito erzählt? Wer hat die Nase gerümpft, wenn jemand einen Witz über Stalin machte? Sogar die schlimmsten Gedanken an Nina und was ihr vielleicht auf der Straße passiert, haben sie nicht gebrochen. Aber dann kam die Blindheit und gab ihr den Rest. In einer Nacht sind noch ein paar Dutzend Frauen zusammen mit ihr erblindet, ihre ganze Barackenreihe. Eine Seuche. Sie haben einen Arzt vom Festland kommen lassen, der sagte, es sei Hemeralopie, Nachtblindheit, was auch Hühnerblindheit heißt, denn während des Tages konnten die Frauen wieder normal sehen, und alle haben sich auch davon erholt, nachdem man ihnen Vitamin A gegeben hatte. Nur Vera nicht. Sie sah nachts nicht und auch nicht am Tag. »Das ist deine Strafe«, sagte die Kommandantin Marija, die jeden Morgen mit der Peitschenspitze ihre Lider anhob, »überleg dir gut, *banda*, wofür du diese Strafe bekommen hast.«

In den ersten Tagen dachten Marija und die Wärterinnen, dass Vera lügt, sich blind stellt, damit man sie vom Felsbrockenwälzen befreit. Man hat sie geschlagen, hat sie hungern lassen und zehn Tage in die Strafzelle gesteckt, ein Meter auf einen Meter, kein Bett, kein Stuhl, kein Fenster. Betonboden, vier Wände und ein Eimer. Sie hat diagonal geschlafen. Ihr war das egal. Selbst wenn sie die Insel je verlassen dürfte, Nina würde sie nie mehr sehen können.

»Wovor hast du Angst?«, schimpft Vera ihren armseligen Körper, der weiter zittert. Sie hofft, die Gedanken bleiben in ihrem Kopf. In den letzten Tagen vermischt sich bei ihr, was im Kopf und was draußen ist. »Aber wo ist jetzt die Wärterin? Hinter mir? Hat sie sich entfernt, um Schwung zu holen? Und ich, wie steh ich da? Mit dem Gesicht zum Meer oder zum Berg? In welche Richtung werd ich gleich fallen?« Schweigen. Die Wärterin treibt anscheinend ihren Spott mit ihr. Oder auch nicht. Was kann man hier schon wissen. Vielleicht bekreuzigt sie sich grade? Oder betet, bevor sie sie stößt? Vera seufzt. Fragt sich eilig, ob Miloš Nina wohl auch beigebracht hat, aus großer Höhe zu fallen, ohne sich zu verletzen. Immer hat er sie vorbereitet, hat sie für alle möglichen Notlagen trainiert, und was ist zum Schluss passiert? Das Leben hielt mehr Überraschungen bereit als er. Wie hat ihre Mutter immer gesagt: »Gott hat eine große Erfindungsgabe für Notlagen.« Sie nimmt Abschied von ihrer Mutter. Sie umarmen sich. Ihre Mutter ist vor fast zehn Jahren in Auschwitz umgekommen. Gefangene, die in Auschwitz gewesen sind und später nach Goli Otok kamen, sagen, hier sei es härter. Dort war klar, wer der Feind ist und vor wem du dich in Acht nehmen musst. Hier ist die Methode, Feindschaft zwischen allen zu säen. Dass du dich auf gar niemanden mehr verlassen kannst. Wo ist die Wärterin? Veras Körper zieht sich zusammen, der Rücken verkrampft sich, der Rücken, der den Schlag oder den Schuss abbekommen wird. Oder wird sie ihr in den Kopf schießen? Und was wird ihr letzter Gedanke sein? Miloš, Miloš. Sie wird ein paar Sekunden durch die Luft fliegen und unten auf den Felsen zerschellen. Schreien wird sie nicht. Es gab Frauen, die schwanger auf die Insel gekommen sind und hier geboren oder abgetrieben haben, die Kinder oder Embryos hat man ihnen weggenommen und ins Meer geworfen. Dieser Gedanke wirft sie zurück zu Nina. Seit ihrer Erblindung ist es Vera noch nicht gelungen, sie vor ihrem geistigen Auge zu sehen. Statt Ninas Gesicht war da immer ein heller Fleck, wie ausgewischt. Als wolle Nina sie dadurch bestrafen, dass sie sich selbst verschwimmen lässt und auswischt. Aber jetzt steht Nina klar und deutlich vor ihr und lächelt, und das ist vielleicht das beste Zeichen dafür, dass Vera die richtige Entscheidung getroffen hat. Dass auch Nina versteht, dass Vera das Richtige getan hat. Hier, Ninas schönes Gesicht, so arglos, so vertrauensvoll. Und ihre reinen grünlichen Augen, in die man abtauchen kann und spüren, dass der Mensch von Natur aus gut ist. Aj, seufzt Vera verzweifelt. »Du kannst jetzt«, schreit sie zu der Wärterin, »du kannst jetzt, aber mach es schnell.«

Und die Wärterin: »Willst du 'ne Zigarette, Hure?«

Vera ächzt. Wieso eine Zigarette? Woher jetzt plötzlich eine Zigarette? Von ebenjenem unerwarteten Ort, von dem auch die Schläge und die Ohrfeigen kommen, einfach weil einer Frau danach ist, dich zu schlagen. Oder ist das vielleicht auch Teil des Protokolls bei der Hinrichtung? Vera schafft es, Miloš hierherzubringen. Sieht ihn, als stehe er direkt neben ihr. Die helle, hohe Stirn, die ganze Zeit gehen ihm Gedanken und Ideen durch den Kopf. Die komischen großen Ohren. Diese einzigartigen Augen. Miloš spricht mit seiner angenehmen Stimme, so schnell, wie er immer spricht, tik tik tik tik, wie jemand, der in einem flachen Fluss über die Steine läuft. »Hey Miko, ich wusste, du würdest mich zum Schluss finden.« »Sogar im Tod find ich dich, Miloš«, sie lächelt. Neben ihr wird ein Streichholz angerissen. Der scharfe Geruch von Rauch. Man schiebt ihr eine Zigarette in den Mund. Ihre Lippen zittern so, sie kann sie kaum halten.

Sie zieht gierig. Eine stinkende Zigarette, aber sie brennt, wie sie muss. Wieder fragt Vera sich, ob die Wärterin sie so pingelig in Position bringt, damit sie auf eine bestimmte Stelle zwischen den Felsen fällt. Sie hört, wie der Stöpsel der Wasserflasche geöffnet wird. Vielleicht ein letzter Schluck für die Verurteilte. Plätscherndes Wasser ganz nah, unten, neben ihren Beinen. Wasser wird verschüttet. Ein scharfer Geruch sticht ihr in die Nase. Der Geruch feuchter Erde. Nicht einfach nur Erde, Vera saugt ihn gierig auf, fruchtbare, fette Erde. Wo auf der Insel gibt es solche Erde? Haben sie ihr hier ein Grab geschaufelt?

»Alle zwei, drei Stunden kommt eine Wärterin und rückt dich so zurecht, wie du stehen musst«, sagt die Wärterin und richtet ihr mit einem Schlag gegen die Stirn den Kopf auf, der nach vorne gesunken war.

»Rückt mich zurecht wofür, Genossin Aufseherin?«

»Und wehe, wenn du nicht genau da stehst, wo man dich hingestellt hat, auf den Millimeter. Das wäre dein Ende.« Die Wärterin reißt ihr die Zigarette aus dem Mund und schnippt sie in den Abgrund. Vera stellt sich vor, sie spränge hinterher. Es wäre wunderbar zu fliegen. Ein glühender Span zu sein. Aber anscheinend behält man sie noch eine Weile hier.

Ohne die Zigarette sticht die Sonne noch härter. Miloš ist verschwunden. Nina ist verschwunden. Die Augenlider schwellen in der Sonne, doch der Geruch der Erde ist scharf und gut.

»Sperr die Ohren auf, Miststück: Die, die am Mittag kommt, nimmt dich mit zu den Felsen, scheißen und auch essen. Dafür hast du zehn Minuten.«

»Jawohl, Genossin Aufseherin.«

Sie bringen sie nicht um. Zumindest nicht sofort. Sie haben sie nicht hier hochgebracht, um sie zu töten. Eine wunderbare

Erleichterung breitet sich in ihr aus. Das war bloß die Angst. Sie hat sich selbst Angst gemacht. Hier auf der Insel leidet jemand, der Fantasie hat, mehr als jemand ohne. Sie hat nie Fantasie gehabt. Weder Humor noch Fantasie. Bis man sie nach Goli gebracht hat, war sie nicht in der Lage, sich etwas vorzustellen, was es nicht gab. Sobald sie jedoch hier ankam, erfand sie gleich in Gedanken ein Spiel, das sie gerettet hat: Sie muss den Felsbrocken den Berg hinaufrollen, denn da oben wartet in der Apotheke eine Apothekerin auf sie. Und Nina ist krank, die Kleine hat Fieber. Nichts Schlimmes, eine Grippe oder vielleicht Windpocken, Krankheiten, wie gesunde Kinder sie bekommen. Aber jetzt braucht sie etwas gegen das Fieber, damit Nina nicht leidet, und die Apothekerin hat gesagt, sie würde noch eine Stunde auf Vera warten, nicht länger, deshalb rennt sie gegen die Zeit an, nicht gegen den Felsbrocken, der Felsbrocken ist nur irgendwie dazwischengeraten. Und sie schiebt und schiebt und stöhnt, sie kriegt kaum noch Luft und schiebt ihn weiter. Nina wartet –

Bis sie plötzlich den Kopf hebt und aufatmet, denn sie hat die Apotheke auf der Spitze des Berges erreicht, im letzten Moment hat sie es geschafft. Die Apothekerin persönlich lächelt sie an und gibt ihr das Tütchen mit den Tabletten. Und jetzt muss Vera den Felsbrocken wieder runterrollen, und das ist der wirklich schwere Teil. Sie muss unter dem Felsbrocken stehen, der mehr wiegt als sie selbst, und die Füße fest in den Boden stemmen, sein Gewicht aufhalten und darauf achten, dass er sie nicht überrollt. Sie hat hier schon Frauen gesehen, hingeschmiert unter ihren Felsbrocken, aber ihr wird das nicht passieren, sie berechnet jeden Schritt, denn am Ende des Abhangs, auf dem Platz, wo die Felsbrocken liegen, wartet Nina auf ihre Tabletten. Sie wartet, wartet so sehr, und Vera kann ihr die Medizin geben und das Lächeln auf

Ninas kleinem Gesicht sehen. Auf Mama kann man sich verlassen. Aber sie muss gleich wieder zurück, Vera, in die Schlange derer, die den nächsten Felsbrocken nach oben rollen, zur Apotheke, die in einer Stunde zumacht, um ein Medikament gegen Ninas Grippe zu holen.

Mehr als das hat sie sich nicht ausdenken können. Armselig, ihre Vorstellungskraft. Von der Apotheke zu Nina, von Nina zur Apotheke. Was ist das schon im Vergleich zu Miloš und Nina mit ihrem Was-wäre-wenn-Spiel samt den Fantasietieren mit Augen an den Fingerspitzen und dem schwarzen Vogel, der nur über Leute fliegt, die lügen, und mit all den Geschichten, die Miloš für Nina erfunden hat. Vera hatte oft im anderen Zimmer gesessen und Strümpfe gestopft oder gestrickt und sich gewundert, wie Miloš und Nina auf solche Ideen kamen, denn mit Vera hatte Miloš immer nur über Dinge des Lebens, die Wirklichkeit, die Grundsätze des Sozialismus und den Klassenkampf gesprochen – mit Nina zusammen kam ein Mensch mit ganz anderen Welten zum Vorschein. Und wie viel sie zusammen gelacht hatten, er und Nina. Indessen streckt sich Veras Körper immer mehr, vor lauter Erleichterung, dass man ihn nicht umgebracht hat. Der ängstliche Körper knackt mit den Knochen, holt tief Luft. Sie gähnt. Immer wieder, kann gar nicht aufhören. Der Körper verlangt, den Mund weit aufzureißen und ganz tief Luft zu holen. Sie lebt.

»Sieh mal einer an«, sagt die Wärterin erstaunt, »sie hat ja noch Zähne.«

Vera bemüht sich, nicht an die Sonne zu denken. Ein gelb glühender Ball hängt genau über ihrem Kopf und lässt sie verdampfen. Kein Tropfen Flüssigkeit wird in ihrem Körper übrigbleiben. Ihr Blut wird dickflüssig und langsam. Flöhe sind verrückt auf so ein

Blut. Als sie in den Sümpfen gearbeitet hat, in der ersten Zeit nach ihrer Ankunft hier, haben sich Blutegel an ihre Beine gesetzt, sie haben sich nach und nach mit ihrem Blut vollgesogen und sind dann fett und befriedigt abgefallen. Einige Frauen versuchten, sie zu essen, auch Vera, aber sie schmeckten entsetzlich. Hier gibt es wenigstens keine Blutegel. Dafür die Sonne. Frauen, die beim Verhör geständig waren, Frauen, die Namen nannten und andere beschuldigten, bekamen die Erlaubnis, einen Hut zu tragen oder sich aus einem Hemd oder Lumpen eine Kopfbedeckung zu machen. So sah jeder, wer gestanden hatte und mit der UDBA kollaborierte. Vera und vielleicht noch zehn oder zwölf Frauen blieben barhäuptig. Sie nahm sich in Acht, mit keiner von ihnen zu reden. Denn die waren nicht weniger gefährlich als die anderen. Und sie haben es durchaus versucht, versuchten mit ihr Blicke zu tauschen, ließen einen ermutigenden, aber auch verleitenden Satz fallen, wenn sie, jede mit ihrem Felsbrocken, beim Auf- oder Abstieg vom Berg an ihr vorbeikamen.

Seit die Wärterin sie oben auf der Klippe stehengelassen hat, sind zwei oder drei Stunden vergangen. Oder nur eine. Schwer zu sagen. Vielleicht hat man dich vergessen. Sie spricht wieder laut mit sich. Muss eine menschliche Stimme hören. »Wozu stehst du hier? Was ist das für eine Arbeit, dich nicht zu bewegen, nur zu sein? Ist das eine Strafe? Was machen die hier mit dir?«

Und dann, als ihre Beine fast unter ihr zusammenklappen: Schritte. Leichte, schnelle Schritte hüpfen über den felsigen Weg. Eine Wärterin. Nicht die von morgens. Diese klingt jünger.

»Beweg dich, *banda*, Genosse Tito gibt dir eine Pause zum Essen und fürs Klo.«

Die Wärterin packt sie fest am Arm, reißt sie von ihrem Platz weg, schüttelt sie. Sie gehen. Sie setzt ein Bein vor das andere. Eine Wasserflasche wird ihr in die Hand gedrückt und ein rauer Blechteller, rostig. Vera riecht eine Scheibe Brot, eine Kartoffel und noch etwas. Tomate? Kann das sein, eine Tomate? Vermutlich ist draußen irgendein Festtag. Was für einen Monat haben wir? Der trockene Mund füllt sich mit Speichel. Ihr Bewusstsein vernebelt sich. Über ein Jahr hat sie keine Tomate mehr geschmeckt. Sie darf noch nicht anfangen zu essen. Die Wärterin summt ein Liebeslied auf Josip Broz Tito; Vera beißt sich fest von innen in die Wangen. Eine Technik, um sich zu beherrschen. Manchmal lassen die Wärterinnen im Esssaal sie fast eine halbe Stunde hungrig warten. Stehen da vor ihnen und singen diese Lieder, feuern sich noch gegenseitig dazu an.

»Sag mal, Hure, kannst du wirklich nichts sehen?«

»Ja, Genossin Aufseherin.«

»Lügnerin, stinkende *banda*!«

»Ja, Genossin Aufseherin.«

»Aber warum lügst du? Genosse Tito mag keine Lügnerinnen.«

Ein schneller Schatten weht über ihren offenen Augen hin und her. Sie kennt diesen Schatten, so prüfen die Wärterinnen, ob sie wirklich nichts sieht.

»Jao!«, bellt die Wärterin ihr ins Gesicht. Auch das war zu erwarten gewesen, und auch der Faustschlag auf die Wange. Nicht weinen. Vera selbst wohnt nicht hier. Der Geruch der Tomate macht sie wahnsinnig. Gleich bekommt sie die Erlaubnis zu essen, endlich.

»Bist du so hergekommen, oder bist du hier so geworden?«

»Was bin ich geworden, Genossin Aufseherin?«

»Blind.«

»Ich bin gesund gekommen.«

»Mögest du hier nie mehr rauskommen, Amen«, jubelt die Wärterin, »du hast fünf Minuten, Abschaum. Genosse Tito wünscht dir einen guten Appetit.«

Die Wärterin am Morgen hatte zehn gesagt. Hauptsache, sie darf endlich essen. Als erstes presst Vera die Tomate mit beiden Händen in den Mund. Hier hebt man sich die Kirsche nicht bis zum Schluss auf. Sie leckt und saugt. Die Tomate ist weich und überreif, schon gammelig, aber voller Saft und Geschmack. Vor Schreck brodeln ihre Eingeweide. »Gibt es vielleicht etwas Papier, Genossin Aufseherin?«

»Aber sicher, musst es nur sagen. Ich habe rosa Papier mit Muster, Eure Majestät, passend zu eurem Arsch.«

Vera tastet um sich herum. Berührt die Felsen, stellt den Blechteller auf den Boden, kriecht auf allen vieren etwas weiter weg. Vergisst nicht, die Feldflasche mitzunehmen. Merkt sich die Zahl der Schritte und die Richtung, hockt sich hin, zieht sich die Hose runter, weiß, dass die sie beobachtet. Früher wäre so etwas unvorstellbar gewesen.

Einen Moment hält sie inne. Was ist dringender, zu trinken oder zu pinkeln? Der Geruch des Urins ist konzentriert, kurz wird ihr schwindlig. In der Wasserflasche sind vielleicht noch drei Schlucke. Das Wasser geht viel schneller aus als der Durst. Ihr Glück, dass sie kein Problem mit Verstopfung hat. Manche Frauen werden hier verrückt, weil man ihre Zeit mit der Stoppuhr misst. Sie wischt sich mit der Hand ab, und die Hand am Felsen. Es gibt fast keine Erde auf dieser Insel. Die Winde haben nur kahlen Fels zurückgelassen. Noch nicht mal einen Grashalm findet man hier. Vera kriecht zurück zu ihrem Teller. Der wird ihr mit der Schuhspitze zugeschoben. Eine Kartoffel, fast roh, aber groß. Sie kaut schnell. Wie viel Zeit hat sie noch? Mimi, die Köchin, hatte für

Vera oft *restani krompir* gemacht. Allein der Name lässt einem das Wasser im Mund zusammenlaufen. Sie schließt die Augen und isst eine in der Schale gekochte Kartoffel, zu Püree zerstampft, in goldner Butter gebraten und zum Schluss mit Röstzwiebeln bestreut. Doch die Kartoffel hier in ihrem Mund knackt eher wie ein Apfel. Wenn das so ist, dann verspeist sie jetzt eben genüsslich den Apfel. Wer sagt, dass sie keine Fantasie hat? Sie kaut den Apfel, und wunderbare Bilder steigen in ihr auf, das Haus ihrer Kindheit, die Küche. Auf den Regalen Marmeladen und Kompott, eingemachte Birnen, Pflaumen und Kirschen in großen Weckgläsern. Auch Tomatensaft hat man gekocht und dann vorsichtig in Flaschen abgefüllt, damit er sich eine Weile hält. Sie kaut wie eine Süchtige. Eine wahre Meisterin der Alchemie: Eine Kartoffel wird zu gerösteter roter Paprika, die danach in Öl, Zitronensaft und Knoblauch zog, oder zu in der Sonne eingelegten sauren Gurken mit Dill, zu im Hof geräucherten Würstchen. Sie lächelt übers ganze Gesicht. Isst Wild, das genau eine Woche und keinen Moment weniger in pikanter Marinade gelegen hat, damit es seinen strengen Geschmack verliert. Ihr schwindelt vor lauter Gerüchen. Es gibt keine Wärterin mehr. Keine Flöhe. Keine toten Augen, die nur Schwarz und weißes Flackern sehen. Kein Zimmer in Beograd mit zwei Türen und drei uniformierten Colonels, die zu ihr sagen: Sie haben genau drei Minuten, sich zu entscheiden. Noch zwei. Noch eine Minute. Es gibt keinen Gedanken, der im Hirn das Brandmal eines entsetzlichen Fehlers hinterlässt, von der Größe des Lebens selbst.

»Die Zeit ist um, Hure. Aufstehn.«

»Aber ich habe noch nicht getrunken, Genossin Aufseherin. In der Wasserflasche war nicht genug Wasser.«

»Dein Problem.«

Und wieder bringt man sie in Position. Ein bisschen nach rechts, dann wieder zurück nach links. Einen kleinen Schritt nach vorn, zwei nach hinten. Auch diese Wärterin ist noch nicht zufrieden. »Beweg deinen Arsch, Hure. Hier bleibst du stehn!« Eine Marionette, eine Puppe an Fäden ist sie, aber in was für einem Stück?

»Ab jetzt bewegst du dich nicht, hast du mich verstanden! Bis wieder jemand kommt und dich zurechtrückt. Du darfst noch nicht mal atmen!«

»Ja.«

Fehler. Ohrfeige. Bespucken. Spucke rinnt ihren Oberarm runter, trieft herab.

»Ja, Genossin Aufseherin, Entschuldigung.«

»Und was hab ich gesagt?«

»Mich nicht bewegen und nicht atmen, Genossin Aufseherin.« Die Sonne brennt durch den geschorenen Schädel hindurch. Teile des Gehirns brodeln wie kochendes Wasser, und da gibt es einen Teil, in dem ist sie plötzlich ganz hell und wach, da ist sie Partisanin, ein Waldtier, das jede Gelegenheit nutzt: diese Schlucke, die die Wärterin aus der Feldflasche getrunken hat, bevor sie auf sie spuckte. Es waren vier oder fünf. Man hatte hören können, wie das Wasser in ihren Mund lief, bevor sie auf Vera spuckte.

»Wenn die Sonne untergeht, kommt eine, die holt dich wieder runter, in die Baracke.«

»Ja, Genossin Aufseherin.« Die Spucke der Wärterin fließt in die Armbeuge, aber die Wärterin hat es nicht eilig. »Sag mir mal ehrlich: Du und deine Kameradinnen, habt ihr wirklich vorgehabt, diesen Stalin über uns zu bringen, um den Genossen Tito zu besiegen?«

»Ja, Genossin Aufseherin.« Sie soll endlich gehen. Als Vera in den Sümpfen arbeitete, haben sie das verseuchte Wasser dort getrunken. Die Frauen haben tagelang im Wasser gestanden, haben ins Wasser gepinkelt und geschissen und es danach getrunken. Der Durst hat die Angst vor dem Typhus besiegt. Die kühle Spucke der Wärterin fließt langsam Veras Arm hinunter. Sie spürt, wie sie herabgleitet, sich erwärmt, langsam trocknet. Verdunstet.

Und ausgerechnet jetzt beginnt die Wärterin, sich für sie zu interessieren. »Warum haben sie dich dann nicht auf der Stelle umgebracht, sag mir. Warum haben sie Mitleid mit dir gehabt? Warst du die Fotze von einem da oben?«

»Nein, Genossin Aufseherin.«

»Solche Verräterinnen wie du müssen sterben.«

»Ja, Genossin Aufseherin.« Jetzt geh endlich, bitte. Soll doch ein Wunder geschehen.

»Das sag ich ja die ganze Zeit. Genosse Tito hat ein viel zu großes Herz, wenn er solchen Abschaum wie dich am Leben lässt.«

»Ja, Genossin Aufseherin.«

»Ihr verschmutzt uns die Luft des Vaterlandes.«

»Stimmt, Genossin Aufseherin.«

»Du erinnerst dich: Nicht bewegen und nicht atmen!«

»Ja, Genossin Aufseherin.«

Schritte. Stille. Anscheinend ist sie weg. Und sowieso ist es schon zu spät. Die Zunge tastet auf dem Arm, streckt sich, so weit sie nur kann, bis in die Armbeuge. Nichts. Alles vertrocknet und verdunstet. Die Haut ist wieder trocken und salzig.

Direkt nach Sonnenuntergang kommt eine Wärterin, um sie in die Baracke zurückzubringen. Vera kann kaum noch stehen. Die Frauen in der Baracke schauen sie neugierig an. Wollen wissen, wohin man sie gebracht hat. Was hat sie den ganzen Tag gemacht? Sie wissen, sie darf nicht reden. Unter ihnen gibt es Denunziantinnen, Wärterinnen in Häftlingskleidung und Provokateurinnen, die hundertprozentig für die UDBA arbeiten; sie »haben einen Tisch beim Henker in Beograd«.

An diesem Abend drängen sich die Frauen um sie, reiben sich wie zufällig an ihr. Flüstern. Sie soll nur sagen, ob es da, wo sie war, schlimmer ist als bei den Felsbrocken. Ob es gute Pausen gibt. Ob sie da allein ist. Ob sie von da aus sieht – also hört –, wie die Männer am anderen Ende der Insel im Steinbruch arbeiten. Kann sie wenigstens bei Wind ihren Schweiß riechen? Sie antwortet nicht. Trinkt vier Becher Wasser, fällt auf die Pritsche und schläft. Bis sie kommen und sie wecken. Noch vor Sonnenaufgang.

Wieder nehmen sie sie mit, aus der ganzen Baracke nur sie, und wieder bringen sie Vera da oben in Position. Stell dich so hin, nein so, Abschaum, etwas nach hier, aufrecht, dahin, Arme hoch, Arme runter, Beine breit, Beine zusammen, jetzt so bleiben, verstanden? Ja, Genossin Aufseherin. Du bewegst dich nicht, bis eine kommt, die dich nochmal zurechtrückt. Und wieder wird der Stöpsel aus der Wasserflasche gezogen, und Veras Lippen öffnen sich wie die eines Säuglings, und das Wasser wird auf den Boden gegossen, ganz nah bei ihren Füßen, der Geruch von feuchter Erde und ein paar Spritzer Wasser auf ihrem Arm verdunsten, bevor sie sie auflecken kann.

In den folgenden Stunden, den folgenden Tagen, hört sie manchmal Motorgeräusche aus der Ferne, vom Meer. Ein Boot oder Schiff fährt an der Insel vorbei, unterwegs zum Festland oder zu einer der Ferieninseln in der Umgebung. Die Leute, die sich auf Deck sonnen, erkennen vielleicht eine neue winzige Gestalt, die mit seitlich ausgestreckten Armen auf der Spitze des kahlen Berges steht. Denken, das sei eine Statue, die man dort aufgestellt hat. Oder ein kleiner Leuchtturm in Menschenform. Vielleicht hat die Kommandantin Marija sie mit Absicht hier hingestellt, damit die Leute auf den Schiffen sie sehen und denken, sie sei ein Symbol, ein Zeichen. Aber wofür? Was symbolisiert sie? Die Gestalt einer kleinen Frau. Von Weitem sieht sie bestimmt aus wie ein Kind, ein kleiner Junge oder ein Mädchen.

Plötzlich ein abwegiger, ein schmerzhafter Gedanke: Sie ist ein Grabmal, ein Denkmal für Nina. Wegen Nina haben sie sie hier hingestellt. Weil Nina auf die Straße gesetzt wurde. Und so sieht und weiß jeder, der auf den Luxusschiffen hier vorbeifährt, was die Strafe für einen Menschen wie sie ist, für eine Frau, die zu sehr geliebt hat.

Zwei Stunden später, Viertel nach vier in der Früh, erwache ich mit einem Druck in der Brust. Wellen von Angst überspülen mich. Ich liege da und warte, dass das Herzklopfen sich beruhigt. Für einige Minuten bin ich die Beute verschiedener Gedanken und Bilder. Sogar das Abkommen, das ich mit Meir habe – vor neun Uhr nichts Schlechtes über mich zu denken –, funktioniert diesmal nicht.

Nina schläft tief. Vera neben ihr schmiegt sich an sie, zusammengerollt wie ein Embryo. Ich berühre Veras Schulter leicht, und sie öffnet ein Auge, nimmt ihre Brille und setzt sich vorsichtig im Bett auf, ohne zu fragen, ohne zu klagen. Ich hülle sie in einen Pullover von Meir, den ich zum Riechen und zur Bestätigung seiner Existenz mitgenommen habe, vergesse auch nicht mein neues Regieheft – zwei hab ich schon vollgeschrieben –, und im letzten Moment beschließe ich, auch meine Stoppuhr einzustecken, die mich bei allen Produktionen treu begleitet, und hänge sie mir an einem Bändel um den Hals. Kann ja nicht schaden. Vera wartet in der Tür auf mich und fragt noch immer nichts. Mir reicht ein Blick von ihr, um zu verstehen, dass sie genau weiß, was jetzt passiert. Ich lasse mich nicht von der Aufregung überwältigen (und so bleibt mir nur Nervosität). Es gibt eine Aufgabe, und wir nehmen sie in Angriff. Nina dreht sich im Bett um, streckt eine Hand aus und tastet im Bett auf meine Seite. Sucht mich. *Mich* sucht sie im Schlaf. Wir stehen da und schauen hypnotisiert, wie ihre Hand sucht, zittert, aufgibt. Sie seufzt im Schlaf, und wir halten den Atem an, was sollen wir ihr sagen, wenn sie aufwacht und uns so sieht, wie sollen wir das erklären.

Auf Zehenspitzen gehen wir aus dem Zimmer. Ich ekle mich selbst an. Genug, genug mit den ganzen Lügen. Wir gehen hinunter in die leere Lobby, es ist dunkel, abgesehen von einem Lichtfleck auf dem Empfangstresen und noch einem Fleck über einem Blumentopf mit einer prächtigen, künstlichen Buntnessel. Ich ziehe einen Sessel für Vera heran, setze sie hinein und renne zum Aufzug, um Rafi zu holen. Einen Moment bevor die Tür des Aufzugs sich schließt, fotografiere ich Vera mit dem Handy: eine kleine alte Frau in einer leeren Lobby. Ich fahre hoch in den dritten Stock. Im Spiegel des Aufzugs sehe ich ein Stutengesicht. Ich nutze den Schock der Überraschung für ein schnelles und objektives Urteil: eine große, kräftige Frau mit dunklen Tränensäcken unter den Augen. Ziemlich heisere Weiblichkeit, stellt das Skriptgirl fest, das mich drei Stockwerke lang erbarmungslos und ohne mit der Wimper zu zucken betrachtet. (Aber das liegt auch an der aufgeplusterten Weste und den Cargohosen mit den ganzen Aktivisten-Taschen.) Mit einem Wort, ich habe eine Produzentinnenvisage. Ich verabschiede mich mit einem kurzen Wiehern von dem Spiegel und klopfe leise an Rafaels Tür. Im

Nu macht er auf. Er ist fertig angezogen. Die *Sony* liegt schon auf dem Bett bereit.

Als hätte er die ganze Nacht auf dem Bett gesessen und nur gewartet, dass ich ihn hole.

Im Aufzug gelingt mir ein gequältes Lächeln, er merkt es gleich. »Alles in Ordnung, Gili?« – »Alles in Ordnung.« – »Gestresst?« – »Ein bisschen.« – »Grund genug hast du ja.« Er bemerkt das neue Heft, orange mit Spiralbindung. »Du schreibst nicht genug.« Ich erinnere ihn daran, dass ich auf der ganzen Fahrt hierher gefilmt habe.

»Trotzdem«, sagt er, »trotzdem, die Einzelheiten, die kleinen Details.«

»Apropos kleine Details …«

»Ja?«

»Hatte Stalin achtundvierzig wirklich vor, in Jugoslawien einzumarschieren?«

»Ich weiß nicht. Tito hat das zumindest gedacht. Und es gab Anzeichen dafür. Deshalb hat er die Gulags errichtet oder wie man diese Lager hier nennt, für die Unterstützer Stalins und seine Spione.«

»Und meinst du, Oma und Opa waren wirklich Stalinisten?«

»Vera und Miloš? Sie wird dich bei lebendigem Leibe auffressen, wenn du das auch nur in Betrachtung ziehst.«

»Aber du, was denkst du?«

»Ich, ich glaube grundsätzlich immer ihr.«

Ich lache. »Das macht das Leben einfacher.«

Er murmelt etwas von Fragen, die ein Mensch so viele Jahre im Bauch behält, bis er nicht mehr wagt, sie zu stellen. Mir ist klar, er redet nicht von Stalin und Tito.

In der Lobby organisieren wir uns schnell. Setzen Vera so hin, dass das Licht günstig ist, ziehen auch einen Sessel für mich heran. Die Minuten, in denen ich nicht da war, hat sie dazu genutzt, Meirs Pulli auszuziehen und sich zu kämmen. (Ihr Haar wird schütter, schrieb ich das schon? Darunter schimmert der rosa Schädel, sieht aus wie ein Küken, dem noch keine Federn gewachsen sind.) Und natürlich hat sie sich inzwischen auch mit Lippenstift, Mascara und etwas Rouge zurechtgemacht. »Eine echte *Lady* bist du, Oma.« – »*Lady* hin oder her, Frau muss jederzeit aussehen tip-top. Das sag ich auch immer zu dir.« Sie wirft einen schiefen Blick auf den Haufen Locken auf meinem Kopf: »Da können ja drin nisten Vögel.«

»Oma«, sag ich zu ihr, »du weißt, was wir jetzt machen wollen, nicht wahr?«

»Schon. Ja.« Sie holt tief Luft. Ich rücke ihren Kragen zurecht. Rieche das scharfe Parfüm (Auch Parfüm hat sie schon aufgelegt.) Ich streiche ihr Haar so nach hinten, dass es die schütteren Stellen bedeckt. Sie entdeckt irgendeinen Schmutz auf meinem Hemd. Ihre Hand gleitet über meinen Arm und hält ihn einen Moment lang fest. Eine merkwürdige Atmosphäre, wie vor der Hinrichtung, wenn der Verurteilte und der Henker gemeinsam noch eine rauchen.

Als Erstes versuche ich, sie etwas zu lockern. »Und jetzt, Oma, bevor wir anfangen, möchte ich, dass du mir noch etwas Nettes über Miloš und dich erzählst, egal was, nur drei, vier Sätze.« – »Über Miloš? Da hab ich dir schon alles erzählt.« – »Dann erzähl eben nochmal was, nur was Kleines, Lustiges, sowas muss ich hören, bevor wir anfangen.« Im Grunde ist das die Variation eines Tricks, den ich von Papa gelernt habe:

Eine Sekunde vor der Klappe gehe ich zu dem Schauspieler und flüstere ihm eine Metapher ins Ohr, die der Szene zugrunde liegt, oder eine Zeile aus einem Gedicht, das irgendwie damit zusammenhängt. Nicht alle Regisseure finden das toll, aber hey, das ist jetzt *mein* Film.

Und es ist auch meine Oma.

Vera ist sofort voll dabei: Legt ihr Gesicht in Falten, führt brummend ein kleines Selbstgespräch, beginnt zu lächeln. Es funktioniert. »Wir haben getanzt wahnsinnig viel, Miloš und ich.« Ich bitte um ein paar mehr Details. »Als Miloš wieder gewesen ist gesund von Tuberkulose und alle Kränkes, die er gehabt hat, und wir sind von seinem Dorf zurückgekehrt nach Beograd, wo wir eine schöne Wohnung gehabt haben, und ich bin noch nicht gewesen schwanger, da sind wir gewesen zusammen so glücklich, wir beide, da haben wir Fensterläden zugemacht und Grammophon angeschaltet und dann getanzt. Stundenlang! Wir haben gehabt immer dieselben Bewegungen, denselben Rhythmus, wie Zwillinge, und wir haben uns immer gedreht im selben Moment.«

Rafi hebt den Daumen. Er findet, Vera ist schon im richtigen *mood*. Wir können anfangen. »Und Miloš hat geschwitzt so schön, Gili, er hat gehabt ganz glatte Haut, hab ich vielleicht schon mal erzählt, ohne Haare, richtige Samthaut, und nachdem er gewesen ist in Sonne, ist er gewesen wie ein *Negro* …«

Rafi bewegt sich hinter ihrem Rücken und macht mir von dort das Zeichen einer Uhr und eine Bewegung, als wolle er jemanden köpfen. Aber versuch mal, Vera abzustellen, wenn Miloš gerade mit herumschwirrt: »Und wir sind auch ausgegangen mit Freunden, die haben dann gerufen, sie wollen sehen mich tanzen, und weißt du, wie ich getanzt hab? Auf Tisch. *Csárdás!* Da haben Gläser gestanden, und ich hab getanzt dazwischen, und kein Glas ist auf Boden gefallen! Und dabei hab ich auch noch angehoben bisschen mein Rock …«

Na ja, mein kleiner Trick läuft etwas aus dem Ruder.

»Und bis jetzt, weißt du, ist meine liebste Sendung im Radio *Zauber der Musik* … Da spielen sie Lieder, auf die wir getanzt haben, Miloš und ich, Tango und Slowfox, und immer wenn sie solche Lieder bringen, kann ich mich nicht beherrschen und ich tanze mit, und dann kommen auch immer gleich Tränen.«

»Toll, Oma, das ist fantastisch, genau sowas wollt ich hören.«

»Wirklich?« Sie lächelt. »Dann hab ich dir geholfen?«

»Wahnsinnig! Und jetzt reden wir über diese Sache, du weißt schon.«

»Ah. Ja.« Sie versinkt im Sessel.

»Oma, ich kann nicht auf die Insel fahren, ohne vorher mit dir darüber zu reden.« Rafael korrigiert den Winkel, in dem die Sessel zueinander stehen. »Aber was, wenn sie plötzlich runterkommt?«, flüstert Vera. »Sollen wir nicht lieber reden in Rafis Zimmer?« – »Es wäre wunderbar, wenn sie käme«, sage ich, und sie: »Nein, nein, nein! Das bringt sie um.«

»Sie muss es wissen«, sage ich, obwohl ich mir aus irgendeinem Grund schon nicht mehr so sicher bin. »Muss?!« Vera peitscht mit dem Ärmel ihres Pullovers auf meinen Schenkel. »Was soll das heißen ›sie muss‹? Wie kann sie wissen müssen, wenn sie nicht weiß, dass sie muss?« – »Sie weiß es schon«, ich sage, was ich ihr nachts zugeflüstert habe, »sie weiß es, auch ohne es zu wissen.« – »So etwas gibt es nicht. Entweder man weiß etwas oder man weiß es nicht.« – »Oma, jetzt hör mir mal zu: Alles, was Nina macht, alles, was sie sagt, jeder Atemzug von ihr, alles, was ihr wehtut, alles, was bei ihr scheiße läuft, das alles kommt von diesem einen Ort.« Vera weist meine Worte mit einer eindeutigen Kopfbewegung und einem Schnalzen der Zunge zurück, und ich könnte sie packen und schütteln, damit vielleicht endlich etwas ihre kristallene Härte durchdringt. »Das ist ihr Leben, Oma! Sie muss verstehen, woraus ihr Leben gemacht ist!« Vera stößt verächtlich die Luft aus, und ich weiß, ich habe recht, obwohl ich vor mir selber klinge wie eine Jugendleiterin bei den Pfadfindern.

»Und weißt du, Oma, was mich am meisten stört?«

»Ah, nu, lass hören.«

»Dass ich mir nicht bis ins Letzte sicher bin, wen du mit diesem Geheimnis wirklich schützt, sie oder dich.«

»*Mich?* Aber Gili!«, faucht meine Großmutter schockiert, und für einen langen, brodelnden Blick sind wir Feindinnen in Herz und Seele, und das ist unerträglich. Absolut unerträglich.

»Dieses Gerede, dass Mensch immer wissen soll ganze Wahrheit und sich, wie sagt ihr immer, *sich damit auseinandersetzen soll*, das ist ja ganz schön, Gili, und auch sehr sauber und moralisch, *Chapeau*«, und sie klatscht mir dreimal Applaus, »aber ich sage dir, du kannst nicht kommen plötzlich zu Frau von fast dreiundsechzig Jahre und sagen, hör zu, meine Liebe, es ist nicht wirklich so gewesen, wie du immer hast gedacht, du lebst dein ganzes Leben in so etwas wie eine Fehler.« »In einer Lüge«, korrigiere ich sie. »Nein! Nein! Lüge ist, wenn jemand Böses will. Und hier ist es vielleicht, nur vielleicht, jemand, die gehabt hat keine andere Wahl.«

Rafi gibt mir ein Zeichen, etwas runterzufahren. Er hat recht. Wenn wir uns hier in einen Streit verrennen, macht sie noch total zu.

»Und außerdem sag ich dir, Gili, und merk dir gut, was ich dir jetzt sage: Wenn sie davon erfährt, wird sie nicht mehr leben wollen, sie wird nicht mehr wollen leben! Ich kenne meine Tochter!«

»Vielleicht lässt du sie das selbst entscheiden? Sie ist kein Kind mehr.«

»Wenn sie es erfährt, dann wird sie wieder werden wie ein Kind.«

»Und du findest es besser, dass sie bis zum Ende in der Lüge lebt?«

Vera beherrscht sich. Klimpert mehrmals mit den Wimpern. In ihren Augen, die gerade krampfhaft etwas wegwischen wollen, lese ich: Es ist eh nicht mehr für lang.

Sie verschränkt die Arme vor der Brust. Ihr Mund ist zusammengepresst. Rafi macht mir mit der Hand ein Zeichen von Auto-Anlassen.

»Gut, ich hab's verstanden. In Ordnung. Vera, erzähl uns jetzt bitte, was damals passiert ist.«

»So nicht!« Sie schlägt mit der flachen Hand auf ihr Knie. »So sprichst du nicht mit mir!«

»Wie – so? Wie hab ich mit dir gesprochen?«

»So, als ob du mich nicht kennst.«

Wir beide schnaufen, plustern uns auf. Es ist schwer für sie. Es ist schwer für mich. Schwer für mich, dass es ihr dermaßen schwerfällt.

»Genug, Oma«, flüstere ich, und mir versagt einen Moment die Stimme.

»Gili …«, sie umarmt mich mit den Augen genau an dem Ort, an dem ich immer am meisten …

»Entschuldige, Oma, ich bin wahnsinnig unter Druck. Komm, lass uns das jetzt machen. Erzähl mir, was dort passiert ist.«

»Also gut, dann erzähle ich jetzt.« Sie richtet sich auf, legt die Arme auf die Sessellehnen: »Rafi, läuft der Apparat?«

»September einundfünfzig. Miloš hat sich Schulter gebrochen bei Pferderennen, wo er mitgemacht hat, und sein halber Körper ist gewesen in Gips. Er ist gewesen krankgeschrieben, hat aber jeden Tag besucht seine Soldaten im Reiterregiment. Und dann, eines Morgens, als er gerade ist zu Hause, kommt ein Anruf. Sein General will ihn sprechen, ganz dringend. Er ist hingegangen und hat mir nicht gesagt, was da gewesen ist.

Und nächste Morgen hat Miloš mitgebracht plötzlich einen Ring für Nina. Und ich hab gesagt, bist du verrückt? Wie sollen wir kriegen Monat zu Ende? Verstehst du, Gili, das war erst Mitte von Monat, und wir haben gelebt sehr eingeschränkt! Morgens um vier hab ich schon Schlange gestanden für Flasche Milch für Nina! Für meine ersten Lederschuhe hab ich angestanden einen Tag und eine Nacht und noch einen Tag! Bis dahin hab ich gehabt Schuhe aus Jute, die zusammenklappen wie Ziehharmonika, wo ganze Wasser reingelaufen ist …«

Ohne es zu bemerken, wunderbar, geradezu skandalös, streckt sie abwechselnd die Beine in die Luft, dreht ihr linkes

Bein nach links und nach rechts und schaut es zufrieden an. Ich weiß noch, wie ich sie als kleines Mädchen angeschaut, wie ich sie studiert habe, ich hatte in diesen Dingen ja keine andere Lehrerin als sie, und jetzt, jetzt erinnere ich mich auch wieder an ihr Lächeln damals, das Lächeln einer Frau, die auf ihre schönen Beine schaut.

»Genau in dieser Zeit, zum Beispiel, damit du das verstehst, Gili, hat Jugoslawien geschickt ganze Container mit tiefgefrorene Eier nach Čehoslovačka, und dann waren gute Beziehungen plötzlich vorbei, und ein Waggon ist stehen geblieben in Beograd im Bahnhof, und sie haben gesagt, Bürger können mit Schüsseln kommen und sich holen Eier, weil es rausgetropft hat aus Waggon. Und wir drei sind hingegangen und haben ein ganzes Ei geholt, und auf Weg nach Hause haben wir gelacht, dass wir uns machen daraus eine Omelette für uns alle. Und in so einer Zeit kauft Miloš Ring und schenkt ihn Nina?«

Rafi und ich werfen ab und zu einen Blick in Richtung Aufzug.

»Und nächste Morgen General hat ihn noch einmal bestellt zu sich. Miloš ist erst kaufen gegangen Holz und Kohlen für Winter. In sein Kopf hat er schon vorgesorgt für Winter, wo ich würde allein sein, und dann hat er zu mir gesagt: Dieser Gips scheuert mich unter Achseln. Kannst du mir da oben was reinstecken, vielleicht aufgewickelte Binden? Und ich Idiot hab gepolstert mit Binden diesen Spalt zwischen Gips und sein Körper.«

Sie schüttelt den Kopf, als könne sie es noch immer nicht glauben. »Und abends hat er sich entschuldigt bei mir, er muss noch was Wichtiges schreiben, und hat sich hingesetzt in Küche und geschrieben, vielleicht zwanzig Seiten. Für Nina hat er geschrieben. Hat ihr erzählt von sein Leben, von Kindheit im Dorf und vom Gymnasium in Stadt, das er besucht hat, und danach vom Militärdienst und vom Weltkrieg und davon, wie wir beide gerettet haben im Weltkrieg Partisanen vor Kollaborateuren. Und er hat auch geschrieben über mich … wie wir uns haben kennengelernt auf Schulball, wie er gewartet hat am Bahnhof auf mich, das alles hat er geschrieben für Nina, damit sie es weiß, und UDBA hat mir alles abgenommen paar Tage später, als sie unser Haus durchsucht haben, und bei meinem Verhör haben sie mir vorgelesen Miloš' Brief an Nina, von Anfang bis Ende; sie haben mich wollen zerbrechen damit, und ich habe mit keiner Wimper gezuckt …«

Rafael möchte, dass wir kurz eine Pause machen. Etwas an der Beleuchtung stört ihn. Zu viele Schatten auf unseren beiden Gesichtern. Wieder verschiebt er die Sessel, sodass wir uns näher gegenübersitzen.

»Und noch was hat er gebeten an diesem Abend: dass wir alle drei zusammen einschlafen in unsere Ehebett, und erst später hat er Nina gebracht in ihr Bett, und ich Idiot, ich habe das alles gesehen und nicht kapiert, dass er sich so verabschiedet von unsere Leben. Wie hab ich das nicht gesehen?«

Ihre Vogelbrust hebt und senkt sich schnell. Was sie erzählt, habe ich so nie gehört. Nicht mit diesen Details und nicht in dieser Melodie.

Hier, wieder so ein starker Moment des Dokumentarfilms: Wenn der Interviewte beim Dreh den Vertrag mit dem Regisseur und mit sich selbst verändert und plötzlich, ohne dass er es beabsichtigt hat, ganz und gar sich selbst gibt.

»Am Morgen hat er uns gesagt Adieu, hat gegeben mir und Nina einen Kuss und ist gegangen zu sein General und nicht mehr gekommen zurück, und es ist schon zwei Uhr mittags, und ich telefoniere zum Innenministerium, und sie sagen, hier ist niemand mehr, sind alle schon gegangen.

Bei uns ist das so gewesen: Wenn Miloš sich verspätet hat auch nur eine Minute, hat er angerufen. Ich habe schon gespürt: Irgendwas ist passiert. Bin schnell mit Autobus gefahren zu seinem Freund, auch ein Colonel, und der hat mich angeschaut: ›Geheimdienst von Militär hat ihn gerufen, aber wir holen ihn da raus, keine Sorge.‹ Ich habe mir aber gemacht Sorgen. Natürlich mach ich mir Sorgen. Ich renne zum Vizeminister. Ihr müsst das verstehen: Weil Miloš gewesen ist Kommandeur von Reiterregiment von Tito, haben wir gekannt ganze Crème de la Crème. Diesen Vizeminister hab ich noch gekannt von Ferien, wo wir mal verbracht haben zusammen, und damals hat er mich sogar ganz nett angeschaut, hinter Rücken von seiner Frau. Egal. Und sie sagen zu mir: ›Vize ist gerade jetzt auf Jagd, komm morgen wieder.‹ Nächste Tag komm ich wieder: ›Vize ist beim Arzt, in andere Stadt.‹ Da hab ich es schon verstanden. Vielen Dank.

Am Mittwoch, siebzehnte Oktober, hab ich Nina geweckt sehr früh und zu ihr gesagt, ich gehe Papa suchen. Du stehst jetzt auf und isst Frühstück, wo ich dir gemacht habe, und dann kämm ich dich, und dann gehst du direkt zu Jovanka, und da wirst du Mittag essen und da bleiben bei ihre Töchter bis abends, und dann komm ich dich abholen. Und Nina ist gewesen noch ganz verschlafen und hat nicht verstanden, warum so früh, aber sie hat lieb aufgegessen, nichts hat sie liegengelassen auf ihrem Teller.«

»Entschuldige, einen Moment, Oma, Papa, stopp. Plötzlich fällt mir auf: Haben wir die Idee mit Nina jetzt ganz aufgegeben?«

»Welche Idee?« Vera ist verärgert, dass ich sie unterbrochen habe.

»Zu der zukünftigen Nina zu sprechen? Zu der Nina, die sie sein wird?«

Wir drei schweigen. Wenn wir nicht zu der zukünftigen Nina sprechen, filmen wir hier wohl etwas, was niemals in ihren Film kommen wird. Etwas, das sie nie erfahren wird. Rafi sagt: »Ich schlage vor, wir lassen das Vera entscheiden.«

Vera überlegt. Verzieht das Gesicht, dann kommt die energische Handbewegung: »Komm, erstmal machen wir weiter. Entscheiden tun wir am Schluss.«

»Wie, am Schluss? Jetzt! Wir müssen jetzt entscheiden, ob wir das machen oder nicht.«

»Wo war ich stehengeblieben?« Vera ignoriert meine Frage. »Ich seh sie, als wär es jetzt, wie sie am Tisch sitzt in ihrem blauen Pyjama und Milch trinkt … Wirklich, sie ist gewesen so ein liebes Mädchen.«

Vera hat entschieden.

»Sie hat aufgegessen, hat sich angezogen, ich hab ihr gemacht Zöpfe und geschrieben Zettel für Jovanka. Und nachdem sie gegangen ist aus Haus, schau ich ihr nach, hinter Vorhang, sowas hab ich sonst nie gemacht, nur an diese Tag hab ich gehabt im Bauch so ein Gefühl, ihr nachzuschauen, zu sehen, wie sie da hüpft auf Gehweg über *Himmel und Hölle* von andere Kinder und wie lieb ihr kleiner Körper ist und dass sie fast tanzt, wenn sie geht.«

Schweigen. Eine entsetzliche Schwere. Sie seufzt, senkt

den Kopf. Es ist Trauer, was mich jetzt unten in den Bauch sticht. Das erste Mal Trauer um das Mädchen Nina. Über die Zukunft, die sie nicht haben wird. Über den Menschen, der sie nicht mehr sein wird. Über mich selbst. Ich reiche Vera ein Taschentuch; sie weist meine Hand zurück.

»Ich schäme mich nicht für meine Tränen!«

»Film ab«, brummt Rafi.

»Und plötzlich seh ich, draußen steht großer Mann mit Ledermantel, und sofort hab ich gedacht, der ist vom Sicherheitsdienst, und da hat auch gestanden schwarzer Wagen mit laufende Motor und schwarze Fenster. Und dieser Mann schaut Nina hinterher und nickt mit Kopf so zu diese schwarze Wagen, und ich habe noch gedacht, warum schaut der so meiner Tochter nach und warum macht er zum Fahrer solche Zeichen wegen ihr, aber ich habe mir auch gedacht, er wird bestimmt gleich heraufkommen und mir sagen, dass sie Miloš bald freilassen! Und im nächsten Moment klopft er fest an Tür, und ich Idiot sage zu ihm, oh, Gott sei Dank, dass Sie gekommen sind, kommen Sie doch herein, möchten Sie Tasse Tee?

Er ist reingekommen, hat seine Handschuhe ausgezogen, hat sich umgeschaut in Wohnung, und dann klopft er so mit Handschuh auf Ärmel von sein Mantel und setzt sich hin. Plötzlich ist er gewesen ganz nett …«

Vera spielt ihn vor der Kamera: Umgangsformen eines sanften, rücksichtsvollen Herrn: »›Rauchen Sie, junge Frau?‹

›Ja.‹

›Dann zünden Sie erstmal eine Zigarette an. Gut. Tut mir leid, Ihnen mitzuteilen, Ihr Mann hat versucht, sich Leben zu nehmen.‹

Und ich schreie: ›Was? Lebt er oder ist er tot?‹

›Das kann ich Ihnen jetzt nicht sagen. Kommen Sie mit. Sie bekommen alle Informationen im Militärkrankenhaus. Aber bevor wir gehen, muss ich Ihnen stellen noch paar Fragen über Ihr Verhältnis zu Russland.‹

Dann stellt er Fragen, vielleicht halbe Stunde, und ich antworte, ich weiß nicht was, ich weiß gar nichts mehr. Er fragt über Russland, über Stalin, so als ob wir gewesen wären Spione. Bei mir im Kopf ist alles durcheinander, ich kann mich kaum aufrecht halten, bis er am Ende sagt: ›Jetzt gehen wir, nehmen Sie mit, was Sie brauchen werden für lange Zeit.‹

Ich nehme gar nichts mit, nur Mantel und Tasche, und zittere am ganzen Leib. Wir gehen hinaus. Im Auto sitzt Fahrer mit schwarze Brille, und andere Mann im Mantel brüllt plötzlich: ›Leg dich auf Boden, Hure! Damit dich keiner sieht im Auto!‹

Wir kommen zum Militärkrankenhaus, alles geht schnell schnell, mit Rennen, mit Geschrei, plötzlich bleiben sie stehen, und er sagt zu mir: ›Du gehst hinein durch diese Tür, und ich warte hier. Es wird sein besser für dich und deine Tochter, wenn du da drinnen gibst richtige Antworten.‹

Antworten worauf und für wen, das sagt er nicht.

Ich gehe ins Zimmer, wo schon steht ein Colonel Doktor und auch zwei normale Colonels, die sind gewesen, das hab ich später begriffen, von Militäranwaltschaft.

Sie empfangen mich nett. ›Junge Frau, Madame, wir sprechen Ihnen aus unser Beileid‹, und ein Großer mit Glatze liest mir vor ein Blatt von Regierung: ›Gestern um sechzehn Uhr zwanzig, an sechzehnte Oktober, ist Wächter gegangen nur eine Minute auf Toilette, und da hat rausgezogen Novak Miloš aus seinem Gips paar Binden und hat sie zusammengeknotet und sich aufgehängt an sein Bett und hat sein Kopf bewegt so heftig, dass er sich Hals aufgeschnitten hat, wir konnten ihm nicht mehr helfen. Und jetzt haben wir Sie hierherbestellt, damit Sie uns unterschreiben, dass Sie und er gewesen sind Stalinisten und dass Sie sich distanzieren von Ihrem Mann, weil er gewesen ist Volksfeind, wie russischer Spion für Stalin.‹«

»Einen Moment, Oma. Langsam. Das hab ich nicht verstanden: Sie wollten, dass du gestehst, dass du Stalinistin bist?«

»Genau das haben sie gewollt.«

»Und du?«

»Was, ich? Ich hab es nicht gestanden.«

»Weil du das gar nicht warst.«

»Genau.«

»Und was ist dann passiert?«

»Schau her, Gili, ich hätte ihnen sogar unterschrieben, dass ich bin Stalinistin oder Satan höchstpersönlich, aber nie im Leben, dass Miloš gewesen ist Stalinist und Volksfeind. Das nicht! Nie und nimmer!«

»Lass mich das verstehen. Weil du nicht bereit warst zu sagen, dass Miloš ein Verräter ist, nur deshalb haben sie dich nach Goli Otok geschickt?«

»Ja.«

Wenn das so ist, dann habe ich mich also nicht getäuscht und auch nicht fantasiert. Ich hatte auf der Intensivstation gelegen, ohne Blut in den Adern, und sie hat es mir dort tatsächlich erzählt. Vielleicht hat sie gedacht, ich krieg es nicht mehr mit. Vielleicht dachte sie, ich würde sterben, und wollte es einmal in ihrem Leben bei jemandem abladen.

Und seitdem habe ich es all die Jahre gewusst, habe es gespürt und mich nie getraut, sie zu fragen, ob es wirklich stimmt.

»Es ist denen sowieso eigentlich nicht gegangen um mich«, sagt sie jetzt, »sie haben gewollt Miloš. Er ist wichtig gewesen, er ist gewesen großer Held im Zweiten Weltkrieg und Offizier im Reiterregiment von Tito. Sie haben nur gewollt, dass seine Frau sagt in aller Öffentlichkeit, dass Novak Miloš gewesen ist Verräter und dass er unterstützt hat Stalin gegen Tito.«

»Und wenn du das gesagt hättest?«

»Wenn ich was gesagt hätte?«

»Ich weiß nicht … dass er, sagen wir, ein Unterstützer …«

»*Gili!*«

»Ich frag doch nur, Oma. Nur mal angenommen, du hättest …«

»Nie im Leben! Es gibt kein ›angenommen‹! Mein Mann ist gewesen kein Verräter! Idealist ist er gewesen! Und geradlinigste und reinste Mensch auf ganze Welt!«

»Ja, natürlich, das wissen wir …«

»Nein, nein, gar nichts wisst ihr! Niemand weiß das so wie ich. Nur ich, auf ganze Welt habe nur ich gewusst, was er gewesen ist für eine Seele! Und nur ich kann reden über ihn, und sonst gibt es niemand, der für ihn ist, Gili, und deshalb werd ich das nicht unterschreiben für sie, auch wenn sie mich stecken nach Goli und selbst wenn sie mich umbringen und sogar, wenn sie mir wegnehmen mein Kind, meine Nina …«

Sie verstummt. Ihre Augen glühen. Der kleine Kopf bebt vor Wut.

»Und angenommen, Oma, nur mal angenommen, du wärst bereit gewesen zu sagen, dass Miloš ein Verräter ist – hätten sie dich dann wirklich freigelassen?«

»Ich weiß nicht. Vielleicht ja. So haben sie es gesagt.«

»Und dann wärst du nach Hause gegangen, zu Nina?«

»Vielleicht. Ja, aber dann hätten sie Miloš gehalten für einen Volksfeind.«

»Das wissen wir, aber …«

»Was heißt ›wir‹, Gili?« Sie schaut mich über die Ränder ihrer Brille hinweg an: »Ist das hier auch eine Art Verhör?«

»Nein, das sind nur Rafi und ich, die es wissen wollen. Komm, lass uns einen Schritt zurückgehen, Oma.«

Allein, sie Oma zu nennen, klingt für mich jetzt ganz falsch.

»Frag!« Sie holt den kleinen runden Spiegel raus und macht sich zurecht. »Na los, frag schon.«

»Ich frage noch mal, denn ich muss das verstehen. Du warst nicht bereit zu sagen, dass Miloš ein Verräter ist, und deshalb haben sie dich auf die Insel verbannt?«

»Welche Wahl hatte ich denn?«

Ich schaue sie verzweifelt an.

»Rafi«, sie spricht zu ihm, aber ihre Augen sind bei mir, »du versprichst es mir, nicht wahr?«

»Was versprech ich dir?«

»Dass das, was ich hier sage, auf keinen Fall reinkommt in diesen Film, den Nina haben will.«

Rafi schweigt. Seine Waisenkindtreue zappelt. Ich durchbohre ihn mit meinem Blick, aber auch Vera ist gut im Blickebohren.

»Schau her«, er windet sich, »ich finde, wir sollten dieses

ganze Material einmal geordnet und vollständig beisammen haben.«

»Du versprichst es mir also nicht.«

»Ich schlage vor, dass wir das nicht jetzt entscheiden.«

Ihre Hände umklammern die Sessellehnen. Rafi fragt: »Willst du, dass wir weitermachen?«

»Ich weiß schon nicht mehr, was ich will und was nicht.«

Eine interessante Reaktion, halte ich für mich fest. »Dann komm«, ich beuge mich zu ihr vor, streichle langsam ihren Arm der ganzen Länge nach, das ist unsere familieninterne Reiki-Behandlung, »erzähl mir ganz genau, was sie gesagt haben.«

»Ist das jetzt so wichtig? Sie haben eben geredet.«

»Ja, das ist wichtig. Das ist das Wichtigste überhaupt.«

»Dann frag.«

»Was ist in dem Zimmer passiert?«

»Was da gewesen ist? Also … da ist gewesen dieser große Offizier mit Glatze, der hat zu mir gesagt, und da erinnere ich mich an jedes Wort: ›Wir sind ganz ehrlich mit Ihnen, junge Frau, die Situation ist die: Weil Ihr Mann selbst gesagt hat kein Wort bei Verhören, weil er nichts gestanden hat, hat er keine Schuld, und Sie können bekommen seine Pension für sich und Ihre Tochter, aber das geht nur, wenn Sie unterschreiben hier.‹

Ich habe gesagt: ›Sie wollen, dass ich sage an seiner Stelle, dass er gewesen ist Verräter?‹ Und er hat ›ja‹ gesagt. Ich habe gesagt: ›Und was wird kommen als Nächstes?‹ ›Nichts. Nur dass morgen stehen wird in der *Borba* und in noch zwei, drei Zeitungen: Novak Vera hat sich distanziert von Volksfeind und Verräter Novak Miloš.‹

Und sie sehen, dass ich schweige, und Colonel von Anwaltschaft sagt: ›Novak Vera, dieses Zimmer hat zwei Türen. Eine links, zur Freiheit, nach Hause, zu Ihrer Tochter, und eine rechts, zum Gefängnis Goli Otok, für viele Jahre Zwangsarbeit. Sie haben jetzt drei Minuten, sich zu entscheiden.‹

Und ich, mein Hirn ist wie tot. Mein Leib lebt nicht mehr. Stich mich mit Nadel, ich spür es nicht, Gili. Miloš ist tot. Meine große Liebe ist tot. Was soll ich noch wollen?«

Sie sucht in der Tasche nach Zigaretten, zieht eine zerdrückte Schachtel *Europa* heraus. Schon Jahre hab ich sie nicht mehr rauchen sehen. Ich denke an die kleine Nina, die um ebendiese Zeit am Morgen längst bei Jovankas Wohnung angekommen ist.

»Und dann hat Colonel Doktor gesagt: ›Vielleicht haben Sie nicht verstanden. Vielleicht möchten Sie trinken etwas Wasser und nochmal besser nachdenken.‹

Ich will gar nichts. Nur sterben.« Sie schafft es nicht, sich die Zigarette anzuzünden; ich helfe ihr.

»›Hören Sie zu, Novak, ich sag es Ihnen noch einmal, wir spielen mit offene Karten: Aus Gründen von Innerer Sicherheit wollen wir nicht, dass bekannt wird, dass er gestorben ist bei uns. Er wird beerdigt werden in anonyme Grab. Nachdem Sie hier unterschreiben, werden Sie nehmen Ihre Tochter und ziehen mit ihr in andere Stadt. Sie machen hier nur kleine Kringel, und danach dürfen Sie nicht darüber sprechen Ihr Leben lang. Noch nicht mal mit Ihrer Tochter dürfen Sie reden darüber. Sie haben noch zwei Minuten zum Nachdenken.‹«

»Jetzt unterschreib schon«, höre ich mich selbst plötzlich mit einer geisterartigen Stimme sagen. Rafael ist entsetzt, aber Vera ist dermaßen in ihrer Geschichte versunken, dass sie mich wohl nicht gehört hat.

»Ich hab ihnen gesagt: ›Ich brauche nicht zwei Minuten und auch keine halbe Minute. Ich verleugne nicht meinen Mann. Meinen Mann hab ich geliebt mehr als mein Leben. Mein Mann ist niemals gewesen Volksfeind. Machen Sie, was Sie wollen.‹« Sie klopft die Asche in den Deckel der Zigarettenschachtel.

»Und dann hat gesagt zweiter Colonel, nicht Große mit Glatze: ›Wenn Sie das wollen, dann werden Sie fahren schon morgen mit Schiff nach Goli Otok. Sie wissen, was das ist, Goli Otok.‹

›Ich weiß.‹

Und er hat gesagt: ›Und das heißt, Nina, Ihr Mädchen, wird leben auf Straße.‹

Und ich: ›Das ist Ihre Entscheidung.‹

Und er hat gesagt: ›Nein, das ist allein Ihre Entscheidung.‹

Und ich habe gesagt: ›Ich bitte Euch sehr, Genossen, Nina hat nichts zu tun mit ganze Sache. Nina kann gehen zu meiner Schwester Mira oder zu meiner Schwester Roši oder zu meiner Freundin Jovanka. Sie muss nicht leben auf Straße.‹

Und Colonel hat gesagt noch einmal: ›Hören Sie mir gut zu, Frau. Sie gehen nach Goli Otok zu Zwangsarbeit, und Nina, Ihre kleine, hübsche Mädchen, wird leben auf Straße. Das ist mein Wort. Und Straße, das heißt Straße.‹«

Vera legt sich die Hand auf die Brust.

»Oma, willst du, dass wir eine Pause machen?«

»Nein, ich will erzählen.«

Im Laufe meiner wenig glanzvollen Karriere habe ich

auch für einige Dokumentarfilme als Rechercheassistentin gearbeitet. Immer wieder habe ich meine Interviewpartner an dieser Kreuzung erlebt: das dunkle Geheimnis ihres Lebens zu lüften oder ihre Lüge für immer zu zementieren. Erstaunlich, wie viele sich entscheiden, ihr Geheimnis zu offenbaren – besonders Menschen auf der Schwelle des Todes –, nur weil sie spüren, dass die Wahrheit einmal festgehalten werden muss, an irgendeinem Ort auf der Welt.

»Gili, was willst du fragen?«

Ich nehme alle Kräfte, die ich nicht habe, zusammen. »Sag mir, Oma, was bedeutet: ›Sie wird auf der Straße leben‹?«

»Ich weiß nicht.«

»Trotzdem. Versuch es.«

»Ich weiß nicht.«

Ich versuche es aus einer anderen Richtung: »Du hast gesagt, dass du die UDBA gebeten hast, Nina da rauszuhalten, nicht wahr?«

»Stimmt.«

»Meinst du, dass du, sagen wir, vielleicht etwas stärker hättest bitten sollen?«

»Ich habe gebeten, was ich konnte. Um mehr hab ich nicht bitten können.«

»Ja, aber wenn du vielleicht noch ein klein bisschen …«

»Ich kann nicht betteln.«

Sie presst die Lippen zusammen. Wendet ihren Blick von mir ab.

»Oma, entschuldige, aber ich muss das fragen. Hast du von Mädchen gehört, die von der UDBA auf die Straße geschickt wurden?«

»Nein.«

»Von keinem einzigen?«

»Ich weiß nicht. Vielleicht hat man mal geredet von ein oder zwei Mädchen. Vielleicht sind alles gewesen nur Gerüchte. In dieser Zeit Gerüchte haben geblüht.«

»Und was ist aus denen geworden?«

»Weiß ich nicht.«

»Was haben die Gerüchte gesagt?«

»Hab ich nicht gehört.«

»Oma –«

»Können wir endlich weitermachen?«, sie schreit beinah. Ihre Lippen beben, sie wartet meine Antwort nicht ab, und plötzlich begreife ich, wie sehr sie diese Geschichte erzählen muss – damit sie einmal gehört wird und als Ganzes in der Welt ist.

Und gerade weil jetzt alles offen vor uns liegt, spüre ich, dass wir hier einen Fehler machen, der immer größer wird: Warum filmen wir dieses Gespräch hinter Ninas Rücken? Warum jetzt noch, wenige Stunden bevor wir alle zusammen auf die Insel fahren, um doch endlich aufzuräumen mit dem, was uns seit drei *fucking generations* die Familie vergiftet? – Und wir, was tun wir stattdessen? Was tun wir ihr hier schon wieder an?

»Sie haben zu mir gesagt: ›Novak Vera, denken Sie nochmal gut nach. Sie haben noch eine Minute.‹ Und ich habe nochmal gesagt: ›Ich brauche noch nicht mal eine Sekunde.‹

Und Colonel Doktor hat gesagt: ›Sie wählen toten Mann anstelle von lebende Mädchen? Was für eine Mutter sind Sie? Was für eine Frau sind Sie? Was für ein Mensch?‹

Und ich habe zu ihm gesagt: ›Ich bin keine Mutter mehr, keine Frau, kein Mensch. Ich bin nichts. Tot ist Mutter-Frau-

Mensch-Novak-Vera. Sie haben umgebracht ihren Grund zu leben. Ich unterschreibe nicht. Machen Sie, was Sie wollen.‹«

»Jetzt unterschreib doch!«, brumme ich wieder, ich kann mich nicht beherrschen. Diesmal hat Vera es gehört. Sie lehnt sich zurück und starrt mich an. Ein langer, dunkler Blick. Verbittert und enttäuscht nickt sie, als habe sie entdeckt, dass unter all meinen scheißfreundlichen Schichten nun doch der Verrat lauert. Als habe sie immer gewusst, dass ich sie im entscheidenden Moment verraten würde.

Und ich erinnerte mich daran, wie sie mir als Jugendliche gesagt hat: »Du wirst nicht zulassen, dass jemand meine Geschichte verbiegt gegen mich.«

Und dann kommt der entsetzliche Augenblick –

Wie entsteht aus diesen vertrauten und geliebten Gesichtszügen plötzlich die Grimasse eines Fremden? Eines Feindes? Weil wir im Krieg sind, Großmutter Vera und ich. Das ist klar. Sie warnt mich mit ihren Augen, eine gewisse Grenze nicht zu überschreiten. Hinter dieser Grenze ist einer des andern Wolf, ohne Nachsicht für Enkel. Aber diesmal gebe ich nicht nach, ich schaue ihr direkt in die Augen, sehe, wie ihre Gesichtszüge immer spitzer werden; es ist das erste Mal, seit sie begonnen hat zu erzählen, und vielleicht überhaupt, seit ich sie kenne, dass ich bei ihr Panik spüre.

Als sei ein widerspenstiges Fünkchen ihrer Seele, das fast sechzig Jahre lang gefesselt und geknebelt war, ihrer Herrschaft entwischt und brülle jetzt in ihrem Kopf: Was hast du getan, Vera, um Gottes willen, was hast du getan!

»Colonel Doktor geht zur Tür auf rechte Seite und macht sie auf, und da steht der Mann mit schwarze Mantel, und ich bekomme Schlag von hinten auf Kopf, ich weiß nicht, von wem, und ich gehe zu Mann mit Mantel, und er packt mich fest am Arm, so …«, sie packt ihren Oberarm und zeigt ihn der Kamera, »und ich will, dass er mich bringt zu Nina, will ihr erzählen, was passiert ist, damit sie weiß, dass sie bleibt paar Tage bei Jovanka und dass Jovanka sie dann bringt zu meine Schwester, zu Mira oder Roši …«

Sie japst. Versucht weiterzureden, kriegt keine Luft. Schluckt ihre Tränen runter.

»Aber der mit Mantel sagt zu Fahrer: ›Ab mit Hure direkt ins Gefängnis.‹«

Sie versinkt im Sessel, ihre Schultern fallen ein. »Ninočka, Herzchen«, flüstert sie in die Kamera, zur zukünftigen Nina, die plötzlich wieder aufgetaucht ist, »wie hätt ich das können unterschreiben? Wie hätt ich sagen können vor alle Welt, dass dein Papa gewesen ist Verräter?«

»Weil er tot war«, antworte ich, »und Nina am Leben.«

»Miloš ist gewesen kein Verräter, Gili.«

»Wie konntest du, Oma?«

»Ich hab ihn geliebt.«

»Mehr als deine Tochter?«

»Mehr als mein eigenes Leben.«

Ich kann nicht mehr. Stehe auf, ziehe Kreise in der leeren Lobby. Als ich an meinem Vater vorbeigehe, flüstert er schnell: »Frag sie, ob sie das heute genauso machen würde.«

Ich setze mich ihr wieder gegenüber. Sie beugt sich zu mir vor, verdeckt mit der Hand ihren Mund und flüstert: »Und du, hast du dir nicht einmal genommen Leben wegen ein Mann?«

»Aber ich habe dabei nicht noch jemand anderen umgebracht.«

Sie zuckt zusammen. Als hätte ich sie ins Gesicht geschlagen. Zündet sich noch eine Zigarette an, bietet auch meinem Vater eine an. Mir nicht. Sie befiehlt ihm, die Kamera abzustellen, und er gehorcht. Ihre Finger zittern. Was tu ich ihr hier an. Wenn sie erkennen würde, was sie getan hat, würde sie auf der Stelle zu einem Häufchen Staub zerfallen. Rafi teilt seine Zigarette mit mir. Wir beide rauchen seit Jahren nicht mehr, seit seinem Herzinfarkt, aber jetzt stürzen wir uns auf die Gelegenheit, den Rauch auf Zunge und Gaumen zu spüren.

»Ich bin keine Lügnerin«, murmelt Vera zu sich selbst, »kein einziges Mal im Leben hab ich gelogen. Gut, vielleicht hab ich ein einziges Mal nicht gesagt ganze Wahrheit zu Nina, aber das ist nur gewesen zu ihrem Besten, damit sie nicht – ah, schaut mal, wer da kommt!«, schreit sie auf, hustet in dem Rauch, der uns drei umgibt, und wedelt mit der Hand. »Hallo Nina, Herzchen, wir sind hier. Guten Morgen, hast du gut geschlafen?«

Nina kommt aus dem Aufzug am Ende der Lobby. Noch etwas schlaftrunken, gähnend, das Haar zerwühlt. »Seit wann seid Ihr denn schon hier?« Ihr Misstrauen ist schon vor ihr wach; sie kneift die Augen zusammen.

»Wir haben nur noch ein paar Aufnahmen gemacht, vor der Fahrt nach Goli.« Rafi grinst hilflos. Ein hässlicher Gesichtsausdruck. Wir grinsen alle drei hilflos. Wir stinken vor Lüge. »Oma hat ein paar Anekdoten erzählt, bevor wir auf die Insel fahren.«

»Ah.« Ninas Nasenlöcher weiten sich. Sie nimmt Informationen aus der Luft auf und filtert sie, ist aber noch zu schläfrig, um sie zu verarbeiten. Sie nimmt Vera die Zigarette aus der Hand. »Aber wann seid ihr runtergekommen? Ich hab gar nichts gehört. Kann man hier einen Kaffee kriegen? Mir platzt der Kopf von dem Whisky.«

Rafi und ich hechten zum Rezeptionstresen, er ist nicht besetzt. Wir drücken die Tischglocke. Ein verschlafener Angestellter sagt, er wolle versuchen, etwas zu organisieren, aber eigentlich würde die Küche erst in einer Stunde aufmachen. Rafi und ich lehnen uns an den Tresen, betrachten von dort, wie Vera mit Nina plappert. Rafi fragt: »Was denn für Whisky?« Ich ignoriere seine Frage. Nina sagt etwas, und Vera lacht, wirft den Kopf zurück und lacht.

»Ich hab's nicht geschafft, sie zu fragen, ob sie auch heute –«

»Hab ich gemerkt.«

»Schade, dass du mir das nicht früher gesagt hast.«

»Ja.«

»Und du weißt, dass es so war, nicht wahr?«

»Wie – so?«

»Dass sie sie vor die Wahl gestellt haben.«

»Ja.«

Er nimmt alle Kraft zusammen, um meinem Blick standzuhalten.

»Dann hast du im Grunde gewusst, dass Nina nicht nur verlassen wurde.«

»Was … Ich versteh nicht.«

»Dass sie nicht nur verlassen, sondern auch verraten wurde.«

Dieses Wort trifft ihn hart.

»Verstehst du? Vera hat ihre Tochter nicht nur verlassen, sie hat sie auch verraten, sie hat meine Mutter verraten.«

»Ja. So ist es«, murmelt er vor sich hin. »Sie wurde verlassen und verraten.«

Die beiden Frauen sind von Rauch umgeben, der in die Lampe über ihnen aufsteigt. Vera zieht häufig und immer nur kurz an der Zigarette. Nina raucht langsam, genießerisch. Sie mustert uns drei mit arglosem Blick. Rafi und ich machen ihr ein Zeichen, dass es ein Problem mit dem Kaffee gibt. Sie gestikuliert zurück, dass wir vielleicht rausgehen und ein Café am Strand suchen sollten. Wir signalisieren: in Ordnung. Sie zeigt: Lasst mich nur fertig rauchen, und nimmt einen gierigen Zug. Rafi, Vera und ich verschlingen sie mit Blicken …

Das ist eine merkwürdige, schwer zu fassende Eigenart von ihr: Sie ist da und zugleich abwesend. Man sieht sie, und gleichzeitig erinnert man sich auch an sie.

Am dritten oder vierten Tag oder nach einer Woche, wer weiß, wer kann sich erinnern, bringt eine neue Wärterin Vera auf den Berg. Sie führt sie an einem Seil hinter sich her, das macht das Gehen beinah erträglich, kein Anstoßen, kein Hinfallen, als hätten sie beide gelernt, ihre Schritte aufeinander abzustimmen. Nach ihrer Stimme zu schließen, ist sie sehr jung, und ihrem gedehnten, witzigen Akzent nach wohl aus Montenegro. Kaum zu glauben, was sie alles plappert. Sie hat die Umerziehung schon hinter sich. Hat alle Phasen durchlaufen. Wie Vera hat sie als *bojkott* angefangen, bei jenen, die von allem ausgeschlossen sind und gar nicht als menschliche Wesen gelten, ist dann aufgestiegen zur *banda*, der Bande, zum sogenannten Abschaum der menschlichen Gesellschaft, und hat es danach schließlich bis zur *brigada* gebracht, das sind diejenigen, die gestanden haben, was sie getan oder auch nicht getan haben, die bereit waren, andere zu denunzieren, und deshalb zurückkehren dürfen unter die Fittiche des Genossen Tito.

Die Wärterin erzählt fröhlich: Bald wird sie hier entlassen und darf nach Hause. Sie wird eine Schneiderlehre machen und heiraten. Einen Bräutigam habe sie schon, er warte im Dorf auf sie. Ein bisschen dick, aber ein guter Junge, und er habe auch einen gefragten Beruf: Küfer. Fünf Kinder wollten sie haben. Vera hört ihr zu. Ihre Stimme klingt schön, aber sie ist die ganze Zeit auf der Hut: Kann ja nicht sein, dass eine Wärterin so mit ihr redet. Da ist es besser, wenn sie, Vera, schweigt oder, noch besser, gar nicht erst hinhört. Damit ihr keine Gedanken kommen, die ihr vielleicht rausrutschen könnten.

Als sie auf dem Gipfel ankommen, das junge Ding lacht fröhlich hinaus zum weiten Meer und zu der offenen Landschaft, stockt Veras Atem beim Hören dieser Stimme.

Als ob sie noch ein Kind sei, denkt Vera.

»Dann lass uns mal sehn, Hure«, sagt die Wärterin, »weißt du schon, wie du morgens stehen musst?«

Vera schüttelt den Kopf, zeigt auf ihre Augen. Das junge Mädchen lacht: »Hab ich vergessen. Wie dumm von mir. Stell dich hierhin. Und jetzt nicht bewegen!«

»Genossin Aufseherin«, fragt Vera flüsternd, »wozu stehe ich eigentlich hier?«

»Was heißt, wozu?«, fragt die Wärterin und landet einen Schlag auf Veras Brust, aber nicht zu stark. Nur, wie um ihre Pflicht zu tun.

»Was macht man hier mit mir? Was mache ich hier?«

Schweigen. Jetzt war sie wirklich zu weit gegangen.

»Das haben sie dir nicht gesagt?«

»Nein.«

»Keiner?«

»Nein.«

Die junge Frau lacht erstaunt auf. Man kann sich ihre kräftigen weißen Zähnen vorstellen und ihr gesundes rosa Zahnfleisch.

»Warum soll *ich* es dir dann sagen?«

Vera setzt alles aufs Spiel: »Weil du ein Mensch bist.«

Sie hört, wie der Atem der jungen Frau stockt. Wie das kurze Wimmern eines Säuglings. Dieses junge Mädchen hat etwas, das auf Goli Otok kaum zu begreifen ist. »Schau her, das ... das darf ich nicht ...« Und dann, ganz schnell, flüstert sie dicht an Veras Ohr: »Hier wächst die Pflanze der Kommandantin Marija, das weißt du, nicht wahr?«

»Nein.«

»Nicht mal das haben sie dir gesagt?«

»Nein.«

»Die Kommandantin Marija hat sie von zu Hause mitgebracht.«

»Von zu Hause?« Vera hat nie daran gedacht, dass die Kommandantin Marija ein Zuhause hat. Das ist alles sehr verwirrend. Und was bedeutet, eine Pflanze? Was macht hier eine Pflanze?

»Sie ist aus einem Dorf bei Rijeka.«

»Aber wozu?«

»Was heißt, wozu? Damit sie wächst.«

»Wer?«

»Die Pflanze. Dieser Setzling.«

»Versteh ich nicht«, flüstert Vera verzweifelt.

»Hier wächst doch sonst überhaupt nichts, nicht wahr?« Das junge Mädchen sagt, was Vera weiß. In diesen nackten Felsen kann keine Pflanze Wurzeln schlagen.

Sie hört, wie der Stöpsel aus der Wasserflasche gezogen wird. Wieder wird viel Wasser vergossen. Einige Tropfen springen von der Erde auf Veras Hände. Sie leckt sie gierig ab, weiß, dass diese Wärterin sie nicht fest schlagen wird.

»Ist er groß?«

»Wer?«

»Der Setzling.«

»Fragen hast du … genug jetzt, Maul halten, Hure.« Vera stellt sich vor, wie sich ihr junges Gesicht vor Wut verzerrt und sie bereut, dass sie sich zu solcher Herzensgüte hat verführen lassen.

»Bitte, Genossin Aufseherin, sagen Sie mir nur noch das, ich muss das wissen.«

»Er ist winzig klein«, schimpft die Wärterin. »Ich hol dir die Augen mit dem Löffel raus, wenn du irgendwem erzählst, dass wir geredet haben.« Und sie lacht: »Na ja, Augen hast du eh keine mehr. Und jetzt nicht mehr bewegen. Tu hier deine Arbeit und halt die Schnauze, verstanden?«

»Aber was ist meine Arbeit denn?«

Die junge Frau verschwindet. Vera wartet noch nicht einmal, bis ihre Schritte sich entfernt haben, da beugt sie sich schon mit einer schnellen Bewegung nach unten. Ihr wird schwindlig von dem Geruch. Feuchte, fette Erde. Erde aus einer anderen Welt. Sie wagt es nicht, den Finger in diese Erde zu bohren, darin zu graben. Sie richtet sich gleich wieder auf, erschrocken und glücklich. Streckt die Arme wieder zu den Seiten aus. Wer hätte gedacht, dass man einen solchen Hunger auf Erde haben kann. Sie hört sich lachen. Schon lange hatte sie diese Stimme nicht mehr gehört.

Hier steht ein kleiner Setzling. Dieser Gedanke beglückt sie und bewegt sie. Als habe man ihr ein Kind in den Schoß gelegt.

In dieser Nacht drückt sich auf der Pritsche eine Frau an sie. Vera wacht erschreckt auf. Anscheinend kommen sie sie holen. Ein Verhör. Oder Schlimmeres. Die Frau legt ihr den Finger auf die Lippen, damit sie nicht schreit, und flüstert: »Ich weiß, was du auf dem Berg da oben machst.«

»Wer bist du?«

»Ist doch egal. Schrei nicht.«

»Woher weißt du das?«

»Die Wärterinnen reden. Da steht eine Pflanze, nicht wahr? Ein Setzling? Irgendetwas von Marija.« Vera schweigt. Sie ist überzeugt, diese Frau ist eine Denunziantin. Die will sie zu einer Aussage verleiten, um in ihrem Säuberungsprozess ein paar Pluspunkte zu bekommen.

»Hau ab«, flüstert Vera, »oder ich schreie.«

Aber die Frau spricht schnell weiter in Veras Ohr: »Als ich auf die Insel kam und durch die Reihen des Spaliers gelaufen bin, da warst du die einzige, die mich nicht angespuckt hat.«

Vera verbindet die Stimme jetzt mit einem Gesicht und einem Körper. Eine groß gewachsene Frau. Sie hatte etwas Aristokratisches an sich, dünn wie ein Skelett, mit einem verrückten, furchterregenden blauen Blick. Sie war zwischen den Reihen hindurchgerannt und hatte etwas gegen die Brust gepresst, ein rundliches Instrument, vielleicht eine Mandoline. Alle sahen, dass sie versuchte, dieses Instrument zu schützen, und aus irgendeinem Grund stachelte das die Leute nur noch mehr auf. Sie schlugen die Frau, bis die Mandoline auf den Boden fiel, dann stürzten sie sich darauf und zertrampelten sie. Vera hatte zehn Peitschenhiebe bekommen, weil sie nur so getan hatte, als ob sie die Frau schlage.

»Sie hat sich dort einen Platz eingerichtet«, flüstert ihr die Frau ins Ohr, »Marija. Ein privates Bordell mit Meerblick. Da bringt sie Mädchen für eine Nacht hin.«

Vierzig Peitschenhiebe kann dieses Gespräch kosten. Nach vierzig Schlägen bleibt keiner am Leben oder auch nur normal.

»Und sie hat gesagt, sie will da ein bisschen Grün sehen.«

Vera versteht nicht. »Nachts?«

»Warum nicht? Vielleicht hat der Setzling auch einen guten Duft. Hast du ihn gerochen?« Ein tiefer Atemzug, ein warmer Mund an ihrem Ohr. Die Frau stöhnt, Veras Körper heilt für einen Moment. Ein vergessenes Gefühl mischt sich in dieses Stöhnen. Die Frau flüstert: »Goldmann. Professorin für Musikwissenschaft. Goldmann, Erika, sehr angenehm.«

Was gäbe Vera dafür, ihr zu sagen, dass es auch für sie sehr angenehm ist. Diese höflichen Worte zu schmecken. Sie schweigt.

»Seit ich gehört habe, dass es hier auf der Insel eine Pflanze gibt, einen Setzling«, sagt die Frau leise, »habe ich mich gleich besser gefühlt. Als ob es jetzt eine Hoffnung gäbe, dass wir hier nochmal rauskommen.«

Vera versucht zu verstehen, was sie hört. Die Worte der Frau verbinden sich nicht immer zu einem verständlichen Satz. Nach den letzten Wochen auf dem Berg fällt es ihr schwer, ein logisches Gespräch zu führen. Überhaupt ist Logik eine ziemlich anspruchsvolle Sache, verdammt anstrengend. Man muss auf eine ganze Menge von Tatsachen achten, die in einer bestimmten Reihenfolge kommen. Vera wendet der Frau ihr Gesicht zu, sucht ihr Ohr.

»Aber was mache ich da?«

Wieder die Choreografie der Gesichter; sie muss ihr Gesicht zur Wand drehen, damit die andere ihr ins Ohr flüstern kann: »Das haben sie dir nicht gesagt?«

»Nein.«

Eine Frau am anderen Ende der Baracke, auf der Pritsche neben dem Eimer, weint im Schlaf. Verspricht, es sei das letzte Mal, dass sie zu spät in die Schule kommt. Die beiden Frauen bewegen sich nicht. Vera spürt das Herz der Frau an ihrem Rücken schlagen.

»Sag mir nur«, flüstert die Frau, »hast du ihn berührt?«

Vera kann es nicht fassen. Es war ihr nicht in den Sinn gekommen, den Setzling zu berühren. Auch nicht, an ihm zu riechen. So groß ist die Angst vor den Wärterinnen.

»Berühr ihn, tu es nur einmal, für mich. Versprich mir das.« Das feurige Flüstern sagt ihr, dass die andere Frau sich vielleicht nur wegen dieser Bitte so in Gefahr gebracht hat. Vera denkt deprimiert, wie ängstlich sie selbst doch ist. Nicht einmal an dem Setzling zu riechen, hat sie sich getraut. Sie hat das Gefühl, etwas versäumt zu haben. Einen Fehler gemacht zu haben. Eine falsche Entscheidung getroffen zu haben. Ein furchtbares Nicht-Übereinstimmen mit der Realität, mit der Realität, wie alle anderen sie kennen. Goldmann Erika küsst Vera plötzlich aufs Ohrläppchen, auf die Wange, einen zarten Kuss und noch einen, so angenehm, dass es wehtut, und im nächsten Moment gleitet sie mit der geschmeidigen Bewegung eines Tieres von Veras Pritsche und verschwindet.

Am nächsten Tag, im ersten Morgenrot, nachdem die Wärterin Vera auf ihren Platz gestellt hat und gegangen ist, versucht sie, den Blick auf den Setzling zu konzentrieren, aber sie sieht nur Dunkel und manchmal kleine weiße Risse. Sie darf sich nicht bewegen und versucht, ihn von der Stelle aus zu riechen, wo man sie hingestellt hat, doch der Geruch der feuchten Erde ist stark und erfüllt die Luft. Sie berührt, ohne es zu bemerken, ihr Ohrläppchen, ihre Wange an den Stellen, an denen sie geküsst wurde, und plötzlich flackert Miloš in ihr auf, nur für einen Moment, aber das genügt. Endlich ist er gekommen. Er hat wirklich ziemlich lange gebraucht, bis er die Güte hatte, hier vorbeizukommen.

Mit einem Mal sinkt sie auf den Boden, hockt sich auf die Fersen und tastet schnell mit der Hand, bis sie eine Erhebung aus Steinen berührt. Sie legt beide Hände darum, als segne sie ein Kind. Mit den Fingern erkundet sie die kreisförmig angeordneten Steine. Der Setzling befindet sich wohl in der Mitte. Noch wagt sie es nicht, ihn zu berühren. Es reicht ihr zu wissen, dass er da ist. Sie dringt mit den Fingern vorsichtig in den Kreis, berührt die feuchte Erde und wird ganz verrückt darauf, gräbt ihre Finger tiefer hinein. Ein märchenhaftes Glücksgefühl überflutet sie. Diese Erde – schiere Überfülle und Güte. Wer sie berührt, ist gegen alles Böse gewappnet. Sie hält sich die erdigen Finger vors Gesicht und atmet tief ein. Legt ein Krümelchen Erde auf die Zunge, lässt es zergehen, schluckt es ohne nachzudenken hinunter, verschluckt sich und lacht. Wieder zieht es ihre Finger dorthin, nochmal hinein, hinein in den Kreis, und jetzt schweben sie über etwas ganz Weichem, Feinem, Zartem.

Ein kleiner Setzling, niedrig. Winzige Blättchen. Nachdem sie monatelang Felsbrocken gewälzt hat, sind ihre Finger spröde und taub, spüren die Blätter kaum. Sie berührt sie mit der Innenseite ihres Handgelenks: unvorstellbar weich.

Vera streichelt ihn, reibt nicht daran, damit sie ihn ja nicht verletzt, aber sie berührt ihn lange genug, dass etwas von ihm, ein unbekannter, feiner Geruch, an ihren Fingern haften bleibt.

Sie riecht, atmet ein. Diese Überfülle ist kaum auszuhalten.

Sie springt auf die Füße. Falscher Alarm. Unten, im Abgrund, hat das Meer einen Baumstamm gegen die Felsen geschlagen.

Ein kleiner Setzling. Winzige Blätter. Blättchen voller Leben. Vielleicht gibt es auch einen Stängel, plötzlich ist sie nicht sicher und muss es dringend wissen: Ist da ein Stängel? Vielleicht mehr als einer? Und wie sind diese Blättchen angeordnet? Stehen sie dicht beisammen oder auf Abstand? Oder paarig, eins dem andern gegenüber? Wie kommt es, dass sie darauf nicht geachtet hat? Sie wagt es nicht, sich noch einmal zu bücken und sie zu berühren. Aber die erste Berührung lebt in ihr: wie feiner Samt, denn die Blätter haben einen Flaum. Alles an ihm ist so zart, seufzt Vera, so dünn und verletzlich, und ihr ist klar, er hat keine Chance, dieser kleine Setzling, an diesem Ort, unter dieser Sonne, ohne jeden Schatten.

Und dann gibt es einen sehr kurzen Augenblick, wie die Spanne zwischen Schlag und Schmerz oder zwischen dem Moment, in dem eine Unheilsbotschaft ausgesprochen, und dem, wo sie eindringt und verstanden wird; in diesem Bruchteil der Zeit empfindet Vera nichts und denkt nichts, aber das Wissen ist schon da. Dann bricht ein hässliches Lachen aus ihr heraus, grob, wie erbrochen, und ihr Körper weicht vor der Pflanze zurück und will nur noch weg von hier, nirgendwo sein, was für ein Dummkopf sie ist, was für eine blinde Kuh. Denn plötzlich wird ihr klar, was sie hier auf der Spitze des Berges soll, was die hier mit ihr machen, wie sie sie benutzen, wie sie ihren Körper benutzen, von Sonnenaufgang bis Sonnenuntergang.

Gestern um vier Uhr nachmittags ließ der Sturm endlich nach und wir fuhren auf die Insel. Die Wettervorhersagen auf verschiedenen Wetter-Apps behaupteten, er gehe erst nachts wieder los, und dann, dachten wir, sitzen wir längst im Flieger zurück nach Israel. Dem Besitzer eines kleinen Fischerbootes zahlten wir viel Geld; er war als einziger bereit, uns bei diesem Wetter auf die Insel zu bringen. Er verlangte den Betrag im Voraus, und nachdem er die Scheine, die Rafi ihm gab, eingesteckt hatte, fluchte er und spuckte ins Meer. Offenbar hasste er seine Geldgier und sich selbst, und vor allem hasste er uns. Eine Stunde würde er auf uns warten, hat er gesagt und dabei mit dem Finger auf seine Uhr geklopft, keine Minute länger, dann würde er zurück zur Küste fahren, mit uns oder ohne uns. Wir hatten gerechnet: Eine Stunde auf der Insel, vierzig Minuten Rückfahrt, dann zweieinhalb Stunden schnelle Autofahrt nach Zagreb – das war zu schaffen, vermutlich auf den letzten Drücker, aber wir würden unseren Flug noch kriegen.

Ich versuche, die Dinge geordnet zu erzählen, wie sie passiert sind, und auf die richtige Abfolge zu achten.

Während der Überfahrt standen wir die meiste Zeit vorne am Bug. Wir schwankten mit dem Boot, Wind und Meerwasser peitschten uns ins Gesicht, die Luft stank nach totem Fisch. Der Bootsbesitzer schimpfte, die *Bura*, der starke Nordwind, ziehe schon auf. Die Polizei sei bereits dabei, Straßen zu sperren, denn dieser Wind werfe auch Autos um.

Dann sah ich scherenschnittartig im Nebel die Insel und bekam weiche Knie.

Ich ging in die geschützte Kajüte. Wollte einen Moment allein sein, bevor ich Goli Otok betrat.

Überraschend kehrte der Regen zurück. Starker, dichter Regen.

Ich notierte: Man kann die Insel schon sehen. Was ich dabei empfinde? Ein bisschen Besorgnis. Eine Art Respekt.

Ich gehe hinaus.

Nina sagt etwas zu mir. Es ist nicht zu verstehen. Sie schreit mir ins Ohr, wie ähnlich diese Insel hier ihrer Insel in der Arktis sei. Beide sähen aus wie der Kopf eines riesigen, im Wasser liegenden Krokodils.

Das Boot steuert in ein kleines Hafenbecken. Eine vergammelte Holzbrücke. Holzbalken treiben im Wasser. Der Kadaver eines Hasen, verheddert in einem Knäuel Algen. Reißender Wind. Man kann kaum reden, geschweige denn etwas verstehen. Wie Nadeln sticht der Regen in jedes ungeschützte Stückchen Haut. Der Bootsbesitzer bindet sein Schiff an einen kleinen Poller und zieht es an die Betonmauer des Hafenbeckens. Er hilft uns nicht beim Aussteigen. Rafael klettert auf die Kaimauer und reicht uns die Hand. Zuerst steigt Vera hinauf, danach Nina, dann ich.

Ich bin auf der Insel. Ich bin auf Goli.

Leer und verlassen. Wir sind allein auf der Insel. Nur ein Verrückter käme bei so einem Wetter hierher. Der Bootsbesitzer macht die Leine los und fährt davon, so schnell er kann. Ich hoffe, er fährt nur zu einem geschützteren Ort, wo er für eine Stunde anlegen kann.

Noch kann ich es nicht fassen, dass wir wirklich auf Goli Otok sind. Vor Regen und Kälte spürt man die Erhabenheit des Augenblicks nicht. Natürlich hat keiner von uns daran gedacht, einen Schirm mitzunehmen, aber bei diesem Wind hätte er auch nichts genützt. Vera rennt mit aufgerissenem Mund zwischen den Pfützen hin und her. Ich habe Angst, dass sie fällt. Was dann? Rafi immer hinter ihr her, mit der *Sony* im Anschlag. Ich entferne mich von ihnen. Auch hier – die erste Begegnung mit der Insel will ich allein auf mich wirken lassen.

Überraschend, wie viele Steingebäude es hier gibt. Zweistöckige Kasernenbauten. So habe ich mir das nicht vorgestellt. Da liegen auch Eisenbahnschienen, vermutlich für den Transport zwischen den verschiedenen Lagern. Irgendwo las ich, dass das Tourismusministerium Kroatiens die Insel zu einer Touristenattraktion ausbauen will. Aber am meisten überrascht mich die Vegetation – es gibt Bäume und Sträucher. Als Vera hier war, wuchs hier gar nichts; ich nehme an, all diese Veränderungen sind erst geschehen, als man das »Umerziehungslager« geschlossen und die Insel zu einem Gefängnis für Kriminelle umfunktioniert hat.

Vera schlägt sich mit beiden Händen auf die Wangen, zeigt in verschiedene Richtungen – hier war dies, dort war das. Ihre Augen funkeln. »Hier sind wir gestiegen vom Schiff *Punat*. Alteingesessene Gefangene sind gestanden in zwei Reihen und haben gemacht ein Spalier, wie ein Empfang uns zu Ehren, und wir haben müssen durchrennen, zwischen beide Reihen, und die Alten haben eingebrüllt auf uns wie Tiere und gespuckt und uns geschlagen mit Händen und mit Brettern mit Nägeln, mit Peitsche – und neu angekommene Frauen haben Auge verloren, Zähne verloren, sind fast gestorben. So ist gewesen unser Empfang, und ein Monat später haben wir schon gestanden selber in zwei Reihen, und zwischen uns sind durchgerannt neue Frauen. Und seht ihr, hier ist gewesen Baracke von Kommandantin Marija. Alter Boden ist noch da. Später haben sie schon gebaut alle Häuser aus Stein. Wo ist Gili? Komm, komm, siehst du …« Sie zieht mich an der Hand. Hier ist sie beweglicher als ich, schwebt beinah in ihrem aufgeplusterten Daunenmantel.

»Hier hat gestanden Marija, wenn angekommen sind neue Mädchen mit Schiff. Und sie hat geschrien: ›*Ispadaj!* Raus!‹ Und Frauen haben sich vor Angst in Hose gemacht. Und hier ist gewesen Kommandantur, und hier Abwasserkanal von Küche und Klos, den haben wir gegraben mit eigene Hände, hier sieht man sogar noch Leitung, die runterführt zum Meer.« Vera spricht schnell, atmet stoßweise. »Und hier ist gewesen Stacheldrahtzaun, den haben sie gebaut rundherum, als ob jemand hätte einbrechen wollen hier oder jemand Kraft gehabt hätte, von hier zu fliehen; man nennt es bis heute das ›Alcatraz der Adria‹.« Rafi eilt ihr hinterher, filmt und reicht ihr auch immer wieder stützend die Hand.

Nina steht noch immer unter Schock. Ich habe den Eindruck, dieser Schlag, die Begegnung mit der Insel, ist für sie von uns allen am schwersten zu ertragen. Sie stiert ins Leere, als verstehe sie nicht, wo sie ist. Ich gehe zu ihr, hake mich bei ihr ein. Es wäre mir arg, wenn sie die eine Stunde der Gnade, die wir hier haben, mit Vorsichhinstarren verschwenden würde.

»Und das hier ist gewesen Geräteschuppen«, Vera klatscht in die Hände, »hier haben sie morgens ausgegeben Hämmer zum Steinezerklopfen. Und hier haben sie auch aufbewahrt *tragač*, das sind Tragen, auf die haben wir gelegt Steine, um sie hinaufzubringen; und hier ist gewesen Appellplatz, da haben sie dich bestraft vor allen; da musstest du aufsagen Geständnis und Schläge aushalten, und alle schauten zu. Und hier haben wir gewohnt, in Baracken. Hier, das ist unsere Reihe, und hier ist meine Baracke. Da war meine Pritsche. Brett mit bisschen Stroh und vielen Flöhen. Seht ihr, auf Boden man sieht noch Spuren von ein Bett.«

Es ist so hässlich, wie alle Gewalt hässlich ist. Ausgerissene Türen, Gegenstände, die verbrannt wurden und so verformt sind, dass man nicht mehr erkennt, was es mal war. Rost und Staub. Aus einem betonierten Platz wachsen krumme Eisenstangen empor. Stacheldraht windet sich in zerschlagenen Fenstern. Vera läuft eilig an den Wänden entlang, zeigt mit dem Finger, murmelt die Namen der gefangenen Frauen, die auf jeder Pritsche geschlafen haben. Ihre Beine bewegen sich leicht, als wäre sie wieder dreißig. Sie hüpft zwischen Häufchen erkalteter Kohlen, Brettern, aus denen Nägel ragen, Fetzen von Autoreifen und verrosteten Konservenbüchsen.

Der Regen hört auf. Für einen Moment kommt eine bleiche Sonne durch, verschwindet aber gleich wieder hinter den Wolken. Das Licht ist grau und trüb. Was können wir hier in der halben Stunde, die uns noch bleibt, überhaupt sehen, und warum haben wir uns in ein solches zeitliches Korsett gezwängt? Was sind wir nur für eine beschissene Familie. Was soll dieser Geiz. Was wär schon passiert, wenn wir einen Tag länger auf dem Festland geblieben wären und versucht hätten, morgen auf die Insel zu fahren, wo das Wetter laut allen Wetterdiensten geradezu frühlingshaft werden soll? Anders gesagt: Warum kommt bei uns alles, was mit Nina zu tun hat, immer irgendwie schief raus?

Auf einen Schlag ebbt die erste Welle der Erregung ab, als habe sie sich verbraucht und sei erschöpft.

Wir streifen weiter herum, aber langsamer und jeder für sich allein. Schauen in zusammengefallene Gebäude, gehen an durchlöcherten Wänden vorbei. Vera zeigt auf den Himmel: Er verdunkelt sich wieder. Plötzlich jagen die Wolken aus allen Richtungen auf die Insel zu, wie eine Rotte Rowdys auf dem Weg zu einer Keilerei.

Ich laufe über einen Weg aus behauenen Steinen. Spüre eine seltsame Schwäche. Als wäre eine gewaltige Begierde schnell gestillt worden. Ich komme an die Stelle, von der aus man den Gipfel des Berges sehen kann, den Gipfel von Veras Berg. Den

Felsen, auf dem sie gestanden hat, siebenundfünfzig Tage in knallender Sonne. Jetzt ist er von Nebel bedeckt. Ich suche die Stelle, wo der Weg nach oben beginnt, aber alles ist in riesigen Pfützen versunken. Klar, dass ich nicht die Zeit haben werde, den Gipfel zu besteigen, nicht mal fünf Minuten werde ich da oben über dem Abgrund stehen können, meine Füße nicht da hinsetzen können, wo Vera gestanden hat, und nicht erzählen können, was sie mir erzählt hat von ihren Tagen dort.

Aus dem Fenster einer der Baracken ein seltsamer Anblick: Auf einem weiten Feld liegen Dutzende großer Felsbrocken, mannshoch. Alle wirken ein bisschen abgerundet, wie behauen. Sie stehen da finster zusammen – nicht zufällig stehen sie einer neben dem andern – und haben etwas Beunruhigendes, als besäßen sie ein Bewusstsein.

Auch mein Vater sieht sie und rennt sofort hin. Ich erinnere mich nicht, ihn je rennen gesehen zu haben. Er fotografiert die Felsbrocken aus allen Blickwinkeln. Dann legt er beide Hände auf einen und untersucht etwas, geht zum nächsten, untersucht auch den und geht zum dritten. Er streckt die Arme aus und legt die Hände auf die Felsbrocken, holt tief Luft und versucht, sie vom Fleck zu bewegen. Ich laufe zu ihm, will ihm helfen. Er macht mir neben sich Platz.

Als meine Hände den Felsbrocken berühren, schließt sich in mir ein Kreis; die Tränen kommen. Ich kann sie kaum stoppen. Worüber ich weine? Über alles, worüber man weinen muss. In dem Regen und dem Sturm spürt Rafi es gleich und nimmt mich in den Arm, streichelt meinen Kopf, bis ich mich beruhige.

Dann versuchen wir beide noch einmal, den Felsbrocken gemeinsam zu verrücken, und er bewegt sich nicht. Vera kommt aus einer Baracke zu uns, kommt uns helfen. Ich bin mir sicher, habe wirklich keinen Zweifel daran, sobald Vera einen Felsbrocken berührt, wird er anfangen nach oben zu rollen, doch der Felsbrocken bleibt gleichgültig. Ich schreie ihr ins Ohr: »Wie hast du die bloß von der Stelle gekriegt?« Und sie schreit zurück: »Nina wartet auf ihre Medikamente!« Ich schließe die Augen und drücke mit aller Kraft, Nina wartet auf die Medikamente, Nina wartet auf die Medikamente.

»Wo ist Nina?«, fragt Vera erschrocken. Nina steht ein Stück von uns entfernt, auf einem Haufen grauer Felsen, nicht weit vom Wasser. Sie gibt uns ein Zeichen, wir sollen uns umdrehen. Sie sucht einen Ort zum Pinkeln. Wir folgen der Aufforderung. Eine Minute vergeht, noch eine. Wir drehen uns vorsichtig wieder um, und Nina ist nicht mehr da. Nur noch die Felsen. Der ninalose Ort erfüllt uns mit Schrecken. Rafi läuft los, rennt zum Ufer. Für einen Moment verschwindet auch er aus unserem Gesichtsfeld, dann taucht er wieder auf, klettert jenseits einer Senke den Felsen hoch und winkt uns zur Entwarnung: Sie ist da. Wir gehen hinüber. Hinter einem Felsen liegt sie mit runtergelassener Hose und Unterhose und lächelt. Ein bisschen erschreckt und völlig durchnässt.

»Ich steck hier fest«, erklärt sie, »hab mir den Knöchel verdreht, zwischen den Steinen.«

Rafi wickelt Nina in seinen Mantel. Tastet die Felsen ab, zwischen denen sie eingeklemmt ist. »Tut es weh?« – »Nein. Ein bisschen vielleicht.« Das Bein sieht unverletzt aus, aber verdreht wie in einer Choreografie, die ich nicht verstehe. Nina zieht Rafi am Bart: »Hey, wo genau guckst du denn hin?« – »Du hast Beine wie ein junges Mädchen.« – »Was 'ne Freude, dass sie dir gefallen.« – »Ich geh was holen.« Rafi rennt los. Aus ihm bricht ein schneller Mann hervor, den ich kaum einholen kann. Nina ist wieder allein am Ufer, und wir, wie immer, spüren das sofort. Unser Viereck hat immer an Ninas Seite ein Leck.

Rafi erklärt mir mit Rufen und Handbewegungen, was wir suchen: einen Stock oder eine Eisenstange, die uns helfen könnte, den Stein von ihrem Bein zu heben. Ich schaue auf die Uhr: noch eine Viertelstunde. Das schaffen wir nicht. Das schaffen wir nie. Ein Gedanke: Vielleicht sollten Vera und Rafael jetzt zur Anlegestelle laufen und mit dem Boot zurückfahren? Und Nina und ich bleiben die Nacht über hier? Ich passe auf sie auf. Am Morgen kommen sie dann zurück und holen uns ab. Ich finde an einem zerbrochenen Stacheldrahtzaun eine rostige Eisenstange. Rafi schafft es, sie von dem restlichen Stacheldraht zu befreien, ohne sich zu verletzen. Zugegeben, ich hab meinen Vater schon lang nicht mehr so männlich erlebt.

Der Gedanke beginnt mir zu gefallen. Ich fände es nicht schlecht, die Nacht hier alleine mit Nina zu verbringen und mit allen Geistern der Familie, in einem reinigenden Sturm. Wir hören ein Hupen von der Anlegestelle. Auch der Bootsbesitzer blickt in den Himmel. Rafi stürmt mit der Stange zu Nina. Sie liegt da, plötzlich verwelkt. Das ist mir schon früher aufgefallen: Manchmal rinnt in einem Moment, in ein paar Sekunden, das ganze Leben aus ihr raus. Vera sagt immer, Nina sei verwöhnt. Aber das ist es nicht. Was hat das mit Verwöhntsein zu tun? Wie kann sie es wagen, so etwas zu sagen?

Rafi probiert, wo er die Stange ansetzen muss. Er sagt etwas zu ihr, sie wird ihm zuliebe wach und lacht. Liegt da mit nacktem Hintern im strömenden Regen und findet das lustig. Erstaunlich, dass nicht einmal diese Lage ihrer Würde Abbruch tut. Ehrlich gesagt wäre es interessant gewesen, ein paar Jahre lang bei ihr aufzuwachsen, so eine Art Fortbildung, und zu lernen, die Welt mit ihren Augen zu betrachten.

Der Mann auf dem Boot hupt ungeduldig. Wir ignorieren ihn. Zu diesem Zeitpunkt schießen durch unsere Köpfe Funken einer verrückten, geradezu kriminellen Heiterkeit. Rafi schiebt die Stange neben ihrem Knöchel zwischen die Felsen. Seine Hände sind schon voller Rost, er wäscht sie im Regen. »Keine Sekunde«, schreit Nina ihm zu, »keine Sekunde hätt ich es an diesem Ort ausgehalten. Wie hat sie das hier bloß durchgestanden, zwei Jahre und zehn Monate?« Ein Donner rollt über uns hinweg. Nina zittert vor Kälte. Der obere Felsen rührt sich nicht. Auf ihn macht die rostige Stange keinen Eindruck. Rafi versucht, die Stange unter den Stein zu bohren, der Ninas Fuß gefangen hält, und ihn etwas zu lockern, damit sie den Fuß wenigstens ein bisschen bewegen kann. Es fällt ihm schwer, sich darauf zu konzentrieren. »Riechst du mein Pipi?« – »Gleich spült der Regen alles weg.« Das Hupen des Bootsbesitzers klingt jetzt hysterisch. Plötzlich eine Explosion. Eine rote Leuchtkugel schießt in den Himmel und schwebt langsam herab. »Lasst mich hier«, sagt Nina in ebendem Moment, in dem ich vorschlagen wollte, dass wir beide hierbleiben. »Ja klar«, antwortet Rafi, kämpft mit der Stange, »genau dafür haben wir dich hierhergebracht.« – »Rafi, ich meine das ernst. Sei so gut, wart mal einen Moment!« Sie trommelt mit beiden Händen gegen seine Brust, und er hört auf zu drücken. Er hängt gebeugt über ihr, gestützt auf die Stange, die sie voneinander trennt. Ihre Körper berühren sich nicht. Sie schauen sich in die Augen. »Hör mir zu. Denk doch mal logisch.« – »Dich hier alleine lassen? Das ist in deinen Augen Logik?« – »Das ist meine Logik. Lass mich hier eine Nacht alleine. Ein Gnadenstoß, Rafi.«

Der Bootsbesitzer hupt noch einmal lang und rabiat. Vera neben mir ist nervös. Ihre Hand tastet sich zu mir und ergreift meine Hand. Jetzt wird der Wind richtig wild, und Veras Lippen sind blau. Ich putze mit dem Finger ihre Brillengläser. Ziehe und schiebe sie gegen den Wind in die nächste Baracke. Alle Fenster sind zerschlagen, die Wände haben Risse, aber es gibt wenigstens ein halbes Dach. Ich setze sie in eine Ecke, als wäre sie dort etwas besser geschützt. Mein Gott, denke ich, wie konnten wir eine Frau von neunzig Jahren an so einen Ort bringen? Wie soll sie hier die Nacht überstehen? Draußen am Strand klammert sich Nina mit beiden Händen an das Hemd meines Vaters. Der Wind trägt Schreie zu mir. »Sag mir. Was hab ich von diesem Leben noch zu erwarten?« Mein Vater schüttelt seinen Büffelkopf. In solchen Momenten produziert er ein dichtes, felliges Brummen. Nein, nein, nein.

»Nimm einen Stein, Rafi. Ich sprech dich von allem los. Wenn du mich wirklich liebst, dann nimm jetzt einen schweren Stein und schlag ihn mir auf den Kopf.« Er stützt sich mit seinem ganzen Gewicht auf die Stange. Sie schreit und zerkratzt mit beiden Händen sein Gesicht.

Er steht auf, läuft wieder zu dem Feld mit den Felsbrocken. Sie biegt ihren Körper nach hinten und verdreht ihn in seine Richtung, ihre Blicke folgen ihm. Ich trete aus der Baracke, gehe auf ihn zu. Ein Windstoß wirft mich beinah um. Und ein weiterer Schlag, von innen: Sie ist mitgekommen, um hier zu sterben, hier an diesem Ort, an dem sie ihr ganzes Leben verbracht hat. Sie ist hierhergekommen, um sich mit ihrem Tod zu vereinigen, der hier auf sie gewartet hat, seit sie sechseinhalb war. Seit sie verlassen und verraten wurde. Rafi wedelt mit den Händen, ruft mir zu, ich solle zur Anlegestelle rennen. Ich mache eine Bewegung dass das Boot schon abgelegt hat. Er brüllt: »Jetzt!« Ich versteh nicht warum, aber in diesem Moment hat er eine Kraft, die Dinge bewegt. Unterwegs werfe ich einen Blick in die Baracke. Vera sitzt auf dem Boden, genau so, wie ich sie hingesetzt habe. Ihr Blick ist glasig. Sie sieht aus wie ein fremdartiges Wesen, halb Vogel halb Mensch. Rafi brüllt, ich soll schnell machen. Ich renne. Erinnere mich, was für eine Naturgewalt er am Set gewesen ist, die Schauspieler waren wie Puppen in seiner Hand; sie haben das nicht gemocht, haben sich gegen ihn aufgelehnt, auch deshalb ging es irgendwann nicht mehr. Ich krame in allen Taschen und finde sein Nitrospray und das Aspirin zum Kauen. Ich renne. Auf einen kleinen Hügel. Von hier aus sehe ich, wie das Boot sich entfernt, ein schwarzer Punkt am grauen Horizont. Ich fotografiere es mit dem Handy, aber man wird auf der Aufnahme nichts davon erkennen. Zu dumm, dass ich die Kamera nicht mitgenommen habe. Von meinem Aussichtspunkt sehe ich auch, dass Rafi mit einer anderen Stange, die von hier aus etwas massiver wirkt, zu Nina zurückrennt. Er deckt sie wieder mit seinem Mantel zu. »Damit du dir nicht den Arsch verkühlst, Liebes« – etwas in der Art wird er ihr bestimmt sagen. Und sie schlägt ihn, zornig, vielleicht hat sie wirklich gehofft, dass wir uns aus dem Staub machen und sie hier zurücklassen, so wie sie es gewohnt ist. Er spricht zu ihr. Streichelt ihr Haar. Ich filme sie mit dem Handy. Dabei wird nichts rauskommen auf diese Entfernung, aber ich bin nicht in der Lage, es zu lassen, das ist der Film meines Lebens.

Ich klettere von meinem Aussichtspunkt, laufe runter zur Anlegestelle. Rafi schreit. Auf der Holzbrücke, am oberen Ende der Stufen, ein großes Paket, leuchtend orange, in wasserdichtem Plastik mit dem Zeichen des roten Kreuzes und noch einem anderen Symbol. Vermutlich dem der kroatischen Küstenwache. Im Verhältnis zu seiner Größe ist es erstaunlich leicht. Ich fuchtle mit beiden Armen dem Bootsbesitzer ein Danke zu, aber der ist schon weit weg und sieht es nicht. Ich renne zurück zu Veras Baracke. Reiße das Plastik ab, öffne das Paket. Ein Schatz! Ich breite eine große Decke aus und wickle Vera gut ein, von allen Seiten. (Ich erinnere mich noch genau, was mir dabei durch den Kopf ging: Doch, ich werde in der Lage sein, ein Kind zu wickeln. Auf es aufzupassen. Und ich werde bei ihm bleiben, komme, was da wolle. Ich habe viele Schwächen, aber ich bin kein Mensch, der einen anderen verlässt, keiner, der einen anderen verrät.) »Geh doch und schau, was mit ihnen da draußen ist«, sagt Vera, und ich renne los. Am Ufer fährt Nina mit beiden Händen meinem Vater behutsam über das Gesicht, glättet seinen Bart, der sich im Wind geteilt hat. Er sagt etwas und sie lacht. Sie versucht wieder, ihr Bein aus dem Spalt zu ziehen, es klappt nicht, und ich fange an, mir Sorgen zu machen. Was, wenn wir sie da wirklich nicht rauskriegen? Ich bin nicht weit von ihnen entfernt, aber sie sind so ineinander vertieft, dass sie mich nicht sehen. Von da, wo ich stehe, sieht es aus, als schließe die Insel ihr Maul und ihre Zähne um sie. Noch einen Moment, und sie wird sie verschlingen. Ich möchte hingehn, die Kamera aus Rafis Rucksack holen und sie filmen. Das sind so starke

Momente, aber ich bringe es nicht über mich, in ihre Vertrautheit einzudringen. Mein Vater kämpft mit dem Drachen: Er schiebt die Stange bedächtig unter ihren Fuß und drückt vorsichtig. Gestern, im Hotel, hab ich diesen zarten Fuß kurz in der Hand gehalten. Nina fängt wieder seinen Blick ein. »Rafi, mein Armer«, sagt ihr Gesicht, »wenn ich dich doch nur befreien könnte von mir.« – »Im Moment bist eher du es, die hier gefangen ist.« Mit beiden Händen zieht sie sein Gesicht zu sich. Sie küssen sich. Ignorieren Regen und Wind und das graue Meer. Ich habe keine Worte, die Schönheit dieses Augenblicks zu beschreiben.

Und dann bewegt sich plötzlich etwas. Der Fels auf Ninas Fuß bewegt sich. Rafi drückt in kleinen Schüben. Erstaunlich, welche Zartheit aus diesem wuchtigen Körper kommt. In dem dichten Regen sind sie jetzt ganz aufeinander konzentriert. Sie bewegen sich absolut präzise, vor und zurück, bis sich Ninas Fuß allmählich befreit, und siehe, jetzt ist ihr Fuß ganz in seiner Hand, und er fällt seitlich um, auf den Rücken, liegt auf dem Felsen und lacht in den Himmel und den Regen. Nina lacht mit. Blutstreifen auf ihrem Unterschenkel und Knöchel, aber das macht ihr nichts. Sie zieht ihre Hose an, den Schuh, den sie verloren hat, und gemeinsam, umschlungen, regendurchtränkt und mit Rafis großem Mantel als Schirm, treten sie in die Baracke und gehen zu Vera, die bis zum Hals in eine neue, weiche, rote Decke gewickelt ist.

Rafis Ahnung war richtig gewesen. Außer dem Survival-Kit vom Roten Kreuz und der kroatischen Küstenwache hatte uns der Bootsbesitzer auch ein paar Äpfel dagelassen, dazu eine Taschenlampe, auch Kerzen, Streichhölzer und Wärmebeutel. Und sogar seine Pistole für Leuchtkugeln. Ich bin bewegt von diesen Beweisen der Menschlichkeit und Großzügigkeit eines unsympathischen Menschen – ausgerechnet hier auf Goli.

»Kommt«, sagt Vera zu Rafi, Nina und mir und hebt die Ränder ihrer Decke hoch, »kommt herein zu mir, Kinder, es hat genug Platz für alle.«

Halb neun abends. Wir sitzen auf dem Betonboden, etwas fassungslos, was wir da gemacht haben, und lehnen uns an die am wenigsten nasse Wand. Von links nach rechts: Nina, Rafi, Vera (und ich rechts von Vera). Alle unter der einen Decke. Wir haben schon zwei der drei Äpfel gegessen, haben sie von Hand zu Hand, von Mund zu Mund weitergegeben und bis aufs Kernhaus abgenagt. Der Regen kommt und geht, unerwartet, wie alles auf Goli. Die Handys haben natürlich keinen Empfang, also können wir nicht im Hotel anrufen und sagen, dass wir hier auf der Insel festsitzen. Ohnehin würde bei diesem Sturm niemand aufs Meer hinausfahren, um uns zu retten. Ohnehin wollen wir auch nicht gerettet werden. »Unser Flieger hebt jetzt ab«, stellt Rafi fest. Vera will wissen, ob sie uns zumindest einen Teil des Geldes zurückerstatten werden. »Und trotzdem«, beharrt sie, hebt die Stimme und streitet bereits mit einem Bürokraten von *Croatia Airlines*. »Ist es denn unsere Schuld, dass wir hängengeblieben sind auf Insel? Das war wegen Wetter! Man konnte ja kaum Nase vor Türe strecken!« Nina springt sofort darauf an: »Und wessen Schuld ist es, dass wir entschieden haben, einen Moment vor dem Sturm hierherzufahren?« Und Vera: »Ist das unser Problem? Das ist höhere Gewalt!«

Diese zwei!

Ein Bild vom Flug nach Zagreb: Vera, Rafael und Nina schlafen in der letzten Sitzreihe des Flugzeugs. Rafael in der Mitte, mit offenem Mund, laut schnarchend. Vera und Nina haben die Köpfe an seine Schultern gelehnt. Beide schlafen mit offenen Augen, nicht ganz, etwa ein Viertel geöffnet. Man sieht nur das Weiße des Augengrunds. Ehrlich gesagt, ein etwas beunruhigender Anblick. Ich hab ihn festgehalten auf Fotos und Video.

Später im Hotel habe ich mir das Filmchen angeschaut und etwas entdeckt: Bei beiden senkt sich alle paar Sekunden der Augapfel langsam aus seinem Versteck im oberen Augenlid, zeigt sich bis zur Hälfte auf dem weißen Hintergrund und steigt dann wieder auf, um im Lid zu verschwinden. Ich konnte nicht anders, als mit der Kamera in Rafis Zimmer zu laufen. »Diese beiden«, lachte er, »erlauben sich auch nicht für eine Sekunde, die Augen zu schließen.«

Bevor ich aus dem Zimmer ging, hielt er mich zurück: »Sag mal, Gili, seh ich wirklich so aus?« Ich antwortete, dafür besitze er eine innere Schönheit, die nur wenige Auserwählte bei ihm ausmachen könnten. Er warf ein Kissen nach mir und schimpfte: »Die Zeit hasst den Menschen …«

Eine Stunde und noch eine. Wie ein Flammenwerfer wandert die Sonne langsam über Veras Körper. Kopf, Nacken, Hals. Alles glüht. Der Schweiß fließt. Die Lippen springen auf, bluten. Eine Wolke von Fliegen über ihr. Flöhe gemästet mit ihrem Blut. Sie kratzt sich nicht. Verscheucht sie auch nicht mehr. Sollen sie doch trinken. Dieser Körper gehört nicht mehr ihr. Weder er noch seine Schmerzen. Sie ist kein Mensch mehr, auch kein Tier, sondern ein Nichts. Seit gestern, seit sie begriffen hat, was sie hier macht, werden ihre

Glieder und Gelenke noch steifer. Die Beine sind wie aus Holz. Sie läuft auf ihnen wie auf Stelzen.

Ein Tag und noch einer, eine Woche, zwei Wochen. Noch vor Sonnenaufgang stellt man sie auf die Spitze des Berges. Einige Wärterinnen wollen, dass sie die Arme zur Seite ausstreckt, andere wollen sie mit hoch erhobenen Armen. Manchmal spreizen sie ihre Beine und befehlen ihr, sich vorzubeugen, den Kopf nach vorne gereckt. Mittags riecht sie nur an dem Blechteller und isst nichts. Ihr Magen arbeitet kaum noch. Nachmittags stellt man sie auf die andere Seite des Steinkreises, mit dem Rücken zum Meer und zur langsam untergehenden Sonne; die brennt bis zur letzten Sekunde, wenn sie ins Meer eintaucht. Danach steht Vera erloschen noch ein, zwei Stunden da, ein Gegenstand, den keiner braucht, bis jemand unten im Lager sich daran erinnert, dass man sie wieder runterholen muss.

Hier und da Ausbrüche: Widerspenstiges, starkes Herzklopfen. Fast immer kündigt es Nina an: Sie geht zur Schule, die Schultasche auf dem Rücken, hüpft im roten Herbstlaub. Erinnerungen steigen auf, Dinge, die sie gesagt hat, ganz besondere Dinge, die Miloš immer in ein eigenes Heft notierte, das ebenfalls von der UDBA beschlagnahmt wurde. (»Warum lache ich, wenn meine Freundin mich kitzelt, und wenn ich mich kitzle, lache ich nicht?« – »Stimmt es nicht, dass sogar der schlechteste Mensch auf der Welt einmal etwas Gutes getan hat? Und stimmt es nicht auch, dass sogar der beste Mensch auf der Welt einmal etwas Böses getan hat?«) Aber auch diese kleinen Erinnerungen werden immer seltener, werden aufgesogen von der Ödnis ihrer Existenz.

In den letzten Tagen taucht gerade Miloš häufiger auf. Sie dreht sich auf dem stechenden Stroh ihrer Pritsche, und er erscheint, und sie fängt an, sich zu beklagen. Warum hast du mir das angetan, Miloš? Warum bin ich bereits zweieinhalb Jahre stark, und du bist schon nach einem Tag Schlägen zerbrochen? Warum hast du dir nicht ein bisschen von der Kraft meiner Liebe genommen? Sie möchte aufhören zu jammern, aber die Wörter strömen aus ihr heraus: Vielleicht hast du Nina und mich nicht genug geliebt und warst deshalb so schnell bereit zu gehen? So schnell, Miloš? Als hättest du nur auf eine Gelegenheit gewartet, um zu gehen? Miloš hört ihr zu. Er hat nur ein halbes Gesicht, schwer zu sagen, ob wegen der Dunkelheit in der Baracke oder weil er jetzt so aussieht. Und dann fängt er an zu reden, aber so gar nicht das, was Vera erwartet hatte. »Wie konntest du unserer Nina das nur antun?«, flüstert er. »Wie konntest du ihnen Nina geben an meiner statt?« Vera fuchtelt mit den Armen vor ihrem Gesicht, versucht die entsetzliche Wirkung seiner Worte zu verscheuchen. »Wie redest du denn, Miloš! Ich habe keine andere Wahl gehabt, das weißt du doch. Du hättest für mich genau dasselbe getan!« Miloš schweigt, und plötzlich bekommt sie Angst, dass er ihre Liebe schon vergessen hat. Kälte steigt in ihr auf, von den Füßen bis zum Kopf. Nur wenn er diese Liebe vergessen hat, nur wenn er sie beide wie ein Fremder von außen betrachtet, wie normale, ängstliche Menschen, die eine solche Liebe nie gekannt haben, nur dann kann er ihr böse sein für das, was sie getan hat. Aber wenn er sie so sehr liebt wie sie ihn, wenn er sich im Innern ihrer Liebe, ihrer einzigartigen Liebesgeschichte befindet, dann wird er ihr nicht böse sein. Denn er hätte doch genau dasselbe getan wie sie, ein Herz und ein Leib sind sie, sie haben dieselben Gedanken, dieselbe Logik … und sie brüllt aus tiefstem Herzen: »Ich habe dich geliebt, mehr als alles auf der Welt! Ich habe dich mehr geliebt als mein Leben!«

Einige Frauen in der Baracke wachen auf. Fluchen. Sie rollt sich zusammen. Vor nichts in der Welt hat sie Angst, aber sie könnte sterben vor Angst, wenn sie den Gedanken zulässt, dass er anders denkt als sie, dass er sie nicht versteht. Denn dann wäre ihre ganze Liebe vielleicht ein Fehler, oder schlimmer noch, eine Illusion gewesen. Vielleicht ist ihre Liebe nicht die absolute Wahrheit gewesen, aus dem reinsten Material, das nur sie und er entdeckt haben, nein, nein, nicht entdeckt: Sie haben es geschaffen, sie haben es jedes Mal erschaffen, wenn seine Gedanken ihre Gedanken berührten, wenn sein Leib in sie kam. Starr liegt sie jetzt da, hilflos. »Letzten Endes«, hatte er ihr mal in einem Moment der Verzweiflung gesagt, »liebt die Liebe nur sich selbst.« Solche entsetzlichen Sachen hat er gesagt. Der kleine Muskel in seiner Wange bebt, vielleicht von der Anstrengung, ihr zu sagen, dass auch er sie liebt. Oder vielleicht reißt er sich auch nur zusammen, nicht etwas anderes zu sagen, damit sie nicht auf einen Schlag aufhört zu leben, ausgeht wie eine Kerze zwischen zwei Fingern. Miloš sagt nichts, er betrachtet sie nur mit einem schrecklichen Auge. Voller Grauen. Als sehe er ein Monster. Vera kämpft, um aus dem Traum zu erwachen, wenn es denn ein Traum ist. Das halbe Gesicht von Miloš bläht sich auf, wird länger und dann nach hinten weggezogen, das Dunkel saugt ihn ein und verschluckt ihn, und sie wacht auf, in kaltem Schweiß.

Schlafwandelnd von Fieber, ohne zu überlegen, kniet sie sich hin und berührt den Setzling. Sie zählt laut. Mehr als zwanzig Blätter hat er schon. Er wächst. Saugt ihr das Leben aus und gedeiht. Mit dem Fingernagel kratzt sie an einem Blatt; der Geruch spritzt heraus, schärfer als normal. Ist es die Angst des Setzlings? Spürt er, dass gleich etwas passiert? Dass seine treue Hüterin ihm gefährlich werden kann? Sie hält ein Paar der kleinen Blättchen in den Fingern und spannt sie vorsichtig: Soll sie noch ein bisschen mehr ziehen? Noch ein bisschen? Vielleicht den Stängel mit der

Wurzel packen und ausreißen und alles ins Meer schmeißen? »Tut dir das weh, Schätzchen?« Sie grinst, ihr Mund ist gelb von Hass. »Du bist mein Untergang, mein Mörder. Warum muss ich für dich mein Leben opfern, meinen Körper?« Sie wartet. Der Setzling antwortet nicht. Plötzlich schlägt sie blind mit aller Kraft mit der flachen Hand auf die Erde neben ihm und verfehlt ihn knapp. Sie spürt, dass er bebt. Morgen oder übermorgen wird sie sich nicht mehr beherrschen können. Sein Ende ist nah.

Und ihres auch.

Sie hat schon gesehen, wie Marija den Befehl gab, Frauen für kleinere Verfehlungen umzubringen.

Ein Tag und noch einer. Heute ist Vera müder und gereizter als sonst. Man hat sie mittags nicht weggeführt, damit sie ihr Geschäft verrichtet. Es sind mindestens noch zwei Stunden bis Sonnenuntergang. Sie tritt von einem Bein aufs andere, verflucht das Lager, verflucht Tito aus voller Brust. Soll Marija es doch hören. Sollen es ihre Denunziantinnen hören. Der Setzling nervt sie mit seiner behaglichen, bürgerlichen Kühle in dieser glühenden Hölle. Sitzt da in ihrem Schatten und gedeiht, verflucht sei er, als wisse und verstehe er wirklich nicht, dass sie hier Tag für Tag verbrennt, nur um ihm Leben zu schenken. In ihr brodelt die Wut. Typen wie ihn, solche Schmarotzer, kennt sie zu gut. Seit sie denken kann, kämpft sie gegen sie. Vera beginnt, in kleinen blinden Schritten um seine Mulde zu laufen. Bisher hat sie das nicht gewagt. Aber jetzt – soll dieses verwöhnte Ding doch die nackte Sonne ein bisschen spüren. Damit er versteht, was ihm blüht, wenn sie sich entscheiden sollte, einen kleinen Klassenkampf gegen ihn zu führen.

Stille. Was will sie von ihm? Jedes Mal, wenn sie vor ihm flieht, zwei Schritte nach hier oder nach da, spürt sie, dass seine Blätter sich bewegen, gleichsam zittern. Auch ohne es mit den Augen zu sehen, weiß sie: Er sucht nach ihr. Tief im Bauch spürt sie, dass er sie sucht, dass er sie braucht, und dann kehrt sie schnell zu ihm zurück. Aus irgendeinem Grund hält sie seiner Angst keine Minute stand. Aber warum? Was macht er mit ihr, und wie ist es gekommen, dass so eine dumme kleine Pflanze zum Mittelpunkt ihres Lebens wurde? Was ist passiert, dass schon seit Wochen ihr ganzes Sein zu ihm hinfließt, wie Blut zu einer Wunde? Vera hockt sich hin. Legt die Hände um ihn. Streichelt ihn. Streichelt ihn auch für die Frau mit dem verrückten Blick. Für die Mandoline, die man ihr zertreten hat. Vergisst sich selbst, vergisst die Wärterin, die gleich kommen und sie erwischen wird, wie sie da hockt und den Setzling streichelt. Sie fährt mit den Fingern über die Blätter, über seinen feinen Flaum. Noch nie war er so weich wie heute. Vielleicht erkennt er sie tatsächlich ein bisschen? Sie lacht. Mensch Mädchen, jetzt wirst du wirklich wahnsinnig. Sie prüft eilig, ob er seit gestern mehr Knospen hat, ob sein Stängel dicker geworden ist. Schon lange schiebt sie keine Felsbrocken mehr den Berg hinauf, ihre Finger sind elastischer und fühlen mehr. Sie muss Miloš erzählen, wie sie mit dem Setzling spricht, wie sie ihm politische Vorträge hält. Dann sieht er, auch sie hat Humor. Er hat immer behauptet, sie kenne keinen Humor. Sie wird Miloš zum Lachen bringen, und er wird ihr vergeben. Nein, nein, da gibt es gar nichts zu vergeben: Er wird es einfach verstehen.

Ein Tag und noch einer. Oder ist es vielleicht derselbe Tag? Oder eine Woche später? Heute zum Beispiel fangen die Stunden an, rückwärts zu laufen. Sie spürt, wie sie nach hinten wegtropfen. Man hat vergessen, sie richtig vor die Pflanze zu stellen. Sie tut es selbst. Heute glüht die Sonne. Wie eine Metallplatte wirft das Meer die Sonnenglut zurück. Du wirst nicht wahnsinnig werden. Das ist nur eine Pflanze, und du bist trotzdem noch ein bisschen Mensch.

Und denk dran, draußen wartet jemand auf dich. Da ist Nina, zu ihr musst du zurück und dich um sie kümmern. Aber du darfst nicht mal einen Moment an Nina denken, wie es ihr geht, wo sie ist und mit wem. Was für ein Mädchen sie sein wird, wenn du hier rauskommst und sie abholst, wo auch immer sie dann ist.

Denn es gab ja allerlei Geschichten. Es gab Mädchen, die von der UDBA entführt worden waren, gerade junge Mädchen. Im Alter bis zu etwa zehn Jahren. Anscheinend hatte jemand genau solche bestellt. Manchmal haben sie sie zurückgegeben, manchmal nicht. Man erzählte, dass diejenigen, die zurückkamen, nicht mehr dieselben waren. Man erzählte von einem Mädchen, das man nach drei Monaten zurückgab, und an seine Bluse war ein Zettel geheftet, auf dem stand: »Sagt ihr, sie habe das alles nur geträumt.«

Sie hört die Schritte der Wächterin. Es stellt sich heraus, dass Vera in Relation zur Sonne nicht an der Stelle steht, an der sie stehen müsste. Anscheinend ist sie ein bisschen um den Setzling herumgegangen. Sie steckt zwei Ohrfeigen ein. Sie fleht die Wärterin an, sie zum Klogang zu führen, droht, dass sie es gleich nicht mehr halten kann, hier neben Marijas Setzling. Die Wärterin gibt nach. Sie bringt Vera zu dem üblichen Ort und sagt, sie würde oben an der frischen Luft bei dem Setzling warten, Vera soll sie rufen, wenn sie fertig ist. Es gab ein paar überflüssige Worte bei dem, was die Wärterin sagte. Vera war angespannt. Wenn sie wenigstens ein paar Schatten sehen könnte. Sie hat ein merkwürdiges Gefühl. Kann es sein, dass die Wärterin da oben etwas macht? Vielleicht berührt sie den Setzling? Oder spricht zu ihm? Vera muss dringend ihr Geschäft verrichten, aber sie ist unruhig. Was kommt die Frau plötzlich an und nimmt ihren Platz ein? Es ist auch nicht gut, den Setzling zu sehr zu verwirren; an Vera hat er sich immerhin schon gewöhnt. Schnell steht sie wieder auf und tastet sich den Weg zurück. Die Wärterin stößt einen Schreckensschrei aus, als Vera zwischen den Felsen auftaucht, mit dem Gesicht einer Bärin, der man die Kinder geraubt hat. Sie schlägt auf Vera ein, wirft sie zu Boden, kreischt: »Du jüdisches Miststück, *čifutka*«, und schleift sie über den Felsen.

Dann lässt die Wärterin von ihr ab. Entfernt sich ein paar Schritte. Atmet schnell. Mit unsicherer Stimme hält sie Vera eine Standpauke. »Eins musst du wissen, Hure, wenn du hier jetzt total verrückt wirst, dann ersetzen sie dich. Dann werde *ich* dich ersetzen!« Warum hat sie ihr das gesagt? Hat sie sowas in der Kommandantur gehört? Überlegt man dort, sie zu ersetzen? Vera unterdrückt einen Schrei: Keiner kann mich ersetzen! Niemand kennt ihn wie ich und weiß, was er jeden Moment braucht.

Später, ein oder zwei Wochen später, kommt dieselbe Wärterin wieder, um sie zurechtzurücken. Vera erkennt ihre Schritte und zuckt zusammen, schützt mit den Armen ihren Kopf. Heute schreit die Wärterin nicht, schlägt nicht, flucht auch nicht. Korrigiert nur die Stellung von Veras Füßen. Richtet mit einem leichten Antippen ihren Rücken auf. Berührt ihre Stirn und hebt so ihren Kopf. Und dann, als Vera an der richtigen Stelle steht, reicht die Wärterin, noch bevor sie den Setzling gießt, ihr die Wasserflasche.

»Trink.«

Vera zuckt zusammen. In Erwartung einer Falle.

»Bitte«, sagt die Wärterin.

Vera stößt einen sonderbaren Laut aus, wie die körperliche Reaktion auf einen Schlag. Sie tastet mit den Händen, sucht die Wasserflasche, stößt gegen die Hand der Anderen. Was jetzt? Was machen sie mit einer, die eine Wärterin berührt. Nichts passiert. Jedenfalls nichts Schlimmes. Die Andere nimmt Veras Handgelenk und führt es zur Wasserflasche, dann greift sie Veras zweite

Hand und legt beide um die Wasserflasche. Vera wartet. Vielleicht kommt jetzt der Stoß in den Abgrund. Die Wärterin sagt: »Trink.« Vera trinkt. Sie trinkt vielleicht die halbe Flasche auf einen Zug.

Die Andere sagt: »Hast du nicht manchmal das Gefühl, dass er dich die ganze Zeit anschaut?« – »Genosse Tito?«, prüft Vera vorsichtig. »Nein«, lacht die Andere, ein stilles, tiefes Lachen, »der Setzling hier. Hast du nicht den Eindruck, dass er versteht?« – »Dass er was versteht, Genossin Aufseherin?« – »Diesen Wahnsinn«, sagt die Andere, »und wie sie uns hier zu Tieren machen.« Vera schweigt, wartet mit gesenktem Kopf, so wie man einen besonders perfiden Schlag erwartet. Wie ein Mensch mit dem Henkerstrick um den Hals wartet, dass sich die Falltür unter ihm öffnet. Nichts passiert. Wie aufreibend ist es, an einem Ort zu leben, wo alles unvorhersehbar ist. »Ich hab auch so einen, zu Hause in Beograd«, sagt die Andere. Ihre Stimme klingt ganz anders als ihr Brüllen, als sie das letzte Mal hier war. »In einem Topf auf dem Balkon. Zu viel Wasser tut ihm nicht gut. Und übrigens kann man aus seinen Blättern einen guten Tee kochen.« Vera schweigt. Anscheinend haben sie beschlossen, sie in den Wahnsinn zu treiben. Sie haben ihr eine besonders begabte Schauspielerin geschickt, um sie zum Sprechen zu bringen. Allein vom Hören dieser Stimme, die heute so sanft ist, kann der Mensch vor Sehnsucht vergehen. »Ich beneide dich«, sagt die Wärterin leise, nah an Veras Ohr. »Mich?«, flüstert Vera, »was gibt's da zu beneiden, Genossin Aufseherin?« – »Du hast etwas, wofür du lebst.« Vera hört fast auf zu atmen. Diese Wörter sind so verboten, dass diese Frau nur von der UDBA sein kann. Vera traut sich nicht, die Wärterin zu fragen, was sie damit gemeint hat – etwas, wofür sie lebe. Hat sie den Setzling gemeint? Oder weiß sie etwas von Nina? Vielleicht hat sie Nina gesehen?

Die Wärterin sagt: »Ich habe dich und deinen Mann gekannt.«

»Woher?«, flüstert Vera.

»Also, ich hab euch nicht wirklich gekannt. Aber ich hab euch im Kalemegdan-Park gesehen, da seid ihr an den Wochenenden mit der Kleinen spazieren gegangen.«

»Bitte, bitte, ich fleh dich an, hör auf damit –« Die Wärterin hält Vera an den Handgelenken fest. Ihre Gesichter sind sich sehr nah. Sie spricht schnell auf sie ein: »Dein Mann war furchtbar dünn, ein Schnürbändel, aber mit einem so guten Gesicht.« »Ja«, Vera kämpft mit etwas, das ihr die Kehle zuschnürt. »Und Augen hat er gehabt … hattest du keine Angst, ihm in die Augen zu schauen?« – »Nein. Nein, ich hatte keine Angst. Ich wollte, dass diese Augen mich immerzu sehen.« – »Ihr wart ein süßes Paar, ein bisschen wie Kinder, auch wenn ihr schon eine Tochter hattet.« Vera wartet. Das Wort Tochter detoniert in ihr, immer und immer wieder.

»Sie heißt Nina, ich weiß nicht, wo sie jetzt ist«, sagt Vera. »Und ihr habt die ganze Zeit geredet«, sagt die Wärterin, »du und er, ihr habt diskutiert und gelacht. Ich erinnere mich, einmal bist du richtig um deinen Mann herumgetanzt. Ich kannte so etwas nicht mit meinem Mann und dachte, worüber können die so viel reden?« – »Über alles«, sagt Vera, »es gab nichts auf der Welt, worüber wir nicht geredet hätten.« – »Und die Kleine hat die ganze Zeit an euch gezogen, an der Hand oder an deiner Tasche oder an der Hose von deinem Mann, damit ihr auch auf sie achtet, sie hat mit den Eichhörnchen gesprochen, mit den Raben, so ein ernstes Mädchen …«

»Ja, ja.«

»Und manchmal habt ihr sie zwischen euch an den Armen hochgeschwungen, ›Engelchen, Engelchen, flieg …‹.« Die Wärterin redet, als könne sie nicht aufhören. Vera steht mit gesenktem Kopf da, die Hände gerade zum Boden gestreckt. Unterdrücktes Weinen schüttelt ihren Leib. Wenn das ein Trick der UDBA ist, dann haben sie es wirklich geschafft, sie zu zerbrechen. »Meinen Mann«, sagt die Wärterin, »den haben sie umgebracht, wegen nichts, einfach so, und wir hatten noch kein Kind. Wir konnten es zu gar nichts bringen. Ich habe ihn geliebt, glaub ich, aber es ist, als hätt ich ihn noch gar nicht gekannt. Ich wünsche dir, dass deine Tochter lebt und dass du sie findest.«

Die Wärterin berührt Vera leicht an der Schulter und geht. Eine Weltkugel, voll und leicht und von innen erleuchtet, schwebt langsam zu Vera hin, und die macht einen Schritt auf sie zu, öffnet eine kleine Tür und kehrt in sie zurück. Mit einem Kopfnicken grüßt sie Jagoda, ihre gute Freundin, die mit ihr in Čakovec die Schulbank gedrückt hat. Sie lächelt Mimi zu, der Köchin mit der Schürze. Sie geht an dem Polizeiorchester vorbei, das am Wochenende im Park spielt, und isst heiße Maroni aus einer spitzen Tüte aus Zeitungspapier, die ihr der Verkäufer an der Ecke reicht. Hier sitzt Papa an der klingelnden Kasse in der Firma und zwinkert ihr zu, wenn sie an ihm vorbeigeht, und dort sitzt Mama im Sessel und liest, hebt den Blick und lächelt Vera an. Und hier schwebt die Hauptstraße auf sie zu, mit den Häusern aus weißem und rotem Backstein und den Ahornbäumen. Und hinter der nächsten Ecke, da ist Vera schon siebzehneinhalb, gleich wird sie auf dem Abschiedsball vom Gymnasium tanzen und Miloš treffen, und das Leben und die Liebe werden sich auftun vor ihr.

Es wird noch ein Leben geben. Plötzlich weiß sie es. Mit erhobenem Kopf tritt sie aus der schwebenden Weltenblase hinaus und kehrt auf die Insel zurück, zurück auf den Berg, zu dem Setzling. Sie hockt sich hin, sucht ihn mit den Fingern. Legt die Hände um ihn. »Keine Sorge«, sagt sie, nun ruhig, »ich bin hier. Hab keine Angst. Ich pass auf dich auf.« Die Sonne brennt heute stärker als sonst; vielleicht spürt sie, dass Vera heute mehr aushält. Vera steht, wie immer, mit dem Rücken zur Sonne, ermittelt im Zentrum der Sonnenscheibe den ihr bekannten Flammenpunkt, den, der am meisten brennt. Platziert ihn auf der Mitte ihres Rückens und hebt die Arme zu den Seiten, als trenne sie zwei, die sich prügeln. Ihretwegen, dank dem Schatten, den ihr vertrockneter und verschrumpelter Körper wirft, sind der Setzling und die Sonne beinah gleich stark. Nur dank Vera lebt er hier schon so lange. Das Brennen wird stärker. Die Sonne bläht sich, wird immer wütender. Vera atmet tief durch, rüstet sich gegen das Brennen. Schweiß rinnt ihr über Gesicht und Körper. Ob der Setzling wohl weiß – vielleicht hat er so einen mysteriösen pflanzlichen Überlebensinstinkt –, dass sie es ist, die ihn Tag für Tag rettet? Erkennt er nach all den Tagen und Wochen, die sie hier steht, zumindest ihren Geruch? Verbindet er in irgendeinem Nervennetz, das er wohl haben muss, ihre Anwesenheit mit etwas Gutem? Ein angenehmes Gefühl breitet sich in ihr aus. Von all den Hunderten von Frauen im Lager ist sie vielleicht die einzige, die gerade Gutes tut.

Dieser Gedanke, diese längst vergessenen Worte! Sie stellt sich noch aufrechter hin, ihre Arme öffnen sich immer weiter, wie zum Tanz.

Und dann dreht sie sich um, mit der Würde eines mutigen Mädchens, eines siebenjährigen *smarkač*, wendet sich voll der Sonne zu, und ihre Augen saugen die Blendung ein. Im Schwarz ihrer Augen kann sie eine ganze Sonne ertränken. Danach verbeugt sie sich kurz vor ihr, wie eine Siegerin.

Ihr ist nicht klar wie, aber auf irgendeine Weise hat sie ein merkwürdiges Gleichgewicht zwischen den dreien hergestellt, zwischen Sonne, Setzling und Vera, und kommt sich in diesem Moment vor wie ein Himmelskörper.

Plötzlich, in der Stille, die sich in der Baracke über uns gelegt hatte, fragte Nina wie aus einem bösen Traum: »Aber wie hast du das durchgehalten?«

»Was?«

»Das hier. Goli. Wie kommt es, dass du nicht …«

»Ich musste doch …«

»Nein … du bist stark …«, murmelt Nina, »du bist so viel stärker als ich. Du bist aus einem anderen Material.«

»Aber auch du hast durchgehalten«, sagt Vera sanft, »vergiss das nicht … und bei dir hat es gedauert genauso lange Zeit, wie ich gewesen bin hier.«

»Ich hab es eben nicht durchgehalten. Ich bin dabei draufgegangen.«

»Nein, Nina, sag sowas nicht.«

»Und ob ich das sage. Du hörst das nicht gern, aber ich sage es. Denn du bist hier rausgekommen und hast sofort in Belgrad Arbeit gefunden, und danach sind wir nach Israel gegangen, und du hast dir da gleich ein neues Leben aufgebaut und eine neue Familie, *ready-made*, und du hattest Tuvia und Rafi und den ganzen Kibbuz. Das haben wir ja gesehn, auf deinem Fest am Schabbat.«

»Auch du hast dein eigenes Leben, und bestimmt deine eigenen Freunde …«

»Ich? Schau mich doch an. Grade mal eine viertel Decke vom Roten Kreuz hab ich.«

Sie lacht in ihrer Klage. Und wir lachen mit ihr, vorsichtig, bei ihr muss man immer vorsichtig sein, damit sie nicht denkt, wir würden über sie lachen, und unser vorsichtiges Lachen bringt sie anscheinend so richtig zum Lachen, denn sie zieht die Nase hoch und lacht noch mehr, vielleicht aus

Verzweiflung, und wir stimmen ein, Rafi mit seinem Bass, der die Eingeweide erbeben lässt, Vera krähend und Nina und ich mit unterdrücktem Wiehern. Wir klingen wie ein Quartett, das vor dem Konzert seine Instrumente stimmt.

»Rafi«, sagt Nina, als wir uns wieder beruhigt haben, »du wirst auf mich aufpassen.« Das ist keine Frage, auch keine Bitte. Es ist eine Feststellung.

»Immer«, brummt er aus den Tiefen seines Barts. »Abgemacht. Aber dazu musst du in Israel sein. Ich kann dich nicht per Fernbedienung beschützen, und ich hasse das Fliegen.«

»Ich werde da sein. Ich kann ja nirgendwo anders hin.«

»Überhaupt, Ninočka«, sagt Vera, »ärger dich nicht über das, was ich dir jetzt sage, aber ich kann, wirklich, auch ein bisschen ... mich erinnern für dich ...«

Ich erstarre. Kann nicht glauben, dass sie sowas zu Nina sagt.

»Was sagst du da? Was hast du gesagt?«, fragt Nina ruhig. »Was kannst du?«

»Werd nicht gleich wütend ... ich dachte ... gemeinsam können wir uns erinnern an alles, du erinnerst dich an paar Sachen, und ich mich auch. Und dann machen wir eine Art gemeinsame Kasse, was meinst du? Ist es okay, dass ich das sage?«

Schweigen. Ich rechne damit, dass Ninas Reaktion Vera dazu bringen wird, sich in die Arme der UDBA zu flüchten.

»Mama«, sagt Nina sanft, lacht, schluckt Tränen runter und zieht Veras Hand zu sich. »Mama, Majko, Mama ...«

Wieder zeigt sich, dass ich die ganze Zeit falschliege. In Bezug auf alle.

Vera wischt sich die Augen, fragt, was das für ein Projekt ist, für das Nina am Nordpol arbeitet.

»Nicht wirklich am Nordpol«, sagt Nina, »aber nicht weit von dort. Es ist ein Projekt zur Konservierung der Samen von Nutzpflanzen, die weltweit vom Aussterben bedroht sind. Aber da arbeite ich nicht mehr. Mein Vertrag ist vor einem Jahr ausgelaufen.«

»Ah«, sagt Vera.

Wieder Schweigen. Wir verdauen die neue Information. Haben Angst, etwas Falsches zu sagen.

»Ich vesteh nicht ganz«, sagt Vera, »was hast du seitdem gemacht ganze Zeit?«

»Im Dorf gibt es ein Kohlebergwerk. Das hab ich Gili erzählt. Ich hab ein bisschen für die Leute dort gekocht und ein bisschen in der Wäscherei gearbeitet. Dann haben sie Teile des Bergwerks geschlossen, und es zeigte sich, dass sie mich auch da nicht mehr brauchen.«

»Und … was machst du jetzt?« Vera stammelt. Das kann sie nicht verstehen: auch nur einen Tag ohne Arbeit.

»Im Dorf gibt es immer jemanden, der noch ein Paar Hände braucht, die mit anpacken. Um ein Dach zu decken oder Seehundfelle zu trocknen. Oder in der Kirche den Boden zu wischen.« Und sie lacht: »Wenn ich im Kibbuz was fürs Leben gelernt habe, dann Bodenwischen … Gelegenheitsjobs, keine intellektuellen Herausforderungen. Fünf, sechs Tage im Monat, das reicht, um mich über Wasser zu halten.«

»Aber wir haben geredet ganze Woche«, sagt Vera erschöpft, »und du hast nichts erzählt davon.«

»Was gibt es da zu erzählen?«

»Du hast gesagt, du arbeitest auf Satellitenstation …«

»Dann hab ich das eben gesagt.«

»Du hast einfach so gelogen?«

»Nicht einfach so«, sie sucht nach Worten, »ehrlich gesagt, ich wollte dich nicht traurig machen, Majko. Du hast wegen mir genug gelitten.«

»Also, dann machst du jetzt gar nichts?« Vera sieht wieder sehr alt aus.

»Nichts«, sagt Nina.

Nichts und plötzlich, denke ich mir: »Plötzlich« und »Nichts«. Von diesen beiden Brüsten habe ich getrunken.

Rafi fragt noch nach dem Dorf, in dem sie wohnt. Ich spüre, dieser Ort übt auf ihn eine gewisse Anziehung aus, und ehrlich gesagt auch auf mich. Nina rekelt sich ein bisschen unter der Decke. Erzählt von tiefem Schnee, von Käfigen mit Dutzenden von Schlittenhunden, die Tag und Nacht bellen, von der Zeit, der Zeit selbst, die in den dunklen Monaten dort eine andere Bedeutung bekommt. »Denn was macht es für einen Unterschied, ob es jetzt zehn Uhr früh oder zehn Uhr abends ist, es ist immer dasselbe Dunkel, und da entwickelst du eine Art eigene, innere Zeit.« Sie erzählt von Leuten, die es dorthin verschlagen hat, so wie sie. Jeder mit seiner Geschichte, jeder mit seinen Geheimnissen. »Das ist ein Ort, an dem man keine Fragen stellt, und doch tratschen sie die ganze Zeit über dich.« »Wie im Kibbuz«, lacht Vera und wir mit ihr, wir hören uns an wie eine Familie. Abstrus, aber es klingt doch wie Familie. Mir fällt auf, dass Nina beim Sprechen keinen einzigen Fehler gemacht hat, sie hat kein Wort vergessen, seit wir hier zusammen unter einer Decke sitzen. Sie erzählt, auf der Insel gebe es eine Einrichtung für Kinder, die in ihren Familien misshandelt wurden. Auch da hat sie einige Monate als Köchin gearbeitet. »Alles, was du gekocht hast, Mama, hab ich für sie gekocht.« – »Und, haben sie es gemocht?«, fragt Vera erstaunt. »Sie haben sich die Finger danach geleckt. Weißt du, wie toll das ist, bei minus dreißig Grad *Yufka* in Hühnersuppe zu essen?«

»Und nach drei, vier Monaten Dunkelheit kehrt jedes Jahr am achten März die Sonne zurück«, erzählt sie, »und auf diesen Tag hin erwacht das ganze Dorf. Man zieht den Kindern gelbe Sachen an, schminkt ihre Gesichter gelb, schmückt sie mit allerlei Sonnenanhängern und Sonnenkronen.« Ihre Stimme erwärmt sich, und wir nähren das Feuer mit unseren Fragen. Wir fragen sie gerne. Wie angenehm ist die Melodie einer Frage, die weiß, dass sie eine Antwort bekommt. Im bleichen Mondlicht sehe ich oder meine zumindest, das Schlagen einer feinen bläulichen Vene an ihrem Hals zu sehen. Vor fünfundvierzig Jahren hat mein Vater die gesehen und sich in sie verliebt.

»Und dann strömen alle zur Kirche, die Großen und die Kleinen, sie gehen in einer Prozession durch den hohen Schnee und stellen sich auf die Stufen der Kirche und warten bis Punkt elf. Dann erscheint ein erstes, bleiches Licht, noch nicht die Sonne selbst. Wir singen ein Danklied an die Sonne, das einer aus dem Dorf geschrieben hat. Und dann herrscht einige Momente völlige Stille, keiner spricht, sogar die Kinder spüren, dass gleich etwas Besonderes passiert. Dann schaut der Pfarrer auf die Uhr und gibt ein Zeichen, und wir alle schreien zusammen ›*Here comes the sun! Here comes the sun*‹, und beim dritten Mal erscheint die Sonne höchstpersönlich, und ihre ersten Strahlen berühren uns.«

In der beinahe dunklen Baracke leuchtet ihr Gesicht. Ich sehe sie zwischen den Kindern stehen; die Augen geschlossen, die Arme ausgestreckt, lässt sie sich von der Sonne berühren. Ich flüstere ihr die Zeilen von Lea Goldberg zu: »Ich werd sein der Baum im dunklen Wald/ erwählt vom Licht, das ihn bescheint.« Sie kennt sie nicht, aber ihre Lippen wiederholen die Worte wie ein stilles Gebet.

Ich beobachte sie die ganze Zeit. Ihre Körperbewegungen, ihre Mimik. Winzige Bewegungen des Rückzugs und der Einkehr, dann drängt plötzlich etwas aus ihr heraus, danach Verlegenheit und Zögern und wieder Rückzug. Die Sprache meiner Mutter.

Und in der Luft um sie herum ist immer ein nervöses Beben, als zeichneten zitternde Bleistiftlinien ununterbrochen ihre Konturen. Wie oft habe ich mich schon dabei erwischt, dass ich ihren Gesichtsausdruck nachahme. Ich habe das nicht unter Kontrolle. Anscheinend lerne ich von ihr – mit einer Verspätung von sechsunddreißig Jahren –, so wie jedes normale dreijährige Mädchen von seiner Mutter lernt.

»Man hat mir gesagt, du willst, dass ich komme.«

»Ist das die Genossin Kommandantin? Die Genossin Kommandantin Marija?«

Die Spitze der Peitsche wandert über Veras Gesicht, hebt ihre entzündeten, fest geschlossenen Augenlider.

»Man hat mir gesagt, du hast mir etwas Wichtiges zu erzählen.«

Erst jetzt begreift Vera, was sie getan hat: Die Sorge um den Setzling hat sie anscheinend völlig verrückt gemacht. Hat sie dazu gebracht, gegen den Instinkt zu handeln, dem jede Frau auf der Insel folgt – sich von Marija so weit wie möglich fernzuhalten.

»Ich höre.«

»Es ist wegen dem Setzling, Genossin Kommandantin.«

»Welcher Setzling?«

»Der Setzling hier, Genossin Kommandantin.« Sie achtet darauf, einige Zentimeter daneben zu zeigen, nicht genau dorthin, wo er wächst.

»Damit ich das verstehe. Wegen diesem Setzling lässt du die Kommandantin Marija bis hier heraufkommen?«

»Er wird sterben, Genossin Kommandantin. Es geht ihm schon seit ein paar Tagen nicht gut.«

Langsame Schritte umkreisen sie. Sie spürt Marijas Atem auf ihrem Gesicht, im Nacken. »Die Wärterinnen geben ihm zu viel Wasser, Genossin Kommandantin. Seine Wurzeln faulen schon. Lassen Sie mich ihn gießen, wann er es braucht. Ich kenne ihn ...«

»Du kennst ihn ...« Marija ist amüsiert. Die Spitze ihrer Peitsche kitzelt den Setzling, Vera packt die Angst. »Und ich dachte, du wärst nun endlich bereit, ein paar Papiere zu unterschreiben und uns einige Namen zu nennen ...«

Vera schweigt. Die Dummheit ihres Handelns macht ihr Angst. Sie hatte sich so sehr auf den Setzling konzentriert, dass sie darüber vergaß, wie die Welt draußen funktioniert.

»Sag die Wahrheit, *banda,* willst du dir nicht endlich die Last des Verrats vom Herzen laden?«

Sie zittert. »Welcher Verrat, Genossin Kommandantin?«

»Willst du nicht ein bisschen dein Gewissen erleichtern?«

»Mein Gewissen ist rein, Genossin Kommandantin.«

Marija lacht ein langsames Lachen, das Vera noch mehr in Schrecken versetzt. »Wer Tito verraten hat, der verrät jeden.«

Vera schluckt. »Ja, Genossin Kommandantin.«

»Sag mir, *banda*«, Marija spricht gelassen, »wie lange bist du schon hier oben?«

»Mit ihm?«

»Mit ihm, ja«, Marija geht langsam um den Kreis aus Steinen; die Spitze ihrer Peitsche richtet ein paar schwarz gewordene Blätter auf und lässt sie wieder sinken.

»Wie viele Wochen, Genossin Kommandantin, das hab ich nicht gezählt.«

»Und seit wann siehst du nichts mehr?«

»Vielleicht zwei Monate, Genossin Kommandantin.«

»Bestimmt hat man dir erzählt, dass das ein Setzling ist, den die Kommandantin Marija mitgebracht hat.«

»Ja, Genossin Kommandantin.«

»Ein Setzling, den die Kommandantin Marija sich von zu Hause mitgebracht hat.« Marija spricht in einem sonderbar melodiösen Tonfall, sehr langsam, als erzähle sie Vera eine Geschichte. Vera bekommt eine Gänsehaut. »Genossin Kommandantin, bitte erlauben Sie, dass ich mich um ihn kümmere, Genossin Kommandantin. Ich habe einen Instinkt, ich spüre, was gut für ihn ist.«

»In-stinkt!« Marija lässt sich das Wort auf der Zunge zergehen, kichert. »Dann werden wir deinen Instinkt mal prüfen. Schau in die Sonne.« – »Was haben Sie gesagt, Genossin Kommandantin?« – »Moment, versteh ich das richtig, bist du jetzt auch noch taub?« – »Nein, ich habe nur nicht gehört, was Sie gesagt haben, Genossin Kommandantin.«

»Ich habe gesagt: Schau in die Sonne und mach die Augen weit auf.«

Vera senkt den Kopf. »Kannst du das nicht?«, fragt die Kommandantin Marija mit trauriger Anteilnahme. Vera nickt. Eine raue

Hand legt sich auf ihren Nacken, streichelt sie. »Seit wann kannst du denn wieder sehen?«, fragt die Kommandantin Marija sanft, und ihre Finger legen sich um Veras hageren Nacken. »Das ist erst heute früh zurückgekommen, Genossin Kommandantin.« Marija lacht. »Also wirklich, *banda*, du weißt, wir verlangen hier die Wahrheit.« – »Vielleicht auch schon gestern Abend, aber länger nicht, Genossin Kommandantin.« – »Und dieses kleine Geheimnis wolltest du für dich behalten, *banda*?« Der Schmerz im Nacken ist fürchterlich, das Atmen fällt Vera schwer. »Nein, nein, Genossin Kommandantin. Ich dachte ... nur bis er sich ein bisschen erholt hat.« – »So eine gute Seele bist du also.« – »Aber Genossin Kommandantin, er kann noch weiterleben, ich weiß, wie ich ihn pflegen muss.« – »Wie schön. Wie rührend.« Marija wischt sich eine Clownsträne ab. »Und jetzt reiß ihn aus.«

Irgendwie hatte Vera gewusst, dass es so kommen würde. Ab dem Moment, in dem sie gesehen hatte, wie Marija zwischen den beiden Felsen hervorkam, hatte sie gewusst, entweder sie oder der Setzling würde diese Begegnung nicht überleben. Sie sinkt auf die Knie und bettelt um seine Seele. Das erste Mal im Leben bettelt sie. Nicht um ihr Leben, sondern um seins. Bettelt diesmal, bis sie weint. Sie steckt einen gelangweilten Peitschenhieb auf den Nacken ein, und noch einen auf die Schläfe, oberhalb des Ohrs. Widerstand zwecklos. Der Setzling lässt sich leicht ausreißen, als habe er gar keine Wurzeln gehabt. Seine kleinen Blätter liegen in ihrer Hand. Sie sind fast schwarz. Wie ist es möglich, dass der Setzling so kümmerlich war.

Mit zwei Fingern nimmt Marija ihn Vera aus der Hand und wirft ihn über die Schulter hinter sich in den Abgrund. Vera sieht es. Seit mindestens einer Woche sieht sie wieder. Das Licht ist zurück, die Farben, die Welt. Sie wagt noch nicht, es wirklich zu glauben, wagt nicht, sich zu freuen. Der Anblick des Setzlings, der über dem Meer in den Abgrund segelt, lässt sie vor Angst erzittern. Dann ist sie jetzt dran.

»Ab morgen früh arbeitest du wieder bei den Felsbrocken.«

»Ja, Genossin Kommandantin.«

»Du kannst dich bei Gott und beim Genossen Tito bedanken, dass du jetzt nicht auch da unten liegst.«

»Danke, Genossin Kommandantin.«

Vera ging hinter Marija her zu den Lagerbüros. Ein paar Stunden stand sie vor Marijas Büro, keiner kam zu ihr, keiner sprach sie an. Später kam eine Wärterin und befahl ihr zu verschwinden. Sie haben sie nicht bestraft, sie nicht ausgepeitscht. Am nächsten Morgen schloss sie sich wieder den Frauen an, die die Felsbrocken auf den Berg und wieder hinunter wälzten. Das Gerede, der Krach, das Weinen, das Geschrei und sogar das Lachen ab und zu waren für sie fast genauso schwer zu ertragen wie das Rollen der Felsbrocken.

Eines Morgens legte die *Punat* an der Insel an und brachte Dutzende neuer Frauen zur Umerziehung. Danach las eine Wärterin über Lautsprecher die Namen der Frauen vor, die ihre Haftzeit auf der Insel beendet hatten und in die Freiheit fahren durften. Plötzlich hörte sie ihren Namen. Vera glaubte es nicht und blieb stehen. Wieder rief man ihren Namen. Jemand schlug ihr auf den Rücken und rief, lauf zum Büro! Keiner erklärte ihr, warum man beschlossen hatte, sie freizulassen. Sie hatte weder plötzlich gestanden, noch Reue gezeigt. Sie hatte ihnen keinen einzigen Namen genannt. Sie hatte niemanden verraten, und trotzdem ließ man sie frei.

Sie bekam ihre Kleider und ihre Habseligkeiten – wenigstens einen Teil – zurück, die man ihr abgenommen hatte, als sie vor zwei Jahren und zehn Monaten auf die Insel kam. Man gab ihr auch vierunddreißig Briefe, die Nina ihr geschickt hatte und die man ihr bisher nicht ausgehändigt hatte. Außerdem zwei Briefe von ihrer Schwester Mira. Aus denen erfuhr sie, dass ein Offizier der UDBA, der Miloš kannte und mochte, dafür gesorgt hatte, dass Nina noch am Tag von Veras Festnahme zu Mira gebracht wurde.

Als Vera freigelassen wurde, war die Kommandantin Marija übrigens schon nicht mehr im Lager. Einige Wochen nach ihrer Begegnung oben auf dem Berg war sie auf einen anderen Posten in einem anderen Lager versetzt worden. Es gab Gerüchte, dass sogar die UDBA sich von ihren mörderischen Methoden distanzierte. Dreißig Jahre nachdem diese Dinge geschehen waren, hatte ein Kibbuznik aus der Gruppe der jugoslawischen Pioniere zu Vera gesagt: »Letztlich war das Lager Goli Otok zur Umerziehung bestimmt, nicht zur Vernichtung.« Vera dachte auch nach dreißig Jahren noch, dass etwas von ihr dort vernichtet worden war.

Nacht. Kurz vor zwei. Sturm, Blitz und Donner wie am Tag des Gerichts. Wir haben geredet, haben Fragen gestellt und Antworten bekommen, was haben wir nicht alles geredet, in unserem ganzen Leben haben wir nicht so miteinander gesprochen, in allen Verbindungen und Kombinationen, bis der Schlaf uns alle mit sich riss, das glaubte ich zumindest, doch plötzlich hörte ich Vera flüstern; vermutlich wollte sie Rafael und mich nicht aufwecken:

»Du hast mir noch nicht erzählt, wie es gewesen ist bei deiner Tante Mira.«

»Vielleicht hast du es nicht wissen wollen?«

Ich spüre, Veras Füße beginnen an der Decke zu ziehen. Rafi dreht und windet sich aus der Decke heraus und schaltet die Kamera ein.

»Warum filmst du jetzt?«, schimpft Vera.

»Damit wir auch das haben.«

»Lass ihn doch filmen, Mama.«

»Wenn's dich nicht stört …«

Nina gibt Rafi ihr Okay.

Rafi brummt, bei dieser Dunkelheit könne er sowieso nur den Ton aufnehmen. Ich ärgere mich, dass ich nicht drauf bestanden habe, eine *SunGun* mitzunehmen, die uns hier teures Licht spenden könnte. Nichts läuft, wie es soll.

»Einen Moment«, ich nutze Rafis Bemerkung, »wenn du jetzt filmst, dann schreibe ich auch mit.«

»Im Dunkeln?«, staunt Nina.

»Mal sehn, was dabei rauskommt.«

»Jaja, schreibt nur, filmt nur«, sagt Vera mürrisch, »ich habe keine Kraft, zu streiten mit euch.«

»Lass sie doch, Majko, das ist jetzt nicht wichtig.«

Vera war frühmorgens in Belgrad angekommen und gleich zum Haus ihrer Schwester gegangen. Sie hatte an die Tür geklopft. Es war halb acht. Ihre Schwester Mira machte auf, stieß einen Schrei aus und fiel ihr um den Hals. Vera erzählte, über die Schulter ihrer Schwester hinweg habe sie Nina gesehen, wie sie auf einem Fußbänkchen saß, ein Glas Mich trank und in die Luft starrte. Da war Nina neuneinhalb. Vera zufolge habe sie ihr einen kühlen Blick zugeworfen, absolut erwachsen, und in die Luft hinein gesagt: »Vera ist gekommen. Wie siehst du denn aus.« Vera wollte ihr erklären, dass sie vom Wälzen der Felsbrocken starke Muskeln bekommen habe, weshalb sie ein bisschen verunstaltet sei, aber etwas in Ninas Blick ließ sie erstarren und verstummen.

Nina erinnerte sich ganz anders an diese Begegnung. Als sie ihre Mutter in der Tür gesehen habe, sei sie vom Stuhl gesprungen und habe »Mama, Majko« gerufen und sei zu ihr gerannt, und sie hätten sich umarmt und geweint. Vor Freude. Doch Vera beharrte darauf, dass Nina nicht aufgestanden und zu ihr gekommen sei und sie schon gar nicht umarmt habe. Und sie, Vera, habe es aus irgendeinem Grund nicht gewagt, zu Nina hinzugehen und sie zu umarmen. Nina habe ihre Milch ausgetrunken und sei in die Schule gegangen. Nachmittags sei sie zurückgekommen, habe Hausaufgaben gemacht und sei dann in den Hof verschwunden, zum Spielen. Auch hier war Ninas Geschichte völlig anders: Sie sei an diesem Tag nicht in der Schule gewesen, sondern habe den ganzen Tag mit Vera verbracht. Sie seien zusammen in einen Film gegangen – sie erinnere sich nicht, in welchen – und danach ins Café, und da hätten sie »stundenlang geredet«, und ab und zu auch Ninas alte Kinderlieder gesungen. Während dieses ganzen ersten Tages hätten sie Miloš fast gar nicht erwähnt, erzählte Nina fassungslos, und Vera bestätigte das. Noch eine Erinnerung der beiden stimmte überein: Veras Schwester Mira glaubte kein Wort von dem, was Vera aus Goli Otok erzählte. Sie sagte zu Vera, wenn sie nicht den Mund halte, müssten sie und ihr Mann sie aus dem Haus werfen.

Rafi nahm auf, ich schrieb mit.

Die Geschichte teilte sich noch einmal, als sie von der ersten Nacht erzählten. Nina sagte, sie hätten in einem Bett geschlafen, Kopf an Fuß, und nicht aufhören können zu reden und zu lachen und zu weinen, bis Veras Schwager, Dragan, in der Unterhose reingekommen sei und geschrien habe, sie sollten endlich still sein, und da seien sie in hysterisches

Gelächter ausgebrochen. Vera erinnerte sich anders: Die Stunden seien vergangen, sie hätten im Bett wach gelegen, in einem entsetzlichen Schweigen. Sie habe es nicht ausgehalten und gefragt: »Bist du eine gute Schülerin?« Nina habe nicht geantwortet. Vera habe weitergefragt: »Was ist vier mal vier«, doch Nina habe sich schlafend gestellt. Vera habe noch einmal gefragt, und Nina habe gesagt: »Sechzehn.« – »Gut. Und wie viel ist fünf mal sieben?« Und Nina habe geantwortet. So seien sie das ganze Einmaleins durchgegangen. Nina erinnerte sich tatsächlich, dass da »etwas mit dem Einmaleins« gewesen sei, war sich aber sicher, Vera habe sie darin geprüft, als sie im Café saßen.

In der Fortsetzung vereinten sich ihre Geschichten wieder. Sie hatten in dem schmalen Bett gelegen, die Tante und der Onkel waren schon eingeschlafen, und Vera hatte gefragt: »Gibt es etwas, was du mich fragen willst, Nina?« Nina hatte nein gesagt. Vera erinnerte sich, Ninas Stimme hatte kalt und fremd geklungen. Sie hatte gespürt, dass eine Art Frost das Mädchen überzog. Vera hatte noch einmal nachgefragt: »Gibt es etwas, was du mich fragen willst?« Und da habe Nina gesagt: »Warum haben du und Papa mich am selben Tag verlassen?« – »Weil Polizei uns ins Gefängnis geworfen hat.« – »Aber wen habt ihr mehr geliebt als mich, dass ihr mich verlassen habt?« – »Polizei hat uns ins Gefängnis geworfen.« – »Und da konntet ihr nicht raus?« – »Nein«, hatte Vera geantwortet, und in gewisser Hinsicht stimmte das ja, aber es war eben auch der Anfang einer Lüge, die immer größer wurde und sich verzweigte, bis sie uns allen die Kehle zuschnürte.

Jetzt, nach langem Schweigen, fragt Vera: »Du hast es da nicht gut gehabt, Nina, bei Tante Mira und ihrem Mann?«

»Kann man wohl sagen.«

»Was ist denn da gewesen, Herzchen?«

Ich – wir alle – hören zum ersten Mal Ninas Geschichte: Die Tante und der Onkel hatten keine Kinder, und sie war nicht das Mädchen, das sie sich gewünscht hatten. Wegen jeder Kleinigkeit haben sie sie geschlagen, sie stundenlang in den Keller gesperrt, ihr nicht erlaubt, mit ihnen am selben Tisch zu essen, sondern sie daneben auf ein Fußbänkchen gesetzt. Deshalb sei sie oft weggelaufen und habe, wie sie es nannte, »geplappert«, mit serbischen Soldaten, die in einem Lager nicht weit von ihrem Haus lebten. Vera flucht: »Mira und dein Onkel Dragan verzeihen mir noch nicht einmal heute, wo sie liegen unter der Erde, dass ich ein Kind mit einem Serben habe.«

Und es wird klar – Wunder kennen keine Grenzen –, dass Nina sich in den Jahren, in denen sie bei Onkel und Tante wohnte, tatsächlich einer Bande von jugendlichen Räubern angeschlossen hat, alles Serben. Sie war klein, dünn und flink und ignorierte anscheinend jede Gefahr. Sie kroch durch irgendwelche Luken in die Häuser und öffnete den andern von innen die Türen. Und sie hat sich nie erwischen lassen. Ob ihr dabei noch andere Sachen passiert sind, hat sie nicht erzählt. Wir haben auch nicht gefragt.

Der Regen ist schon kein übliches Naturereignis mehr. Jetzt hat er einen eindeutigen Willen. Er hat ein Ziel. Aus allen Löchern im Dach stürzen Wasserfälle. Wir rücken zwischen den Strömen zusammen. Ab und zu zieht ein Donner vorüber, wie eine Eisenbahn mit vielen Waggons, und erschüttert die Baracke.

»Aber da ist noch etwas, das ich bis heute nicht richtig …«, sagt Nina.

»Was? Frag.«

»Du hast mir so viel von Goli erzählt, und von den anderen Lagern und von der Insel der Frauen, auf der du warst, Sveti Grgur …«

»Hätt ich mal lieber geschwiegen. Aber ich hätte nicht schweigen können. Ich bin ja geplatzt von innen.«

»Aber weißt du, was ich gedacht habe?«

»Wann?«

»Manchmal.«

»Was hast du gedacht?«

»Dass es etwas gibt, was du mir nie erzählt hast.«

»Etwas, was ich dir nie erzählt habe? Aber mein Mädchen, ich habe dir alles erzählt. Ich habe geredet viel zu viel.«

»Du hast zum Beispiel nie erzählt, wie du überhaupt hierhergekommen bist. Was ist dir passiert, bevor du …«

»Das hab ich dir doch erzählt. Ich bin mit Schiff *Punat* gekommen. Sie haben unten aufgemacht große Tür, und wir alle sind rausgefallen wie tote Fische ins Meer.«

»Aber was war davor, Majko? Vor Goli. Vor der *Punat*?«

»Was meinst du? Da haben wir normal gelebt, unser schönes gutes Leben, bis eines Tages …«

»Aber als sie dich zur UDBA geholt haben, haben sie dich da verhört? Was haben sie dir vorgeworfen? Hat es einen Prozess gegeben?«

»Verhöre hat es gegeben, kein Prozess.«

»Und haben sie dich was sagen lassen?«

»Was heißt, mich was sagen lassen?«

»Etwas erklären. Dich verteidigen? Hattest du einen Anwalt?«

»Einen Anwalt? Wo lebst du denn, Mädchen? Fünfzigtausend Menschen haben sie verschleppt wie Hunde ohne jeden Prozess in Lager von Tito. Allein hier, im Lager von Goli, sind umgekommen vielleicht fünftausend Menschen. Sind ermordet worden oder haben sich selbst umgebracht, und da fragst du, ob ich gehabt hab einen Anwalt?«

»Erzähl es mir von Anfang an. Alles.«

Vera seufzt. Richtet sich etwas auf. Sie sind noch immer unter der Decke, sitzen dicht zusammen, beinahe Wange an Wange, und schauen einander noch immer nicht an. Rafi nimmt auf. »Was gibt es da noch zu erzählen? Es war am Morgen, nachdem dein Papa, du weißt, sich aufgehängt hat. Da sind sie gekommen, mich holen zum Verhör. Ein Mann im Ledermantel. Er hat gesagt, sie wüssten alles über uns. Dass dein Papa und ich Stalin lieben und Feinde sind von jugoslawische Volk. Und was sind eure Beziehungen zum NKWD? Und welche russischen Freunde haben euch besucht? Habt ihr gehört Radio Moskva? Habt ihr gehört Budapest? Er hat sogar gefragt, warum wir dir gegeben haben russische Namen, lauter solchen Unsinn. Und dann hat er mich gebracht in schwarze Auto zu Militärkrankenhaus, und da, nun, da ist es dann gelaufen wie immer.«

»Was ist da gelaufen? Ich will es wissen.«

»So ist es gelaufen damals. Die Wahrheit hat sie nicht interessiert. Sie haben nur gewollt, dass ich unterschreibe, dass ich zugebe, dass dein Vater gewesen ist Volksfeind, und dazu bin ich nicht gewesen bereit, und das war's – ab nach Goli.«

»Aber wer waren diese Leute? Erinnerst du dich an sie? An ihre Gesichter?«

Hey, sag ich im Stillen zu Nina, das ist nicht die richtige Frage. Wen interessiert es heute, wer diese Leute waren?

Auch Vera ist überrascht. »Wer die gewesen sind? Das sind gewesen drei Colonels. An einen von ihnen erinnere ich mich, mit so einer runden Glatze, der hat sogar gehabt ganz sympathische, menschliche Gesicht. Und er hat höflich geredet mit mir.«

»Und du … Moment, was wollte ich fragen … hast du mal versucht herauszubekommen, wo der jetzt ist?«

»Um Himmels willen, Nina! Ich will noch nicht mal sehen ihre Schatten! Auch wenn sie wären einzige Menschen auf Welt, ich werd nicht reden mit denen!«

»Siehst du, ich bin das Gegenteil von dir. Ich hätte sie gesucht, wenn's sein muss, unter der Erde, und ich wär zu ihnen hingegangen und … und …«

»Nu, und was? Du hättest sie erschossen mit Pistole? Was?«

»Nein, aber ich hätte ihnen das ins Gesicht geknallt.«

»Was?«

Draußen zerschneidet ein Blitz mit drei oder vier Zuckungen den Himmel.

»Was, Nina?«

»Mich.«

Schweigen. Vera atmet schnell.

»Was … was heißt, dich, Nina?«

»Und auch Gili«, sagt Nina, »und alles, was Gili meinetwegen passiert ist.«

Das hat sie wirklich gesagt. Rafi hat es aufgenommen.

»Volksfeinde!« Vera schlägt sich wütend auf die Knie. »Ich soll unterschreiben, dass wir gewesen sind Spione im Dienst von Stalin? Dass wir umbringen wollten Tito? Lügner!« An der Wand über Rafis Kopf sind ein par Buchstaben eingeritzt: CON TITO. Vera zeigt mit dem Kinn darauf, grinst bitter: Mit Tito bauen wir Sozialismus. – Scheiß drauf.«

»Und du hast ihnen deine Unterschrift nicht gegeben …«, murmelt Nina und sieht plötzlich erschöpft aus.

»Wie hätt ich etwas unterschreiben können, was nicht ist Wahrheit?«

Jetzt unterschreib endlich, sage ich wieder im Stillen, und dann gehen wir nach Hause, machen die Fensterläden zu und trauern um Miloš und um uns und bringen nach und nach ins Lot, was man noch reparieren kann.

Nina kommt unter der Decke hervor. Vera rafft immer mehr Decke um sich. Nina hockt sich neben sie, hält Veras Hand in ihrer Hand. »Aber Papa war doch schon tot«, ihre Stimme ist wieder dünn und unsicher, »und wenn du, angenommen, versucht hättest, nur mal angenommen … ihnen vorzuschlagen … vielleicht hätten sie … nein, das ist ein dummer Gedanke.« Sie lächelt erschöpft. Zieht sich vor unseren Augen in sich zurück, wird zu einer blassen Kontur ihrer selbst.

»Aber manchmal, Mama, denke ich …«

»Was denkst du, Nina? Sag es, behalte nichts im Bauch!«

»Was schimpfst du so, Mama?«, ihre Stimme ist hohl.

»Ich schimpfe nicht, Nina. Nur platzt mir Kopf von diesem ganzen Gerede. Als ob man mich nochmal verhört.«

Nina sitzt auf dem kalten Boden, streichelt, ohne es zu merken, die Decke, die Veras winzigen Körper bedeckt. »Niemand verhört dich hier … wie auch? Wer hätte überhaupt ein

Recht, dich zu verhören … niemand hat durchgemacht, was du durchgemacht hast.«

»Nein, Nina, du verstehst nicht, im Gegenteil! Verhör mich, frag alles. Das ist gut. Ich muss doch reden.«

»Aber versteh bitte, dass ich dich nicht verhöre! Ich frage das nur, um … zu verstehen, um rückwirkend ein bisschen was zu reparieren.«

»Rückwirkend kann man nichts mehr reparieren. Das weißt du selbst.«

Nina schaut mich an und ich sie.

»Was gewesen ist, ist vorbei«, murmelt Vera, »damit muss man leben.«

»Aber angenommen, Mama, ich frage ja nur, trotzdem, wenn sie, wenn sie zum Beispiel …«

»Was hast du gedacht, sag es frei heraus, Nina.«

»Nein, ich hab nur gedacht, wenn sie …«

»Was, was hätten sie mir vorschlagen können?« Vera schreit bitter und schlägt sich mit den Fäusten auf die Oberschenkel. »Was hätt ich ihnen geben können, um nicht zu verraten deinen Vater? Um nicht zuzulassen, dass sie ihn beschmutzen. Um ihnen zu beweisen, dass ich Wahrheit sage? Was hätt ich ihnen denn geben können?«

Schweigen. Vera und Nina blicken einander mit aufgerissenen, entsetzten Augen an. An meinen Nervenenden spüre ich, wie sie sich hineinreißen lassen zu einem dunklen, blinden Punkt, den nur sie sehen können, eine in den Augen der anderen.

»Ah«, sagt Nina. In einem merkwürdigen Ton, federleicht, als habe mit unbeschreiblicher Sanftheit etwas irgendwo in ihrem Innern seinen Platz gefunden.

»Mein Kopf«, murmelt Vera und presst sich beide Hände an die Schläfen.

Ninas Augen fallen zu, ihr Kopf kippt nach hinten. Die dünnen Lider flattern mit erschreckender Schnelligkeit. Als wäre sie auf einmal in einen vollkommenen tiefen Schlaf voller Träume gefallen und als fahre ihr in diesem Schlaf jemand langsam mit der Hand über die Stirn.

Dann schlägt sie die Augen auf. »Nein, ich muss hier raus.«

»Es regnet furchtbar«, sagt Rafi, »ich komme mit.«

»Nein, nein, keiner kommt jetzt mit mir mit! Ich muss allein sein. Atmen. Ich brauche Luft. Sag mir nur eines«, sie steht auf, läuft ziellos durch den Raum, und ich muss an das Huhn mit dem abgehackten Kopf denken, das ich ihr an den Hals gewünscht habe. Wie konnte ich so grausam sein.

»Sag, Mama«, sie schreit fast, »wäre es nicht möglich gewesen, sie wenigstens darum zu bitten, dass ich mit dir mitkommen kann?«

»Was?«

»Wäre es nicht möglich gewesen zu bitten, dass ich mitkommen kann?«

»Wohin?«

»Hierher. Nach Goli.«

»Dass ich UDBA bitte, dass sie auch dich …? Bist du verrückt? Niemals ist ein Kind gewesen hier auf Insel! Und ich, um nichts in Welt hätt ich dich mitgenommen in diese Hölle!«

»Aber dann hätten sie uns nicht getrennt«, sagt Nina und geht zur Tür.

»Was?«

»So wären wir nie getrennt worden.«

»Wie?«

»Wir wären zusammen gewesen, hier.«

»Aber wie kommst du darauf, dass sie das erlaubt hätten … das ist unmöglich, Nina, nein, das geht nicht … sie haben gar keine Kinder gebracht nach Goli.«

»Ich weiß. Hab ja alle Bücher über Goli gelesen.«

»Noch nicht mal vorstellen will ich mir, dass du … nein … das wäre entsetzlich gewesen für mich. Schlimmer, als dass ich selbst hier gewesen bin.« Sie schaut Nina fassungslos an. »Ich muss dich fragen noch mal, Nina, und antworte mir aus reinem Herz, Nina, und ohne Trotz: Ist es für dich denn gewesen so schlimm bei meiner Schwester und ihrem Mann, dass du lieber gekommen wärst in Hölle?«

»Du verstehst das einfach nicht, was?«

»Ich weiß, wie sie dich behandelt haben, aber …«

»Das hat überhaupt nichts mit ihnen zu tun.«

»Nein?«

»Die ganze Zeit, jeden Moment, den du nicht bei mir warst, wollte ich bei dir sein.«

»Auch wenn sie mich umgebracht hätten, Nina, ich hätte sie nie gebeten darum …«

»Ich wäre mit dir auch in die Hölle gegangen«, flüstert Nina ihr von der Tür der Baracke aus zu, »nur um bei dir zu sein, jeden Tag und jede Nacht.« Sie tastet mit der Hand nach der Tür, die nur in einer Angel hängt. »Nur daran habe ich gedacht. Bei dir sein. Nur bei dir sein.«

Vera senkt den Kopf. Das geht über ihre Kräfte.

»Bitte kommt mir nicht hinterher«, sagt Nina und geht nach draußen.

Es ist, als ziehe die ganze Luft mit ihr hinaus.

Wir können kaum atmen.

Regen und Sturm toben, als hätte man ihnen eine neue Beute vorgeworfen.

»Sie will es nicht wissen«, sagt Vera zu sich selbst, »sie will es nicht wissen.«

»Ich geh raus.«

»Papa, nein. Bitte. Lass sie allein sein.«

»Sie tut sich noch was an«, murmelt Vera.

Rafi und ich setzen uns auf den nassen Betonboden, jeder in eine andere Ecke. Ich werde verrückt vor Sorge um sie.

Plötzlich redet Vera: »Sie haben ihn begraben als eine Nummer auf Friedhof bei Beograd, und als ich zurückgekommen bin aus Goli, hab ich geschrieben Briefe an Tito, er soll mir erlauben, meinen Mann zu begraben. Vielleicht zwanzig Briefe hab ich geschrieben, und zum Schluss hat er gefragt Moša Pijade, seine jüdische Assistent, wer ist diese Frau, wo hat keine Angst vor Tito? Dann gebt ihr eben ihre Mann, aber sie muss es machen selber.«

Jedes Mal, wenn ein Donner oder ein weiterer Wolkenbruch die Baracke erschüttert, zieht ein Zucken des Schmerzes über Rafis Gesicht. Er hat aufgehört zu filmen. Ich gebe ihm ein Zeichen, er soll weitermachen. Das sind Stimmen, die mir als Hintergrundton dienen können, und das ist noch Veras Geschichte.

»Und ich bin gefahren mit mein Schwiegervater und Schwiegermutter, mit Eltern von Miloš. Sie sind gekommen aus Dorf mit Pferd und Wagen und mit Sarg, den hatten sie hergerichtet. Schwiegermutter hatte gestickt schönen Kelim in vielen Farben. Wir sind gefahren zum Friedhof von Namenlose. Ich habe gesucht, bis ich ihn gefunden habe, Nummer 3754, und habe mit Hacke weggemacht den Stein, der gelegen ist auf ihm, und ich hab ihn sofort erkannt, an seine Zähne und am Unterkiefer, wegen dem hat man immer gedacht, dass er lächelt. Unser Ehering hat gefehlt.« Sie spricht abgerissen. Kein Wort berührt das nächste. »Da sind gewesen Knochen mit viele Blätter und Schlamm, das hab ich abgeputzt von ihm, und dann hab ich ihn gelegt in ein Laken, hab ihn gebracht zum Wagen und in Sarg auf Kelim gelegt, und wir sind gefahren zurück ins Dorf. Auf ganze Weg wir haben gesprochen kein Wort. Nach vielleicht einer Stunde, wie wir so fahren, sagt meine Schwiegermutter: ›Woraus bist du nur gemacht, Vera, aus Eisen oder aus Stein?‹ Und ich habe mir still gedacht, aus Liebe zu Miloš. Und habe nichts gesagt, und mehr haben wir nicht geredet, bis wir angekommen sind, und wir haben ihn hineingelegt in Erde von sein Dorf. – Ich habe das machen müssen. Hab ihn nicht können liegenlassen da unter eine Nummer. Und ich hab auch gewusst, niemand hätte es getan außer mir. Und so hat Miloš ein Grab mit Namen, das kann Nina besuchen, und Gili auch, wenn sie will, und auch Sohn oder Tochter von Gili, die vielleicht mal kommen werden. Ich habe das machen müssen, damit alle auf Welt wissen, es hat diesen Miloš gegeben – ein dünner Mensch, krank und körperlich nicht gerade stark, aber Held und Idealist in Seele, und reinster und tiefster Mensch, und mein Freund und mein Geliebter …«

Als wir es schon nicht mehr aushielten und losgehen wollten, Nina zu suchen, kam sie zurück. Stolperte rein, klatschnass und halb erfroren. Konnte kaum noch stehen. Wir liefen schnell zu ihr, hüllten sie in die Decke und rieben ihr mit sechs Händen Rücken, Brust, Hals, Bauch und Beine. Jeder gab ihr etwas von sich, trockene Strümpfe, ein Hemd, einen Schal. Sie stand zitternd mit geschlossenen Augen in unserer Mitte und fiel immer wieder fast um. Ich wärmte ihr mit meinem Atem die Hände, ihre dünnen, langen Finger. Massierte ihr Nacken und Schultern. Rafi knetete sie mit ungeheurer Kraft. Es tat ihr weh, das hab ich gesehen, aber sie sagte nichts. Und er unterdrückte sein lautloses Weinen.

Langsam taute sie in unseren Händen auf, öffnete die Augen wieder.

»Wein ruhig«, sagte sie leise zu Rafi, »wein. Es gibt genügend Gründe.«

Ich schreibe das jetzt acht Jahre nach jener Nacht. Versuche mir vorzustellen, was Nina erlebt hat, als sie da draußen war, außerhalb der Baracke. Ich sehe, wie sie schnell wegläuft, dann rennt, die Wege des verlassenen Lagers hoch und runter, in Baracken hinein, dann rennt sie an die Küste, berührt das schwarze Wasser, kehrt zurück zum Feld mit den Felsbrocken. Hier ist ihr Zuhause, das ist klar. Ein höllisches Zuhause, aber hierher zielte all die Jahre alle Sehnsucht, alles Flehen und alle Kränkung. Hier hatte sie ihre Seele hinterlegt. Hier, glaube ich, ist Nina gewesen, wenn sie nicht da, wenn sie abwesend war.

Sie wird müde. Geht durch den Regen, spürt ihn schon nicht mehr. Stolpert über Steine und steht auf. Murmelt immer wieder, was Vera gesagt hat: »Was hätt ich ihnen geben können, um deinen Vater nicht zu verraten?« – »Mich«, sagt sie und erstickt dabei fast, »mich hat sie ihnen gegeben, um

Papa nicht zu verraten.« Und jedes Mal durchzuckt sie derselbe Gedanke, wie ein Stromstoß. Ein unerträglicher Schmerz bis in die letzten Glieder ihres Körpers. Wieder rennt sie, kann nicht stehenbleiben. Natürlich, Vera hat ihnen auch sich selbst gegeben. Fast drei Jahre Zwangsarbeit und Folter. »Aber mich hat sie geopfert«, murmelt Nina, schmeckt die Worte, und ich bin ihr ganz nah. Auf einmal sind wir da draußen zusammen, werden beide von diesem Sturm mitgerissen wie zwei Blätter, zwei verlassene Mädchen, deren bitteres Blut nicht gerinnt. »Sie hat die Wahl gehabt«, schreit Nina in den Wind, »die haben sie wählen lassen, und sie hat gewählt! Ihre Liebe hat es entschieden, und ich hab es gewusst, all die Jahre hab ich es gespürt, unter der Haut hab ich es gewusst. Ich bin nicht verrückt, ich hab es gewusst.«

Ich stelle mir vor, wie sie plötzlich in ihrem Rennen innehält, fassungslos um sich blickt, wie ein Kind, das auf die falsche Welt gekommen ist.

Für einen Moment erwacht die Insel zum Leben. Als hätte man mit lautem Fauchen riesige Scheinwerfer angeschaltet – alles ist lichtüberflutet. Frauen in Häftlingskleidung rennen, schreien. Brüllen vor Schmerz bei den Verhören. Lachen manchmal auch. Schäkern sogar ab und zu mit den Wärterinnen. Befehle werden über Lautsprecher gebrüllt, Peitschenschläge, und Frauenchöre singen Loblieder auf Tito.

Wenn Vera nach einem Verhör in die Baracke zurückkommt, versorgt Nina ihre Wunden. Wenn die Wärterinnen Vera zwingen, die ganze Nacht neben dem *kibla* zu stehen, in den die Gefangenen ihre Notdurft verrichten, steht Nina neben ihr. Wenn Vera Holzstämme zerhackt, die zum Heizen und zum Bauen auf die Insel gebracht werden, läuft Nina los und besorgt ihr Ziegenfett, um es auf die Axt zu schmieren. Was davon übrig bleibt, streichen sie sich heimlich auf die Lippen, die von der trockenen Kälte aufgesprungen sind.

»Wenn ich dreißig Jahre jünger wäre«, sagte Nina, nachdem wir sie zu Ende geknetet, massiert und aufgewärmt hatten, »wär ich von diesem Regen schwanger geworden.«

Wir lachten vorsichtig. Hatten es nicht ganz verstanden. Von allen Dingen auf der Welt hat sie uns ausgerechnet das sagen wollen? Sie schaute mich an, lächelte. »Ich hab Hunger. Ich komme um vor Hunger.«

Ich gab ihr den letzten Apfel und ein paar Reiswaffeln. Vera grub in ihrer Tasche und zog Butterbrote für uns alle hervor, weiß Gott, wann sie die geschmiert und woher sie gewusst hatte, dass sie sie bis zu diesem Moment aufheben musste. Wir verschlangen sie. Lachten über uns selbst und über unseren Hunger. Nina lachte mit uns. Ihre Augen strahlten. Was war ihr da draußen passiert? Ich verstand es nicht. Sie war ein anderer Mensch, das hab ich gespürt. Etwas hatte sich verändert, plötzlich gelöst.

Denn alles in ihr lag auf einmal ganz offen da. Nackt und stark. Ich fand in ihrem Gesicht keine Wut und keine Rache. Ich habe danach gesucht. Nichts Nachtragendes, keine Kränkung. Ich fand nur eine große Erleichterung. Etwas war aufgeklart.

»Oj«, sagte sie, den Mund voller Mozzarella und Tomaten, »was ein wunderbares Butterbrot.«

»Lass es dir schmecken«, sagte Vera, »du kannst haben auch meins.«

Der Wind legte sich. Auch der Regen hörte auf. Schon eine

Weile war es draußen still. Es fühlte sich an, als sei der Sturm vorüber. Nina saß gut eingewickelt, warm und satt in einer beinah trockenen Ecke der Baracke. Sie lächelte Rafi an: »Was für eine Nacht.«

Er ging zu ihr und kniete sich neben sie. Sie unterhielten sich leise. Sie lachte. Er umarmte sie, drückte sie an sich. Ehrlich gesagt hat es mich schon genervt, dass die beiden nach dieser ganzen Nacht plötzlich was zu flüstern hatten. Ninas Hand zeichnete etwas auf sein Knie. Seine große Hand streichelte ihren Kopf.

»Komm, Gilusch«, sagte Vera, sammelte die Servietten ein und stopfte sie in die Tasche, »wir gehen bisschen spazieren, es gibt hier Stellen, die haben wir noch nicht gesehen.« Ich zögerte: »Warum gehen wir nicht alle zusammen? Ich dachte, wir steigen zusammen auf den Felsen …« Vera starrte mich an: »Gili, muss man dir denn alles erklären?«, und erst da kapierte ich, was für eine Idiotin ich war.

Wir ließen sie in der Baracke allein und gingen an die Küste. Wir standen vor dem Meer. Es war dunkel, aber der Mond leuchtete zwischen den Wolken hindurch. Wir überquerten das Feld mit den Felsbrocken. Im Dunkeln war ihre unheimliche Präsenz noch stärker. Wir standen vor drei Wegen: zum Männerlager, zum Steinbruch und auf den Berg. Ich fragte Vera, ob sie bereit sei, mit mir auf den Felsen auf der Spitze des Berges zu klettern. Sie lachte: »Auch Neunzigjährige steigt hinauf auf Berg.«

Aber es fiel ihr schwer. Zum einen wegen des Weges, aber auch, weil etwas in ihr schwach geworden war. Ich beleuchtete den Weg mit der Taschenlampe vom Roten Kreuz, wir gingen um die große Pfütze herum und fanden den Aufstieg. Er war eng und steiler, als ich mir vorgestellt hatte. Wo es möglich war, gingen wir eingehängt, und manchmal richtig umarmt. An den engen Stellen ging sie vor, und ich streichelte ihr die ganze Zeit Rücken und Nacken. So zart ich nur konnte. Alle paar Schritte blieben wir stehen und warteten, dass ihr Atem sich wieder beruhigte. Zweimal schlug ich ihr vor, dass wir umkehren, aber sie wollte nicht.

Sie erinnerte sich an alles, was ihr auf diesem Weg vor vierundfünfzig Jahren passiert war. Sie sagte, sie könne hier auch mit geschlossenen Augen laufen, nicht nur wegen ihrer Blindheit damals. Ab einem bestimmten Punkt kehrten ihre Kräfte zurück, und sie zog mich einfach hinter sich her, die Neunzigjährige. Ihr winziger Körper stürmte voraus. Mit allem, was er durchgemacht hatte.

Und plötzlich standen wir auf dem Gipfel des Berges und atmeten auf, genau so, wie sie es beschrieben hatte. Ein kühles Dunkel umfing uns. Unten hörten wir das Meer. Vera flüsterte mir zu, sie sei noch nie nachts hier gewesen.

Sie wurde ganz ruhig, drückte sich die geballte Faust vor den Mund. Klammerte sich an mich und zeigte mir die Stelle, an der sie fast zwei Monate lang gestanden hatte. Mit dem Finger zeichnete sie den kleinen Kreis, in dem der Setzling gestanden hatte. Ich platzierte meine Füße außerhalb des Kreises an eine der Stellen, wo sie gestanden hatte, als sie ihm Schatten spendete. Es war nicht leicht, in ihre winzigen Fußstapfen zu treten.

Das Meer unten schlug gegen die Felsen. Vera saß auf einem großen Stein. Wieder wirkte sie sehr alt. Ich sagte zu ihr, wir sollten jetzt nicht reden, ich wollte da gern so stehen, bis die Sonne aufgeht, und auch danach noch ein bisschen.

Ich stand da vielleicht eine Stunde. Vielleicht länger. In Gedanken ließ ich Station für Station, wie bei einem Gebet, die Geschichte von meiner Großmutter und dem Setzling an mir vorbeiziehen. Jedes Mal, wenn ich die Augen aufschlug, sah ich, dass sie mich mit festem Blick anschaute, als lasse sie etwas zu mir hinströmen.

Danach hörten wir Nina und meinen Vater. Wir riefen sie zu uns auf den Berg. Sie kamen schnaufend, aber auch ein bisschen strahlend und setzten sich auf einen Felsen neben Vera. Nina lehnte sich an Rafi. Der Rucksack mit den Kassetten, die wir aufgenommen hatten, hing auf ihrem Rücken, und ich sah, das machte ihr Freude und machte sie sogar stolz.

Auch als die beiden oben waren, verließ ich meinen Posten auf der Spitze des Felsens nicht. Ich spürte, Vera war mit mir zufrieden. Einmal kam sie und korrigierte die Stelle, an der ich stand: »Hier hab ich normalerweise gestanden nachmittags«, erklärte sie. Nina fragte: »Was ist das? Was macht ihr da?« Vera sagte: »Ich habe hier gehabt kleine Pflanze, um die hab ich mich gekümmert, aber darüber reden wir unten.« Und Nina sagte mit einem angestrengten Lächeln: »Ich sehe, es gibt immer noch Geschichten, die ich nicht kenne.« Wieder ein Stich, mitten ins Herz, wie immer, wenn sie gegen einen unsichtbaren Stolperdraht stieß.

Der Himmel wurde immer klarer, Rafi filmte wieder. Nina stand auf, lief herum, trat nah an die Felskante und schaute hinunter aufs Meer, schreckte zurück und schaute noch einmal. Sie sagte zum Abgrund: »Ich glaube nicht, dass ich jemals so froh war.«

Danach blickte sie zu mir: »Gili-Gili, gut, dass du mit mir hierhergekommen bist, Gili.«

Ich sagte: »Ja, ich bin auch froh, dass ich mitgekommen bin.«

Und sie sagte: »Hier, das ist trotz allem ein bisschen mein Zuhause.« Vera schüttelte den Kopf und machte ein Zeichen, wir sollten runtergehen. »Unten werden wir reden über alles«, sagte sie, »ich möchte wieder runter.« Aber Nina hatte sie wohl nicht gehört.

»Ich möchte euch filmen«, sagte Nina. Sie ging zu Rafi, nahm ihm die *Sony* ab und lachte. »Ich will spüren, dass es auch mein Film ist.« Sie fragte, wo sie drücken müsse, und er zeigte es ihr. Ich sah die Unruhe in seinen Augen. Sie fragte, was das rot blinkende Licht bedeute, und er sagte, die Batterie sei fast leer, sie habe noch zwei, drei Minuten, mehr nicht.

Mein Körper erstarrte. Ich wollte zu ihr hin und konnte nicht. Hatte keine Kraft, mich zu bewegen. Sie betrachtete uns auf dem kleinen Display der *Sony*, ging um uns herum und filmte.

Sie bewegte sich leicht, als ob sie schwebte. Ich erinnerte mich an Veras Beschreibung von dem Morgen, als man sie zum Verhör abholte und sie Nina auf der Straße hatte gehen sehen, als ob sie schwebte, wie sie über die schon etwas verwischten Felder von *Himmel und Hölle* gehüpft war.

Nina filmte mit der Kamera jeden von uns, Vera, Rafi und mich. Merkwürdig langsam, von Kopf bis Fuß, als scanne sie uns. Und vielleicht hat sie genau das getan.

»Siehst du, Nina«, sagte Nina plötzlich zu der zukünftigen Nina, »jetzt gerade sind wir hier alle zusammen, deine Mutter, deine Tochter Gili und Rafi. Und auch du warst bei dieser ganzen Reise mit dabei.«

Im Himmel erste Streifen Licht wie ausgestreckte Finger. Nina filmte sie.

Vera wiederholte nachdrücklich und nervös, wir sollten jetzt hinuntergehen. »Hier oben brennt Sonne, sobald sie rauskommt. Noch fünf Minuten, dann ist hier Feuer.« Im zunehmenden Licht wurde ihr Gesicht grau und leblos.

»Noch einen Moment, Majko«, sagte Nina, während sie filmte. »Mein lieber, teurer Rafi, mein Geliebter«, sie lächelte ihn durch die Kamera an, und er erwiderte, verwirrt, ihr Lächeln. »Die ganze Liebe, die du für mich gehabt hast ... ach, du weißt schon, nicht wahr?« – »Was weiß ich?« – »Das ist das größte Geschenk, das ich in meinem Leben von jemandem bekommen habe.« Er neigte den Kopf und schluckte mühsam etwas runter.

Sie wirkte fröhlich, strahlte. Ihr helles, traumwandlerisches Glück verwirrte auch mich. »Und nicht wahr, du weißt auch«, fragte sie ihn weiter. – »Was weiß ich?« – Sie hielt inne, stand nah an der Felsklippe. »Dass es besser als jetzt nicht mehr werden wird.« Und Rafi sagte: »Bestimmt wird es noch besser, Nina.« Und ich hörte, wie sie leise zu sich selbst sagte: »Plötzlich will ich Zeit, noch ganz viel Zeit.«

Auf einen Schlag veränderte sich ihr Gesicht. Ich sah den Kampf, das furchtbare Ringen, und tat im Stillen einen Schrei, und sie schaute mich an, als habe sie ihn gehört.

Mit einer schnellen Bewegung nahm sie den Rucksack mit den Kassetten vom Rücken, schloss die Augen, streckte den Arm weit aus und warf Rucksack samt Kamera in den Abgrund.

Ich hörte, wie die Kamera auf die Felsen schlug und zerschellte. Erst war da Stille, dann das Geräusch von Wellen, die sich zurückziehen. Im selben Moment brach Nina zusammen, sank auf ein Knie, am Rande des Felsens, fassungslos, was sie getan oder was sie nicht getan hatte; ich erreichte sie im selben Moment, in dem mein Vater bei ihr ankam, und zusammen zogen wir sie zurück. Zu uns.

Bereits als wir stumm und uns aneinanderklammernd den Berg hinunterstiegen, wusste ich, ich würde nicht zulassen, dass alles, was wir auf dieser Fahrt gemacht hatten, für immer verloren wäre. Und auch später habe ich mir jahrelang, immer wenn ich um meinen verlorenen Film trauerte, gesagt, wenn es keine Bilder gibt, dann eben Wörter.

Aber es sind Jahre vergangen, bis ich mich hinsetzen und schreiben konnte.

Und indessen geschahen andere Dinge, die mein Leben erfüllten.

Die Kleine haben wir Nina genannt. Sie ist jetzt fünfeinhalb.

Sie ist mein Krümel Erde.

Unserer.

Dank

Eva Panić-Nahir, nach der die Figur Veras entstand, war in Jugoslawien eine bekannte und hoch angesehene Frau. Eine Biografie und eine Dokumentation wurden über sie geschrieben, und Danilo Kiš widmete ihr im serbischen Fernsehen eine ganze Sendereihe, in der sie von den Gräueln auf Goli Otok erzählt. Dies war das erste Mal, dass die breite Öffentlichkeit etwas über die bis dahin verschwiegene und geleugnete Existenz von »Titos Gulags« erfuhr. Eva wurde zum Symbol für einen beinahe übermenschlichen Mut, für die Fähigkeit des Menschen, auch unter den entsetzlichsten Umständen Mensch zu bleiben.

Vor über zwanzig Jahren erzählte mir Vera zum ersten Mal ihre Lebensgeschichte. Seitdem hat sie mir immer und immer wieder davon erzählt. Uns verband eine tiefe Freundschaft. Es war unmöglich, Vera nicht zu lieben und nicht über ihre Kraft und Menschlichkeit zu staunen. Und manchmal war es auch schwer, nicht gegen ihre Grundsätze, ihre undurchdringliche Starrheit anzubranden.

Sie wollte, dass ich ihre Geschichte und die ihrer Tochter Tiana Wages aufschreibe. Eines der wertvollen Geschenke dieses Buches war für mich, Tiana mit all ihrer Lebensweisheit, ihrem Optimismus und Mut kennenzulernen. Beide Frauen waren so großzügig, dass sie mir völlige Freiheit dabei zugestanden, ihre Geschichte zu erzählen und sie mir auch selbst vorzustellen und zu erfinden, wie sie niemals gewesen ist.

Dafür – für die Freiheit zum Ausdenken und Erfinden – danke ich ihnen aus tiefstem Herzen.

Ein weiterer Dank gilt der Schriftstellerin und Übersetzerin Dina Katan Ben-Zion, die mich in allen Fragen der serbischen und der kroatischen Sprache und deren Echos und Brechungen in Veras Hebräisch angeleitet hat. [Und die Übersetzerin dankt Alida Bremer für ihre Begleitung bei der Suche nach Veras Ton im Deutschen.]

Ich danke den Filmregisseuren Dan Wolman und Ari Folman sowie Elinor Nechemia – dem Skriptgirl bzw. Script Supervisor. Ich danke von Herzen dem Regisseur und Filmforscher Aner Preminger für seine Unterstützung und Hingabe. Danke an meine guten Freunde und meine Familie, die das Manuskript gelesen haben und Anmerkungen, Vorschläge und Verbesserungen gemacht haben. Sie alle haben ihre Zeit und ihre Erfahrung großzügig mit mir geteilt. Fehler, die mir in diesem Buch unterlaufen sein mögen, auf jedwedem Gebiet, gehen allein auf meine Rechnung.

Ich danke denen, die mich für die Reise in die Arktis berieten, denen, die mich auf der Reise nach Goli Otok begleiteten, und vor allem meinem weitsichtigen und scharfsinnigen Freund, dem Historiker Hrvoje Klasić.

Die Familie von Rade Panić, Evas erstem Mann, hat mich warm und herzlich in seinem Geburtsort beherbergt. Die Gruppe von Evas Freunden in Belgrad – ein kleiner, aber eingeschworener Klub, Tanja und Aleksandar Kraus, Vanja Radovanović und Planinka Kovačević – empfing mich mit offenen Herzen und erweckte für mich die alten Zeiten zum Leben.

Dank an Evas wunderbare Familie, an Emily Wages, Jehudit Nahir, Smadar, d. i. Smadi Nahir. Großer Dank an die Regisseure Dr. Macabit Abramson und Prof. Avner Faingulernt für ihren bewegenden Film »Eva«.

Für ihre großzügige Hilfe danke ich Seid Serdarević, dem kroatischen Verleger meiner Bücher, und Gojko Božović, meinem serbischen Verleger.

Danke an Jennie Lebel für ihr schönes Buch, *Das weiße Veilchen* (*Am Oved* 1993), und Aleksandra Ličanin, die eine Dokumentation über Eva schrieb, *Two loves and one war of Eva Panić Nahir* (*Matica hrvatska* 2015), und mich auf denSpuren von Evas Jugend durch die Straßen von Čakovec führte.

Gedankt sei natürlich auch Dr. Theodor Henrik Van de Velde, dem Verfasser des Buches *Die Geheimnisse des Ehelebens, mit einem Anhang über die Gesetze der Anziehung von Prentice Mulford,* in der Übersetzung von M. Ben-Josef (Volksausgabe, ohne Datum), aus dem hier zitiert wird (und wer es nicht glaubt: Dieses Buch gibt es tatsächlich!). [Anm. der Übersetzerin: Die im Roman zitierte hebräische Volksausgabe ist eine inhaltlich wie stilistisch freie Bearbeitung des holländischen Originals, ganz anders als dessen deutsche Übersetzung, die unter dem Titel *Die vollkommene Ehe. Eine Studie über ihre Physiologie und Technik* erschien.]

Bei jedem Menschen, dem ich auf dieser Reise begegnete, veränderte sich der Gesichtsausdruck, wenn er von Eva sprach. Ihr mutiger und wilder Geist, ihre kompromisslose und gleichzeitig sanfte Persönlichkeit leben weiter und sind auch heute noch, vier Jahre nach ihrem Tod, bei jedem zu spüren, der das Glück hatte, sie kennenzulernen.

David Grossman
Februar 2019